BELINDA BAUER

Totenkind

GOLDMANN
Lesen erleben

Belinda Bauer

Totenkind

Psychothriller

Aus dem Englischen
von Marie-Luise Bezzenberger

GOLDMANN

Die Originalausgabe erschien 2015 unter dem Titel
»The Shut Eye« bei Bantam Press,
an imprint of Transworld Publishers, London.

2. Auflage
Deutsche Erstveröffentlichung September 2016

Neumarkter Str. 28, 81673 München
Umschlaggestaltung: UNO Werbeagentur München
Umschlagbild: Arcangel/Richard Nixon;
FinePic®, München
Redaktion: Sigrun Zühlke
LT · Herstellung: Str.
Satz: omnisatz GmbH, Berlin
Druck und Bindung: GGP Media GmbH, Pößneck
Printed in Germany
ISBN: 978-3-442-48479-9
www.goldmann-verlag.de

Für Eve und Michael Williams-Jones,
deren Großzügigkeit mir ermöglicht hat,
Schriftstellerin zu werden

1

Valentinstag, 2000

John Marvel schaute auf die Uhr.

Es war 20 Uhr 37, und dasselbe hatte er vor noch nicht mal einer Minute getan. Er hatte Debbie versprochen, um neun zu Hause zu sein. Normalerweise wäre das nicht wichtig, aber heute schon, obgleich er nicht genau wusste, wieso.

Er spürte, wie die Kälte ihm in die Lunge drang, als er in die Lichtkuppel hinaufstarrte, die die Sterne verbarg. Reif umschwebte in einem ätherischen Ring die Straßenlaterne, wartete darauf, sich niederzuschlagen, und Marvel spürte, wie er durch den dünnen Stoff seiner Hose hindurch die Schienbeine erreichte.

Er war nicht gern im Freien. Es war ihm zu … *frisch.* Selbst hier, wo London sich hemmungslos nach Süden ausgedehnt hatte, über den Fluss geschwappt war und das, was einst der Garten Englands gewesen war, mit seinem Verkehr und seinem Rußgeruch überzogen hatte.

Marvel hatte ebenfalls angefangen, sich hemmungslos auszudehnen: zu viel Hausmannskost.

Zu viel zu Hause.

Komfort hatte ihn schon immer rastlos gemacht. Er musste ständig in Bewegung sein, immer weiter, immer weiter nach oben, alles andere frustrierte ihn.

Jetzt blickte er über die Straße, zum King's Arms hinüber. Der Pub war voller Wärme und Lärm und Fusel. Es war über ein Jahr her, dass er dort gewesen war – dass er betrunken gewesen war –, und es fehlte ihm immer noch wie eine Geliebte, mit einem Sehnen in der Brust und einem trockenen Kloß im Hals. Er wäre heute Abend da nicht hineingegangen. Oder an irgendeinem anderen Abend. Es war ein Test – ein Spiel, das er mit sich selbst spielte. Vorbeifahren, langsamer werden, hinüberspähen.

Nicht anhalten.

Heute Abend jedoch hatte er angehalten. Er wusste nicht, warum. Er war nicht durstiger als an jedem anderen der vierhundert Tage, seit er das letzte Mal Alkohol getrunken hatte.

Und dann hatte er die Frau gesehen.

Und jetzt war es schwer, hier zu stehen, so nah und doch so fern. Die schmutzigen Fenster des Pubs waren von innen erleuchtet, riefen wie Christus in einer Kathedrale alle Sünder herbei.

Marvel schaute auf die Uhr.

Es war 20 Uhr 38. Der große Zeiger zog in einer Folge billiger kleiner Hopser durch den Quadranten.

»Also«, seufzte er, »springen Sie jetzt oder nicht?«

Die Frau auf dem Mauervorsprung zuckte zusammen, und ihre Finger klammerten sich fester um die Backsteinbrüstung. In dem kalten gelben Licht konnte Marvel die Gänsehaut erkennen, die ihre dünnen Arme überzog. Sie war nicht dafür angezogen, draußen zu sein. Ein dünnes Trägertop und enge Jeans und diese dämlichen kleinen Ballettschühchen, die Frauen heutzutage anstelle hochhackiger Schuhe trugen.

Andererseits schien sie ihm auch nicht der Typ für hochhackige Schuhe zu sein. Ihr Gesicht hatte etwas Verkniffenes, Unterernährtes, das ihre Wangenknochen scharf hervortreten und ihre Augen riesengroß wirken ließ, aber auf eine Art und Weise, die weniger Audrey Hepburn und mehr Essstörung war.

Marvel schätzte sie auf Anfang zwanzig, aber sie hätte auch siebzehn sein können. Oder vierzig.

Sie warf ihm einen raschen Blick zu und zuckte verlegen mit einer knochigen Schulter. »Ich … ich warte auf einen Zug«, sagte sie. Dann schaute sie wieder zwischen ihren Schuhen hindurch auf die Gleise hinunter.

»Interessant«, bemerkte Marvel mit weisem Kopfnicken – als hätte sie alles erklärt.

Dann trat er auf sie zu und beugte sich kurz über die Brüstung, um einen Blick auf die schimmernden Schienen zu werfen. Sie fasste noch fester zu und beäugte ihn argwöhnisch – als könnte er plötzlich nach ihr greifen, sie packen und rückwärts über die Brüstung zerren, in Sicherheit.

Ihr heldenhaft das Leben retten.

Ungeachtet seines Namens tat Marvel nichts dergleichen.

Stattdessen gab er ein humorloses Grunzen von sich und meinte: »Da haben Sie aber Pech. Nach acht fahren hier keine Züge mehr durch.«

Lange erwiderte sie nichts. Dann fragte sie, ohne den Kopf zu heben: »W-wie spät ist es denn jetzt?«

Abermals hob Marvel seine Armbanduhr und drehte sie so, dass das Ziffernblatt von der Straßenlaterne beschienen wurde. »Zwanzig vor neun.«

Die junge Frau nickte bedächtig zu den Gleisen hinunter; ihr strähniges braunes Haar verhüllte alles außer ihrer Stirn und der roten Nasenspitze. Sie furchte die Stirn und wischte sich die Nase mit dem Handrücken ab.

»Oh«, sagte sie, und Marvel merkte, dass sie weinte.

Weinen war nicht sein Ding, daher entschied er sich gegen ein tröstendes Wort oder ein Rückentätscheln, durch das sich vielleicht irgendwelche emotionalen Schleusen hätten öffnen können. Er stand einfach nur da, während sie leise vor sich hin schluchzte.

»Ich kriege aber auch gar nichts hin«, flüsterte sie schließlich.

»Willkommen im Club«, brummte er.

Sie schüttelte nur langsam den Kopf, wollte anscheinend keinem Club beitreten, in dem er Mitglied war – nicht einmal in ihrem verzweifelten Zustand.

»Wie heißen Sie?«, fragte er.

Sie sagte es ihm nicht, und es war ihm egal, aber er musste doch so tun. Das wurde erwartet.

Marvel würde sein Neun-Uhr-Versprechen nicht halten. Er war froh darüber. Versprechen waren Fallen, Fesseln, die es zu sprengen galt.

Um neun bin ich zu Hause.

Ich bin nicht im Pub.

Ich liebe dich.

Die junge Frau weinte immer noch ein bisschen.

Wieder schaute er auf die Uhr. 20 Uhr 43. »Kommen Sie«, sagte er. »Kommen Sie rüber, und ich fahre Sie nach Hause.«

Sie stieß einen langen zitternden Seufzer aus und nickte noch einmal ganz leicht. »Okay.«

Marvel war ein bisschen verblüfft. Das war ja einfach.

Zu einfach.

Sein Kiefer spannte sich verdrossen. Wahrscheinlich hatte sie gar nicht vorgehabt zu springen. Er hatte fast eine verdammte halbe Stunde lang in der eisigen Februarnacht gestanden, das King's Arms als Folter direkt vor Augen, und sie hatte die ganze Zeit nur auf eine Gelegenheit gewartet, wieder über die Brüstung zu klettern.

Zeitverschwendung.

Sein Leben war voller Leute, die seine Zeit verschwendeten, und die kotzten ihn an.

Trotzdem, sie hatte ihm eine gute Ausrede fürs Zuspätkommen verschafft. Nicht dass er wirklich eine gebraucht hätte. Er log Debbie oft an, wenn es darum ging, wo er gewesen war und was er getan hatte, und es änderte überhaupt nichts. Was konnte sie auch sagen? In seinem Beruf konnte man sich allen möglichen Blödsinn ausdenken, und die Leute mussten einem glauben. Ein Vorteil dieses Jobs.

Er streckte die Hand aus, um die junge Frau zu stützen, als sie die Beine über die Brüstung schwang, doch sie bog sich von ihm weg, also ließ er sie in Ruhe. Unbeholfen rutschte sie von der Brüstung und landete neben ihm auf der Straße. Sie war fast dreißig Zentimeter kleiner als er, und Marvel war nicht gerade ein Riese.

Sie schauderte und schlang die Arme um den Oberkörper, um sich zu wärmen.

Ehe einer von ihnen etwas sagen konnte, donnerte der Zug, der um 20 Uhr 20 von der Victoria Station abfuhr, unter der Brücke hindurch.

Sie starrten beide auf die verschwommenen schwarzen Waggondächer hinunter, die die Gleise verdeckten, als der Zug unter ihren Füßen dahin und durch den Bahnhof von Bickley hindurchraste. In dem Schweigen, das darauf folgte, warf die Frau ihm einen anklagenden Blick zu, doch Detective Chief Inspector Marvel zuckte lediglich die Achseln.

2

»James!«

James Buck stand da und balancierte einen Golf GTI auf einer ölverschmierten Hand wie ein Kellner, der einer Schrottpresse den Hauptgang serviert. Jetzt drehte er sich zu seinem Boss um. Er hatte ihn nicht kommen hören, weil es in der Werkstatt immer laut war, wegen der Motoren und der Echos und des ständig laufenden Radios. Und weil er in Gedanken gewesen war. Immer in Gedanken. An Daniel natürlich.

»Was ist?«, fragte er.

»James!«, brüllte Brian Pigeon noch einmal. »Ang! Mach das verdammte Ding leiser!«

Ang latschte zum Radio hinüber und schleifte dabei mürrisch seinen Besen hinter sich her, und James ließ den Arm sinken. Der Wagen blieb auch ohne seine Hilfe oben – auf der Hebebühne; die Räder hingen aus den Radkästen wie die Beine eines Welpen, der gerade hochgehoben worden war.

Die Musik dröhnte ein ganz kleines bisschen weniger laut.

»Du hast bei Mr Knights Wagen die Zündung eingestellt!«

Mr Knight besaß einen Audi TT mit einem verchromten Billy Boat-Sportauspuff. Der Wagen war top in Schuss. Als sie ihn das letzte Mal hier gehabt hatten, hatte irgendwer einen Kotflügel angekratzt, wenn jetzt also wieder irgendwas mit dem Audi war, dann war das ein ernstes Scheißproblem. James hatte ihn beide Male nicht angerührt.

Nicht dass das einen Unterschied machte.

»An welchem Wagen?«, fragte er mit ausdrucksloser Miene.

»An dem da!«, brüllte Brian und rammte den Finger in Richtung Vorplatz. »Der, der mir da meinen neuen Beton mit Öl volltropft.«

James schaute nicht zum Vorplatz, er sah wieder zum Fahrgestell des Golfs hinauf und schluckte heftig. Er traute sich noch nicht zu antworten. So neu war der Beton gar nicht. Er war vor genau vier Monaten gegossen worden, am 5. November.

Am Morgen vor der Guy Fawkes Night.

An dem Morgen, an dem Daniel verschwunden war.

Er erwartete nicht, dass das Brian Pigeon auf dieselbe Weise bewusst war, wie es *ihm* bewusst war, doch er hasste ihn trotzdem dafür, dass er aus einem anderen Grund an diesen Tag dachte.

Brian brüllte wieder. »Als du den Deckel wieder auf die Kipphebel montiert hast, hast du bestimmt die Dichtung angequetscht. Überall Öl! Auf Mr Knights Auffahrt auch!«

So etwas Achtloses hätte James nicht getan. Wahrscheinlich war es Mikey gewesen, der die Dichtung ramponiert hatte. Er war unachtsam und eilig, und wenn ein Wagen nicht an den Computer angeschlossen war, kam er oft nicht klar. Doch das alles sagte James nicht. Er stand einfach nur da; die eine Hand hing mit dem Schraubenschlüssel darin herab, die andere hatte er über dem Kopf und drehte die Mutter mit den Fingern heraus, mittlerweile auf Autopilot.

»Also, was hast du dazu zu sagen? Jetzt muss das alles noch mal gemacht werden.«

»Aber nicht von Ihnen!«, brüllte Mr Knight aus dem nahe gelegenen Büro herüber. »Sie zahlen dafür, dass jemand anders das erledigt, sonst verklage ich Sie dumm und dämlich!«

Brian achtete nicht darauf. »Was hast du dazu zu sagen?«, fuhr er James abermals an.

»Entschuldigung?«, meinte James.

»Entschuldigung, was für ein *Schwachsinn*!«, schrie Brian. »Mr Knight ist unser bester Kunde! Jetzt müssen wir das alles noch mal machen!«

»Sie rühren meinen Wagen nicht an«, beharrte Mr Knight.

»Und zwar umsonst!«, fuhr Brian fort.

»Auch nicht umsonst«, wehrte Mr Knight ab. »Ich verklage Sie!«

Brian achtete nicht darauf und brüllte James an: »Mir reicht's! Raus.«

James ließ den Golf los und wischte sich mit der Ellenbogenbeuge die Stirn ab. »Was?«

Der Schraubenschlüssel in seiner rechten Hand fühlte sich plötzlich sehr schwer an.

»Nimm deine Sachen und hau ab.« Brian ruckte mit dem Daumen über die Schulter. »Du bist gefeuert.«

Ganz kurz herrschte Stille – oder das, was in der Werkstatt als Stille durchging, während das Radio noch immer dudelte, das Hintergrundrauschen, das ihr Leben untermalte.

»Moment mal«, sagte Mr Knight, plötzlich gar nicht mehr so heftig. »Ich wollte doch nicht … Das ist doch nicht …«

Brian hob die Hand. »Keine Sorge, Mr Knight. Ist nicht Ihre Schuld. Ihr Wagen ist mir viel zu wichtig, als dass ich Sie wegen irgend so 'nem *Vollidioten* als Kunden verliere.«

James spürte den kalten Stahl an seinem Daumenballen. Der Schraubenschlüssel war wunderschön gefertigt und vollendet ausbalanciert. Er packte ihn fester.

»Kommt mir ein bisschen krass vor, den Mann gleich zu *feuern*«, meinte Mr Knight.

»Überhaupt nicht«, widersprach Brian. »Er hat Ihren Wagen versaut. Hat Ihre Auffahrt versaut. Hat meinen Vorplatz versaut. Hat mich ein verdammtes Vermögen gekostet. Aber es geht gar nicht ums Geld – wir haben doch einen Ruf. Wir sind doch Fachleute.«

Mr Knight zuckte mit den Schultern und nickte – langsam ging ihm auf, dass ein Mann manchmal tun musste, was ein Mann eben tun musste.

Brian wandte sich wieder an James. »Bist du immer noch da? Worauf wartest du denn? Auf die Dichtungsfee?«

James drehte sich um und schleuderte den Schraubenschlüssel mit aller Kraft quer durch die Werkstatt. Er prallte von einer Werkbank ab, dann schlitterte er über den rot gestrichenen Betonboden von Pigeon's MoT & Diagnostics und rutschte mit lautem Scheppern in die alte Grube. James stürmte um seinen Boss herum *(Das ist ein Steckschlüssel, du kleiner Scheißer!)*, an Mr Knight vorbei *(War ja wirklich 'ne Riesensauerei auf meiner Auffahrt …)* und in die schmuddelige kleine Küche.

Dort setzte er sich auf den einzigen gepolsterten Stuhl – auf den, den Brian sich immer nahm. Er stellte den Fuß auf einen der anderen Stühle und schubste ihn ein Weilchen mit lautem Scharren über den Linoleumboden, dann kippte er ihn krachend um.

In dem Raum gab es einen Resopaltisch, einen Ausguss, die Holzbank, auf der Ang schlief, und fünf nicht zueinander passende Stühle. Auf dem Tisch lagen alte Zeitungen und Junk-food-Packungen, außerdem stand da ein Becher ohne Henkel, den Pavel und Mikey als Aschenbecher benutzten. Die Wände waren voller Riefen und dunkler Fingerabdrücke. Über der Mikrowelle hing ein Kalender, der als Vorwand dafür diente, Fotos von barbusigen Frauen an die Wand zu pinnen. Keiner von ihnen schaute je darauf oder blätterte zum nächsten Monat um, das Ding diente einfach nur als kleine männliche Trotzhandlung.

James kippte noch einen Stuhl um.

Die ganze Zeit hörte er unter dem üblichen hallenden Getöse aus Popmusik und laufenden Motoren undeutliche Stimmen, die immer weniger hitzig klangen. Brian redete mit Mr Knight, und Mr Knight ging, das Hin und Her des Abschieds.

Dann sprang der Ersatzwagen an. Den hätte James überall erkannt, ein Citroën Diesel, der sich anhörte wie eine Ritterrüstung, die eine Treppe hinunterfiel.

Mr Knight ließ seinen Audi zur Reparatur da. Nach all dem Getue und all dem Blödsinn. So lief das immer.

James hörte, wie der Citroën vom Vorplatz rumpelte und knirschend der zweite Gang eingelegt wurde, als er sich in den Verkehr einfädelte. Dann stand er auf und ging wieder an die Arbeit.

Er trottete in den hinteren Teil der Werkstatt, doch Ang war bereits dabei, den Schraubenschlüssel aus den Müllschichten am Grund der stillgelegten Grube zu fischen. Ang meldete sich immer schnell für alles Mögliche freiwillig, und Brian pflegte das rasch auszunutzen. Er schickte ihn Sandwiches holen und ließ ihn Autos parken und für ihn Telefonnummern wählen, weil er zu viel zu tun hatte, um in irgendwelchen Warteschleifen zu hängen. Drei Jahre nachdem er auf der Achse eines Sattelschleppers in England angekommen war, war Ang noch immer dabei, die Sprache zu lernen. Bisher hatte er eigentlich nur die Schimpfwörter richtig drauf.

Hier Brian Pigeon. Bitte warten. Sie haben Nachricht? Ang sagte seinen Text endlos halblaut vor sich hin, doch die Aufgabe war ein Minenfeld.

Jetzt dirigierte Brian ihn vom Grubenrand aus, die Hände in die Hüften gestemmt. Die Druckknöpfe seines Overalls spannten allmählich ganz schön, in letzter Zeit war James aufgefallen, dass Brian immer eine sichere Stütze für seinen Bauch brauchte, wenn er sich über einen Motor beugte.

Er warf James einen kurzen Blick zu. »Das mit dem Schraubenschlüssel war ’n bisschen heftig.«

»’tschuldigung.«

Brian zuckte die Achseln. »Aber das mit der Dichtungsfee war doch gut, oder?« Er lachte über sich selbst und fügte dann hinzu: »Voll der Brüller.«

James lächelte schwach und streckte die Hand aus, um Ang herauszuhelfen. Er war schlank gebaut, deshalb stemmte er sich ein, doch Ang war federleicht und schien fast aus der Grube emporzuschweben.

James folgte Brian zum Büro, während Ang seinen Besen nahm, das Radio lauter drehte und mitsang, die falschen Worte zur falschen Melodie.

»Ang!«, brüllte Mikey. »Du hörst dich an wie 'ne rollige Katze!«

»Danke schön«, sagte Ang und sang weiter. Er stand total auf dieses Radio. Es war an, wenn sie morgens zur Arbeit kamen, und wenn sie abends gingen, war es immer noch an.

Brian schaute auf, als James ins Büro kam. »Das war doch jetzt nicht schlimm, oder?«

»Nein«, antwortete James.

»So kurz nach …« Brian hob hilflos die Hände. »… Du weißt schon …«

»Kein Problem«, versicherte James, und das meinte er auch ernst. Für ihn war nichts mehr besonders schlimm. Nichts war wichtig genug, um schlimm zu sein.

Brian holte einen Ballen zerknüllter Geldscheine aus der Tasche und zog einen Zwanziger heraus. »Hier.«

Wortlos steckte James den Schein in die Brusttasche.

»Scheiße«, meinte Ang von der Tür her. »Kurz verdient Geld.«

»Leicht«, erwiderte James. »Leicht verdientes Geld.«

»Und was dann kurzes Geld?«

»Weiß nicht. 'n Hungerlohn vielleicht? Man kriegt einen Hungerlohn? Nicht viel Geld, verstehst du?«

»Oh«, sagte Ang. »Okay.« Er verharrte in der Tür.

Brian war am Telefon, wegen der neuen Hebebühne. Vor vier Jahren, als James hier angefangen hatte, hatten sie drei miese alte Werkstattgruben gehabt. Jetzt waren zwei davon zubetoniert und durch Hebebühnen ersetzt worden, und eine dritte war bestellt und der Vorplatz neu betoniert worden, und trotzdem mussten sie immer noch die Kaffeepackung gegen die Tür der Mikrowelle lehnen, damit die zublieb. Brian war reich, aber geizig. James vermutete, dass er vielleicht reich war, *weil* er geizig war.

Im Moment brüllte er gerade irgendjemanden nieder, von wegen Lieferfristen und Durchhärtungszeiten, dann knallte er den Hörer auf und röhrte: »Aschlöcher!«

Ang streckte den Kopf ins Büro, wie üblich war sein Timing ausgezeichnet. »Ich gefeuert für kurz Geld.«

»Was?«, fragte Brian.

»Ich gefeuert. Nicht James.«

»James wird gefeuert.«

»Aber ich gefeuert für kurz Geld.«

»James wird gefeuert«, wiederholte Brian. »Er ist weiß, und er ist Engländer, deshalb wird er gefeuert. Du bist Chinese, deshalb kann ich dich nicht feuern, weil, das wär Rassismus, verstehst du?«

»Scheiße.« Ang furchte die Stirn. Er spielte mit dem Besenstil, puhlte mit dem Fingernagel an dem Holz herum.

Brian seufzte. »Fegst du jetzt den Boden, oder muss ich die Einwanderungsbehörde anrufen?«

Ruckartig richtete Ang sich auf und begann zu fegen. »Ich Hmong«, sagte er mürrisch. »Nicht Chinese.«

»Na ja, jetzt bist du in England, und in England wird gearbeitet.«

Auf der anderen Seite der Werkstatt lachte Pavel hohl in den Radkasten eines Lexus hinein.

James hob den Arm und fuhr fort, die Mutter an der Auspuffbefestigung des Golf zu lösen. Das war das dreizehnte Mal gewesen, dass er gefeuert worden war. Demütigungen im Wert von zweihundertsechzig Pfund. Brian Pigeon war ein toller Schauspieler – eigentlich müsste er im West End auftreten und keine schmuddelige Autowerkstatt im Süden Londons betreiben –, und sein Zorn war überzeugend, auch wenn man wusste, dass er nicht echt war. Manchmal kam Mrs Pigeon in die Werkstatt, obgleich sie nur selten aus ihrem schnittigen Mercedes ausstieg – sie teilte Brian einfach durchs Fenster mit, was sie wollte, wie beim McDonald's-Drive-in. Bei ihr wurde Brian niemals wütend, und manchmal fragte James sich, ob er deshalb über ein solches Zornreservoir verfügte, jederzeit einsatzbereit, um auf ihn losgelassen zu werden, sobald ein Kunde prozessfreudig aussah.

Das funktionierte immer. Nichts besänftigte ein reiches Arschloch schneller, als mit anzusehen, wie irgendein Mechaniker von jetzt auf gleich gefeuert wurde, weil er Mist gebaut hatte. Nichts gab ihnen stärker das Gefühl, unheimlich wichtig zu sein.

Es war nicht echt, aber James fand es trotzdem unangenehm. Die Peinlichkeit, in aller Öffentlichkeit die Verantwortung für einen Fehler zu übernehmen, den er nie gemacht hatte. Die erzwungene Entschuldigung. Das Herumgebrülle und die Unterwerfung und die Spucke im Gesicht.

Bei alldem fühlte er sich total beschissen.

Sogar bei den zwanzig Pfund, die er dafür bekam, fühlte er sich beschissen. Brian drückte ihm das Geld immer in die Hand, als täte er ihm einen Riesengefallen, als bevorzuge er ihn wie einen Lieblingssohn.

»Großer Gott«, sagte Brian Pigeon leise.

Ang hörte auf zu singen und starrte betrübt durch das Tor nach draußen.

James folgte ihrem Blick mit den Augen, und sein Herz wurde noch schwerer.

Seine Frau war dort draußen, saß im Schneidersitz am Rand des Vorplatzes, wie ein Buddha im blauen Anorak.

Das erinnerte ihn bloß daran, dass sich beschissen fühlen genau das war, was er verdient hatte.

3

Anna Buck war verrückt. Das konnte jeder sehen.

Jeden Morgen saß sie auf der Straße. Nicht etwa an eine Mauer gelehnt wie eine Obdachlose, sondern mitten im Weg, wo die Pendler, die Kopfhörer ihrer Handys oder iPods in den Ohren, einen Bogen um sie machen mussten und Kinder sie wie kleine Apachen auf ihren Fahrrädern träge umkreisten.

Einmal am Tag, komme, was da wolle, öffnete Anna die schäbige Tür ihres Reihenhauses und schob sich vorsichtig ins Freie. Kaum hatte sie die Tür aufgemacht, schlüpfte sie rasch hindurch, schloss sie schnell wieder hinter sich und schaute sich dabei um, als versuche sie, eine Katze am Weglaufen zu hindern.

Sie hatte immer dasselbe an: eine große blaue Regenjacke mit Ärmeln, die bis zu den Fingerspitzen reichten. Die Kapuze behielt sie auf und schaute zu Boden, so dass eine Unterwasserblässe auf ihrem Gesicht lag. Mit bedecktem und gesenktem Kopf brauchte Anna auch nicht aufzuschauen, um genau zu wissen, wo sie hinwollte – schräg über den breiten Gehsteig und auf den Werkstattvorplatz.

Dort sank sie langsam auf die Knie und fing an zu putzen.

Jeden Tag schrubbte Anna Buck den Beton mit einer Zahnbürste, wischte ihn mit einem Lappen ab und polierte ihn dann auf Hochglanz.

Niemand blieb stehen. Die Leute hatten zu tun und mussten woandershin. Wenn sie hinschauten, dann nur ganz kurz, und nur, wenn sie noch einmal hinschauten, hätten sie vielleicht gesehen, was sie da putzte.

Fünf Fußabdrücke im Beton.

Fünf Fußabdrücke, die von den rußigen Häusern wegführten, wer weiß wohin …

Heute war es trocken, und die Abdrücke waren staubig, und Anna entfernte mit der Zahnbürste Sand und Schmutz aus den kleinen runden Dellen, wo die Zehen gewesen waren. Nachdem die größeren Schmutzpartikel weggebürstet waren, drückte sie den Zeigefinger in den Abdruck des großen Zehs, um den Staub aufzunehmen. Sie dachte an Daniels Zehen – so klein und rosig und krabbelig.

This little piggy went to market …

Rosig und krabbelig. Sie brauchte nur die ersten Worte des Kinderreims aufzusagen, dann fing er vor lauter Vorfreude schon an zu zappeln. Seine runden Wangen machten funkelnde Schlitze aus seinen Augen, und bei seinem quietschenden Gelächter konnte man oben und unten die kleinen weißen Zähnchen sehen.

Ihr Finger schmiegte sich in den nächsten Zehenabdruck.

This little piggy stayed at home.

Daniel war nicht zu Hause geblieben. Daniel war fortgegangen, und er war nicht zurückgekommen.

Kein Zu-Ende-Reimen, kein Nach-Hause-Flitzen.

Einfach.

Weg.

Anna presste den kleinen Finger in die dritte Delle, dann in die vierte.

Die fünfte – der kleine Zeh – war selbst für ihren kleinen Finger zu winzig, und sie beugte sich nieder wie eine Bittstellerin, um den Staub herauszublasen, bevor sie den Rest des Fußabdrucks sauber wischte. Ganz vorsichtig unter dem Fußgewölbe, weil Daniel doch so kitzlig war, und dann um die Ferse herum; sie tupfte die letzten

Schmutzreste mit dem Lappen weg. Dabei konnte sie seine Fersen wieder in ihren Handflächen spüren, wie sie damals bei all dem lange zurückliegenden Windelwechseln die Hände darum gewölbt hatte und seine kleinen Beinchen in der Luft gestrampelt hatten, während er wegen des Pudergeruchs kichern musste.

Er hatte gelacht, und sie hatte gelacht, und James hatte gelacht. Das erschien jetzt unmöglich – allein die Vorstellung zu lachen.

Der wird mal 'n Hundertmeterläufer – schau dir die Oberschenkel an. Der wird mal Tänzer, so wie der die Zehen streckt. Der spielt bestimmt mal für die Tottenham Hotspurs – Mann, tritt der zu!

Es war leicht gewesen, Daniel sauber zu bekommen. Es hieß ja, bei Jungs sei das schwerer als bei Mädchen, aber Daniel hatte schon an seinem zweiten Geburtstag keine Windeln mehr gebraucht und war von seiner Großer-Junge-Jeans und seiner Batman-Hose ganz hin und weg gewesen. Seine »Bad Man«-Hose hatte er die immer genannt, und James hatte ihn nie verbessert, weil es so süß war und er sich jedes Mal so gefreut hatte, wenn er es sagte.

Anna schluchzte. Manchmal passierte das ohne Vorwarnung, und sie versuchte gar nicht, es zurückzuhalten. Das konnte sie nicht. Ihre Tränen waren wie Atmen, es gab keine Möglichkeit, ihnen Einhalt zu gebieten. Am Anfang hatte sie es noch versucht, und es hatte nicht geklappt. Jetzt beugte sie sich über ihre Arbeit und schluchzte ganz offen, und es war ihr egal, wo sie war oder wer sie sah.

Eine Träne platschte in den Fußabdruck, und sie fluchte innerlich und tupfte sie schnell mit dem Lappen auf. Salz und saurer Regen waren tödlich für Beton und Zement.

Nachdem sie sämtlichen Ruß und Schmutz aus den Fußabdrücken entfernt hatte, öffnete sie die Dose mit dem Bohnerwachs und machte sich daran, die Abdrücke zu polieren, um sie zu schützen.

Ein Stück weiter oben auf dem Vorplatz hatte jemand namens Big Mike seinen Namen in denselben nassen Beton geschrieben. Doch niemand hatte sich je um *Big Mike* gekümmert, und die flachen Buchstaben begannen bereits zu verblassen und zu verschwinden, die Ränder vom Regen und von zahllosen Füßen abgeschliffen.

Das würde mit Daniels Fußabdrücken nicht passieren.

Niemals.

Die Heftigkeit dieses Gedankens ließ Annas Tränen einen Augenblick lang versiegen, und sie wischte sich die Nase am blauen Ärmel ab und holte tief Luft, belebt von ihrer eigenen Entschlossenheit, die letzten bekannten Schritte ihres Sohnes so frisch und rein zu erhalten wie an jenem Morgen, als sie gemacht worden waren, vor genau vier Monaten.

Sie konnte die Leute nicht daran hindern darüberzulaufen – zumindest nicht, wenn sie wieder in die Wohnung zurückgekehrt war. Aber sie konnte sie zum Glänzen bringen, und das tat sie jeden Tag, an dem es nicht regnete. Wenn es regnete, kam sie nur heraus und saß eine Weile da, mit gesenktem Kopf über die Abdrücke gebeugt wie eine sterbende Indianersquaw. Schützte die Abdrücke ein Weilchen vor den Elementen, ehe sie wieder hineinhuschte, bevor das Baby aufwachen konnte.

Manchmal stellte sie ein Teelicht hier auf und zündete es mit einem alten Einwegfeuerzeug an. Einmal hatte ein Polizist es ausgeblasen und gesagt, es wäre ein Brandrisiko. Anna hatte ihm gellend ins Gesicht geschrien – irgendetwas Irres, Unverständliches von Daniel und Zeit verschwenden und richtige Verbrecher schnappen –, und der Polizist war zurückgewichen und hatte sich hastig davongemacht. Danach war er auf der anderen Straßenseite Streife gegangen und hatte sie ihre Kerzen anzünden lassen.

Jetzt streckte Anna den Finger aus und zog die Umrisse des letzten Fußabdrucks nach. Er war ihr der liebste. Es war der Abdruck, dem sie ansah, dass Daniel da gemerkt hatte, dass er über nassen Beton lief, und die Richtung gewechselt hatte. Er war verdreht und ein wenig verformt: der Abdruck der Ferse war flacher und der des Fußballens und der Zehen viel tiefer, als hätte er sich auf die Zehenspitzen gestellt und sich schräg abgestoßen …

»Was machen Sie da?«

Anna blickte kurz auf und sah ein Mädchen. Es trug eine Schuluniform – schwarze Hose, schwarze Schuhe und rotes Sweatshirt, links auf der Brust war *St. Catherine's Academy* aufgestickt.

Manchmal pöbelten irgendwelche Halbwüchsigen Anna an, wenn sie in lärmenden Gruppen vorbeikamen, oder beschimpften sie. Bekloppte und Irre und Schlimmeres.

Sie beugte sich vor und machte sich wieder an die Arbeit.

»Was machen Sie da?«, fragte das Mädchen noch einmal.

Es war Wochen her, dass Anna mit jemand anders gesprochen hatte als mit James. Vielleicht auch Monate.

»Puu …« Sie musste innehalten und sich Tränen und Schweigen aus dem Hals räuspern. »Putzen.«

»Oh«, sagte das Mädchen.

Anna polierte die Ferse des letzten Fußabdrucks, so dass der Beton so glatt und blank wurde wie Glas. Beim Polieren rieb die Nylonkapuze ihres Anoraks rhythmisch an ihren Ohren, vor und zurück, und übertönte alles andere.

Schrrii-schrrii-schrrii.

Auch nachdem sie wusste, dass der Fußabdruck fertig war, rieb Anna noch lange weiter, nur um sich die laute Stille zu bewahren.

»Warum?«, fragte das Mädchen.

»Was?«, sagte Anna.

»Warum putzen Sie die?«

»Weil …« Sie hielt inne, dachte nach und fuhr dann fort: »Die hat mein Sohn gemacht, und ich will sie nicht verlieren.«

»Warum?«

Daniel hatte auch wissen wollen, *warum*. Andauernd. Warum dies, warum das, warum jenes. Es hatte sie wahnsinnig gemacht. Obwohl sie damals – natürlich – keine Ahnung gehabt hatte, was wahnsinnig war, nicht den blassesten Schimmer. Jetzt zeigte ihr Daniels Abwesenheit die wahre Bedeutung des Wortes. Das wusste Anna. Sie wusste, dass sie wahnsinnig wurde, aber sie wusste nicht, was sie dagegen tun sollte, ebenso wenig, wie sie wusste, wie sie sich selbst daran hindern sollte zu weinen oder zu atmen.

»Warum?« Das Mädchen war immer noch da. Fragte immer noch. »Warum wollen Sie sie nicht verlieren?«

Ohne aufzublicken, zuckte Anna mit den Schultern. »Weil ich *ihn* verloren habe.«

»Echt?«, fragte das Mädchen, und seine Stirn legte sich in befremdete Falten »Wie denn?«

Das *Wie* hatte sich so oft in Annas Kopf gedreht, dass sie es auswendig konnte, genauso, wie sie einst jede einzelne Sekunde von Daniels Lieblings-DVDs auswendig gekannt hatte – *König der Löwen* und *Toy Story*. Sie wollte das *Wie* nicht von Neuem ablaufen lassen, doch wenn es einmal angefangen hatte, konnte sie es nie abschalten.

Sie war in der Küche gewesen und hatte Lunchpakete für den Kindergarten und für die Arbeit gemacht. Erdnussbutterbrote und Karotten und einen kleinen Schokoriegel in Gestalt eines Froschs für Daniel und Erdnussbutterbrote und ein Mars für James. Aus der Werkstatt nebenan hatte das Radio gedudelt – der blecherne Sound von Duran Duran oder vielleicht von Culture Club. Irgendetwas aus den Achtzigern. Sie hatte einen raschen Blick aus dem Küchenfenster geworfen, auf die Straße, die ihrem eigenen Rhythmus folgte: der Bus, der an der Bushaltestelle wartete, der Mann, der zwei Dackel spazieren führte, die Frau die so langsam joggte, dass der hochgewachsene Mann mit dem *Daily Telegraph* unter dem Arm sie mit Leichtigkeit überholte, die Gehsteigplatten, die sich hoben und Sprünge bekamen, weil die Linden sich nicht von quadratischen Betonpferchen gefangen halten ließen. Ein Lastwagen mit einem Betonmischer stand vor der Werkstatt, und der Fahrer zog gerade einen dicken Plastikschlauch über den Gehsteig.

Gleich würde James sich von hinten an sie heranschleichen und die Arme um sie legen …

Oh!

Sie hatte sich in seinen Armen umgedreht und ihn lange und heftig geküsst.

Ich bringe heute Abend Feuerwerk mit, hatte er gesagt.

Sie hatte gelacht und erwidert: *Das glaube ich dir gern.*

Er hatte ebenfalls gelacht und um sie herumgegriffen, um sich sein Lunchpaket zu angeln. Ganz langsam. Ihre Körper hatten sich berührt, von oben bis unten.

Sie hatten gelächelt.

Wir sehen uns heute Abend.

Sie würde ihn schon sehr viel früher wiedersehen.

Und nie wieder so wie vorher.

Anna hörte, wie er ging. Hörte, wie er die schmale dunkle Treppe hinunterstieg, hörte, wie er die Tür aufmachte …

Sie hatte ihn die Tür nicht schließen hören. Hatte gar nicht darüber nachgedacht, bis später – als es viel, viel, *viel* zu spät war. James machte die Tür auf, James machte die Tür zu. Das war es, was jeden Morgen geschehen war, die ganzen drei Jahre lang, die sie jetzt hier wohnten. Es war ihr so vertraut wie *Toy Story* – so vertraut, dass sie es ausblenden und über etwas anderes nachdenken konnte, während es im Hintergrund ablief.

Ungehört.

Daniel!

Sie hatte den Schokoriegel aus der Tüte genommen und noch eine Karotte hineingesteckt.

Daniel! Jetzt komm schon!

Sie hatte die Karotte herausgeholt und den Schokoriegel wieder hineingetan.

Heute Abend würde es Cornflakes-Kuchen geben. Daniels Lieblingskuchen. Und auf dem Weg zur Arbeit würde sie ein paar Äpfel kaufen, fürs Apfelschnappen.

Sie würde nie wieder zur Arbeit gehen.

Daniel!

Sie war in sein Zimmer gegangen. Sie war ins Bad gegangen. Sie war wieder in sein Zimmer gegangen. Nach unten war sie nicht gegangen, dafür gab es keinen Grund. Das Einzige dort unten war die Haustür, und die war immer zu, weil sie an einer Hauptstraße wohnten.

Stattdessen war sie neben dem Fernseher stehen geblieben, hatte Zeit verschwendet, hatte Leben verschwendet, hatte überlegt, wo er wohl sein könnte – und als sie die Treppe hinuntergeschaut hatte, war es zu spät gewesen.

Vor einhundertzwanzig Tagen war die Haustür offen gelassen worden …

Alles danach war nur ein verschwommener Schnelldurchlauf der Panik: des Rennens und des Rufens, und wie der Fahrer des Betonlasters von dem dicken vibrierenden Schlauch aufgeblickt hatte. Wie Pavel und Mr Pigeon die Straße hinauf- und hinuntergelaufen waren, Fremde angesprochen hatten, die Hände hüfthoch über den Boden gehalten hatten, um Daniels Größe anzuzeigen. Wie Ang angesichts der Aufregung unter Tränen seinen Besen umklammert hatte. Wie Mikey in der Gasse hinter der Werkstatt *Danny! Danny!* gebrüllt hatte.

Wie James endlich von den Geschäften zurückkam, mit einem Armvoll Wunderkerzen und Raketen, die er dann so vollständig vergaß, dass sie ihm eine nach der anderen runterfielen, als er verzweifelt die Straße hinauf- und hinunterrannte.

Und das Ganze mit dem Geruch von Feuerwerk in der schalen Luft und den blechernen Hits, die aus der Werkstatt drangen.

Das erste Polizeiauto war direkt auf den Gehsteig gefahren, und einer der Polizisten hatte diese Stelle entdeckt. Diese Stelle, wo Daniel an der Ecke des Vorplatzes über den frisch gegossenen Beton gelaufen war. Fünf kleine Fußabdrücke, ehe er kehrtgemacht hatte und wieder auf den Gehsteig gesprungen war, auf die Straße zu …

Und verschwunden war.

Niemand hatte ihn gesehen.

Niemand hatte ihn nach jenem bitteren Novembermorgen jemals wiedergesehen.

Ansonsten wusste Anna von jenem Tag nicht mehr viel, und sie erinnerte sich auch nicht gut an all die Tage seither. Das verschwommene Gewirr aus Polizei und Kameras und Zeitungsartikeln wurde kleiner und kleiner, DCI Lloyd rief ab und zu an und löcherte sie wegen alles Möglichen, was ihr vielleicht wieder eingefallen sein könnte, nur für den Fall, dass sie über entscheidende Informationen verfügte, die sie nicht weitergegeben hatte. Die Angebote, Medikamente und Therapie – als könnte sie das vergessen lassen, dass Daniel weg war. Als wäre das etwas Gutes!

Anna hätte ganz ehrlich nicht sagen können, wie sie es von jenem Tag bis zu diesem geschafft hatte, wie sie überlebt hatte.

Warum sie überlebt hatte.

Das Mädchen stand noch immer neben ihr.

Anna raffte Lappen, Zahnbürste und Bohnerwachs zusammen und stand auf. Jetzt, wo sie aufrecht stand, sah sie dem Kind richtig ins Gesicht. Es war rund und rotwangig und ungefähr acht Jahre alt. Eine Brille mit schwarzem Metallgestell und braune Zöpfe mit Blümchenspangen.

»Wo ist er denn hin?«, fragte die Kleine, und Anna begriff, dass sie all diese Erinnerungen laut gedacht haben musste.

»Das weiß niemand«, antwortete sie, und diese Wahrheit klang jetzt genauso brutal in ihren Ohren wie damals, als sie gehört hatte, wie ein Polizist das zu einem betroffenen Passanten gesagt hatte, an jenem verhängnisvollen – achtlosen – Tag.

»Haben Sie nach ihm gesucht?«, fragte das Mädchen.

»Ich habe gesucht«, sagte Anna. »Wir haben alle gesucht. Wir werde nie aufhören, nach ihm zu suchen.«

»Ist er tot?« Die Augen des Mädchens wurden groß vor Entsetzen.

»Nein«, erwiderte Anna mit fester Stimme. »Er lebt. Irgendwo.«

Das Kind nickte feierlich, erleichtert, diese gute Neuigkeit zu hören.

»Wenn ich ihn sehe, sag ich's Ihnen«, versprach es, und Anna war gerührt. Sie versuchte, »Danke« zu sagen, doch ihr Mund war zu zittrig.

Sie hatte ganz vergessen, wie lieb Kinder sein konnten. Eine Woche nachdem Daniel verschwunden war, hatte irgendjemand ein zerfleddertes Bild durch den Briefschlitz geschoben – zwei Goldfische in einem Teich. Wahrscheinich einer von seinen Kumpels aus dem Kindergarten TiggerTime ein paar Häuser weiter. Seine Erzieherin hatte auch ein paar Mal bei ihnen geklopft und Trost angeboten, den sie gar nicht wirklich zu bieten hatte.

Anna und das kleine Mädchen mit den Zöpfen starrten zusammen auf die fünf Fußabdrücke hinab, jetzt so dunkel und blank, dass sie aussahen wie ein Kunstwerk in einer Nobelgalerie.

»Die sind alles, was Sie noch haben«, stellte das Kind traurig fest.

Anna nickte. Sie waren alles, was sie noch hatte.

Dann sagte die Kleine, sie müsse zur Schule.

Und verschwand ebenfalls.

4

Je länger DCI John Marvel im Morddezernat arbeitete, desto mehr waren ihm die Menschen zuwider. Er war noch keinem begegnet, den er nicht gehasst – oder zumindest verabscheut – hätte, und er konnte in jedem Menschen das Schlechte erkennen.

Für einen Kriminalpolizisten war das eine nützliche Eigenschaft.

Für einen Menschen eher weniger.

Mord war das, was DCI Marvel am allerliebsten war – sogar noch lieber als Sky Sportfernsehen. Es gab kein anderes Verbrechen mit derselben puren Schwarz-Weiß-Endgültigkeit, und es war eins der wenigen Dinge im Leben, die er persönlich nahm. Und er war gut in seinem Job. Er hatte Ahnungen und Erkenntnisse, er hatte jene beharrliche Besessenheit weiterzumachen, wenn alle anderen aufgegeben hatten – nicht weil er das Verbrechen aufklären wollte, sondern weil er es hasste zu verlieren. Morde aufzuklären war ein Konkurrenzsport, da bestand kein Zweifel. Der Mörder gewann, oder die Cops gewannen.

Wie konnte man etwas nicht lieben, das so eindeutig war?

So *biblisch*?

Selbst als er noch abends ins King's Arms gegangen war, hatte Marvel dort über die Arbeit geredet – solange es bei besagter Arbeit um Mord ging. Während seine Kollegen sich bemüht hatten, abzuschalten und die Abgründe zu vergessen, hatte Marvel über all den schäbigen Details gebrütet, war im Geist Beweismittel durchgegangen, hatte Kollegen zu langen, komplizierten Diskussionen über Blutspritzer und Verwesungsgrade und zweifelhafte Beweise genötigt. Und wenn sie Ausreden erfanden, um früh zu gehen, saß er allein da und grübelte über den endlosen Kombinationen von Wie und Warum und Wer und Was und Wann.

Er nahm Fallakten mit in den Urlaub. Während andere Männer Lee Child oder Wilbur Smith lasen, studierte Marvel Obduktionsberichte und Tatortfotos. Und es kam etwas dabei heraus – seine Erfolgsquote lag, seit er das South East G-Team übernommen hatte, bei atemberaubenden vierundachtzig Prozent.

Er sah auf die Uhr.

In genau fünf Minuten machte der Pub auf.

Alte Gewohnheiten wurde man schwer wieder los.

Er stemmte sich aus seinem Stuhl, ging zum Automaten am anderen Ende des Büros und holte sich einen Becher Tee. Es hätte auch Suppe sein können, das war schwer zu sagen. Er tat auf jeden Fall zwei Stück Zucker hinein.

Dann ging er mit dem Becher zu seinem Schreibtisch zurück und zündete sich eine Zigarette an.

Das Großraumbüro des Morddezernats in Lewisham war ein überfüllter Raum mit niedriger Decke, in dem sämtliche scharfen Ecken und Kanten durch Türme aus dicken braunen Aktendeckeln gepolstert waren. Schubkarrengroße Computer pumpten auf jedem Schreibtisch Hitze und lautes Summen in den Raum, doch das papierlose Büro gab es immer noch nur im Science-Fiction. Marvel, auf einem Außenposten in diesem Informationen-Jenga, hatte sich einen Eckschreibtisch unter den Nagel gerissen, indem er DS Brady gegenüber auf seinen höheren Dienstgrad gepocht hatte. Sobald der Schreibtisch seiner war, hatte Marvel ihn zur Zimmerecke herumgedreht, wo er ein *Reservoir Dogs*-Filmplakat und eine Auswahl Ermittlungsfotos anpinnte. Mit dem Rücken zum Büro zu sitzen schreckte unverbindliche Interaktionsversuche ab. Es war Marvel scheißegal, was die anderen aus dem G-Team hinter seinem Rücken anstellten, solange sie noch da waren, wenn er sich umdrehte.

Er nippte an seinem Tee-/Suppenbecher und verzog das Gesicht, dann zog er heftig an der Rothman's, genoss die scharfe Wärme, die seine Kehle füllte, und betrachtete mit zusammengekniffenen Augen die Fotos an der Wand.

Sie gehörten nicht zu dem Fall, den er im Moment bearbeitete. Bei dem ging es um eine vierunddreißig Jahre alte Prostituierte namens Tanzi Anderson, die in ihrem Kleiderschrank gefunden worden war, den Schoß voll mit ihren eigenen knappen Klamotten, von den Bügeln heruntergerissen, und ein Einschussloch zwischen den erschrockenen Augen. Marvel hatte keinerlei Zweifel, dass sehr bald irgendeine andere Nutte auspacken und sie Tanzis Zuhälter ausfindig machen würden, der zufällig an dem Abend, an dem sie umgekommen war, verschwunden war, genau wie Tanzis Geld und ihr Heroin.

Der Fall war ein Selbstläufer.

Und wenn dafür kein Gehirnschmalz nötig war, dann auch ganz bestimmt keine Fotos an der Wand, um sein Gedächtnis auf Trab zu bringen.

Nein, die Fotos, die Marvel sich freiwillig jeden Tag ansah, stammten von einem ungelösten Fall.

Der Fall Edie Evans, die eines kalten Januarmorgens vor über einem Jahr mit ihrem Fahrrad von zu Hause losgefahren und nicht in der Schule angekommen war.

Einen langen, quälenden, sinnlos vergeudeten Tag lang war Edie als Schulschwänzerin betrachtet worden. Sie war beinahe ein Teenager, sie war ein abenteuerlustiges Kind, sie war mit dem Fahrrad unterwegs, sie wusste, wie man mit dem Zug in die Stadt kam … Die Polizei rechnete sich das alles zusammen, obwohl ihre Eltern darauf beharrten, dass das überhaupt nicht zu ihr passe.

Edie war jung für ihr Alter, sagten sie – zumindest nach heutigen Maßstäben. Sie hatte keinen Freund, sie trug kein Make-up, sie hatte einen kleinen Bruder, den sie abgöttisch liebte, und eine Maus namens Peter. In der Schule war sie gut und bei den anderen beliebt, sagten sie. Dass Edie die Schule schwänzte, ergäbe überhaupt keinen Sinn.

Dass sie nicht nach Hause kam, noch viel weniger.

Und sie hatten recht. Kurz vor Einbruch der Dunkelheit hatte ein Mann, der seinen Hund ausführte, Edies Fahrrad unter einem riesigen Rhododendron auf einem Rasenstück entlang der Straße gefunden. Das Hinterrad war verbogen – fast völlig zusammengeklappt –, und die Kette hing als traurige Schlinge schlaff herunter.

Da wurde Edie Evans zu einer Vermissten.

Und früh am nächsten Morgen, als ein paar Tropfen Blut, das sich als Edies herausstellte, auf dem Gehsteig zwischen dem Park und der Straße gefunden wurden, wurde der Fall dem Morddezernat übergeben. Das war nur logisch – obgleich sie nie eine Leiche gefunden hatten und jetzt wohl auch keine mehr finden würden.

Marvel klopfte seine Zigarette auf dem Rand eines Aschenbechers ab, der wie eine menschliche Lunge geformt war, dann betrachtete er das Foto durch zwei Rauchfahnen hindurch. Er kannte Edies Gesicht besser als das jedes anderen Menschen, mit Ausnahme seines eigenen und dem der Queen. Edie war ein Kind von etwas dümmlichem Aussehen, mit Zähnen, in die sie jetzt nie mehr hineinwachsen würde, Sommersprossen und kinnlangem braunem Haar, das hinter ein abstehendes Ohr geklemmt war. Auf dem Foto stand sie rittlings über einem BMX-Rad, in Jeans und einem Simpsons-T-Shirt, und schaute mit entschlossener Miene ein wenig nach oben in die Kamera.

»Wir nennen das immer ihr Weltall-Gesicht«, hatte ihre Mutter

Marvel mit einem traurigen kleinen Lachen erklärt. »Sie will ins All fliegen.«

Er hatte auch ins Weltall reisen wollen!

Das hatte Marvel ganz vergessen bis zu jenem Moment, als Edies Mutter ihm das Foto gab, doch als es ihm wieder eingefallen war, hatte dies eine Flut von Erinnerungen ausgelöst, die ihn mit längst vergangenen Glücksgefühlen wärmten. Wie er sich mit seinem besten Freund Terry Stubbs auf das Gelände der Steinhandlung in der Abigail Road geschlichen hatte, um den riesigen Kiesberg ganz hinten auf dem Grundstück zu erklimmen. Sie bevorzugten die Westflanke – um nicht von dem alten Mann in dem Wohnwagen gesehen zu werden, der auch als Büro diente – und bewegten sich schwerfällig, um zu zeigen, dass sie auf dem Mond waren, wo es weniger Schwerkraft gab. In der schmutzigen, überfüllten Stadt kam der harsche Kies – von den Elementen gebleicht – von allen Landschaften, die sie finden konnte, dem, was sie auf unscharfen Schwarz-Weiß-Fernsehbildern gesehen hatten, noch am nächsten. Gewonnen hatte der, der seine Flagge am dichtesten unter dem Gipfel aufpflanzen konnte, ohne gesehen zu werden. Allerdings hatten sie keine Flaggen; Terrys Flagge war ein Bratenwender und seine ein Plastikschwert mit Rubinen am Griff.

Als er damals im Vorstadtwohnzimmer der Evans' gesessen hatte, hatte John Marvel noch immer den heißen Kies unter seinem Bauch spüren können und das verräterische Klicken der scharfkantigen Steinchen gehört, die hinter ihm bergab rollten wie vom Pech verfolgte Würfel. Sie waren ein paar Mal weggejagt, aber nie geschnappt worden. Jedenfalls nicht dort.

Nicht auf dem Mond.

Unermüdlich hatten sie auf dem Steinhandlungsgelände gespielt, bis sie es überhatten und nie wieder dorthin gingen. Später hatte er Busfahrer werden wollen, dann Wissenschaftler, dann Feuerwehrmann. Er konnte sich nicht erinnern, dass er jemals

Detective hatte werden wollen, aber so war das eben, und hier war er nun.

Neuer Tag, neues Spiel.

Es war Jahre her – Jahrzehnte –, dass er an Terry Stubbs und an den Mond gedacht hatte, und dabei war ihn so ein rasches süßliches Gefühl überkommen, das jeder andere schnell als Wehmut identifiziert hätte.

Nachdem sie ihm das Foto gezeigt hatten, hatten Edies Mutter und Vater ihn in ihr Zimmer geführt.

Sobald er es betrat, hatte Marvel gewusst, dass sie entführt worden war, so sicher, wie ihre Eltern es gewusst hatten, sobald ihnen klar geworden war, dass sie verschwunden war.

Edie Evans hatte Ziele, aber ganz bestimmt nicht die Oxford Street, um sich da mit einer Freundinnenbande einen schönen Tag zu machen und in den Geschäften Mascara zu klauen.

Die Wände ihres Zimmers waren vollständig von Postern bedeckt – nicht von Popstars und Promis, sondern von *richtigen* Sternen. Planeten und Sternkarten und Raketen und Raumschiffe, Captain Kirk an der einen und Han Solo an der anderen Wand, Neil Armstrong innen an der Tür. Ein landendes Spaceshuttle und eine abhebende Apollo-Rakete, Roboter und *Star Wars*-Sturmtruppler und dünne Aliens mit schwarzen Schlitzaugen. Zwischen den großen Postern und Bildern hingen Fotos und Zeitungsausschnitte und Cartoons von Konstellationen und außergewöhnlichen Begegnungen, die die Zwischenräume ausfüllten wie Fugenmasse. Sogar die Decke war mit diesen blassgrünen Klebesternen gesprenkelt, die, wie Marvel wusste, das Sonnenlicht aufsaugen und dann im Dunkeln über einem Kinderkopf leuchten würden.

Marvel schaute aus dem Fenster und in den Mäusekäfig. Durch das eine sah man in einen gepflegten Garten hinaus, bis zu den Bäumen dahinter, der andere war voller geringelter Hobelspäne und alter Toilettenpapier-Rollen, an beiden Enden angeknabbert. Die Maus Peter trappelte in ihrem Laufrad aus Draht dahin und kam in gehörigem Tempo keinen Zentimeter von der Stelle.

In seinem Bemühen, Edie zu finden, hatte Marvel oft bis spät in die Nacht gearbeitet. Er hatte darum gebeten, den Fall nicht abzulegen, lange nachdem er allmählich kalt zu werden begann; er hatte alles versucht.

Sogar einen Hellseher.

Natürlich hatte *er* keinen aufgesucht – das wäre ja das ultimative Eingeständnis des Versagens gewesen –, aber als DS Short es vorgeschlagen hatte, hatte Marvel ihr nur verächtlich ins Gesicht gelacht, es aber nicht ausdrücklich verboten. Und als die Spesenrechnung eingegangen war, hatte er sie abgezeichnet – und sich mit dem Gedanken getröstet, dass da ja stand, das Geld sei für eine »Kirchendach-Spende«.

An Verdrängung war ja nichts verkehrt.

Danach hatte Marvel den Hellseher nur noch einmal kurz im Fernsehen gesehen, wo er sehr ernst über seine Bemühungen sprach zu helfen.

Helfen, von wegen. Ebenso gut hätte Marvel aus den Teeblättern/Instantnudeln am Grund seines Bechers Tee/Suppe lesen können. Alles, was der Hellseher zuwege gebracht hatte, war, dass die Spinner und die Gutmenschen aus ihren Löchern kamen. Manchmal war es schwer, die einen von den anderen zu unterscheiden; Marvel war sich nicht sicher, ob es überhaupt einen Unterschied gab. Mark und Carrie Evans waren mit Briefen und Schnickschnack aus aller Welt zugeschüttet worden – Visionäre, verwandte Seelen, Kinder, alle schickten Hoffnung und Bibelverse und Glücksbringer und Talismane.

Sogar Geld. Zwanzig Australische Dollar, wundersamerweise noch immer an eine Postkarte aus Perth geheftet, hundert Pfund in schmutzigen Scheinen, in einen reich verzierten Umschlag gestopft, und ein brandneuer Fünfziger mit einem langen Brief, in dem ein anderes, anderswo vermisstes Kind beschrieben wurde.

Als ob Geld helfen würde.

Und die Perversen. Von denen suchten immer ein paar die Zeitungen nach brauchbaren Zielscheiben ab und nahmen auf ihre eigene widerwärtige Art und Weise Kontakt auf. Drei Polaroidfotos von einem erigierten Penis, ein Schmuckkästchen mit einer Knackwurst drin und ein Zeitungsfoto von Edie mit herausgeschnittenen Augen und den gekritzelten Worten *Ich hab euhre Kleine kaldgemacht.*

Die Welt war voller Wichser.

Einschließlich des sogenannten Hellsehers, der ein paar Wochen lang verschwommene Visionen gehabt hatte, ehe die Spur kalt geworden war. Marvel war so wütend gewesen, dass er bei Superintendenten Jeffries vorgesprochen hatte, um das Geld zurückzufordern. Doch Jeffries hatte nicht riskieren wollen, ihr peinliches Experiment durch sämtliche Instanzen zu zerren. Lehrgeld, hatte er gesagt.

Marvel zog noch einmal an seiner Zigarette und spürte die Hitze an Daumen und Zeigefinger.

Der einzige greifbare Beweis, den sie bei dem Fall gehabt hatten, war Edie Evans' Fahrrad gewesen.

Es war halb unter den Rhododendronbüschen gefunden worden, neben dem breiten Parkgelände, das zwischen dem Haus der Evans' und der Schule lag. Marvel war mehr als einmal dort gewesen.

Mehr als fünfzig Mal.

Es war ein halb aus Bäumen, halb aus Rasenflächen bestehendes Areal, wo die Leute aus dem Viertel ihre Hunde ausführten und Kinder Verstecken spielten. Im Sommer konnten die Eltern vor dem Pub auf der anderen Straßenseite sitzen und zuschauen, wie ihre Kinder im Park einen Ball umherkickten.

Sicher.

Nicht sicher.

Es war ein so schmaler Grat …

Marvel hatte Edie nie kennengelernt, wohl aber ihr Fahrrad. Das BMX-Rad lehnte jetzt in der Asservatenkammer an der Wand, noch immer schlaff und verbogen. Es war ein altes, billiges Rad, das von Hand mit breiten schwarzen und weißen Streifen bemalt worden war.

»Wie eine Rakete«, hatte ihr Vater erklärt und das Foto in ihrem Zimmer betrachtet. »Wir haben's zusammen angemalt.«

»War da eine Klingel dran?«, hatte Marvel gefragt.

»Nicht dass ich mich erinnere. Wieso?«

»Am Lenker sind ein paar Kratzer, da, wo eine Klingel sein würde. Aber auf dem Foto hier ist keine drauf.«

Ihr Vater hatte die Achseln gezuckt. »Das Ding ist alt. Da sind jede Menge Kratzer dran.« Er hatte ausgesehen, als wäre ihm nicht ganz klar, warum das überhaupt wichtig war, wenn seine Tochter verschwunden war und auf dem Gehsteig Blutstropfen waren.

Es war auch nicht wichtig, deshalb hatte Marvel nicht nachgehakt. Es war ihm aufgefallen, das war alles. Es war sein Job, alles Mögliche zu bemerken, manchmal jedoch waren die Dinge, die ihm auffielen, nicht bedeutsam oder logisch. Nichts, was man in einem Bericht niederschreiben und als Beweismittel bezeichnen konnte. Manchmal waren es einfach bloß so Sachen.

Aber er bemerkte sie trotzdem.

Nicht dass es geholfen hätte. Der Fall war kalt geworden, das Rätsel blieb ungelöst, Edie blieb verschwunden.

Und die Welt drehte sich ohne sie weiter.

Doch sie sah ihn noch immer von der Wand über seinem Schreibtisch herab an – genauso entschlossen wie an dem Tag, an dem er den Fall übernommen hatte. Wie konnte Marvel anders, als sich dem Mysterium ihres Verschwindens mit derselben Hingabe widmen?

Irgendwo wusste irgendjemand, was ihr zugestoßen war. Er brauchte diese Person nur ausfindig zu machen.

Wenn er es so betrachtete, schien das eine sehr einfache Aufgabe zu sein. Nichts, was er einfach so aufgeben konnte. Keine schwarze Kunst.

Genau wie frischer Luft und Ballaststoffen wurde Kindern nach Marvels Ansicht zu viel Wert beigemessen.

Doch für Edie Evans hatte er eine Schwäche.

5

Die Tür war offen.

Anna erwachte in heller Panik, schon halb aus dem Bett.

»Ist das das Baby?«

»Nein.«

»Ich glaube, das ist das Baby.«

»Bleib liegen.«

»Aber …«

»Leg dich wieder hin«, sagte James. »Bleib liegen.«

Sie tat wie ihr geheißen, drehte sich auf die Seite, von ihm weg, damit er nicht sehen konnte, wie sie die Stirn runzelte und gebannt auf das leiseste Geräusch horchte.

Sie konnte spüren, wie James hinter ihr nachdachte. Wie er etwas sagen wollte. Irgendwas.

Sie wartete und wartete und wartete und wartete …

Dann stand sie auf, um nach dem Baby zu sehen – so wie sie es beide gewusst hatten. Wenn der Gedanke erst einmal in ihrem Kopf war, musste er zu Ende gedacht werden. Und einmal zu Ende gedacht, würde das Ganze wiederholt werden.

Endlos?

Hinter ihr stand James auf und ging zur Arbeit.

Anna ging nicht mehr zur Arbeit. Früher hatte sie für eine Firma gearbeitet, die Make-up-Verpackungen herstellte. Nicht in der Produktion, sondern im Büro – an einem Schreibtisch, über dem ihr »Sechzig Worte pro Minute«-Schreibmaschinen-Diplom an der Wand hing, mit blitzschnell dahinzuckenden schlanken Fingern.

Jetzt waren dieselben Finger rot und rau vom Putzen.

Und vom Putzen.

Und vom Putzen.

Anna putzte die Wohnung in einer Endlosschleife, eine Sisyphusarbeit. Es war keine große Wohnung, aber das Haus war ein Altbau und blieb nicht lange sauber – oder jedenfalls nicht so sauber, wie sie es haben musste.

Zwei Schlafzimmer, ein Badezimmer, ein Wohnzimmer und eine Küche – und in jedem einzelnen Raum wimmelte es von Bazillen.

Wimmelte. Es. Von. Bazillen.

Anna konnte hören, wie sich die Bazillen auf Arbeitsplatten und unter Sofakissen vermehrten. Sie füllten ihren Mund, wenn sie gähnte, und kratzten unter ihren Augenlidern, wenn sie blinzelte. Sie schrubbte die Arbeitsplatten in der Küche fünfmal am Tag mit Bleiche, sie wickelte das Baby, obwohl es gar nicht in die Windel gemacht hatte, und im Kühlschrank war alles so fest in Plastikfolie verpackt, dass sie vier Minuten brauchte, um ein Ei aufzuschlagen.

Charlie durfte nicht auf dem Boden liegen, und Anna hatte immer antiseptische Feuchttücher in der Tasche ihrer Jeans. Zwanzigmal am Tag stand sie vom Tisch auf, stieg aus dem Bett, kam unter der Dusche hervor, nur um ihm Finger und Gesicht abzuwischen. Wenn Daniel nach Hause kam, würde er *ganz sicher* sein. Nichts würde ihm je wieder etwas anhaben können. Kein Husten, kein Schnupfen, kein angestoßener Zeh oder Kratzer. Keine Nissen.

Oft fing sie schon an zu putzen, bevor sie sich angezogen hatte, schrubbte die Türrahmen ab und wusch die Becher mit Bleiche. Sie fegte James jeden Morgen zur Tür hinaus und bedeckte seine

Spuren auf den Fliesen dann mit Scheuermilch, gefolgt von Politur. Bearbeitete die Scheuerleistenfuge mit einem Wattestäbchen, um auch ja sicherzugehen, dass sie bis ganz an den Rand kam.

Sie hatte James eine Trittleiter mit drei Stufen besorgen lassen und schrubbte sich in konzentrischen Kreisen über die Zimmerdecken, fing Weberknechte in Schraubgläsern ein und entließ sie durchs Küchenfenster in die Freiheit.

James erledigte alles andere, wozu man die Wohnung verlassen musste – Arbeiten, Einkaufen, Besorgungen.

Und er kam immer wieder zurück.

Allein schon bei seinem Geruch konnte Anna in Panik geraten. Dieser finstere, ölige Werkstattgestank, der sie von dort fernhielt wie Knoblauch einen Vampir. Manchmal merkte sie, wie der Geruch zusammen mit der blechernen Musik von unten durch den Putz und die Dielen drang, allem Kiefernnadel- und Limonen- und Lavendelduft zum Trotz, den sie auf sämtlichen Oberflächen verteilte.

James zog seine Stahlkappenstiefel immer unten an der Treppe aus, weigerte sich jedoch, den Overall abzulegen.

»Ich zieh mich doch nicht aus, bevor ich meine eigene verdammte Wohnung betrete«, sagte er immer.

»Doch nicht alles. Nur den Overall«, erwiderte Anna beklommen.

Doch er tat es nicht, obwohl das Ganze doch seine Schuld war – *alles*!

Und so trug James seinen Geruch jeden Tag die Treppe herauf und durch die Küche zum Spülbecken, wo Anne bereits dampfend heißes Seifenwasser eingelassen und Handwaschpaste und eine Nagelbürste bereitgelegt hatte, damit er sich die dreckigen Hände und Handgelenke wusch, wo das Schwarz in allen Ritzen saß. Bis hinauf zu den Ellenbogen.

Dort, am Spülbecken, streifte er dann den Overall ab, damit

sie ihn die drei Schritte zur Waschmaschine bringen konnte. Die ließ sie nie gleich anfahren. Erst musste sie warten, bis er mit dem Waschen fertig war, damit sie das Spülbecken, den Küchentresen und den Boden, wo er gestanden hatte, abwischen und dann den Lappen mitwaschen konnte. Zwei Bio-Waschtabs und ein Kochwaschgang, jeden Abend. Ihre Wasser- und Stromrechnungen entsprachen denen einer sechsköpfigen Familie, und dabei wohnten doch nur sie hier.

Und so würde es jetzt auch für immer bleiben, wo sie sich nicht mehr von ihm anfassen ließ. Nicht mit diesen Händen, die er so heftig abschrubbte und die doch nie wirklich sauber waren.

Anna schauderte.

Dann schaute sie von dem Geschirr auf, das sie gerade spülte, und legte den Kopf schief.

Sie dachte, sie hätte Charlie weinen hören. Nicht schreien – mehr ein Wimmern. Das war noch schlimmer. Schreien würde zeigen, dass er eine gesunde Lunge hatte, ein Wimmern und dann Stille dagegen, das erfüllte sie mit Furcht.

Ein paar von den Geräuschen waren vielleicht die Kindergartenkinder ein paar Häuser weiter. Dies hier jedoch hörte sich an, als käme es von *drinnen.*

Da war es wieder.

Sie zog die Hände aus dem Wasser und besprühte sie großzügig mit Desinfektionsmittel. Ein frisches Handtuch zum Abtrocknen, ehe sie ins Kinderzimmer eilte. Oder ins Schlafzimmer, das kam darauf an, wer es sagte.

Doch als sie dort ankam, war das Baby wieder eingeschlafen. Anna stieß einen Seufzer der Erleichterung aus.

»Hey, Schatz«, flüsterte sie, während sie die weiche zitronengelbe Decke über ein vorwitziges Beinchen zog. »Na, hast du gestrampelt, du kleines Äffchen? Hast du getanzt?«

Charlies goldene Wimpern langen auf seinen Pfirsichbäckchen, das eine runzlige Fäustchen war neben dem Ohr geballt. Sacht legte sie die Hand auf seine Brust, und sein Herz flatterte unter dem weißen Frotteestrampler wie ein Vogelbaby. Anna schloss die Augen, und einen kurzen, kostbaren Moment lang war alles gut.

Dann klapperte der Briefschlitz, und der Kreislauf begann von Neuem.

Der Briefschlitz war in der Haustür.

In der Haustür, die offen gewesen war …

Langsam ging Anna nach unten. Die Fußmatte war voller Rechnungen und Wurfsendungen.

Die Rechnungen machte sie auf, las sie aber nicht, alles andere faltete sie säuberlich dreimal. Wenn sie das nicht täte, wäre der Küchenmülleimer bald voll, und ihre Panik wuchs mit seinem Inhalt. Sie hatte den Briefträger auf die Wurfsendungen angesprochen, doch er hatte gesagt, die bekäme er extra bezahlt.

»Warum?«, hatte sie gefragt. »Damit ich sie dann von der Tür zum Mülleimer schleppen kann?«

Er hatte lediglich die Achseln gezuckt, und zu Weihnachten hatte Anna ihm kein Trinkgeld gegeben – obwohl er geklopft hatte unter dem Vorwand, ihr ein kleines Päckchen auszuhändigen, das ganz sicher durch den Briefschlitz gepasst hätte.

2 x Pizza für den Preis von einer, incl. Gratis-Knoblauchbrot! *Zusammenfalten.*

Finden Sie BARES GELD zu Hause! *Zusammenfalten.*

£ 1 000 können in zehn Minuten Ihnen gehören! *Zusammenfalten.*

DIE TOTEN WARTEN DARAUF, ZU IHNEN ZU SPRECHEN.

Anna starrte das Blatt an. Es war kein Hochglanzpapier wie die anderen, einfach nur billiges weißes Papier und schwarze Druckertinte. Aber irgendwie wirkte es dadurch und durch das Fehlen eines Ausrufezeichens aufrichtiger, erweckte den Eindruck, dass mit den Toten zu sprechen eine glaubhaftere Verheißung war als Geld für nichts und doppelte Pizza.

Die Toten warteten darauf, zu ihr zu sprechen …

Anna schwankte ein wenig und berührte haltsuchend das Geländer.

Daniel ist nicht tot.

Das hatte sie sich seit Monaten immer wieder gesagt.

Daniel ist nicht tot.

Zuerst war es blinde Überzeugung gewesen. Dann wahnwitzige Hoffnung. Dann ein verzweifelter, marginaler Glaube, der andere Menschen dazu bewog, ihrem brennenden Blick auszuweichen, auf die eigenen Füße zu starren und zu nicken, wenn sie darauf beharrte. Als wäre sie der Moon-Sekte beigetreten.

Schließlich hatten die Worte angefangen, selbst in ihrem eigenen Kopf bedeutungslos zu klingen.

Daniel ist nicht.

Tot.

Daniel …

Anna faltete das Blatt einmal. Faltete es ein zweites Mal …

Langsam faltete sie es wieder auseinander.

DIE TOTEN WARTEN DARAUF, ZU IHNEN ZU SPRECHEN
Kontakt mit dem Jenseits und offener Gesprächskreis
Teilnahmebeitrag £ 2,–
Privatkonsultationen mit den Toten durch
RICHARD LATHAM
(aus dem Fernsehen bekannt)
Warum schauen Sie nicht
am Freitag um 19 Uhr
in der Bickley Spiritualist Church vorbei?
Tee und Kekse gratis.
JEDER IST WIILKOMMEN.

Anna berührte die Worte, als könnten sie ihnen mit den Fingerspitzen mehr Bedeutung abgewinnen als mit den Augen. Dumm waren sie ja nicht, »Tee und Kekse gratis« war wahrscheinlich ein Zeichen der Verzweiflung, nicht der Großzügigkeit seitens der Kirche. Und doch verlockte sie das irgendwie. Sie stellte sich vor, wie sie Gratiskekse in Gratistee tunkte, während jemand, den sie im Fernsehen gesehen hatte, ihre sämtliche Antworten auf jede Frage gab …

Daniel ist nicht tot, sagte sie sich entschieden. *Das würde ich doch fühlen. Ich würde es wissen.*

Nur dass sie es eben *nicht* wusste.

Fühlen und Wissen waren zwei verschiedene Dinge, und Nichtwissen war eine Ratte, die in den dunklen frühen Morgenstunden an ihrem Herzen nagte, ehe die Busse anfingen, durch die Straßen zu rumpeln.

Fror er? Hatte er Hunger? Angst? Tat ihm jemand weh? Vermisste er sie? Fragte er sich, wo sie war und warum sie ihn nicht holen kam?

Dachte er, sie hätte ihn nicht mehr lieb?

Dieser letzte Gedanke war der allerschlimmste, und er hatte die Macht, sie dazu zu bringen, dass sie sich vor echten Schmerzen krümmte.

Auf der Bickley Bridge hatte sie der täglichen Qual des Nichtwissens ein Ende machen wollen, und nur die Lügen eines zufällig vorbeikommenden Fremden hatten sie gerettet.

Aber wozu? Um noch mehr Schmerz zu erleiden? Noch mehr Schuldgefühle? Noch mehr Qualen?

Sie starrte den Flyer an. Wenn sie bereit gewesen war, ihre Pein derart endgültig zu beenden, war das hier dann nicht einen Versuch wert? Würde es nicht eine gewisse Erleichterung bedeuten, *irgendetwas* zu wissen? Auch wenn dieses Irgendetwas darin bestand, dass Daniel tatsächlich tot war?

Zum ersten Mal, seit er verschwunden war, kribbelten ihr bei diesem Gedanken keine Tränen in den Augen. Sie verspürte lediglich einen tiefen, dumpfen Schmerz in der Brust.

DIE TOTEN WARTEN DARAUF, ZU IHNEN ZU SPRECHEN.

Anna spürte, wie die Worte an ihr zerrten, eine beharrliche, verführerische Unterströmung.

Rasch faltete sie das Blatt abermals – einmal, zweimal, dreimal – und legte es zu den übrigen Wurfsendungen. Dann stopfte sie das ganze Bündel so tief in den Küchenmülleimer, dass sie ihren Arm danach mit Desinfektionsmittel schrubben musste.

6

Am Freitag gingen die Jungs von Pigeon's MoT & Diagnostics alle gemeinsam im King's Arms einen trinken.

Sie waren ein zusammengewürfelter Haufen. Der hochgewachsene schweigsame Pavel, mit einer exotischen schwarzen Zigarette im Mund, mit der er aussah wie ein zorniger Poet. Mikey, blass wie Milch, mit eisblauen Augen und fast schlohweißen Haaren, Wimpern und Brauen. Sein Gegenstück war Ang mit seiner dunklen Haut und den pechschwarzen Haaren und Augen.

Ang bekam keinen Alkohol ausgeschenkt. Er schwor, dass er zwanzig sei, doch er hatte keinen Ausweis, um das zu belegen, und es würde noch Jahre dauern, ehe er älter aussah als sechzehn. Daher versuchten sie schon lange nicht mehr, den Barkeeper auszutricksen, und besoffen sich eben ohne ihn.

Jedes Mal wurde Mikey lauter und Pavel düsterer, während Ang über Witze mitlachte, die er nicht verstand – selbst wenn sie auf seine Kosten gingen.

James betrank sich ebenfalls. Mit jedem Bier bekam er es besser hin, einen jungen Mann zu mimen, dessen Frau ihn noch liebte und der seinen Sohn nicht verloren hatte. Durch den Biernebel hindurch konnte er manchmal kaum noch die Sprünge in seinem Ich erkennen.

Aber dafür brauchte es eine Menge Nebel.

Mikey hatte das Bein auf einen Stuhl gelegt und zeigte zwei kichernden Frauen sein weißgelocktes Schienbein.

»Hast du *überall* weiße Haare?«, erkundigte sich die eine, nicht gerade überraschend, und beide kicherten ob ihrer eigenen Kühnheit wie wahnsinnig.

»So weiß wie Vanilleeis«, grinste Mikey lüstern. »Wenn ihr Glück habt, zeig ich's euch.«

Die beiden kreischten und klammerten sich aneinander und kippten ihre Vod-Bombs – Wodka mit Red Bull.

»Ihr seid umwerfend, Mädels«, verkündete Mikey. »Besonders *du.*« Damit zeigte er auf beide, und sie brüllten vor Lachen.

Er würde sie heute Abend beide abschleppen, darauf hätte James glatt seine nächste Lohntüte verwettet. Mikey war kein Ölgemälde – verdammt, wenn's hochkam, war er *Fingerfarbe* –, aber er hatte das selbstsichere Auftreten eines doppelt so alten Mannes, und die Frauen waren Wachs in seinen weißflaumigen Händen. Jedenfalls Frauen, die Vod-Bombs tranken.

James starrte in den Rest seines dritten Biers und überlegte, ob es sich lohnte weiterzumachen oder ob er einfach aufhören und das Geld sparen sollte. Um mit Anna ins Kino zu gehen, vielleicht.

Unwillkürlich schnaubte er in sein Glas. Sie waren schon seit vor Daniels Geburt nicht mehr im Kino gewesen. Also trank er aus und stand auf, um sich noch ein Bier zu holen.

Es war eine ätzende Woche gewesen, und er brauchte den Nebel.

Vor der Bar standen die Leute in drei Reihen hintereinander und fuchtelten alle mit Zwanzigern vor den verschwitzten Barkeepern herum. James stand da und wartete, ließ den Krach und die Hitze seinen Kopf ausfüllen und jegliche Gedanken vertreiben, die er vielleicht hegen könnte, jegliche Schuldgefühle.

»… und der da drüben, ihr könnt mich also auch mal, wenn ihr meint, ihr seid hart genug drauf!«

Langsam drehte James den Kopf und schaute über die Schulter.

Mikey konnte in einem leeren Zimmer einen Streit vom Zaun brechen, diesmal jedoch saß er noch immer auf seinem Stuhl, sprach mit drei adretten jungen Männern und zeigte auf ihn. Die drei trugen anständige Schuhe und ordentliche Hemden, doch James konnte sehen, dass der Anführer ein Tattoo am Hals hatte, tief genug, um unter Hemd und Krawatte verborgen zu sein. Genau konnte er es nicht erkennen, aber er hielt es für ein Hakenkreuz.

Obgleich Mikey und Pavel nicht aufgestanden waren, bemerkte James, dass Mikey sein Glas auf dem Fensterbrett abgestellt hatte, außerhalb der Gefahrenzone, und dass Pavel seine Zigarette auf die Tischkante gelegt hatte, was für ihn dasselbe war, wie eine Uzi durchzuladen.

Ang hockte ganz vorn auf der Stuhlkante. Sein Blick zuckte in raschen Dreiecken zwischen Mikey, den Männern und der Tür hin und her. Er zuckte, als wolle er aufstehen, und Pavel legte ihm eine große Hand auf den Unterarm und zwang ihn, sitzen zu bleiben.

James konnte es ihm nicht verdenken, dass er abhauen wollte. Ang war schon öfter zusammengeschlagen worden. Erst vor ein paar Monaten hatte Brian ihn losgeschickt, um etwas zum Lunch zu holen, und er war mit aufgeplatzter Lippe, dickem Auge und den zermatschten Überresten von fünfmal Fish & Chips zurückgekommen, mit extra Kies drin.

Aber manchmal musste man sich eben wehren …

James reckte sich, und der Mann mit dem Tattoo musterte ihn von oben bis unten. Fast konnte James sehen, wie er nachdachte: Jetzt hieß es vier gegen drei, obwohl Ang ja kaum zählte. James war nicht groß, aber er war ein zusätzliches Paar Fäuste, während Pavel groß war und keine Angst hatte und Mikey aussah wie ein Spaßschläger, sogar mit hochgekrempeltem Hosenbein.

James spürte die Erleichterung ganz tief im Bauch. Es würde nichts passieren.

Und es wäre auch nichts passiert, wenn Ang nicht die Nerven verloren hätte.

Doch er unternahm ganz plötzlich einen Fluchtversuch – wand sich aus seinem Stuhl und tauchte in die Freitagabendmenge.

Er prallte daran ab wie an einer Mauer, und sofort hatten sich die drei auf ihn gestürzt, und James und Pavel und Mikey hatten sich auf *sie* gestürzt, und ein Dutzend Typen, die schon den ganzen Abend scharf auf eine Keilerei gewesen waren – egal, was für eine – schlossen sich an, auf beiden Seiten, wer sie eben haben wollte.

Es war seit Jahren die erste Schlägerei, in die James verwickelt war, doch als schließlich irgendjemand brüllte, die Polizei wäre unterwegs, hatte er um sich herum alles abgeräumt, und die Leute umstanden ihn im Kreis und beäugten ihn wachsam. Die drei jungen Männer waren nirgends zu sehen.

Jemand zupfte ihn am Ärmel, und er stieß ihn weg und fuhr herum, um sich mit dem Betreffenden zu prügeln, egal, wer es war.

»Hey, bleib locker!« Es war Mikey, er duckte sich ein wenig. »Komm«, sagte er, »wir gehen hinten raus.«

»Wo ist Ang?«, fragte James, und Ang und Pavel erschienen wie von Zauberhand. Alle waren ein wenig zerrupft, und Angs Lippe blutete, aber sie waren alle noch ganz.

»Dicken Dank«, keuchte Ang. »Scheißedicken Dank.«

Daraufhin brachen sie alle in schallendes Gelächter aus. Zum Teil über Angs Worte und zum Teil wegen des Adrenalinschubs, gekämpft und gewonnen zu haben.

James führte sie kichernd um die Bar herum und setzte sich in Trab. Als sie an den Toiletten vorbeikamen, rannten und lachten sie bereits alle, was das Zeug hielt, und er krachte mit solcher Wucht gegen die Hintertür, dass er sie fast aus den Angeln riss.

Draußen regnete es, doch nichts konnte sie bremsen – nicht einmal die Fässer, die Pavel umschmiss, oder der rostige Nagel, der sich in Angs Hand grub. All das war zum Brüllen komisch, jetzt, wo sie nicht tot waren.

Als sie in die Gasse neben dem Pub spähten, konnten sie das flackernde Blaulicht eines Polizeiwagens sehen, also machten sie kehrt und folgten der hohen Mauer, die sich hinter dem Hof erstreckte. Ein Zug fuhr unter der Brücke hindurch, und James zog sich auf die Mauer hinauf, hoch genug, um die gewölbten nassen Dächer in der Finsternis verschwinden zu sehen.

»Yaaahhh!«, grölte er dem Zug hinterher. »Yaaahhhhh!«

»Vollmacke, wie?«, lachte Mikey.

»*Motherfucker*«, lachte Ang, und die drei anderen sahen sich verblüfft an. Und dann lachten sie alle los, so sehr, dass Mikey tatsächlich die Tränen kamen und sie sich ständig gegenseitig ermahnen mussten, leise zu sein, damit die Polizei sie nicht hier hinter den Müllcontainern fand, die nach Frittenfett und Fäulnis rochen.

Als sie aus der Gasse herauskamen, gerieten sie in die Menge, die aus der Vordertür des King's Arms geströmt war, erhellt vom gemächlich flackernden Blaulicht des Streifenwagens.

Mikey pfiff ein Taxi herbei, und er und Pavel stiegen ein. Sie wohnen in der anderen Richtung, weiter entfernt von der Werkstatt.

»Alles klar?«, erkundigte sich Mikey.

»Ja, Alter«, antwortete James. »Voll klasse.«

»Du hast echt 'ne Vollmacke«, stellte Mikey mit einer Stimme fest, die James nüchtern werden ließ, es klang nämlich nicht so, als mache Mikey einen Witz. Er betrachtete ihn eingehend, und James wischte sich mit dem Handrücken den Mund ab für den Fall, dass da Blut dran war – oder Essensreste, obwohl er doch überhaupt nichts gegessen hatte.

»Was denn?«, fragte er.

»Nichts«, antwortete Mikey. »Vielleicht besorgst du dir lieber mal 'n paar Tiefkühlerbsen für deine Hände.«

»Ja, mach ich«, meinte James, obwohl er keine Ahnung hatte, wovon zum Teufel Mikey redete. *Mikey* war derjenige mit der Vollmacke, das wusste doch jeder.

Alle sagten Gute Nacht und Verpiss dich und Du mich auch, und dann sah Mikey die beiden Mädchen von vorhin im Pub und rief sie herüber, und James und Ang sahen zu, wie er sie irgendwie becircte, mit ins Taxi zu steigen, das dann über die Bickley Bridge davonfuhr.

»Unglaublich«, brummte James.

»Scheiße«, sagte Ang.

Zusammen gingen sie das kurze Stück bis zur Werkstatt, beide mit im Regen eingezogenen Köpfen.

Ang bog ab und fing an, seine Taschen abzuklopfen.

»Hast du die Schlüssel?« James hoffte es, sonst würde er ihn mit zu sich nach Hause nehmen müssen, und Anna würde sauer sein. Früher hatten sie Ang ständig zum Abendessen dagehabt, und in kalten Nächten hatte er auf dem Sofa übernachtet. Aber jetzt duldete Anna niemanden in der Wohnung, wegen der Bazillen. James hatte den Verdacht, dass selbst er nicht willkommen wäre, wenn er nicht derjenige gewesen wäre, der die Miete zahlte. Ang hatte nie etwas dazu gesagt, und das eine Mal, als James versucht hatte, es ihm zu erklären, hatte er nur genickt und gelächelt und gesagt *Ist gut* – als hätte er sowieso nie Wert auf eine anständige Mahlzeit oder ein warmes Sofa gelegt.

Ang holte die Schlüssel aus der Tasche und ließ sie vor James' Gesicht baumeln.

James öffnete seine Haustür, nur ein paar Meter entfernt, und sie hoben beide zum Abschied die Hand.

James machte die Tür hinter sich zu – *nie ohne dabei an Daniel zu denken* – und zog seine Stiefel aus.

Unwillkürlich zuckte er ein wenig zusammen, als seine Fingerknöchel gegen so komplexe Manöver wie Schnürsenkel zu lösen aufbegehrten. Erst da fiel ihm wieder ein, was Mikey gesagt hatte, von wegen der Erbsen. Tiefkühlerbesen zum Abschwellen.

Er stieg die Treppe hinauf und öffnete das Tiefkühlfach. Es war klein und wurde durch die dicke Eisschicht rund um die Klappe herum noch kleiner.

Da waren keine Tiefkühlerbsen drin. Nur ein leerer Eiswürfelbehälter und eine halbe Packung Fischstäbchen.

Die holte James heraus und starrte sie an. Fischstäbchen waren Daniels Leibgericht. Er tat sie wieder ins Gefrierfach.

»Anna!«, sagte er laut. »Haben wir Erbsen?«

Sie antwortete nicht. Es spielte auch keine Rolle. Wo sollten die Erbsen schon sein, wenn nicht im Tiefkühlfach? Und wenn sie woanders waren als im Tiefkühlfach, nützten sie ihm nichts.

Er schüttelte den Kopf.

Während der offene Kühlschrank seine Oberschenkel durchkältete, spreizte James die Hände auf der Arbeitsplatte. Sie waren rot und geschwollen, und über dem einen Knöchel waren zwei kleine Wunden, dicht nebeneinander – als hätte Bugs Bunny ihn gezwickt.

Er musste sehr heftig oder sehr oft auf irgendetwas eingeschlagen haben, um sie so zuzurichten. Ob es das eine oder das andere gewesen war, wusste er nicht mehr, aber er fühlte sich sehr viel besser dadurch.

Langsam kniete er sich vor den Kühlschrank und schob beide Hände ins Gefrierfach. Das wuchernde Eis drückte kalt dagegen.

»Anna!«, sagte er noch einmal, doch sie ignorierte ihn.

Er legte den Kopf auf den Kühlschrank und wachte erst auf, als ihm schmelzendes Eis in den Ärmel lief, bis in die Achselhöhle hinein.

Also stand er auf und machte die Tür zu – *so etwas Einfaches* und ging ins Schlafzimmer.

Erst da wurde James schlagartig klar, dass Anna – zum ersten Mal seit vier Monaten – nicht zu Hause war.

7

Der Mann, der aus dem Fernsehen bekannt war, war eine große Enttäuschung.

Richard Latham war in mittleren Jahren, von untersetzter Statur und trug eine dicke Brille und beigefarbene Hosen. Als er auf das kleine erhöhte Podest trat, das eine Bühne darstellen sollte, federte er mit den übertriebenen Schritten einer Marionette auf den Zehenspitzen. Anna dachte bei sich, dass da wohl irgendetwas mit seinen Füßen oder Beinen nicht stimmen konnte.

Es war komisch, aber auch ein klein wenig beunruhigend.

Er klopfte gegen das Mikrofon, dann bog er sich ein wenig nach hinten und schaute zur Decke hinauf.

»Könnt ihr mich hören?«, fragte er.

Winzige Heiterkeitswellen schwappten durch die kleine Zuschauerschar. Alles in allem hatten sich vielleicht fünfzehn Leute in der Bickley Spiritualist Church versammelt, die sich als schmuddelige kleine Halle neben dem King's Arms herausgestellt hatte. Vor den hohen Fenstern waren Gitter, und drinnen standen Plastikstühle anstelle von Kirchenbänken sowie eine Vase mit künstlichen Blumen: Lilien und Schwertlilien, auf denen sich der Staub sammelte. An der Wand hinter dem Podest hingen eine Uhr, die um Viertel nach sechs stehen geblieben war, und ein kleines verschämtes Kruzifix.

Nichts davon linderte Annas Beklommenheit.

Es hatte fast eine Stunde gedauert, bis sie es nur an den fünf

Fußabdrücken vorbeigeschafft hatte. Viermal hatte sie gekniffen und war wieder hineingegangen, trotz der feuchten Kälte ganz heiß und voller Panik, ehe sie schließlich den Ausbruch geschafft hatte – in vollem Lauf über den unebenen Gehsteig, so dass das Baby in seinem Buggy wackelte und hopste.

Allein die Tatsache, draußen zu sein, hatte schon gereicht, um sie nervös zu machen. Jetzt, wo sie den staubigen Boden gesehen hatte, machte es sie auch nervös, drinnen zu sein. Der Teppich war abgetreten und bröselig, und niemand außer ihr hatte vor der Tür die Schuhe ausgezogen. Sie gab sich alle Mühe, sich nicht all die Bazillen vorzustellen, doch ihre Augen fühlten sich bereits kratzig an. Rasch beugte sie sich vor und zog die flauschige Fleecedecke fast bis zu Charlies Augen hoch, damit der Staub ihm nicht in Nase oder Mund dringen konnte. Beinahe wünschte sie, sie hätte ihn nicht mitgebracht, aber ihn zu Hause zu lassen wäre noch schlimmer gewesen. Lieber sollte er der schmutzigen Luft und den dreckigen Blumen ausgesetzt sein, als bei James zu bleiben.

James konnte man bei Kindern nicht trauen.

Die Frau, die neben Anna saß, beugte sich herüber und schaute in den Buggy.

»Oooch, ist der süß.«

Anna nickte und lächelte mit starren Lippen. Sie wünschte inständig, die Frau würde ihr Gesicht aus dem Kinderwagen nehmen. Ihr Haar war zu blond und dauergewellt bis zum Anschlag, und sie besprühte ihn doch von oben bis unten mit Chemikalien und Bazillen.

»Wie heißt er denn?«

»D- … Charlie.« Fast hätte sie »Daniel« gesagt. Es hätte sich so schön angefühlt, seinen Namen in einem ganz normalen Satz zu benutzen, und nicht in einem, der ihr das Herz in Fetzen riss.

»Oooch«, sagte die Frau wieder. »Jetzt schauen Sie doch mal, wie er da seine kleinen Spuckeblasen macht!«

Ein Zug rumpelte unter ihnen unter der Brücke hindurch, und Anna dachte an den 20 Uhr 20 Zug von der Victoria Station. Sie spürte, wie die alte Verzweiflung in ihr emporwirbelte wie ein Busfahrschein in einem plötzlichen Windstoß, und musste mit Gewalt eine Tür vor diesem Gefühl zuschlagen. Sie durfte nicht an den Sturz auf die Gleise denken und an das völlige Vergessen des Zuges. Sie musste weiter stark sein, wenn sie Daniel jemals finden wollte.

Obwohl sie bei dem Gedanken, ihn hier zu finden, am liebsten geweint hätte.

Sie biss sich auf die Lippen und versuchte, sich auf den Mann auf der Bühne zu konzentrieren.

Wissen würde besser sein als Nichtwissen.

»Guten Abend«, sagte er. »Ich bin Richard Latham. Einige von Ihnen haben mich vielleicht im Fernsehen gesehen.«

Zwei rundliche Frauen in der ersten Reihe nickten energisch, und Latham zwinkerte und meinte: »Die Kamera packt einem gut zehn Pfund mehr drauf. Früher war ich mal XL. Jetzt bin ich bloß noch Medium.«

Ein paar verhaltene Lacher waren zu hören, und die Blondine beugte sich zu Anna hinüber und zischelte: »Das hat er letzte Woche auch gesagt. Und er war bloß ein paar Mal im Fernsehen, dann haben sie ihn rausgenommen.«

Es war nicht so, wie Anna es sich vorgestellt hatte, und das war gut. Sie hatte gedacht, es würde vielleicht beängstigend sein oder auf dümmliche Weise mystisch – oder so wie die Wahrsagerin, bei der sie mal als Kind auf einem Schulfest gewesen war: die Erdkundelehrerin Mrs Smart, in ein Tischtuch gehüllt, die ihr prophezeite, dass sie eine Eins bekommen würde, wenn sie sich sehr, sehr anstrengte.

Urplötzlich zeigte Richard Latham auf sie und verkündete: »Ich habe hier jemanden für Sie, Sir.«

Anna fuhr zusammen – dann schaute sie nach rechts, und ihr wurde klar, dass Latham neben seinen anderen Unzulänglichkeiten offenbar auch noch schielte. Er meinte den dürren jungen Mann, der neben ihr saß, in einer dicken silbernen Daunenjacke, die ihm etliche Nummern zu groß war. Sein Kopf ragte aus dem riesigen wattierten Kragen hervor wie der eines Wackeldackels.

Um die Illusion zu verstärken, nickte er auch noch.

»Jemand namens Beryl. Können Sie das annehmen, Sir?«

»Ja«, antwortete der junge Mann.

»Und der Name ist definitiv Beryl?«

»Ja«, bestätigte er. »Beryl.«

»Und sie ist Ihre Großmutter?«

»Nein, sie war die Nachbarin von meiner Großmutter, aber ich hab sie echt gut gekannt.«

»Okay«, sagte Latham und bog den Kopf zur Decke zurück. Nervös folgte Anna seinem Blick, doch dort war nur eine lange Spinnwebe. Und ein feuchter Fleck in der Form Australiens.

»Okay«, verkündete er abermals. »Beryl sagt, Sie sollen Ihrer Gran sagen, da oben gäb's überall Wein und Rosen. Wein und Rosen im Überfluss, Mary. Wie heißt Ihre Gran?«

»Marie.«

»Oh, Marie. Wein und Rosen im Überfluss. Sie verstehen, das sind *ihre* Worte. Nicht meine. Niemand sagt doch heutzutage noch ›im Überfluss‹, nicht wahr?«

Wieder schaute er zur Decke hinauf, und diesmal bemerkte Anna, dass sie nicht die Einzige war, die zusammen mit ihm Australien studierte.

»Sonst noch was?«, fragte Latham und wartete. Dann meinte er: »Nein. Das war alles von Beryl.«

»Vielen Dank«, sagte der junge Mann. Er sah nicht im Mindesten überrascht aus, eine Nachricht von einer Toten erhalten zu haben. Stürzte nicht los, um seine Großmutter anzurufen. Zückte kein Notizbuch, um die Botschaft aufzuschreiben, solange er sie noch frisch im Gedächtnis hatte.

Er ging auch nicht in Flammen auf, weil er sich mit der Geisterwelt eingelassen hatte. Anna glaubte nicht mehr an Gott, aber darüber war sie doch ein bisschen erleichtert.

Wieder machte Richard Latham ein nachdenkliches Gesicht, und Anna merkte, wie sie sich so sehr anspannte, dass sie zu zittern begann. Doch er zeigte auf einen sehr gebrechlichen alten Mann in der ersten Reihe, der mit beiden Händen den Knauf eines knorrigen Gehstocks umklammerte. Er hatte riesige Ohren; in jedem steckte ein großes rosafarbenes Hörgerät.

»Ich habe hier jemanden für Sie, Sir, und sie ist sehr wütend.«

»Is' bestimmt meine Frau«, meinte der alte Mann mit zittriger Stimme, und alles lachte herzhaft.

»Sie sagt, der Arzt hätte Ihnen etwas verschrieben, stimmt das?«

Der alte Mann zögerte. »Könnt sein«, sagte er dann.

»Komm mir bloß nich mit ›Könnt sein‹«, blaffte Latham scharf, dann wurde seine Stimme wieder sanfter. »Das sagt *sie,* Sir – ich bin hier nicht unhöflich zu Ihnen, ehrlich nicht. Sie sagt: *Komm mir bloß nich mit ›Könnt sein‹, Bürschchen!*« Hier hielt Latham inne und machte ein verwirrtes Gesicht. »Nichts für ungut, Sir, aber als Bürschchen würde ich Sie nicht bezeichnen. Sind Sie sicher, dass diese Botschaft für Sie ist?«

Der alte Mann nickte. »Ich war jünger als sie, versteh'n Sie?«

»Ah«, meinte Latham. »Ein Lustknabe.«

Der alte Mann lachte gackernd und nickte, und Latham neigte abermals den Kopf zur Seite, wobei er diesmal kurz die Hand ans Ohr legte – nicht direkt als Schalltrichter, aber doch fast so, als brülle die verstorbene Frau des alten Mannes von ganz hinten in der Halle her.

»Also«, fuhr er fort, »ich will ja nicht unhöflich sein, Bürschchen, aber Ihre Frau – heißt sie Ellen? Ella?«

»Ella«, sagte der alte Mann.

»Also, Ella sagt, Sie müssen das Medikament nehmen, weil Sie noch nicht bereit für sie sind, verstehen Sie? Sie sagt, Sie müssen noch ein Weilchen durchhalten, und Sie können doch genauso gut gesund und zufrieden sein, während Sie warten. Würden Sie das für sie tun, Sir? Werden Sie das für Ella tun?«

Der alte Mann überlegte, und Anna konnte in der hinteren Reihe sein Gebiss klappern hören.

»Ich erteile Ihnen hier keine Befehle, Sir«, sagte Latham sanft. »Ich gebe nur eine Botschaft weiter.«

»Ich denk drüber nach«, brummte der alte Mann.

»Gut«, erwiderte Latham. »Aber ein bisschen sauer ist sie immer noch.«

Wieder lachten alle, und der alte Mann wedelte mit der Hand und meinte: »Ach, na schön, nur damit sie die Klappe hält.«

Das hier war *überhaupt* nicht so, wie Anna gedacht hatte.

»Und jetzt«, sagte Latham, »lasse ich mal jemand anders ran.«

Zu Annas Verblüffung stand der junge Mann in der Daunenjacke auf, ging nach vorn und nahm das Mikrofon von Latham entgegen.

»Was passiert jetzt?« Anna konnte es sich nicht verkneifen, die Blondine zu fragen.

»Das hier ist ein offener Zirkel«, meinte sie. »Wir sind alle hier, um zu lernen.«

»Was zu lernen?«

»Übernatürliche Fähigkeiten.«

»Oh!«, entfuhr es Anna. Die Vorstellung, dass man Hellsehen lernen könnte, war dämlich und reizvoll zugleich.

Der junge Mann starrte mit gerunzelter Stirn die Wand an und wackelte dabei geistesabwesend mit dem Mikrofon in seiner Hand.

»Okay«, sagte er schließlich. »Ich habe hier einen Nnnnn…

neville. Neville oder Nigel.« Eine Unterströmung des Desinteresses war zu bemerken, dann hob eine junge Frau direkt vor Anna die Hand. »Mit einem Nigel kann ich was anfangen.«

»Gut«, sagte der junge Mann und dachte noch ein bisschen nach. »Dieser Nigel, war der sehr fett?«

»Nein«, meinte die Frau. »Sehr dünn.«

Richard Latham erhob sich und trat neben den jungen Mann, bot Rat und Hilfe an. »Jetzt seien Sie ruhig mal ein bisschen zuversichtlicher. Lassen Sie sich nicht hetzen. Warten Sie, bis Sie sicher sind, und dann fragen Sie die betreffende Person nicht, *sagen* Sie ihr, was Sie sehen. So bekommen Sie bessere Resultate und verschwenden keine Zeit mit den Falschen.«

Der junge Mann nickte wie ein Plastikmops auf einer Hutablage und ließ sich noch mehr Zeit damit, die Wand anzustarren.

Ehe er noch etwas anderes sagen konnte, hob ein Mann mit einem dunkelroten Muttermal auf der Wange die Hand und meinte: »Ich kann einen fetten Neville annehmen. Mir ist gerade eben erst mein Schwiegervater wieder eingefallen. Der war ’n richtiger Fettsack.«

Und so ging es weiter. Geister hinterließen Nachrichten auf spirituellen Anrufbeantwortern, als wären sie nur mal kurz einkaufen gegangen, anstatt zu sterben. Einer nach dem anderen stellten sich irgendwelche Leute unter den feuchten Fleck, um Kontakt mit den Toten aufzunehmen. Es war alles so normal. Wenn Anna überhaupt etwas erwartet hatte, dann, *Das Testament liegt unter dem Badezimmerteppich,* und *Margery war’s, sie hat das Messer im Schuppen versteckt!* Stattdessen erinnerte sich Carol an ihre blauen Filzpantoffeln, John wies seinen Bruder an, noch vor dem Winter den Schornstein zu reparieren, und Großmama Mitchell bestätigte, dass Großpapa wohlbehalten angekommen sei und »quietschfidel« wäre.

Jedes Mal, wenn einer der Möchtegernhellseher sich erhob,

flatterte Annas Magen vor Nervosität, doch je länger Daniel sich nicht meldete, desto weniger Angst und desto mehr Erleichterung verspürte sie.

Er war nicht tot! Er konnte nicht tot sein. Wenn er tot wäre, wäre er doch bestimmt hergekommen und hätte es ihr mitgeteilt, oder?

Ihre Anspannung löste sich allmählich, und sie fühlte sich erschöpft. Wenn das hier nicht eine Art Kirche gewesen wäre, wäre sie vielleicht nach Hause und ins Bett gegangen. So wie die Dinge lagen, fühlte sie sich verpflichtet, dazusitzen und zuzuhören, während die Toten immer weiterschwafelten. Das Staunen über ihre Botschaften verging rasch und wurde von unbestimmtem Argwohn abgelöst.

Schließlich langweilte sie sich bloß noch.

Tote Menschen waren genauso langweilig wie lebendige.

Sie spürte, wie ihre Augenlider schwer wurden, und verbarg ein Gähnen. Dann stellte sie den Fuß auf die Querstange des Buggys und schaukelte ihn sacht vor und zurück – ebenso um selbst wachzubleiben, wie um dafür zu sorgen, dass das Baby weiterschlief.

Als es endlich den Gratistee und die Gratiskekse gab, blieb Anna nur, weil sie den ganzen Tag noch nichts gegessen hatte und fest entschlossen war, für ihre zwei Pfund auch etwas zu kriegen.

Sie holte sich eine Tasse dünnen Tee und zwei Butterkekse, etwas anderes gab es nämlich nicht.

Die blonde Frau, die neben ihr auf den Plastikstühlen gesessen hatte, nahm abermals neben ihr Platz. Sie trug hübsche Sachen, war perfekt geschminkt und hatte eine Handtasche, die zu ihren Schuhen passte. Zwischen all den Anoraks und den Jeans fiel das auf.

»Ich heiße Sandra.« Sie lächelte, und ehe Anna sie daran hindern konnte, hatte sie den Kopf unter das Verdeck des Buggys gesteckt und atmete das Baby von oben bis unten voll.

Dann richtet sie sich wieder auf und lächelte abermals. »Er ist ja wirklich sehr brav, nicht wahr?«

»Ja«, sagte Anna. »Er ist sehr brav.« Aber er war nicht Daniel, und sie liebte ihn nicht so, wie sie Daniel geliebt hatte. Das bedeutete jedoch nicht, dass sie nicht alles tun würde, um ihn vor Schaden zu bewahren.

Und das schloss Bazillen ein.

Sie beugte sich ihrerseits in den Buggy, damit Sandra es nicht tun konnte, und zog die Decke zurecht. Die Hand des Babys war herausgerutscht und war ganz kalt, und sie schob sie wieder unter die Decke. Dann stellte sie den Fuß wieder auf die Querstange und begann abermals jenes sachte Vor-und-Zurück-Schaukeln, bei dem Babys immer so schön ruhig blieben.

»Ist er Ihr Einziger?«, erkundigte sich Sandra.

»Nein«, antwortete Anna. »Daniel ist vier. Fast fünf.«

»Ich hab keine Kinder. Konnte keine kriegen. Verklebte Eileiter, wissen Sie?«

»Das tut mir leid«, sagte Anna, und das stimmte auch.

»Ach, na ja«, meinte Sandra. »Jeder hat eben sein Päckchen zu tragen.« Sie lächelte und fragte dann: »Sind Sie das erste Mal hier?«

»Ja.«

»Und, was denken Sie?«

Anna sah sich um, um Zeit zu schinden. Australien fiel ihr ins Auge. »Ich weiß nicht genau«, sagte sie.

»Lassen Sie sich nicht von der miesen Halle und dem Teppich abschrecken«, sagte Sandra mit leiser Stimme. »Richard ist ein echter *Shut Eye*.«

»Was ist denn ein *Shut Eye*?«, wollte Anna wissen.

»Ein *Shut Eye* ist ein richtiger Hellseher. Ein *Open Eye* tut bloß so.«

»Tut bloß wie?«

»Na, als hätte er die Gabe. Mit den Toten zu sprechen und all das.«

»Wieso sollte denn jemand so tun, als könnte er das?«

»Um den Leuten das Geld aus der Tasche zu ziehen, natürlich!«, erwiderte Sandra. »Aber so ist Richard nicht«, fügte sie rasch hinzu. »Er ist ein richtiger *Shut Eye*. Vor allem bei Hunden.«

»Bei Hunden?«

»Mhm«, meinte Sandra und kramte in ihrer Tasche. »Er hat einen ausgezeichneten Ruf, wenn es um Kommunikation mit Hunden geht. Die Leute schwören auf ihn.« Sie holte einen dicken Packen Fotos hervor. »Das ist Mitzi«, sagte sie und reichte Anna die Bilder. »Sie war Welpenchampion.«

Anna sagte »Wow«, obgleich sie keine Ahnung hatte, ob das etwas Bewundernswertes war oder nicht.

»Richard arbeitet gern mit einem Foto«, plapperte Sandra weiter.

»Mit einem *Foto*?«

»Oh ja – er schaut sich ein Foto an, und dann weiß er einfach alles Mögliche! Sachen, die nur der Hund wissen würde. Es ist wie Magie.«

Magie, na klar. Anna hatte im Fernsehen Magier gesehen. Wie sie ihre Illusionen hinbekamen, sah man nicht, aber sie wusste, dass es nur Illusionen waren – Taschenspielertricks und Blendwerk. Nicht *echt*.

Sandra schien traurig und ein bisschen verrückt zu sein.

Zweifelnd betrachtete Anna das Foto. Es war draußen aufgenommen worden, irgendwo auf Rasen, und Sandra trug eine beigefarbene Safarijacke mit Gürtel, in der sie aussah wie ein pummeliger schwedischer Kommandooffizier. Sie hatte einen kleinen Apricot-Pudel auf dem Arm, der hinter einer großen roten Rosette fast nicht zu sehen war. Hinter ihnen konnte Anna einen blauen Strich sehen; das war wohl der Rand eines mit einem

Seil abgesperrten Vorführrings. Und eine kurze Reihe unscharfer Leute, die gerade applaudierten – was seltsam wirkte, so mittendrin festgehalten.

Anna schauderte, obwohl es in der Halle nicht kalt war.

Sandra beugte sich verschwörerisch vor. »Die meisten Leute kommen her, um Nachrichten von ihren Angehörigen zu kriegen, aber tote Menschen sind ja so *öde.*«

Anna lachte und hörte dann gleich wieder damit auf. Sie hatte lange, lange nicht mehr gelacht, und das Lachen fühlte sich in ihrem Mund scharfkantig und schuldbeladen an.

»Haben Sie schon mal eine Nachricht von Ihrem Hund bekommen?«

»Oh ja«, beteuerte Sandra. »Fast jedes Mal, wenn ich herkomme.«

»Und was für Nachrichten sind das?«

»Alles Mögliche. Richard erzählt mir Dinge, die nur ich wissen würde. Zum Beispiel beschreibt er genau, wie sie immer einmal ganz kurz gebellt hat, wenn sie ein Leckerli wollte. Und wie sie immer den Kopf schiefgelegt hat, so, wenn ich mit ihr geredet habe. Und das hat sie auch alles wirklich *getan,* verstehen Sie? Er ist ja so gut. Und er richtet mir auch alles Mögliche von ihr aus. *Ich hab dich lieb, du fehlst mir.*« Plötzlich standen Sandra Tränen in den Augen, und sie drückte die Zeigefinger unter die Lider, damit sie nicht überliefen und ihre perfekt getuschten Wimpern ruinierten.

Anna spürte das Brennen des Mitgefühls in ihren eigenen Augen, obgleich sie einen Sohn verloren hatte und Sandra bloß einen toten Hund vermisste.

Sandra fand ein mehrfach benutztes Papiertaschentuch in ihrer Handtasche und schnäuzte sich diskret.

»Müssen Sie ihn dafür bezahlen?«

»Wen?«

»Richard.«

»*Müssen* muss ich nicht. Ich spende für den Kirchendach-Fonds. Das ist doch nur fair, oder? Nach diesem Gottesdienst habe ich eine Einzelsitzung. Was Richard tut, kostet ihn Zeit und spirituelle Energie. Aber er macht das nicht des Geldes wegen. Das tut kein echter *Shut Eye.*«

Anna nickte, doch sie schaute dabei kurz zu Australien hinauf. Sie hatte die Erfahrung gemacht, dass jeder alles des Geldes wegen tat. Mit Ausnahme von James – deshalb hatten sie natürlich auch nie welches.

Sie wollte Sandra das Foto zurückgeben, doch diese wehrte ab. »Behalten Sie's, ich hab jede Menge davon. Meine Telefonnummer steht hinten drauf.«

Während Sandra die restlichen Fotos wieder in ihre Tasche steckte und diese über ihre Stuhllehne hängte, beobachtete Anna Richard Latham. Er saß ein paar Meter entfernt bei den beiden Damen, die ihn im Fernsehen gesehen hatte, während ein halbes Dutzend Leute um ihn herumstand, die Teetassen in den Händen, und wie gebannt lauschte.

Anna konzentrierte sich auf das, was er sagte.

»… ich bin also in ihr Haus in L.A. gegangen«, erzählte Latham, »und hab gesagt *›Kommen Sie, Marilyn! Sie sind tot!‹* Und ich hab sie an der Hand gepackt und sie durch die Tür auf die andere Seite geschoben.«

Beifälliges Gemurmel war zu hören, als Latham einen großen Schluck Tee schlürfte. Anna bemerkte, dass er Kekskrümel auf dem Pullover hatte.

»Manche Leute wissen nicht, dass sie tot sind, verstehen Sie? Also muss man's ihnen sagen …«

Alle nickten, halblaute Kommentare wie *»richtig«* und *»das stimmt«* waren zu vernehmen, und Anna schrak vor einem neuen mentalen Bild der Seele zurück, verirrt zwischen Leben und Tod, allein und verängstigt und ohne je ein freundliches Gesicht zu sehen – in dieser Welt *oder* in der nächsten. Daran durfte sie nicht denken, das war schlimmer als bloß Totsein. Bei dieser Vorstellung hoffte sie, dass Richard Latham ein Lügner und Hochstapler war, und sie tröstete sich mit dem Gedanken, dass er, wenn er *wirklich* ein Hellseher wäre, jetzt in Hollywood leben und bei den Promis – toten oder lebendigen – Millionen abgreifen würde. Und nicht in einer schmuddeligen Halle auf der Bickley Bridge abgefahrene Geschichten über sie erfinden würde.

Sie wandte sich an Sandra. »Wieso war er eigentlich im Fernsehen?«

Sandra tupfte sich mit demselben Papiertaschentuch, mit dem sie sich die Nase geputzt hatte, die Mundwinkel ab. Das konnte nicht hygienisch sein; Anna schob den Buggy von ihr weg.

»Er hat der Polizei bei einem Vermisstenfall geholfen.«

Annas Herz machte einen Satz.

»Ein Mädchen namens Edie Evans«, fuhr Sandra fort. »Ihr Fahrrad wurde irgendwo drüben in Bromley gefunden, ganz kaputt. Das war vor einem Jahr oder so. Erinnern Sie sich?«

Langsam schüttelte Anna den Kopf, und das Blut dröhnte in ihren Ohren. Sie fühlte sich, als wäre sie betrunken, und doch wacher, als sie es je in ihrem Leben gewesen war. So wach, dass sie spürte, wie die winzigen feinen Härchen an den Rändern ihrer Ohrmuscheln vor Erwartung kribbelten.

»Haben sie … haben sie sie gefunden?«

»Ich weiß es nicht genau.«

»Aber ihre … *Leiche* haben sie nicht gefunden?«

»Oh nein, daran würde ich mich erinnern.«

Anna legte die Hand auf ihr Herz und spürte, wie es wie wild unter der Haut pulsierte.

»Sandra, ist Ihr Hund tot?« Die Worte brachen so eindringlich aus ihr hervor, dass sie sich nicht einmal sicher war, ob sie in der richtigen Reihenfolge waren.

Ist Sandra Hund tot Ihr?

»Oh nein!«, erwiderte Sandra. »Nur verschwunden! Und Richard sagt, sie ist ganz, ganz bald wieder zu Hause!«

Irgendetwas dehnte sich in Annas Brust so schnell aus, dass es ihr den Atem verschlug. Es war eine magische Blase, die ihr die Tränen in die Augen trieb, und machte, dass ihr vor vergessener Freude ganz schwindlig wurde.

Deswegen war sie hier!

Das war der Grund, warum sie die sichere Zuflucht der Wohnung verlassen und ihr Baby in den Dreck eines Londoner Abends hinausgekarrt hatte. *Das* war der Grund, warum sie sich an den Fußabdrücken am Rand des Betonplatzes vorbeigewagt hatte. Nicht um mit den Toten zu sprechen, sondern um *das* zu finden!

Etwas zu finden, das Anna für alle Zeit verloren geglaubt hatte.

Hoffnung.

8

Der Leichnam war klein, aber leicht war er nicht.

Er schleifte ihn, hob ihn hoch und schleifte ihn dann wieder. Schleifen kam ihm verkehrt vor. Nicht nur weil seine Hände schweißnass waren und immer wieder von den schmalen Handgelenken abrutschten, sondern weil nichts Würdevolles daran war. Nicht für ihn und nicht für den Leichnam.

Er hob ihn hoch und trug ihn.

Er versuchte, nett zu ihm zu sein.

Das war doch alles, was er je versucht hatte. Und wenn ihm das im Leben nicht gelungen war, dann hieß das doch nicht, dass er nicht versuchen konnte, es im Tode wiedergutzumachen. Das konnte man doch nicht voneinander trennen. Er hatte den größten Teil seines Lebens mit den Toten gelebt und verstand das. Nur weil ein Leichnam keine Lebensgeister mehr beherbergte, bedeutete das nicht, dass man ihm mit weniger begegnen sollte als mit Freundlichkeit und Respekt.

Selbst als er sich bemühte, ihn hochzustemmen und ihn über das hohe Geländer zu wuchten.

Er hätte ihn in irgendetwas einwickeln sollen. Jetzt war es zu spät. Eine herabhängende Faust pendelte sacht, während er sich abmühte. Er biss die Zähne zusammen. Regen rann ihm in die Augen, während er mit aller Kraft stemmte.

Die tadelnde Faust stieß gegen seine Wange, rief ihm wieder und wieder und wieder alles ins Gedächtnis.

Er ließ den Leichnam fallen.

Ungelenk landete er mit dem Gesicht nach unten im feuchten Schotter, den Kopf seitlich unter einer hochgerutschten Schulter verdreht. Die nackten Sohlen der kleinen Füße schimmerten unter der einsamen Straßenlaterne blassorangerot.

Es war zu schwer. Es war zu grauenhaft.

Er fing an zu weinen.

Er hatte den Lebenden gegenüber versagt, und jetzt versagte er den Toten gegenüber.

Die Regenströme auf seinem Gesicht schwollen an, durch Schweiß und dann durch Tränen und schließlich durch Rotz, während sie ihm in einer salzigen Springflut der Schande über die Lippen und in den Mund liefen.

Schließlich seufzte er und wischte sich die Augen mit dem feuchten Hemdsärmel ab.

Dann bückte er sich und umarmte den Leichnam noch einmal.

9

»Kirche?« Stirnrunzelnd blickte James zur Decke hinauf.

Keiner von ihnen beiden war je in die Kirche gegangen. Nachdem Daniel verschwunden war –,

weil du die Tür offen gelassen hast

war trotzdem ein Priester vorbeigekommen und hatte gefragt, ob er helfen könne.

Ja, hatte Anna gesagt, *Sie können die Flyer hier auf der Northborough Road in jeden Briefschlitz werfen.*

Wütend hatte sie sie ihm hingestreckt, und der Priester hatte sie genommen und gelächelt und *Selbstverständlich* gesagt – als würde er ständig gebeten, Flyer zu verteilen.

Und er hatte es auch getan.

Soweit James wusste, war das das einzige Mal gewesen, dass einer von ihnen mit einem Geistlichen gesprochen hatte.

»In was denn für einer Kirche?«, fragte er.

»In der an der Brücke.«

»Da ist 'ne Kirche?«

»Sie sieht aus wie eine Halle. Aber es ist eine Kirche.«

»Oh.«

»Was?«

»Nichts«, sagte er. »Gehst du wieder hin?«

»Ja.«

Einen Augenblick lang lag er stumm da, dann stieg er aus dem Bett und fing an, sich anzuziehen.

»Was ist denn los?«, fragte sie.

Er setzte sich auf die Bettkante, um seine Socken anzuziehen. »Monatelang gehst du nicht aus dem Haus, und dann gehst du als Erstes in eine Kirche?«

»Ich bin wegen Daniel hingegangen«, sagte Anna.

James stand auf, hob sein T-Shirt vom Boden auf und zog es sich über den Kopf.

»Für *uns.*«

Er schnaubte. »Lass mich da raus.«

»Wie meinst du das?«

»Lass mich da raus«, wiederholte er. »Meinetwegen brauchst du nicht in die Kirche zu gehen.«

»Aber es ist doch gar nicht …«

»Es interessiert mich nicht, was es *nicht* ist«, erwiderte er und war plötzlich wütend. »Mich interessiert, was es *ist.* Und es ist das Letzte, was wir im Moment brauchen. Oder überhaupt irgendwann.«

Anna stützte sich auf einen Ellenbogen und sah ihm zu. James riss die Schranktür auf und fing an, aufs Geratewohl Sachen in den Müllsack in der Ecke zu schmeißen, den sie als Wäschekorb benutzten.

»Was ist denn mit deinen Händen passiert?«, erkundigte sie sich.

»Gar nichts.«

»Die sind ja ganz geschwollen.«

Er antwortete nicht. Schmiss immer weiter Sachen quer durchs Zimmer, von denen sie genau wusste, dass sie sauber waren.

Anna zupfte am Rand der Daunendecke herum. »Wir brauchen doch alle Hoffnung«, sagte sie leise.

»*Ich* nicht«, fauchte er und sah sie zum ersten Mal an diesem Morgen richtig an. »Die Sorte Hoffnung, die eine Kirche einem andrehen will, kann ich nicht brauchen, Anna.«

Er knüllte eine Jeans zusammen und pfefferte sie mit aller Kraft in Richtung Müllsack. »Scheiße!«

Dann fuhr er zornig zu ihr herum. »Und ich sag dir, was ich noch nicht brauch. Nämlich, dass du wie ein verrückter alter Mönch auf der Straße hockst. Ich kann's nicht brauchen, dass Flüchtlinge mich bemitleiden. Ich brauche dieses ständige Putzen nicht, und diese Auszieherei und das Stiefelausziehen im Flur und die Schuldgefühle! Und das mit dem kein Sex mehr! Und das mit diesem *Scheißbaby*!«

Anna fuhr zusammen. Sein Gesicht war dicht vor ihrem; die Sehnen in seinem Hals traten hervor.

Vielleicht würde er sie schlagen.

Er tat es nicht.

Er richtete sich auf. »Und das *Allerletzte,* was ich brauche, ist, dass du hier jetzt voll einen auf religiös machst.«

»Es ist nicht …«

»Wo war der Dreckskerl denn, als Daniel verschwunden ist? Hä? Wo ist er jetzt? *Nirgends.* Genau *da* ist Gott. Nicht in 'ner Kirche, nicht hier in diesem Haus, nicht bei Daniel! Einfach. Nur. *Scheißnirgends*!«

»Es geht doch gar nicht um Gott«, flüsterte sie.

»Gut«, gab er zurück. »Dann schau, dass es so bleibt.« Er knallte die Schlafzimmertür so fest hinter sich zu, dass alte Farbe vom Türrahmen abblätterte und lautlos zu Boden wirbelte.

Anna stieß zittrig die Luft aus und legte sich wieder hin. Das Bett war kühl geworden.

Es war lange her, dass es darin heiß gewesen war.

10

»Nehmen Sie Platz, Chief Inspector.«

Sofort war Marvel klar, dass hier irgendetwas nicht stimmte. Superintendent Robert Clyde war ein wortkarger Mann, und Marvel konnte es an Einsilbigkeit ohne Weiteres mit ihm aufnehmen. Normalerweise tauschten sie sich lediglich im Vorbeigehen aus, es sei denn, es war von entscheidender Bedeutung für einen Fall. Selbst dann blieb Marvel immer stehen und brachte den Superintendenten von der Tür aus auf den neuesten Stand, eine Distanz, die ihnen anscheinend beiden zusagte.

Noch nie war ihm angeboten worden, in dem Büro Platz zu nehmen.

Er trat ein und sah den Raum aus einer ganz neuen Perspektive. Als Büro machte es nicht besonders viel her – bloß ein Kabuff mit einer Tür, einem Schreibtisch, zwei Stühlen und einem schmutzigen kleinen Fenster, das auf das Dach der Kebab-Bude nebenan hinausging. Das erklärte auch, warum es im Büro seines Vorgesetzten oft nach altem Lammbraten roch.

Mit finsterer Miene setzte er sich auf einen fleckigen Stuhl.

Von hier aus hatte er eine hölzerne Plakette genau vor der Nase, die er von der Tür aus immer für ein Namensschild gehalten hatte.

Jetzt sah er, dass es ein Bibelzitat war.

Herr, es ist Zeit zu handeln;
Man hat dein Gesetz gebrochen.

»Ich ziehe Sie von dem Tanzi Anderson-Fall ab.«

»Was?« Marvel stellte die Stacheln auf. Von einem Fall abgezogen zu werden, den er mit an Sicherheit grenzender Wahrscheinlichkeit lösen würde, war wie eine Ohrfeige. »Wieso denn, Sir?«

»Scanlon kann das machen, das ist doch ein Selbstläufer.«

Beides stimmte, beantwortete aber Marvels Frage nicht, also stellte er keine zweite – ließ die erste einfach im Raum stehen.

Wartete.

»Ich brauche Sie für einen anderen Fall«, sagte Clyde schließlich, doch er schaute dabei über Marvels Schulter.

Augenblicklich war Marvel zweierlei klar. Erstens, dass es kein Mordfall war, und zweitens, dass es Clyde peinlich war, ihn darum zu bitten.

Das Erste war schlecht. Aber das Zweite war gut.

Richtig gut.

Superintendent Clyde war kalt wie ein Fisch, und diese Eigenschaft konnte Marvel respektieren, doch seit er letzte Weihnachten nach Lewisham versetzt worden war, um Superintendent Jeffries zu ersetzen, hatte Marvel sich schwer getan, eine Schwachstelle bei dem Mann zu finden.

Und DCI Marvel stand auf Schwachstellen. Es war seine unerschütterliche Überzeugung, dass jeder irgendwo einen Punkt hatte, an dem man ansetzen konnte. Und er schrieb sich gern ein gewisses Geschick darin zu, diese Schwächen zu erkennen, diese winzigen menschlichen Unzulänglichkeiten, die ihn in jeder Beziehung am längeren Hebel sitzen lassen würden. Oft waren es ethnische Zugehörigkeit oder Affären oder Homosexualität, doch die weniger offensichtlichen Schwachpunkte gefielen Marvel besser.

Die, gegen die man weniger leicht vorgehen konnte …

Wie zum Beispiel Craig Reilly, ein DC aus dem G-Team. Er hatte einen behinderten Sohn und bat ständig darum, für Arzttermine freigestellt zu werden. Das bedeutete, dass Marvel Reilly, wenn der denn einmal arbeitete, die beschissensten Aufgaben mit den meisten Überstunden zuweisen konnte, ohne Beschwerden fürchten zu müssen. Und die Schwachstelle von Detective Sergeant Brady waren Argentinier. Colin Bradys Vater war im Falklandkrieg gewesen und hatte Port Stanley eingenommen – wenn man seinem Sohn Glauben schenken wollte, mehr oder weniger im Alleingang. Jetzt, fünfunddreißig Jahre später, wütete Brady noch immer jedes Mal wegen Maradonnas »Hand Gottes«-Tor, wenn *Match oft the Day* lief, und seine Frau durfte den Soundtrack von *Evita* nicht spielen, nicht einmal mit Kopfhörern. Bei Argentiniern – oder bei jedem, von dem er argwöhnte, dass er oder sie Argentinier sein *könnte* – kam DS Brady jegliches rationales Urteilsvermögen abhanden, und man musste ihn von dem Betreffenden weglotsen.

Oder direkt auf ihn zu, falls DI Marvel das für hilfreich hielt …

Oh, was für ein Zirkus.

Jeder hatte *irgendetwas,* das Marvel zu seinen Gunsten ausnutzen konnte.

Superintendent Clyde dagegen war bisher schwachstellenfrei erschienen. Jetzt jedoch, wo er wegen dieses anderen Falles unsicher wirkte, vibrierten Marvels Antennen.

»Ist es ein Mordfall, Sir?«

»Ähm«, sagte Clyde, und Marvel setzte sich auf. »Nein«, fuhr sein Vorgesetzter bedächtig fort, »eine Vermisstensache.« Er reichte Marvel ein Foto von einer üppigen Blondine mit zu viel Lippenstift, die auf einem Sofa saß.

»Wie heißt sie?«, erkundigte sich Marvel.

»Mitzi.«

»Mitzi und wie weiter?«

»Einfach nur Mitzi«, erwiderte Clyde. »Es ist der Hund, der vermisst wird.«

»Der *Hund*?«

Abermals betrachtete Marvel das Foto. Die blonde Frau hielt einen Pudel auf dem Schoß, klein und rotblond und mit einer rosa Schleife oben auf dem Kopf.

»Der Hund meiner Frau«, erklärte Clyde, als ob das einen Riesenunterschied machte.

Was natürlich auch der Fall war, dachte Marvel, während sich eine kleine Zornesknospe in seiner Brust entfaltete.

Clyde zog ihn von einem Mordfall ab, damit er nach einem entlaufenen Hund suchte.

Scheiße, dachte er. *Du Arsch.*

Er war Detective im Morddezernat, kein Pfadfinder-Wölfling. Was kam als Nächstes? Würde Superintendent Clyde ihn auf Bäume klettern lassen, um irgendwelche Katzen zu retten? Ihn eine Igel-Klinik eröffnen lassen? Marvel mochte Tiere nicht – *egal welche Tiere* –, und Hunde, vor allem kleine, flauschige mit Schleifen auf dem Kopf, konnte er am allerwenigsten ausstehen.

Er räusperte sich. »Und das hier ist Ihre Frau, Sir?«

»Ja.« Clyde sah aus, als behage es ihm nicht, etwas derart Menschliches wie eine Ehefrau einzugestehen. »Sandra.«

Marvel nickte, während sein Verstand auf Hochtouren arbeitete, um den Punkt zu finden, wo er den Hebel ansetzen konnte.

»Der Hund ist im Park verschwunden«, erläuterte Clyde. »Während meine Frau sich mit einer Freundin unterhalten hat.«

»Ich verstehe«, meinte Marvel. »Dann hat er also eine Leine dabei?«

»Nein.«

Mit einem Kopfnicken deutete Marvel auf das Foto. »Halsband?«

»Nein.«

»*Mikro*chip?«

»Nein.« Clyde räusperte sich und versuchte, das Heft in die

Hand zu nehmen. »Hören Sie, John«, setzte er an, und Marvel krümmte sich innerlich, als er seinen Vornamen hörte. Er musste dabei quasi gleichzeitig an Debbie und an seine Mutter denken, und das war einfach *verkehrt.*

»Hören Sie, John, ich weiß, das ist ein bisschen ungewöhnlich, aber an der Sache ist mehr dran, als es auf den ersten Blick erscheint. Also hab ich gedacht, ich setze meinen besten Mann darauf an, lasse das Ganze aufklären und bring's hinter mich.«

Meinen besten Mann. Das brannte wie Salz auf der Haut einer Nacktschnecke. Seinen besten Mann setzte man doch nicht auf einen entlaufenen Pudel an.

Marvel musste gegen den jähen kindischen Drang ankämpfen, das Foto in kleine Stücke zu reißen und sie über die Schulter zu schmeißen.

Als Nächstes …

Stattdessen starrte er das Foto der Ehefrau und des Hundes an und hoffte auf eine göttliche Eingebung, die ihn von dieser Aufgabe entbinden könnte. Er könnte die Dienstvorschriften anführen, er könnte seinen Wert für das South East G-Team anführen, er könnte den Mord an Tanzi Anderson anführen oder jeden anderen seiner ungelösten Fälle. Er könnte sogar Edie Evans und ihr »Apollo 11«-BMX-Rad anführen. Und das sollte er auch. Er sollte das *alles* anführen und diesen Schwachsinn im Keim ersticken.

Angespanntes Schweigen hallte durch das schäbige kleine Büro. Hätte Superintendent Clyde auch nur ein Jota Stolz besessen, so hätte er Marvel versichert, das alles sei nur ein Scherz gewesen, und um ein Haar hätte er ihn drangekriegt. Was er jedoch sagte, war: »Hören Sie, John, sie macht mich noch wahnsinnig wegen dem Hund. Tag und Nacht, verdammt noch mal. Sogar bei einem verdammten Hellseher war sie.«

Beinahe hätte Marvel gelacht. Eine Frau. Ein Pudel. Und jetzt noch ein *Hellseher*! Aus heiterem Himmel gab es in dieser Geschichte plötzlich so viele Schwachstellen, dass es fast kriminell gewesen wäre, sie *nicht* auszunutzen.

Marvel überlegte, wie viel er aus dem Ganzen rausschlagen konnte.

Möglicherweise sogar eine Beförderung?

Er war erst seit ein paar Jahren Chief Inspector, es wäre also ungewöhnlich, so früh eine weitere Sprosse der Karriereleiter zu erklimmen. Aber nicht völlig beispiellos. Und auch nicht unwillkommen, wenn er jetzt so darüber nachdachte. Seine Knie machten ihm allmählich Ärger. Und der Gedanke, über einen ganzen Raum voller Mordermittler zu herrschen – und überall die Finger drinzuhaben –, gefiel ihm. Ganz zu schweigen davon, mehr Kohle und eine fettere Pension dafür einzustreichen, dass er den ganzen Tag auf seinem Hintern hinter einem Schreibtisch saß.

Befördert zu werden war, wie ein Verbrechen zu begehen. Man brauchte die Mittel, ein Motiv und eine Gelegenheit, und obgleich Marvel bei sich dachte, dass er immer die Mittel und das Motiv haben würde, klopfte die nötige Gelegenheit nicht immer ausgerechnet dann an die Tür, wenn man sie brauchte. Jetzt aber klopfte sie, und leichter würde er wahrscheinlich nie an eine Beförderung kommen.

Was seine Chancen betraf, zum Superintendenten aufzusteigen, machte Marvel sich keine Illusionen – und ebenso wenig hinsichtlich seiner Tauglichkeit. Er hatte es nicht mit Politik, und er wusste, dass er niemals die erste Wahl sein würde. DCI Lloyd würde der Arschkriecher ganz vorn in dieser Warteschlange sein, wenn sich ansonsten nichts änderte.

Aber im Leben änderte sich selten nichts, und die Londoner Polizei war da keine Ausnahme. Sehr oft waren ein Augenzwinkern und ein Nicken viel wichtiger und Freunde in gehobenen Positionen.

Der Superintendent befand sich in einer gehobenen Position.

Und der Hellseher war die Schleife auf dem Päckchen – in Geschenkpapier gewickelt und in Form eines Hebels –, das ihm sein neuer Freund soeben überreicht hatte, der plötzlich aussah, als hätte er jede Menge Schwachstellen.

»Ich sehe Ihr Problem, Sir«, nickte er einfühlsam.

Angesichts solchen Mitgefühls geriet Clydes Polizei-Superintendent-Fassade einen Augenblick lang ins Rutschen, und sein echtes, verhärmtes, gehetztes Gesicht kam ganz kurz zum Vorschein. »Ich werde keine Ruhe haben, bis der Hund gefunden ist, John. Bis dahin ist mein Leben die Hölle.«

Und mit einem hallenden Seufzer sah er Marvel direkt in die Augen und fügte hinzu: »Ich wäre Ihnen sehr dankbar.«

Und Marvel – und zwar nur, weil er *absolut* sicher war, dass das stimmte – nickte eifrig und beteuerte: »Keine Sorge, Sir, ich finde ihn.«

11

Anna Buck hatte eine Mission.

Oft schlief sie wieder ein, nachdem James zur Arbeit gegangen war. Dieses tiefe Vergessen war eine solche Versuchung für sie, dass manchmal Kinderweinen das Einzige war, was sie wecken konnte. Gelegentlich – in jener Halbwelt zwischen Träumen und Unglücklichsein – klang das Weinen so sehr nach Daniel, dass sie hochschreckte, in sein Zimmer stürzte und dann nackt und zitternd dastand, neben seinem leeren Bett, während die brutale Wirklichkeit sich ihrer langsam wieder bemächtigte. Es war eine Hupe gewesen, der Wagen eines Eisverkäufers, das Werkstattradio oder ein Hund, der traurig nach seinem zur Arbeit gegangenen Herrchen jaulte.

Heute jedoch schwang Anna die Beine unter der Daunendecke hervor, ehe der Schlaf sie von Neuem überkam, zog rasch die Sachen von gestern an und fütterte und wickelte Charlie in ungewohnter Eile.

Der Gaszähler befand sich in dem Schränkchen unter der Treppe. Obendrauf lag ein kleiner Stapel Fünfzig-Pence-Münzen. Der Zähler war mit einem Vorhängeschloss gesichert, doch das schlossen sie nie ab, weil doch nur sie in dem Haus wohnten. Brian Pigeon, der Hausbesitzer, lagerte in den unteren Räumen kistenweise Ersatzteile. Er hatte einen Schlüssel für die Haustür, kam jedoch nur selten vorbei.

Anna hakte das Vorhängeschloss aus den Metallösen des Zählers, zog die kleine Schublade auf und zählte im kränklichgelben Schein der schwachen Glühbirne das Geld.

Zweiunddreißig Pfund. Nicht so viel, wie sie gehofft hatte.

Und sie konnte auch nicht alles nehmen. Aber sie könnte die Heizung abdrehen, mehr Pullover anziehen, das Baby mit einer zweiten Decke zudecken. Bald würde es wärmer werden. *Ziemlich* bald. Vielleicht könnte sie ihren Verbrauch so weit senken, dass nur noch ganz wenig fehlte, wenn der Zähler abgelesen wurde und die Rechnung kam.

Oder vielleicht wäre, wenn der Zähler abgelesen wurde und die Rechnung kam, Daniel wieder zu Hause, und es würde ihnen scheißegal sein, ob sie die Gasrechnung zahlen konnten – und alles andere, was in ihrem Leben je wieder schiefgehen könnte, auch.

Anna überlegte, wie viel Richard Latham wohl für eine Konsultation verlangte; sie konnte sich überhaupt nicht vorstellen, was so etwas kosten könnte. Einen Alibi-Betrag? Oder ein Vermögen? Sie hätte Sandra fragen sollen.

Schließlich nahm sie fünfundzwanzig Pfund. Fünfzig große Münzen beulten ihre Taschen und Fäuste aus. Es fühlte sich wie sehr viel an.

In der Küche tat sie die Münzen in eine alte Plastiktüte und legte sie auf den Tresen. Freudige Erregung stieg in ihr auf, wenn sie die Tüte ansah, wie sie so dalag und darauf wartete, ihr ganzes Leben zu verändern, wie ein Beutel mit Goldmünzen in einem Märchen. Sie dachte an eine Bohnenranke, die von dieser Welt bis in die nächste reichte – sie miteinander verband und es möglich machte, von einer zur anderen zu gelangen.

Sie beschloss, eine Tasse Tee zu trinken und sich auszumalen, was Richard Latham ihr wohl sagen würde. Nur selten gab sie sich Fantasien von Daniels Rückkehr hin, weil es zu schmerzhaft war, wenn sie endeten. Dies hier jedoch fühlte sich anders an, richtig aufregend, und sie beschloss, sich fünf Minuten Träumen zu gönnen, bevor sie die Wohnung sauber machte.

Als sie den Kessel am Spülbecken füllte, schaute sie auf die Fußabdrücke hinaus – fünf dunkle Flecken auf dem gelbgrauen Vorplatz. Sie presste die Lippen zusammen, als ein Junge in Schlabberjeans mit dem Fahrrad darüber fuhr. Gegen so etwas konnte sie nichts tun. Nichts. Nicht ohne eine Bazooka.

Sie wünschte, sie könnte einen Zaun um die Abdrücke errichten oder den ganzen Tag dort draußen bleiben und sie bewachen, aber sie musste doch das Haus putzen. Und sich um ein neues Baby kümmern, natürlich.

Charlie quengelte in seinem Bettchen, und sie rief mit beruhigender Singsang-Stimme zu ihm hinüber. *Hey, Charlie … Hey, Charlie-Barley … Mummy ist hier, Kleiner … Mummy ist ja da …*

Doch heute fühlte sich das irgendwie automatisch an, und sie hatte nicht das Bedürfnis hinzugehen, ihn hochzuheben und sein Gewicht zu spüren, sicher und geborgen in ihren Armen. Zu Hause.

Stattdessen nippte sie am Küchenfenster hastig an ihrem Tee. Dabei griff sie in die Bauchtasche ihres Kapuzenpullis, suchte nach dem elastischen Haarband, das sie beim Arbeiten immer trug, damit ihr die Haare nicht ins Gesicht fielen. Mit dem Haarband zusammen kam ein weißes Stück dünner Pappe mit einer Telefonnummer darauf hervor.

Erst als sie die Pappe umdrehte, begriff Anna, dass es das Foto von Sandra und ihrem Hund Mitzi war.

Sie betrachtete es eingehend. Sandras dunkler Haaransatz zeigte sich, aber ihr Make-up war perfekt. Vor langer Zeit war perfektes Make-up mal etwas gewesen, worauf Anna Wert gelegt hatte. Bei der Arbeit bekam sie oft Gratisproben und probierte sie zu Hause aus. Stand stundenlang vor dem Spiegel und trug Kleopatra-Eyeliner auf, verwischte Kajalstift mit einem Make-up-

Schwämmchen, zog die Konturen ihrer Lippen nach, so dass sie voller wirkten, als sie in Wirklichkeit waren.

Oft während Daniel hinter ihr auf dem Boden spielte, mit Bauklötzen oder Bilderbüchern.

Sich beschäftigte, während sie ihr eigenes dummes Gesicht anstarrte.

Bei dem Gedanken brach ihr vor Scham der kalte Schweiß aus.

Rasch legte sie das Foto auf den Tresen und starrte durch das Küchenfenster auf einen wunderschönen Garten mit geschwungenen Beeten voller verkehrter Blumen und irgendwie nicht richtiger Büsche vor einem Hintergrund aus verschwommenen Bäumen.

Sie blinzelte, und der Garten war verschwunden.

Noch ehe sie auch nur darüber nachdenken konnte, wie seltsam das eben gewesen war, überkam Anna ein überwältigendes Bedürfnis nach Wasser. Tee war nicht genug. Sie beugte sich vor und drehte den Wasserhahn so weit auf, dass das Wasser aus dem Spülbecken emporprallte und über ihr Sweatshirt spritzte. Das kümmerte Anna nicht, sie war so *ausgetrocknet*! Keine Zeit für ein Glas oder einen Becher oder auch nur die hohle Hand. Sie bog den Kopf unter den Strahl und schlürfte das Wasser, das aus dem Hahn schoss, sog es gierig in sich hinein, während es ihr ins Haar und ins Ohr lief.

Einmal, als Anna vier oder fünf gewesen war, hatte ihre Mutter ihr eine Papierblume gekauft, die ganz fest in so eine kleine Plastikkugel von nur drei Zentimetern Durchmesser gepresst gewesen war. Sie hatten das Spülbecken voll Wasser laufen lassen und den kleinen rosa Knäuel hineingelegt, und dann hatten sie zugesehen, wie er sich wie durch Zauberei zu einer wunderbaren Blume entfaltet hatte, die fast dreißig Zentimeter breit war. Jetzt dachte Anna zum ersten Mal seit Jahren daran, während sie spürte, wie das Wasser durch ihren Körper jagte wie elektrischer Strom, sie wieder lebendig machte, wo sie vorher trocken und tot und ganz fest zusammengepresst gewesen war.

Nach ein paar Augenblicken richtete sie sich ein wenig wackelig auf. Die Haare trieften ihr auf die Schultern, ihr war schwindlig, und sie kam sich blöd vor.

Sie sollte etwas essen; sie musste scharf nachdenken, was – oder wann – sie vor den zwei Keksen gestern Abend in der Kirche etwas gegessen hatte. Ihre Erinnerung reichte bis zu dem gekochten Ei zurück, das sie am Donnerstag zum Lunch gehabt hatte. Hatte sie seitdem etwas *getrunken*? Bestimmt. Aber sie wusste nicht, wann.

Kein Wunder, dass sie Halluzinationen hatte!

Anna holte eine Scheibe Brot aus dem Kühlschrank und machte sich Toast und noch eine Tasse Tee.

Sie musste auf sich Acht geben. Sie musste doch hier sein, wenn Daniel nach Hause kam.

Und zum ersten Mal seit Monaten hatte sie das Gefühl, dass sie tatsächlich etwas dafür *unternahm*.

12

»Möchten Sie vielleicht eine Tasse Tee, Inspector? Und ein Stück Kuchen?«

Marvel schaute von dem rosafarbenen Samtsofa auf und bejahte, und Sandra Clyde wuselte davon, in die Küche.

Hier wohnte der Superintendent also.

Marvel sah sich um und schnaubte im Geist abfällig. Obgleich Clyde wahrscheinlich Mitte fünfzig war – nur zehn Jahre älter als er selbst –, wohnte er wie ein spießiger Rentner.

Auf den Beistelltischen lagen Spitzendeckchen, über die Stuhllehnen waren Schonbezüge gestreift, und im Flur lag ein Plastikläufer, um den Teppich zu schonen. Überall standen Fotos von Babys, die wohl Enkelkinder waren, und von Erwachsenen, die wohl Kinder waren und teure Sachen machten, Skilaufen oder diese Treppe in Peru hinaufsteigen, die mit all den verdammten Stufen. Außerdem miese Urlaubsandenken aus dem Ausland – eine Bonbonschale in Gestalt eines Sombreros und der Pimmel eines Bullen, zu irgendwas Ekligem verdreht, das man sich an die Wand hängen konnte.

Das Sofa war rosa, der Teppich war rosa, die Tapete war rotbraun – was ja in Wirklichkeit eigentlich nur dunkles Rosa war. Plötzlich fragte sich Marvel, wieso Frauen eigentlich bestimmen durften, wie ihr Zuhause aussah. Jetzt, wo er so darüber nachdachte – nachdem Debbie eingezogen war, waren *seine* Sachen nach und nach *ausgezogen*. Sein Sofa war als Erstes rausgeflogen.

Dabei hatte Marvel viele höchst vergnügliche Abend auf dem durchgesessenen blauen Kordsamt verbracht und an einem Ende Whiskey geschlürft, während seine Füße am anderen Ende ein Loch in die Armlehne scheuerten und er die ganze Zeit die englische Kricketmannschaft beschimpfte, weil diese gerade auf Sky Sports gegen die Aussies verlor. Doch wenige Tage nach Debbies Einzug war es durch so eine klotzige Habitat-Edelcouch aus cremefarbenem Leder ersetzt worden. Debbie sagte, das Ding sei retro, was hieß, dass man nicht mit den Füßen daraufdurfte.

Dann hatte er seinen Lungen-Aschenbecher in einem Karton gefunden, den sie zu Oxfam bringen wollte. Sie hatte behauptet, es sei ein Versehen gewesen, aber er hatte das Ding zur Sicherheit mit ins Büro genommen. Und dann war er an dem Abend, an dem er auf der Bickley Bridge Halt gemacht hatte, heimgekommen, und seine Sammlung Jameson-Barhandtücher war vom Couchtisch verschwunden, hatten zwei roten Kerzen und einem blassrosa Steinbrocken auf einem verzierten Holzständer Platz gemacht.

»Rosenquarz öffnet das Herzchakra«, hatte sie peinlicherweise erläutert.

»Interessant«, hatte er erwidert. »Wo sind meine Barhandtücher?«

»Unter der Spüle. Ich hoffe, das ist okay.«

Marvel hatte nichts gesagt, während sie sich gebückt und die Kerzen angezündet hatte, obwohl sie direkt vor San Marino gegen Belgien stand.

Und dann hatte er gefragt: »Was riecht'n hier so?«

»Wie denn?«

»Na, wie die Achselhöhle von 'nem Hippie.«

»Das ist Patschuli«, hatte sie geantwortet und völlig niedergeschmettert ausgesehen.

»Wieso?«, hatte er gefragt. »Kiffen wir jetzt etwa?«

Debbies Herzchakra hatte an diesem Punkt bestimmt dichtgemacht, sie hatten an dem Abend nämlich keinen Sex mehr, und die nächsten Abende auch nicht.

Etwas später war ihm klar geworden, dass Valentinstag gewesen war.

Nächstes Jahr würde er das wiedergutmachen müssen.

Sandra Clyde brachte Tee in einer Kanne auf einem Tablett, mit zarten Porzellantassen, und ein Stück Rührkuchen, an dem ein Karrengaul erstickt wäre.

Mit einer Tasse und einer Untertasse in den Händen kam Marvel sich kultivierter vor. Vernünftiger. Älter.

Dem Tod näher.

Sandra nahm in dem Ohrensessel gegenüber Platz und machte ein erwartungsvolles Gesicht. Das erinnerte Marvel daran, dass es so etwas wie Kuchen umsonst nicht gab.

»Gibt's was Neues?«, erkundigte sie sich – als hätte er es ihr verschwiegen, wenn sie Muttley bereits gefunden hätte.

Nicht Muttley – Mindy.

Nicht Mindy.

So was *Ähnliches* wie Mindy.

Morky.

Nein.

Marty, Mandy, Monkey, Mopsy. Scheiße, jetzt hatte er vergessen, wie das verdammte Vieh hieß.

Er schüttelte den Kopf. »Noch nicht, fürchte ich. Aber es ist auch noch zu früh.«

»Mitzi ist seit fünf Wochen weg«, bemerkte Sandra ein wenig tadelnd.

»Noch zu früh im Verlauf der offiziellen Ermittlungen«, beschwichtigte Marvel. Er zog sein Notizbuch hervor und schrieb mit großen Blockbuchstaben MITZI auf die leere erste Seite, damit er es nicht wieder vergaß. Dann schilderte ihm Sandra, was sie alles unternommen hatte, um den Hund wiederzufinden, seit er im Park verloren gegangen war. Sie hatte Fotos und Flyer und Aufkleber gedruckt, sie hatte ihren Neffen Mitzis Fotos ins Internet stellen lassen, sie hatte Zettel in den Schaufenstern von Zeitungsläden ausgehängt und eine Belohnung angeboten.

»Belohnung?«

Sie nickte. »Tausend Pfund. Keine weiteren Fragen.«

Marvel schnalzte missbilligend mit der Zunge. »So etwas sehen wir nicht gern«, meinte er. »Eigentlich halten wir nichts davon. Es überrascht mich, dass der Superintendent das gestattet hat.«

»Sie halten nichts davon, eine Belohnung anzubieten?«

»Davon, ›keine weiteren Fragen‹ zu sagen«, erläuterte Marvel. »Das bringt die Ermittlungen durcheinander und könnte als Behinderung der Justiz betrachtet werden.«

»Wie meinen Sie das?«

»Wie viele Leute haben wegen Mitzi angerufen, seit Sie die Aushänge gemacht haben?«

»Oh, ganz viele. Alle wollen helfen.«

»Für tausend Piepen bekommt man eine Menge sogenannte Hilfe«, meinte Marvel. »Vor allem wenn keine Fragen gestellt werden. Wenn der Hund geklaut worden ist, dann haben die Verbrecher weniger Hemmungen, ihn zurückzubringen, weil sie davon ausgehen, dass Sie die Polizei nicht verständigen, verstehen Sie?«

Daraufhin regte Sandra sich ziemlich auf, und Marvel hob die Hand, um das Thema zu beenden. »Ist nun mal passiert. Lassen wir's auf sich beruhen.«

»*Vielen* Dank, Inspector«, sagte sie.

»Kein Problem«, erwiderte er großzügig. Doch er merkte es sich für später. Es war eine Kleinigkeit, aber Kleinigkeiten konnten sich zu Größerem auswachsen – vor allem für Menschen in verantwortungsvollen Positionen. Wie zum Beispiel ein Superintendent der Polizei. Was für ein Polizist würde denn keine Fragen stellen? Es wäre doch pflichtvergessen, das *nicht* zu tun!

»Also«, sagte er ernst, »ich habe gehört, Sie haben einen Hellseher zurate gezogen?«

»Oh ja«, bestätigte Sandra. »Er hat mir auch sehr geholfen.«

»Hat er Mitzi gefunden?«

»Na ja, nein. Noch nicht.«

»Dann hat er doch auch nicht geholfen, oder?«, fragte Marvel.

»Na ja, *doch*«, beharrte Sandra ein wenig verlegen. »Er hat gesagt, ich soll die Hoffnung nicht aufgeben, und dass Mitzi bald wieder zu Hause sein wird.«

»Und inwiefern hat das geholfen?«

»Na ja«, sagte sie abermals, »es hat mir Hoffnung gemacht, verstehen Sie?«

»Bestimmt«, meinte Marvel. »Aber was ist, wenn es falsche Hoffnungen sind?«

Sandra Clydes Gesicht stürzte in sich zusammen. »Sie meinen, Mitzi könnte tot sein?«

»Nein, nein, nein!« Scheiße, er wollte nicht, dass sie losheulte! Er wollte die Frau des Superintendenten doch nicht zum *Weinen* bringen. Wie zum Teufel sollte *das* seine Aussichten auf eine Beförderung verbessern?

»Nein, das habe ich nicht gemeint«, beteuerte Marvel. »Ganz und gar nicht. Ich meine nur, wenn jemand sich etwas verzweifelt wünscht, so wie Sie sich wünschen …«, er schielte auf sein Notizbuch hinunter, »… Mitzi zu finden, dann kann diese Hoffnung – diese *vollkommen berechtigte* Hoffnung – von skrupellosen Menschen missbraucht werden.«

»Oh, er ist nicht skrupellos, Chief Inspector! Ich habe mich sehr vorgesehen. Das ist nicht irgendein windiger Scharlatan. Er hat der Polizei sogar schon einmal bei einem Fall geholfen. Daher kannte ich auch seinen Namen, Richard war im Fernsehen und all so was.«

»Richard Latham?«, fragte Marvel mit schwerem Herzen.

»Ja«, nickte Sandra eifrig. »Kennen Sie ihn?«

»Nicht persönlich«, antwortete Marvel. »Aber ich habe den Fall Edie Evans bearbeitet, und ich muss Ihnen sagen, Mrs Clyde, uns war er wirklich keine Hilfe. Überhaupt keine. Ein Jahr ist das her, und Edie wird immer noch vermisst. Alles, was Mr Latham getan hat, war, die Zeit der Polizei zu verschwenden und uns möglicherweise von anderen Ermittlungsansätzen abzulenken, die vielleicht fruchtbarer gewesen wären.«

Sandra sah schon wieder ganz geknickt aus.

»Haben Sie ihm Geld gegeben?«, wollte Marvel wissen.

»Oh nein!«, beteuerte sie augenblicklich. »Nur ein paar kleine Spenden für das Kirchendach.«

Marvel grunzte, lief rot an und tat so, als schriebe er etwas in sein Notizbuch, während er seine Gedanken sammelte.

Das Kirchendach! Das hörte sich so ... so *dämlich* an! Es *war* so dämlich, und der Gedanke, dass er und Sandra Clyde diese Dämlichkeit gemeinsam hatten, machte ihn wütend. Angesichts dieses Zufalls verging Marvel jegliche Schadenfreude, und anstatt etwas Vernichtendes zu sagen, meinte er nur schwach: »Na ja, geben Sie ihm lieber nichts mehr, okay?«

Sandra biss sich auf die Lippe und nickte und war ein bisschen weniger rot im Gesicht, und die Gefahr eines Tränenausbruchs schien vorüber zu sein. Marvel war erleichtert. Er war nicht gut darin, in der Achterbahn weiblicher Emotionen zu fahren.

»Hören Sie«, fuhr er fort. »Wir finden Mitzi auch ohne die Hilfe eines Schwindlers wie Latham. Wenn er oder sonst irgendjemand von dieser Kirche sich bei Ihnen meldet und behauptet, er hätte eine Botschaft oder eine Vision oder einen Traum oder *irgendwas* von Mitzi, dann möchte ich, dass Sie denen sagen, das interessiert Sie nicht, okay? Sagen Sie ihnen, die Polizei ist jetzt in den Fall involviert, und Sie brauchen ihre Hilfe nicht. Und wenn die nicht lockerlassen, dann überlassen Sie das Ganze mir.«

Sandra nickte, sah aber alles andere als überzeugt aus. »Aber wenn wir Richards Visionen nicht glauben können, dann müssen wir doch wieder ganz von vorn anfangen!«

Marvel war nicht eben begeistert von dem Wort »wir«. Das hörte sich an, als hätten sie *beide* irgendwann einmal an Lathams sogenannte hellseherischen Visionen geglaubt, was er ja niemals getan hatte.

»Ganz von vorn anzufangen ist ein ziemlich guter Ansatz«, entgegnete er brüsk. Das war ein toller Satz, fand er, wie aus einem Quentin-Tarantino-Film. Den musste er sich merken, falls er dem G-Team mal eine motivierende Rede halten musste, die über »machen Sie einfach Ihre Scheißarbeit« hinausging.

Sandra Clyde lächelte zittrig. »Genau wie Julie Andrews in *The Sound of Music.* Do-Re-Mi!«

»Natürlich«, sagte er, obwohl er keine Ahnung hatte, wovon sie redete, und sich inständig wünschte, sie hätte nicht mit dieser sch… Julie Andrews angefangen, als er gerade an Blut und Knarren und Tarantino dachte.

Aber er ging nicht weiter darauf ein. Er war so erschöpft davon, nett zur Frau des Superintendenten sein zu müssen, dass er nur noch hier rauswollte. Mit großer Geste klappte er sein Notizbuch zu und erhob sich unter verblüffend großer Mühe von dem niedrigen Sofa. Großer Gott, die Clydes mussten hydraulische Knie haben.

Sandra Clyde geleitete ihn hinaus.

Vor der Haustür sagte sie: »Also, was passiert denn jetzt, Chief Inspector?«

»Wir kümmern uns darum«, versprach Marvel und setzte ihr so das Samenkorn in den Kopf, dass sich irgendein Team der Aufgabe widmen würde, Mitzi zu finden, nicht nur er. Damit es, wenn etwas schiefging, jemanden gab, dem man die Schuld geben konnte. Jemand Imaginären.

»Vielen, vielen Dank«, sagte sie, und ohne Vorwarnung lehnte sich die Ehefrau des Superintendenten nach vorn und umarmte ihn innig.

»Okay«, sagte er, als es vorbei war. »Ab jetzt nehmen wir die Dinge in die Hand.«

»Danke, Chief Inspector!«

Er ging zu seinem Auto. Normalerweise hätte er einen Dienstwagen gefahren, doch es hatte in letzter Zeit viele Unfälle und Totalschäden gegeben, und schon seit ein paar Wochen fuhr er seinen eigenen Wagen. Einen schwarzen BMW M3 mit getönten Scheiben und Zierfelgen, der einmal einem Drogendealer namens Jimmy the Fix gehört hatte. Nachdem Jimmy für vierzehn Jahre eingebuchtet worden war, hatte Marvel den Wagen billig aus dem Polizeibestand gekauft, bevor er öffentlich versteigert werden konnte, und er war sein ganzer Stolz. Er blätterte zehn Riesen im Jahr für einen Garagenstellplatz hin, damit er so schön blieb – und damit er *seiner* blieb.

Gerade als er die Autotür öffnete, rief Mrs Clyde von der Haustür her: »Ooh, Moment, Chief Inspector, ich hab da noch was für Sie.«

Marvel wartete und dachte an Kuchen in Alufolie.

Stattdessen kam Sandra Clyde aus dem Haus gewuselt und reichte ihm einen Aufkleber mit der Aufschrift FINDET MITZI! Er war pink, an beiden Enden war ein herzförmiges Foto des Pudels, mit einer Schleife auf dem Kopf.

Die Schleife war auch pink.

»Für Ihr Auto«, erklärte Sandra Clyde.

In einem Tarantino-Film hätte Marvel eine .357 gezogen und Mrs Clyde glatt die Rübe von den Schultern gepustet, mit einem ironisch-pinkfarbenen Aufspritzen.

Im Film seines eigenen Lebens nahm er den Aufkleber und sagte: »Interessant.«

»Robert hat auch einen auf seinem Auto«, lächelte Mrs Clyde aufmunternd. »Und er hat sie auf der Arbeit an alle verteilt.«

Wenn Superintendent Clyde seiner Frau das erzählt hatte, dann war es eine dreiste Lüge.

»Also sollten Sie wirklich auch einen haben«, fügte sie hinzu, »wo Sie doch für den Fall zuständig sind.«

Diese lästige Wahrheit ließ sich nicht abstreiten.

Und weil sie zusah, musste Marvel die Schutzfolie abziehen und den knallrosa Pudel-Aufkleber auf die hintere Stoßstange von Jimmy the Fix' blitzblankem schwarzem BMW pappen.

An diesem Abend sagte Debbie beim Abendessen fröhlich: »Du solltest Steckbriefe aufhängen. Wie in Cowboyfilmen.«

Marvel schnaubte. »Tot oder lebendig?«

Sie nickte. »Das würde die Fantasie der Leute ansprechen. Sie würden sich merken, wie sie aussieht. Vielleicht kann man ihr ja einen kleinen Cowboyhut aufsetzen«, überlegte sie und meinte dann rasch: »Nein, das wäre albern.«

Als ob Steckbriefe nicht albern wären.

Normalerweise sprach Debbie nicht gern über seine Fälle. Normalerweise wurde sie immer ganz zickig, wenn er beim Essen in einer Akte las – vor allem wenn er ihre Kerzen beiseiteschob, um Obduktionsberichte auszubreiten.

»Nicht beim Essen, John«, sagte sie immer. »Das ist abartig.«

»Das ist mein *Job*«, gab er schroff zurück. »Ich erwarte ja nicht, dass es dich interessiert, aber du könntest mich wenigstens arbeiten lassen.«

»Also, *ich* versuche hier zu essen!«

»Na, dann iss doch! Wer hindert dich denn daran?«

Das war ja mal wieder typisch, dass sie ausgerechnet bei einem Fall Blut leckte, bei dem es noch nicht mal um einen Mord ging, dachte Marvel.

»Du solltest zum Tierheim in Battersea fahren«, sagte sie, während sie sich mehr grüne Bohnen nahm. »Wenn jemand Mitzi gefunden hat, dann ist das wahrscheinlich die erste Anlaufstelle. Als ich klein war, hatten wir mal einen Hund aus Battersea. So ein komisches kleines struppiges Vieh, wie eine Wollmaus auf Beinen.«

Sie lächelte sanft und setzte hinzu: »Er hat immer unsere Schuhe in den Garten rausgeschleppt. Wir haben uns für die Schule angezogen, und dann mussten wir auf einem Bein um die Büsche rumhopsen und nach dem zweiten Schuh suchen!«

Bei sich dachte Marvel, dass ein Hund, der so was mit seinen Schuhen machte, wieder im Tierheim säße, ehe er »Euthanasie« sagen konnte. Trotzdem lächelte er, weil Debbie bei dieser Erinnerung so glücklich aussah. Diesen Ausdruck hatte er seit einer Ewigkeit nicht mehr auf ihrem Gesicht gesehen, und ganz kurz überlegte er, ob ihr wohl irgendetwas oder irgendjemand Kummer bereitet hatte.

Er griff nach ihrer Hand, und sie schaute überrascht auf und bedachte ihn mit einem kleinen Lächeln. Dann seufzte sie tief auf und schob ihre Bohnen mit der Gabel auf dem Teller herum. »Ich war am Boden zerstört, als Pip gestorben ist. Aber ihn zu verlieren und nicht zu wissen, wo er war, wäre noch schlimmer gewesen.«

Marvel dachte an Edie Evans und nuschelte seine Zustimmung durch einen Mundvoll Spaghetti bolognese.

»Vielleicht könntest du ja im Internet suchen«, meinte Debbie.

»Nach was?«

»Da gibt's doch so Seiten, wo die Leute Bilder von Hunden einstellen, die ihnen entlaufen oder zugelaufen sind. Doglost oder Lostdog. Eins von beidem.«

»Das tue ich doch schon«, antwortete Marvel, obwohl es nicht stimmte. Doch es hörte sich nach einer guten Idee an. Und das war auch gut so, denn, das wurde Marvel jetzt klar, wenn es um verschwundene Hunde ging, hatte er nicht viele eigene Ideen.

»Gut«, sagte sie. »Und wenn du noch mehr Kopien von dem Foto besorgst, kann ich sie den Mädels auf der Arbeit geben.«

»Okay.« Frauen und andere Gutmenschen standen alle auf Tiere und Kinder. Allmählich fragte er sich, ob er Debbie vielleicht die ganze Operation übertragen und einfach nur die Beförderung zum Superintendenten abgreifen könnte.

»Sonst noch was?«, fragte er aufmunternd.

Sie summte beim Nachdenken ein wenig, und Marvel überlegte, wann sie aufgehört hatte, immer so zu sein – Debbie voller Interesse und hilfreicher Vorschläge, und das auch noch gern. Ganz sicher war das gewesen, bevor sie angefangen hatte, Grimassen zu schneiden, um ihm mitzuteilen, dass er die Füße auf die Habitat-Couch gestellt hatte oder dass Fotos von Leichen auf dem Küchentisch lagen.

»Du könntest eine Belohnung aussetzen«, meinte sie.

»Gute Idee«, sagte er – auch wenn die Idee redundant war –, weil er diesen Augenblick des gegenseitigen guten Willens in die Länge ziehen wollte.

Wieder lächelte Debbie sehr zufrieden mit sich. »Und du solltest dazuschreiben: ›Keine weiteren Fragen.‹«

13

Am nächsten Freitagabend fiel es Anna viel leichter, die Wohnung zu verlassen. Nur zweimal ging sie wieder hinein, mit einem Flattern tief im Bauch, ehe sie an den fünf Fußabdrücken vorbeieilte, die Kapuze ihres blauen Anoraks als Scheuklappen.

Sie hatte das Geld dabei.

Der Nieselregen fiel gemächlich, aber er meinte es ernst, und als sie die Halle erreichten, war ihre Jeans vom Spritzen der Buggyräder bis zu den Schienbeinen hinauf durchweicht.

Ein glänzend neuer roter Plastikeimer stand unter der feuchten Stelle an der Decke. Queensland beulte sich jetzt seitlich ein wenig in den schmutzigweißen Pazifik hinein, und außerdem war ein neuer kleinerer Fleck hinzugekommen. Das könnte vielleicht der Anfang von Tasmanien sein, dachte Anna bei sich.

Sandra war nicht da, ansonsten jedoch bestand die Gemeinde größtenteils aus denselben Leuten wie letzte Woche, und der Staub war ganz sicher noch derselbe. Anna konnte ihn in der Kehle spüren.

Der Ablauf war ebenfalls derselbe. Latham federte bedächtig auf der Bühne herum wie eine Marionette, schob sich die Brille auf der verschwitzten Nase hoch und ließ den Lebenden gehaltlose Informationsschnipsel von Toten zukommen.

Dad sagt, er hat gesehen, wie dir der Absatz abgebrochen ist.

Toby ist hier, und er möchte sagen, dass alles gut werden wird.

Caroline zeigt mir, dass Sie Schmerzen in der Hüfte haben.

Oh Mann. Bestimmt kommunizierte Richard Latham *wirklich* mit den Toten, dachte Anna, denn wenn er sich das alles nur ausdachte, würde er sich doch bestimmt etwas Interessanteres ausdenken, oder?

Es wurde nicht besser, als er die Bühne für die Amateure freigab. Der Wackeldackel-Junge wusste noch immer nicht recht, welcher Geist jetzt welcher war, und eine kleine Frau mit der roten Nase einer Cider-Trinkerin stand eine geschlagene Minute lang da und schwankte vor und zurück, ohne irgendetwas ins Mikrofon zu sagen, bis sie merkten, dass sie eingeschlafen war.

Letztes Mal war das neu und bizarr genug gewesen, um ihre Aufmerksamkeit zu fesseln. Diese Woche – wo ihre neu entdeckte Hoffnung Anna vor Ungeduld ganz kribbelig machte – war es, als schaue man sich etwas bereits Bekanntes in Zeitlupe an, das sich schon beim ersten Mal nicht gelohnt hatte.

Es gab keine Nachricht von Daniel, und mit jedem toten Langweiler hob sich ihre Stimmung mehr. Er war nicht tot, er war nicht tot, *er war nicht tot.*

Das leise Surren freudiger Erwartung in ihrem Bauch wurde immer stärker, bis sie kaum noch still sitzen konnte. Fast zwanghaft ließ sie den Buggy mit dem Fuß hin und her wippen, es kümmerte sie nicht, ob Charlie schlief oder nicht.

Die Sitzung fand ein Ende, und die Damen ganz vorn standen auf, um Tee zu kochen und Kekse auf einen Teller zu legen.

Anna konnte nicht länger warten. Sie schob sich durch das kleine Menschenknäuel um Richard Latham, der gerade erzählte, wie er einmal einem Rolling Stone zu Hilfe gekommen war. Einem toten vermutlich.

»Hi«, unterbrach sie ihn. »Könnte ich eine Konsultation bekommen?«

»Sie meinen, ob wir ein Schwätzchen halten können?« Er lächelte.

»Na ja, ja. Aber ein richtiges. Eins, für das man bezahlt.«

Latham machte ein etwas betretenes Gesicht, und die Leute um ihn herum auch. Er stellte seine Teetasse ab und deutete auf den Stuhl, der seinem gegenüber stand. »Warum nehmen Sie nicht Platz, trinken eine Tasse Tee und essen einen Keks, und danach halten wir ein kleines Schwätzchen?«

»Okay.« Sie setzte sich, erfüllt von plötzlicher Panik, weil es jetzt kein Zurück mehr gab. Sie hatte es getan, sie hatte gefragt. Sie hatte ihm sogar gesagt, dass sie bezahlen würde, also konnte sie ihn alles über Daniel fragen, was sie wollte.

Anna umklammerte den Bügel des Buggys so fest, dass ihr die Hände wehtaten.

Sie hatte gar nicht gefragt, wie teuer es sein würde. Scheiße. Und wenn es jetzt Hunderte kostete? Die Tüte mit dem Gaszähler-Geld hatte sich sehr substanziell angefühlt, als sie die Wohnung verlassen hatte. Hier jedoch, jetzt, schien es gar nicht viel zu sein – nicht für jemanden, der im Fernsehen gewesen war.

Anna war ganz übel vor Beklommenheit. Jetzt hatte sie gefragt, und sie musste unbedingt Antworten haben. Und wenn Latham jetzt über ihr schweres, leichtes Geld lachte und sich weigerte, ihr zu sagen, was Daniel zugestoßen war? Was würde sie dann machen? Was *könnte* sie machen?

Sie biss sich auf die Lippe, und ihre Augen wurden ganz heiß vor heraufdrängenden Tränen.

Sie würde ihn *zwingen*, ihr zu helfen. Sie würde betteln oder drohen oder weinen und wütend werden. Irgendetwas würde schon funktionieren. Irgendetwas *musste* funktionieren, weil, Anna Buck war doch verrückt und jeder konnte sehen –

»Also«, sagte Richard Latham, »worüber möchten Sie denn gern sprechen?«

Anna blickte sich um und sah, dass alle gegangen waren, während sie Panik geschoben hatte, und jetzt waren sie und Latham die Einzigen in der schmuddeligen kleinen Halle. Ihr Blick fiel auf das Kruzifix über der Tür, und sie empfand Gewissensbisse, weil sie nicht um Hilfe betete, statt dafür zu bezahlen.

Aber James hatte recht. Wo war Gott gewesen, als Daniel verschwunden war? Nirgends.

Dies war der Augenblick der Wahrheit. In einer Minute würde sie vielleicht wissen, wo ihr Sohn war. Die Hoffnung in ihrem Herzen fühlte sich so aufgebläht und zerbrechlich an wie eine Seifenblase.

Einen Moment lang konnte sie überhaupt nicht sprechen und dachte, sie würde stattdessen vielleicht losheulen. Dann riss sie sich zusammen. Sie musste weiter stark sein, für Daniel. Sie durfte hier nicht schon beim ersten Schritt ins Straucheln geraten.

Anna holte tief Luft, und die Worte sprudelten in einem Schwall hervor. »Ich weiß nicht, wo mein Sohn ist. Er ist seit über vier Monaten verschwunden. Er ist jetzt fast fünf, und er heißt Daniel, und hier ist ein Foto von ihm, das ist vom letzten Sommer, und sein Haar ist jetzt bestimmt länger, aber man kann sehen, dass er das ist, und Sandra hat gesagt, Sie können sich ein Foto anschauen, und dann *wissen* Sie einfach alles Mögliche, also könnten Sie sich dieses Foto ansehen? Bitte? Ich kann bezahlen. Ich hab Geld. Im Moment hab ich nur fünfundzwanzig Pfund, aber ich kann mehr besorgen, wenn es mehr kostet. Ich muss einfach nur wissen, wo er ist, oder ob er …«

Daniel ist nicht tot.

Wieder holte sie tief Luft und sprach hastig weiter. »Er ist nicht tot, ich weiß, dass er nicht tot ist, weil, das würde ich *fühlen,* glaube ich. Ich weiß, dass ich das fühlen würde, deswegen weiß ich, dass er nicht tot ist, aber können Sie sich bitte das Bild anschauen? Bitte. Und es mir sagen?«

Sie hielt Latham das Foto hin, doch er nahm es ihr nicht aus der zitternden Hand.

»Bitte«, wiederholte sie, und ihre Stimme überschlug sich.

Latham streckte die Hand aus, doch statt nach dem Bild zu greifen, nahm er Annas Hände in die seine.

»So etwas kann ich nicht«, sagte er.

»Doch, das können Sie, das hat Sandra doch gesagt. Sie hat gesagt, Sie sind ein *Shut Eye* und Sie reden mit ihrem Hund, und Sie sich können einfach ein Foto anschauen und …«

»Ich kann so etwas nicht«, wiederholte er. »Es tut mir sehr leid.«

»Sie hat doch gesagt, Sie können das. Können Sie nicht nur mal *schauen*? Ich meine, das ist doch alles, was ich von Ihnen will! Das ist doch nicht zu viel verlangt! Mein Sohn ist *weg*! Er ist vier Jahre alt, und er ist zur Tür rausgelaufen, weil James sie hat offen gelassen, als er Feuerwerk kaufen gegangen ist, und jetzt ist er *weg*! Bitte schauen Sie doch mal.«

Latham zögerte, dann nahm er das Foto, und in Annas Innerem rumorte es wie wild. Sie spürte, wie das Blut ihre Wangen erhitzte, und sie zitterte vor Erwartung. Hatte das Gefühl, gleich ohnmächtig zu werden.

Doch er schaute das Foto gar nicht an. Er sah sie an, mit verträumten, ungleichmäßig braunen Augen und durch dicke Brillengläser.

»Es tut mir leid«, sagte er abermals. »So etwas mache ich nicht mehr.«

Das Blut dröhnte so laut in Annas Ohren, dass sie fragend den Kopf schieflegte. »Sie machen was?«

»Ich mache keine Vermisstenfälle mehr. Es tut mir leid.«

»Sie *machen* keine mehr? Wie *meinen* Sie denn das? Wollen Sie es sich nicht wenigstens *ansehen*? Bitte!«

»Es tut mir leid.«

»Aber das ist doch Ihr Beruf! Sie haben doch der Polizei geholfen, nach einem anderen Kind zu suchen, wieso wollen Sie mir nicht helfen, *meins* zu finden? Ich brauche Ihre Hilfe! Niemand sonst kann mir helfen. Bitte! *Bitte schauen Sie sich doch einfach nur das Bild an!*«

Er blinzelte langsam hinter den dicken Brillengläsern. »Es tut mir leid.«

Anna blickte zu Boden. Er hielt ihr das Foto wieder hin, doch sie nahm es nicht. Sie starrte es an. Neben Lathams großem Daumen lächelte Daniel zu ihr hinauf. Auf Lathams Fingernagel war eine schwarze Quetschung, da war ihm irgendwas draufgefallen, oder er hatte sich mit einem Hammer draufgehauen. Es war ihr allerbestes Foto von Daniel. Er trug seine rote Latzhose, wie ein fröhlicher kleiner Hillbilly sah er aus. Die hatte sie bei Oxfam gekauft, und es war seine Lieblingshose. Weit und kühl, und mit vielen Taschen für viele Dinge: Wachsmalkreidenstummel und Pennys und weggeworfene Spielsachen von den Happy Meals anderer Kinder. Sie dachte daran, wie ihn die Verschlüsse der Träger immer so fasziniert hatten, dass es schwer gewesen war, sie zuzumachen, weil sein Kopf andauernd im Weg gewesen war. Sein kleiner blonder Kopf mit den kurzen Löckchen, der unbedingt sehen wollte, wie der Metallknopf in die Öse rutschte. Es hatte sie nie gestört, dass es so lange dauerte, die Träger festzuknöpfen, solange sie neben ihm knien und Daniels berauschendes Aroma einatmen konnte: Unschuld und Freude.

Unschuld und Freude.

»Es tut mir leid.« Latham sagte es schon wieder. Er würde es sich nicht anders überlegen.

Langsam streckte Anna die Hand aus und nahm das Foto.

Sie war bereit gewesen, ihn anzuflehen, zu drohen, zu schreien und zu brüllen. Sie hätte ihn geohrfeigt, sie hätte mit ihm geschlafen.

Doch als der Moment kam, hatte sie nichts zu bieten.

Sie war leer.

So leer, dass sie nicht einmal fragen konnte, *warum*.

»Okay«, flüsterte sie.

»Es tut mir leid, dass ich Ihnen nicht helfen konnte.«

Nicht konnte? Oder nicht wollte? Ist doch dasselbe.

»Okay«, sagte sie noch einmal. Sie stand auf und steckte das Foto wieder in die Tasche.

»Bitte kommen Sie nächste Woche wieder«, sagte er. »Vielleicht bringt Ihnen ja jemand anders eine Botschaft von Daniel.«

Sie antwortete nicht. Sie konnte nicht an andere Möglichkeiten denken. Der Schmerz darüber, diese hier verloren zu haben, war zu groß.

»Gute Nacht«, sagte er.

Anna schob den Buggy über den alten grünen Teppich und zog an der Tür ihre nassen Schuhe an.

»Geben Sie die Hoffnung nicht auf«, sagte Latham.

Dafür war es zu spät.

Draußen schüttete es wie aus Eimern, und das Baby brüllte auf dem ganzen Heimweg aus vollem Hals.

14

Hundegeruch stieg John Marvel in die Nase, und hallendes Gebell ließ ihn zusammenschrecken.

»Das ist der Hund«, sagte er und zeigte der fröhlichen jungen Frau in dem verwaschenen Polohemd das Foto von Mitzi. Ihr Name – *Rachel* – war unter dem Logo des Battersea Hunde-Tierheims auf der Wölbung ihrer BH-losen Brust aufgestickt.

»Die kenne ich nicht«, meinte sie. »Aber die Besitzer wollen sich die Hunde meistens selbst ansehen, um ganz sicher zu sein.«

»Sie wissen doch bestimmt, ob Sie hier einen rotblonden Pudel haben?«

»Ich glaube, es heißt apricot, nicht rotblond.«

»Einen *Apricot*-Pudel.«

»Na ja, die Hunde, die hier ankommen, sehen oft nicht so aus wie auf den Fotos«, sagte Rachel. »Besonders, wenn sie schon seit ein paar Wochen oder Monaten weg sind oder sogar seit Jahren. Manchmal sind sie gestohlen worden, und wenn sie gefunden werden, sind sie nicht wiederzuerkennen.«

»Wieso soll ein Hund denn nicht mehr wiederzuerkennen sein, bloß weil er geklaut worden ist?«

Rachels schöne braue Augen wurden groß. »Vielleicht sind sie dicker oder dünner, oder sie sind kupiert worden, damit man sie nicht erkennt und man sie weiterverkaufen kann, oder sie sind verstümmelt.«

»Verstümmelt?«

Sie nickte ernst. »Manchmal werden Hunde für Hundekämpfe gestohlen.«

»Wir reden hier von einem etwa acht Kilo schweren Pudel.«

»Oder als Köder«, fügte Rachel hinzu. »Um größere Hunde das Kämpfen zu lehren. Damit sie Geschmack an Blut finden.«

»Sie machen wohl Witze«, knurrte Marvel.

Rachel zuckte die Achseln. »So was kommt vor«, sagte sie und fügte dann eilig hinzu: »Aber ganz bestimmt nicht bei *Ihrem* Hund. Ich sage ja nur, wenn ein Hund länger als eine Woche oder so verschwunden ist, also, Sie haben ja keine Ahnung, wie schlimm er dann aussehen und riechen kann, wenn er hier ankommt. Vielleicht sieht sie auch gar nicht mehr aus wie ein Pudel. Es ist also wirklich am besten, wenn Sie sich alle mal anschauen.«

Marvel gab schließlich nach. »Okay. Wie viele haben Sie hier denn?«

»So um die fünfhundert.«

»Fünfhundert *Hunde*?«

»So ungefähr.«

Marvel furchte die Stirn. Dieser Fall ging ihm allmählich ungeheuer auf die Nerven. Und außerdem hatte irgendjemand gequatscht. *Gesagt* hatte natürlich niemand was, aber irgendwie musste sich sein neuer Fall im Einsatzraum herumgesprochen haben.

Als Erstes war ein Spielzeughund auf seinem Schreibtisch erschienen. Ein blauer Wauwau mit einem Knochen im Maul.

Zum Brüllen.

Er hatte ihn in hohem Bogen in den Mülleimer gepfeffert.

Dann hatten die Kollegen angefangen zu bellen. Nicht direkt ihm ins Gesicht, aber hinter seinem Rücken. So kleine Knurr- und Winselgeräusche – hin und wieder ein Kläffen. Es wurde so schlimm, dass er ständig das Gefühl hatte, jemand knurrte ihn an, auch wenn es gar nicht so war. Er grollte im Vorbeigehen »Leck mich doch!« in Richtung des gurgelnden Kaffeeautomaten, er fuhr wütend herum und funkelte ein kleines Kind böse an, das am Empfang Autogeräusche machte, und blaffte DI Averiss im Aufzug an, als dieser meinte, bei seinem Fall könne nicht mal ein Suchhund eine neue Spur finden.

Was zum Teufel soll das heißen? Ein Suchhund? Versuchen Sie etwa, witzig zu sein?

Wenn er nach diesem ganzen Theater nicht postwendend zum Superintendenten befördert wurde, würde er offiziell Beschwerde einreichen.

Rachel schloss eine Tür mit einem kleinen Fenster darin auf.

Marvel seufzte. »Zeigen Sie mir halt nur die Kleinen.«

Rachel lachte und schwang die Tür auf. Das hallende Getöse und der Geruch verzehnfachten sich, und Marvel hätte fast gewürgt. Der Gang zwischen stählernen Zwingerreihen erstreckte sich vor ihm wie etwas aus einem Raumschiff in einem Science-Fiction-Film.

»Großer Gott«, stieß er hervor. »Wie halten Sie das aus?«

Er meinte den Krach und den Gestank, Rachel jedoch war aus mitfühlenderem Stoff gemacht. »Ich weiß«, sagte sie und setzte eine betrübte Miene auf. »Es bricht einem das Herz, nicht wahr? Ein Drittel von denen wird eingeschläfert werden müssen. Ich wünschte, ich könnte sie alle mit nach Hause nehmen.«

Marvel wünschte auch, dass sie sie alle mit nach Hause nehmen und ihm die Mühe ersparen könnte, die stinkenden Gänge entlangzutrotten.

Mit einem tiefen Seufzer machte er sich auf den Weg durch den ersten Korridor und verfluchte Debbie und ihre tollen Ideen.

Marvel sah sich Tausende an. Er war sich ganz sicher. Tausende von kläffenden, bellenden, jaulenden Hunden – jeder wie dauer-aufgezogen, und alle stanken nach Scheiße und altem Sofa.

Er hatte gedacht, er würde vielleicht zehn Minuten in den Gängen zubringen und dann ins Büro zurückfahren, Rachel irgendetwas davon erzählen, dass er zu einem dreifachen Mord abberufen worden sei. Dass er sie mit Mord und Totschlag blenden würde.

Doch als er den ersten Gang zur Hälfte hinter sich hatte, stellte er fest, dass er nicht aufhören konnte. Im nächsten Käfig könnte Mitzi sitzen, und der nächste Käfig war nur ein paar Schritte entfernt. Wie konnte er diese drei Schritte nicht machen, die ihm seine Beförderung eintragen würden? Das wäre doch bescheuert. Und am Ende des ersten Ganges, wie konnte er da dem zweiten widerstehen? Und dem dritten. Und so weiter. Hunderte von Zwingern, Tausende von Hunden, immer drei Schritte auf einmal, alle paar Sekunden wuchs seine Hoffnung und wurde zunichtegemacht, wuchs und wurde zunichtegemacht.

Jeder Hund war so *hoffnungsvoll*, mit so blanken Augen und so heftig wedelndem Schwanz, und der Lärm und der Geruch waren extrem. Das Ganze war emotional und körperlich enorm anstrengend. Am Schluss hielt er sich beim Gehen die Hände über die Ohren, um die schrillen Töne etwas zu dämpfen, und nach einiger Zeit wurde er hundeblind und fing an, in jedem kleinen Hund Mitzi zu sehen. Keiner davon war Mitzi, aber es war ein Glück, dass er das Foto dabeihatte, sonst wäre er mit einem rotbraunen Spaniel, einem hechelnden rotblonden Zwergspitz oder einem hellbraunen Mischling, dessen Pimmel fast den Boden berührte, hier rausmarschiert.

Stattdessen verließ er das Gebäude mit einem struppigen Terrier, der aussah wie eine Wollmaus auf Beinen, und einer Miene, die besagte, dass dies für sie beide ein Schock war.

Er bezahlte Rachel zweihundert Pfund für den Hund – der allenfalls zwanzig wert war – und kaufte dann für weitere achtzig eine Transportkiste, um ihn nach Hause zu transportieren. Dann noch mal für fünfzehn zwei Näpfe, für fünfundzwanzig

Leine und Halsband und für einen Zehner einen Sack Trockenfutter.

Als er schließlich seine Bankkarte in das Lesegerät steckte, war er vor lauter Altruismus so hysterisch, dass er den Betrag auf dreihundertfünfzig aufrundete.

»Oh, vielen Dank!«, sprudelte Rachel hervor. »Bitte lassen Sie es mich wissen, wenn wir Ihnen sonst noch irgendwie behilflich sein können, Chief Inspector.«

Er gab ihr ein Foto von Mitzi, und sie versprach, es zu kopieren und an sämtliche Betreuer zu verteilen.

»Prima«, sagte er. »Was würden Sie denn sonst noch vorschlagen?«

»Sie könnten eine Belohnung aussetzen«, meinte sie. »Keine Fragen.«

Marvel fuhr den misstrauischen Hund nach Hause und ließ ihn, mit Futter und Wasser versorgt, in seiner Transportkiste in der Küche stehen, wo Debbie ihn erblicken würde, sobald sie nach Hause kam.

Hoffentlich würde sie kapieren, dass dies bedeutete, dass sie quitt waren, was den Valentinsabend anging.

Als er den Käfig schloss, leckte der kleine Hund ihm mit einer verblüffend kräftigen rosa Zunge die Hand – als wollte er ihm danken.

Fast wäre Marvel darauf reingefallen.

Doch als er wieder in den BMW stieg, stellte er fest, dass der Hund ihm auf dem Rücksitz einen kleinen Haufen als Geschenk dagelassen hatte. Er hatte nichts, womit er ihn wegmachen konnte, und musste mit offenen Fenstern durch den Nieselregen fahren, den ganzen Weg bis nach Lewisham.

Also hatte er schon schlechte Laune, als er ins Parkhaus hinter der Dienststelle fuhr.

Als er ausstieg, warf DS Kominski einen Blick auf den Aufkleber auf seiner Stoßstange und fragte: »Ist Ihnen Ihr Hund abhandengekommen, Sir?«, und zwar in einem so nichtssagenden, so neutralen, so *vollkommen harmlosen* Tonfall, dass Marvel einfach *wusste*, der Mann verarschte ihn.

Er wies Kominski an, sich zu verpissen, doch statt dem Befehl Folge zu leisten, blieb Kominski stehen und entgegnete: »Das war jetzt nicht nötig, Sir.«

»Was?«, fragte Marvel wütend.

»Ich hab gesagt, solche Ausdrücke sind nicht nötig, Sir.«

»Kommen Sie her, und sagen Sie das noch mal!«

Mit leicht verdatterter Miene tat Kominski genau das.

Marvel schlug zu und traf nicht, dann schlug Kominski zurück und traf ebenfalls nicht

Für den Bruchteil einer Sekunde herrschte auf beiden Seiten Erleichterung darüber, dass sie danebengehauen hatten – und dann packten sie einander an den Ärmeln und fielen zu Boden und rollten ein bisschen im Dreck umher, bis Marvel Glück hatte und Kominski mit dem Musikantenknochen gegen die Wand knallte. Das gestattete Marvel, sich auf die Knie zu rollen und hastig auf die Beine zu kommen, während Kominski noch immer seinen Arm schüttelte und »Scheiße!« jammerte – und Marvel so den Sieg überließ.

Er half Kominski auf und wies ihn an, alle wissen zu lassen, dass er mit jedem Arschloch, das ihm mit irgendwelchem Scheiß kam, dasselbe machen würde.

»Was denn für 'n Scheiß?«, keuchte Kominski.

Marvel würdigte dies keiner Antwort, er ging einfach weg.

»Was denn für 'n Scheiß?«

15

Anna hatte die Wohnung nicht geputzt, und es war schockierend, wie schnell die Bazillen alles überrannten. Es begann in der Küchenspüle, wo sich das Geschirr stapelte und Essensreste in Pfannen antrockneten und hart wurden, bis man den letzten Rest Beschichtung würde abschrubben müssen, um sie wieder sauber zu kriegen.

Von dort aus schwärmten die Bazillen aus und rannten über die Arbeitsplatten, die Schranktüren hinunter und über die Böden – zur Küche hinaus und ins Wohnzimmer und von da aus ins Badezimmer.

Und jedes Mal, wenn die Bazillen auf eine Wand trafen, prallten sie davon ab und kolonisierten einen anderen Winkel, eine andere Ecke, ein neues Fleckchen.

Sogar James fiel auf, wie schnell alles schmutzig wurde, wenn man nicht sauber machte.

Schließlich – nachdem er drei Tage Müsli aus einem Becher gegessen hatte – machte er den Abwasch. Danach ging er ins Schlafzimmer, wo Anna noch immer im Bett lag, und fragte: »Was ist mit dem Baby?«

»Was soll mit ihm sein?«, fragte sie stumpf.

»Hast du keine Angst, dass er krank wird?«

»Nein«, antwortete sie. »Ich hab vor gar nichts mehr Angst. Was könnte uns denn passieren, was schlimmer ist, als Daniel zu verlieren?«

James stand eine Weile in der Tür und überlegte, ob es irgendetwas gab, was er sagen könnte, das sie aufmuntern könnte. Oder sie wenigstens dazu bringen würde aufzustehen. Doch es gab nichts. Anna hatte recht: Nichts könnte schlimmer sein.

»Gehst du wieder in die Kirche?«, erkundigte er sich vorsichtig.

»Nein.«

Er nickte bedächtig. »Was ist passiert?«

»Gar nichts. Ich dachte, es würde helfen, hat es aber nicht.«

»Oh«, sagte er. »Das tut mir leid.« Es tat ihm wirklich leid. Obgleich er erleichtert war, dass sie nicht wieder in die Kirche ging, tat es ihm leid, dass sie dort keinen Trost gefunden hatte. Oder irgendwo anders.

Langsam trommelte er mit den Fingern gegen die Schlafzimmertür. »Wenn ich nach Hause komme, mach ich die Wohnung sauber.«

Als James zur Arbeit kam, lag Angs Schlafsack noch auf der Bank. Wasserspritzer zierten den Boden vor dem kleinen Spülbecken, wo er sich gewaschen hatte, und auf dem Tisch lagen kleine Drahtstücke und eine Zange, daneben stand eine Flasche Aftershave mit dem Gesicht eines berühmten Fußballspielers darauf.

James fühlte sich unbehaglich – als wäre er, ohne anzuklopfen, in Angs Wohnung geplatzt.

»'tschuldigung«, brummte er, als Ang sich an ihm vorbeischob, um den Schlafsack zusammenzurollen.

»Ist gut«, beteuerte Ang.

Früher hatte er mal eine Matratze gehabt, aber Brian hatte gemault, dass die in der Küche so viel Platz wegnehmen würde, bis Ang sie schließlich in der alten Grube entsorgt hatte, wo sie nutzlos an der Wand lehnte, während er auf der Bank schlief.

»Möchtest du Tee?« fragte James.

»Ja bitte.«

James setzte Wasser auf und nahm ein kunstvolles Drahtgebilde vom Tisch. »Was ist das?«

»Auto«, sagte Ang. »Schau?« Er nahm ein zweites Gebilde zur Hand und zeigte James, wie die beiden zusammenpassten, um eine Karosserie und ein Fahrgestell zu ergeben.

James grinste. »Clever«, bemerkte er. »Das wäre was für Daniel.«

Lautes Schweigen herrschte, bis der Wasserkessel sich mit einem Klicken ausschaltete.

»Du solltest mehr davon machen«, meinte James. »Und die Dinger verkaufen, weißt du? Bisschen was dazuverdienen.«

Ang betrachtete achselzuckend das Auto in seinen Händen. »Alle Hmong machen.« Er stellte das Auto hin, öffnete den alten Besenschrank neben dem Spülbecken und stopfte den Schlafsack auf das oberste Bord.

»Hast du das da auch selbst gemacht?« James zeigte auf einen breiten Streifen farbenfrohen Stoffs, der innen an die Tür gepinnt war.

»Nein«, sagte Ang. »Mein Mutter.«

»Was ist das?«, wollte James wissen.

»Paj ntaub«, antwortete Ang. »Äääähm, ist … Geschichte, äääähm … Tuch.«

»Geschichtetuch?« James machte die Tür weiter auf, so dass mehr Licht auf den Stoff fiel. Das Tuch war schön, dreißig Zentimeter breit und sechzig lang. Auf dunkelrotem Hintergrund waren in Rosa-, Orange- und Magentatönen, die sich wild miteinander bissen, komplizierte Schnörkel, Spiralen und Zickzacklinien aufgenäht, in immer wiederkehrenden Mustern.

»Das ist ja toll«, sagte James.

Ang grinste stolz, und seine schlanken braunen Finger zeigten auf verschiedene Symbole, während er sich abmühte, James ihre Bedeutung zu erklären. »Das da ist … Schnecke. Das da … ich weiß nicht Englisch. Das da ist … Blume.«

»Wunderschön«, meinte James.

»Willst du haben?«, fragte Ang und schickte sich an, die Reißzwecke in der einen Ecke herauszupulen.

»Nein!«

»Ich schenken«, beharrte Ang. »Damit Anna ist froh.«

James' Nase kribbelte unter einem plötzlichen Gefühlsansturm. Ein bestickter Stoffstreifen würde nicht reichen, um Anna froh zu machen.

Jäh verspürte er Zorn auf Ang. Ang war nicht dafür zuständig, seine Schuld abzutragen. Sollte sich der kleine Scheißer doch selbst eine suchen und die begleichen.

»Nein!«, sagte er schroffer als beabsichtigt. Ang zuckte zusammen und hörte auf, an der Reißzwecke herumzuknibbeln.

Sofort hatte James ein schlechtes Gewissen. Ang wollte nicht gemein sein: Er hatte Annas Kummer gesehen und das einzig Wertvolle angeboten, das er anscheinend besaß.

Selbstlos.

»Danke, Kumpel«, sagte James. »Aber das hat doch deine Mutter gemacht. Behalt's.«

»Für mich zwei Stück Zucker«, verlangte Mikey von der Tür her, und Ang schloss schnell die Besenschranktür.

»Scheiße, arschkalt heute.« Mikey war nur eins fünfundsiebzig groß, aber mit seiner dröhnenden Stimme und seiner rastlosen Art füllte er jeden Raum aus. Geräuschvoll nahm er auf einem der Stühle Platz und nahm das Rasierwasser zur Hand. »Goal«, las er den Namen vor. »Tor.« Dann rammte er beide Fäuste in die Luft. »TOOOOR!«

Sie lachten alle. Mikey hatte es echt drauf, immer alles wieder okay sein zu lassen. James war froh, dass er just in diesem Moment hereingekommen war.

Ang steckte die Hand nach der Flasche aus, aber Mikey roch an dem Zeug und zuckte zurück. »Großer Gott! In dem Nasenloch brauch ich 'ne Woche nicht mehr zu bohren! Wer ist denn die Glückliche, Ang?«

Ang sah ihn verständnislos an, und Mikey tippte gegen die Flasche. »Hast du 'ne Freundin?«

»Feundin?«

»Mädchen. Frau. Du weißt schon«, erklärte Mikey und zeichnete mit beiden Händen eine universell gültige Sanduhrsilhouette in die Luft.

Ang schüttelte den Kopf. »Scheiße, nein.«

»Du solltest dir eine anschaffen«, meinte Mikey. »Stimmt's, Jungs?«

»Was soll er sich anschaffen?«, fragte Pavel, der gerade seinen Mantel weghängte.

»'ne Tussi soll er sich anschaffen«, erwiderte Mikey. »So 'n junger Kerl wie er. Sieht gut aus, hat Sinn für Humor und noch seine eigenen Zähne.«

»Und 'n eigenen Besen«, schnaubte Pavel und zündete sich eine schwarze Zigarette an.

»Aah, die Mädels stehen *unheimlich* auf Typen mit Besen«, beteuerte Mikey. »So 'n Besen ist echt der Bringer bei den Ladys.«

Er zwinkerte Ang zu, der grinste und abermals die Hand ausstreckte. Diesmal gab Mikey ihm das Aftershave, und Ang verstaute es unter der Spüle.

James stellte jedem einen Becher Tee hin.

»Wie lange bist du eigentlich schon hier, Ang?«, erkundigte sich Mikey.

Ang hielt drei Finger hoch.

»Drei Jahre. Und wie alt bist du?«

»Einundzwanzig«, antwortete Ang.

»Blödsinn«, sagte Mikey, und er und James lachten, während Pavel lediglich eine Augenbraue hochzog. »Aber du solltest dir wirklich ein nettes Mädchen zulegen«, fuhr Mikey fort. »Oder, noch besser, ein unartiges, was, Pavel?«

Dabei zwinkerte er Pavel zu, der bloß mit den Schultern zuckte und drei vollendete Rauchringe blies.

Ang hob die Achseln und deutete mit einer Geste auf die Küche. »Wo?«

Mikey sah sich um und wischte dann diese Bedenken mit einer Handbewegung beiseite. »Is' doch ganz einfach. Mach den Laden hier 'n bisschen zurecht. Brian hat bestimmt nichts dagegen. 'n Teppich auf den Boden. Keine Fenster, also brauchst du auch keine Vorhänge. Besorg dir 'ne Lampe ...«

»Und 'ne Doppelbank«, warf James ein.

»Genau!«, lachte Mikey. »Dann hast du im Nullkommanichts 'ne Freundin. Ich meine, du bist ja fast so lecker wie ich!«

»Klar«, meinte Pavel. »Aber so *weiß* wie du wird er nie.«

»*Niemand* ist so weiß wie ich«, brüstete sich Mikey stolz und drehte die Haare zusammen, die sich wie Fadennudeln um sein Uhrenarmband kräuselten.

»Er hatte doch mal 'ne Freundin«, bemerkte James. »Zij oder Zoe oder so. Er sollte ihren Eltern vorgestellt werden und all so was, wisst ihr noch?«

»Ah! Stimmt!«, sagte Mikey. »Was is'n daraus geworden, Alter?«

Ang zuckte traurig die Achseln. »Sie brechen mein Hut.«

»Sie hat was?«, fragte James.

»Sie brechen mein Hut.«

Verdutzt starrten die drei sich an, bis James ein Licht aufging. »Sie hat dir das *Herz* gebrochen.«

Mikey prustete Tee quer durch die Küche, so sehr musste er lachen, und sogar Pavel gluckste, ohne zu lächeln, so dass die Zigarette zwischen seinen Lippen wackelte.

Ang sah so betrübt aus, dass das Ganze sogar noch komischer war, und sie hörten erst auf zu lachen, als Brian Pigeon hereinkam und sagte, sie sollten gefälligst aufhören, sich zu amüsieren, und sich an die Arbeit machen, sonst könnten sie alle dahin zurückmarschieren, wo sie hergekommen waren, was immer das auch für ein verschissenes Dritte-Welt-Kaff gewesen sei, und aufhören, ihm seine Kohle zu klauen und keinen Scheißhandschlag dafür zu tun.

James hätte ihn daran erinnern können, dass er beschissen zahlte und keinerlei Scheißsozialversicherung abdrückte, weil er illegale Einwanderer beschäftigte. Doch das tat er natürlich nicht.

Er arbeitete in Brians Werkstatt und wohnte gleich nebenan in Brians Wohnung, also sagte er *überhaupt* nichts.

Er hatte genug eigene Sorgen.

16

Anna brauchte Charlie nur zehn Minuten an dem unaufgeräumten Küchentisch zu füttern, um zu begreifen, dass ihr Bazillen niemals egal sein konnten. James war von Natur aus unordentlich, und nach nur drei Tagen ohne ihr Eingreifen war der Tisch bereits total vollgemüllt. Aufgerissene Briefumschläge, Rechnungen, Pizzaschachteln und schmutzige Teller.

Doch sie beeilte sich nicht mit dem Füttern, dazu genoss sie es viel zu sehr. Das Gewicht des Babys in ihren Armen, das Ritual des Löffels in dem Gläschen und die Flugzeugschleifen auf die kleinen rosigen Lippen zu.

Wenn sie die Augen schloss, war es leicht, sich vorzustellen, das hier sei Daniel, sicher und warm und geborgen und zu Hause bei seiner Familie.

Sie ließ sich Zeit.

Doch sobald sie dem Baby den letzten Rest Gemüsebrei vom Kinn getupft hatte, legte Anna es im Schlafzimmer hin und machte sich an die Arbeit.

Sie entfaltete einen Müllsack und fegte mit dem Unterarm eine riesige Mülllawine vom Tisch. Wenn es ums Wohnungsputzen ging, war kein Platz für Sentimentalitäten, und Anna war Müll gegenüber brutal. James wusste genau, wenn er irgendetwas zu lange am falschen Ort liegen ließ, lief er Gefahr, es zu verlieren.

Als das Gerümpel vom Tisch rutschte, erhaschte Anna einen flüchtigen Blick auf Sandra und Mitzi. Das Foto hatte unter der

Pizzaschachtel gelegen. Sie hielt inne und griff in den Sack, um es herauszufischen, dann starrte sie die blonde Frau und den lockigen Hund an.

Fast hätte sie das Bild dann wieder in den Müllsack geschmissen. Wozu es behalten? Mitzi war schließlich nur ein Hund.

Doch sie tat es nicht. Sie würde doch auch nicht wollen, dass irgendjemand ein Foto von Daniel wegwarf, das sie ihm gegeben hatte, auch wenn die Chance, ihn anhand des Fotos zu erkennen, eins zu eine Million war. Sie konnte das Bild nicht wegwerfen. Sie konnte einfach nicht.

Also stellte sie es hinter der Spüle aufs Fensterbrett.

Und plötzlich schaute sie wieder in den Garten hinaus.

Mein Gott! Das kam ihr so vertraut vor!

Der Blickwinkel war merkwürdig, und die Blumen waren *verkehrt* und der Geruch auch – es roch nach Öl und trockenem Staub, nicht nach Gras und Blüten –, doch Anna war *mittendrin,* obgleich die Blumen weit weg waren. Oder nicht? Die Perspektive stimmte nicht, und sie konnte nicht erkennen, was für Blumen das waren, obwohl ihr Vater doch so gern gegärtnert und sie ein paar Blumennamen gelehrt hatte. Sie kniff die Augen zusammen, sah jedoch nichts, was sie wiedererkannt hätte – nicht einmal ganz gewöhnliche Blumen wie Rosen und Margeriten. Sie waren groß und grob, und die Ränder waren … schwarz? Und da war irgendetwas auf dem Fensterbrett.

Sie streckte die Hand danach aus …

Dort war nichts. Ihre Hand schwebte zwischen der Spüle und dem Fensterbrett, und es gab nichts, wonach sie hätte greifen können, nur Luft. Keine Blumen, kein Gras, keine verschwommenen Bäume. Nur die abgestandene Luft der unordentlichen Küche.

Anna schauderte so heftig, dass sie sich mit der Hand am Tisch abstützen musste, um nicht zur Seite zu taumeln. Es fühlte sich an, als wäre sie gedehnt worden wie ein Gummiband, und jetzt sei sie wieder zurückgeschnappt und ganz schlaff von der Anstrengung, die das gekostet hatte.

Anna atmete kaum und wartete auf noch etwas, etwas anderes, doch da war nichts, und schon jetzt konnte sie dieses Gefühl von *irgendetwas* nicht mehr heraufbeschwören.

Sie brauchte Wasser. Schon wieder. Sie brauchte unbedingt ganz dringend Wasser.

Rasch eilte sie zum Spülbecken, drehte den Hahn auf und schluckte gierig von dem Strom, der daraus hervorrann.

Mehr.

Mehr.

Und noch mehr.

Sie trank mehr, als sie brauchte. Mehr, als sie wollte. Sie trank, als hinge ihr Leben davon ab. Und selbst nachdem sie ein paar Mundvoll wieder ins Spülbecken gewürgt hatte, ließ sie den Strahl weiter über Lippen und Wangen laufen, während sich das Wasser rasch in ihrem Magen ausbreitete, in ihren Beinen, ihren Fingerspitzen, ihrem *Gehirn.*

Angesichts der Herrlichkeit, dass Wasser ihr ganzes Wesen ausfüllte, begann Anna zu lachen und zu prusten. Sie war beglückt. *Oh mein Gott! Oh mein Gott!* Sie fühlte sich so lebendig!

Sie sah aus dem Fenster und kicherte ein bisschen, während sie spürte, wie sich ihr hastig pumpender Herzschlag allmählich wieder auf ein normales Maß verlangsamte, und dann – urplötzlich – wurde sie von Traurigkeit überwältigt.

Sie stand in einer Wasserpfütze und weinte und weinte und weinte, bis sie das Gefühl hatte, jeden Tropfen hervorgepresst zu haben, den sie gerade getrunken hatte.

Was war nur los mit ihr?

Was, wenn dieser plötzliche unbändige Durst ein Symptom dafür war, dass irgendetwas mit ihrem Körper nicht in Ordnung war? Das war jetzt innerhalb einer Woche zweimal vorgekommen. Es war extrem und bizarr. So bizarr, dass Anna überlegte, ob sie zum Arzt gehen sollte.

Sie hatte sich geweigert, mit irgendjemandem zu sprechen, als Daniel verschwunden war – nicht mit Ärzten und nicht mit irgendwelchen Therapeuten. Was hätten die auch tun können? Wie hätten sie helfen können? Ihr Beruhigungsmittel geben, damit sie schlafen konnte, damit sie vergaß? Wenn sie aufwachte, würde Daniel doch immer noch weg sein. Welche Mutter wollte denn ihr vermisstes Kind vergessen? Welcher Arzt würde versuchen, sie dazu zu bringen?

Das hier jedoch … das fühlte sich *falsch* an.

Falsch genug, um jetzt jemanden zurate zu ziehen?

Während sie dort stand, zitternd und nass und schniefend, stellte Anna sich die Szene vor.

Doktor, ich bekomme immer solchen Durst.

Haben Sie einen Wasserhahn?

Ja.

Dann drehen Sie ihn auf.

Der Gedanke zauberte ein schiefes Lächeln auf ihre Lippen. Eine simple Lösung für ein simples Problem. Sie sollte *wirklich* mehr Wasser trinken. Irgendwo hatte sie gelesen, dass *jeder* mehr Wasser trinken sollte. Vielleicht war dieser extreme Durst auch nur die Art und Weise, mit der die Natur ihr sagte, dass sie ihre Quote nicht erfüllte.

Doch selbst wenn das stimmte, was sagte ihr die Vision von diesem Garten?

Irgendetwas.

Sie wusste nur nicht, was. Und jetzt, wo er verschwunden war, schien er ihr nicht mehr zu sein als ein kurzes Aufblitzen zügelloser Fantasie. Doch tief in ihrem Herzen wusste Anna, dass es mehr gewesen war als das; sie war *dort* gewesen. Und er war fast nahe genug gewesen, um ihn berühren zu können … Sie schloss die Augen, streckte die Hand aus und versuchte, die Vision abermals heraufzubeschwören, doch jetzt war es nur eine Erinnerung, nicht mehr und nicht weniger lebhaft als jede andere.

Und was würde der Arzt zu *diesem* Irrsinn sagen?

Wahrscheinlich eine ganze Menge.

Wenn Anna verrückt wurde, dann sollte niemand anders das wissen. Nicht einmal *sie* wollte es wissen.

Sie öffnete den Schrank unter der Spüle und suchte nach Geschirrhandtüchern, um das Wasser vom Boden aufzuwischen.

Er schaut sich ein Foto an, und dann weiß er einfach alles Mögliche …

Anna richtete sich auf, als Sandras Worte plötzlich ungebeten in ihrem Kopf ertönten.

Sie starrte unverwandt durch das Küchenfenster auf die graue Straße und die roten Busse, doch vor ihrem inneren Auge sah sie nur das kümmerliche Kruzifix an der Wand und die Krümel auf Richard Lathams Pullover.

Er weiß einfach alles Mögliche.

Anna wusste auch einfach alles Mögliche!

Sie wusste von dem Garten, als wäre sie dort. Sie wusste, dass die Blumen irgendwie *verkehrt* waren. Zweimal hatte sie das alles gesehen, und beide Male hatte sie hinterher diesen unbändigen Durst gehabt.

Und beide Male hatte sie das Foto von Sandra und Mitzi angeschaut.

Was bedeutete das? Hatte sie Visionen? Wie Richard Latham? Wie ein … Wie hatte Sandra ihn noch mal genannt?

Wie ein *Shut Eye*?

Wie ließe sich das alles sonst erklären? War Mitzi irgendwo in einem Garten? Oder in einem Haus, wo sie den Garten vom Fenster aus sehen konnte? War der Hund irgendwo ohne Wasser gefangen? Hoffentlich nicht, der Gedanke an diesen Durst ohne die Erlösung des Küchenwasserhahns war grauenvoll, und Anna schauderte.

Kommunizierte sie etwa auf übernatürliche Weise mit einem vermissten Hund?

Das war doch albern. Lächerlich.

Peinlich.

Dort unten erfasste ihr Blick jetzt durch das Küchenfenster die Werkstatt, und sie überlegte, ob sie James erzählen sollte, was passiert war, was sie gesehen hatte. Mit seinem gesunden Menschenverstand und seiner Logik konnte James das bestimmt erklären, da war sie sich sicher.

Es *weg*erklären?

Schwer wäre das nicht. Anna könnte sich das alles leicht ausreden lassen. Weil es – wie ja auch Sandra gesagt hatte – wie Magie war, und jeder wusste doch, dass Magie bloß ein cleveres Ablenkungsmanöver war, eine Irreführung. Taschenspielertricks und Blendwerk und eine Bereitschaft seitens des Zuschauers, sich täuschen, verwirren und hinters Licht führen zu lassen.

Aber wenn es nun nicht so war?

Wenn nun auch nur der winzigste Bruchteil echter Magie in all den Schichten aus Lügen und Selbsttäuschung zu finden war? War das nicht der Grund, warum die Menschen immer noch zusammenströmten, um zuzusehen, wie die Frau zersägt wurde oder sich das Konfetti in Tauben verwandelte? Geschah das denn nicht, weil die Menschen glauben *wollten,* dass es irgendwo, irgendwie *tatsächlich* so etwas wie Magie gab? Dass ihr Leben eines Tages ebenfalls in etwas Wunderbares verwandelt werden würde?

Oder wenigstens in etwas Erträgliches.

Deswegen war Magie im Laufe der Jahrhunderte erfolgreich gewesen, genau wie Religion – weil beides Hoffnung brachte.

An dem Tag, an dem Daniel verschwand, hatte Anna *alles* verloren. Die dürftige Möglichkeit seiner Rückkehr war alles, was sie am Leben hielt – und das auch nur gerade eben so. An jenem ersten Abend in der Kirche hatte sie das Hochgefühl der Hoffnung in ihrem Herzen gespürt, und bei ihrem zweiten Besuch die Trostlosigkeit, diese Hoffnung zu verlieren. Aber hier war sie wieder, ein widerstandsfähiger kleiner Keimling, der aus der schwarzen Erde emporragte.

Das Letzte, was sie brauchte, war, dass James da drauftrat, dass er sie darauf hinwies, dass es bald Frost geben würde.

Anna nahm Sandras Foto vom Fensterbrett. Sie betrachtete es mit ganz neuen Augen. Der Stolz und die Freude in Sandras Gesicht – die zufriedene Miene des Apricot-Pudels. Mitzi sah aus wie ein Hund, der es gewohnt war, unter den Arm geklemmt und verhätschelt zu werden.

Anna zog das Handy aus der Tasche, dann zögerte sie. War falsche Hoffnung besser als gar keine? Oder viel, viel schlimmer?

Dann dachte sie daran, wie Richard Lathams Weigerung, auch nur zu *versuchen* zu helfen, sie ganz leer hatte werden lassen, sie vollkommen ausgehöhlt und ihr Herz durch einen kalten Steinbrocken aus Elend ersetzt hatte.

Anna Buck war nicht blöd, sie wusste, dass Magie nicht real war.

Aber manchmal *fühlte* sie sich real an.

Und manchmal genügte das.

17

Das Telefon klingelte und klingelte und klingelte, bis Sandra sich endlich meldete.

»Hallo? Sandra?«

»Ja?«

»Hi, hier ist Anna. Wir sind uns vor ein paar Wochen in der Kirche begegnet.«

Ein langes verwirrtes Zögern.

»Ich hatte das Baby im Buggy dabei?«

»Ach ja!«

Anna war froh, dass sie angerufen hatte. Sandra schien sehr nett zu sein, und sie hoffte, dass sie ihr helfen konnte. Sie holte tief Luft und beschloss, gleich zur Sache zu kommen, ehe sie der Mut verließ. »Sandra, ich hatte jetzt schon zweimal so eine komische Art von Vision, als ich mir das Foto angeschaut habe, das Sie mir gegeben haben, und ich dachte, wenn ich Ihnen die beschreibe, ergibt das vielleicht ja einen Sinn für Sie, und vielleicht hilft es Ihnen, Ihren Hund zu finden.«

Ganz kurz herrschte Schweigen, dann war Geflüster am anderen Ende der Leitung zu hören – Sandra wandte sich vom Hörer ab und sprach mit irgendjemandem. Einer Freundin? Einem Ehemann?

Hastig fuhr Anna fort: »Ich meine, diese Bilder in meinem Kopf sagen mir überhaupt nichts, aber vielleicht würden sie ja Ihnen etwas sagen. Ich bin keine Hellseherin oder so was, und ich weiß, das hört sich wirklich ziemlich blöd an, aber ich dachte, wenn auch nur ein klein bisschen Hoffnung besteht, dass es Ihnen irgendwie hilft, wissen Sie?«

Anna verstummte, zum Teil, weil es sich immer verrückter anhörte, je mehr sie über ihre Vision redete. Und zum Teil, weil von Sandra überhaupt nichts kam. Keine ermunternden Laute oder erregte Zwischenbemerkungen.

Einfach nur Schweigen.

»Hier spricht Detective Chief Inspector John Marvel. Wer ist da?«

Anna blinzelte. »Anna«, sagte sie.

»Anna und wie weiter?«

Sie drückte die Auflegetaste.

Dann stand sie ganz still da und atmete flach, als würde sie sich verstecken. Als könnte Detective Chief Inspector John Marvel sie sehen, wenn sie sich rührte oder ein Geräusch machte. Sie wusste nicht, warum, sie hatte doch nichts Schlimmes getan. Sie hatte *noch nie* etwas Schlimmes getan! Das war so unerwartet …

Warum sollte es einen Polizisten interessieren, dass sie Sandra wegen ihres verschwundenen Hundes anrief? Wieso sollte er wissen wollen, wer sie war? Hatte er sie mit jemand anders verwechselt? Was war hier los?

Sie fuhr zusammen, als das Handy klingelte, und starrte es an, bis es aufhörte. Und dann starrte sie es weiter an, bis es piepste, um ihr mitzuteilen, dass eine Nachricht auf sie wartete.

Sie rief die Mailbox auf und lauschte argwöhnisch, als würde sie gleich auflegen – auch wenn es nur die Mailbox war.

Hier ist DCI John Marvel von der Polizei Lewisham. Wir ermitteln in einem Diebstahl-Verdachtsfall, und wenn Sie diese Nummer noch einmal anrufen, können Sie wegen Behinderung der Justiz belangt werden.

Anna löschte die Nachricht sofort. Sie hatte noch nie Ärger mit der Polizei gehabt – nicht einmal als Teenager –, und irgendwie schämte sie sich, wegen irgendwas verdächtigt zu werden, auch wenn sie doch gar nichts Schlimmes getan hatte.

Langsam setzte sie sich hin und versuchte, logisch darüber nachzudenken, was hier vor sich ging. Logik war möglich, musste möglich sein – sogar wenn es um Visionen ging. Vielleicht hatte sie ja halluziniert, weil sie nicht genug gegessen hatte, und sie hatte Durst bekommen, weil sie nicht genug trank. Das war alles. Sie war keine Hellseherin.

Gab es überhaupt Hellseher?

Wenn Richard Latham hellsehen konnte, dann hätte er ihr doch bestimmt geholfen, Daniel zu finden. Warum sollte er nicht? Wie *könnte* er nicht? Wenn man wirklich so eine Gabe hatte und jemandem helfen konnte, der in einer verzweifelten Notlage war, dann würde man es doch bestimmt tun müssen.

Man *musste* doch helfen.

Sie musste doch helfen!

Sie musste helfen. Und damit hatte es sich. Dieses Gefühl war nicht rational, doch genau wie der Durst war es kein Wunsch, es war ein *Bedürfnis.*

Draußen regnete es, und das Baby schlief, doch beides war Anna egal. Sie nahm den Kleinen hoch, wickelte ihn warm ein, packte ihn in seinen Buggy und klappte das Verdeck hoch; dann zog sie den großen blauen Anorak an, holte tief Luft und verließ das Haus.

Diesmal kehrte sie nicht um – nicht ein einziges Mal.

18

Der Empfangsbereich der Polizeidienststelle Lewisham wurde von Holzbänken gesäumt, die im Laufe von drei Jahrzehnten durch die Ärsche Schuldiger wie Unschuldiger gleichermaßen auf Hochglanz poliert worden waren.

PC Emily Aguda tippte gern insgeheim, wer wohl was war, während die Leute auf einem Fließband aus Schuld und Sühne durch die Glastür hereinkamen.

Es war ihr Privileg und Bürde zugleich, fast ständig den Empfang zu besetzen. In einer Zeit, in der die Londoner Polizei sich Mühe gab, Rassismus- und Sexismus-Vorwürfe zu widerlegen, erfüllte Emily Aguda zwei Kriterien zum Preis von einem und wurde daher so oft wie nur irgend möglich der Öffentlichkeit als leuchtendes Beispiel einer schwarzen Polizistin vorgehalten. *Schaut mal,* krähte die Polizei von London wie ein Kleinkind mit einem Frosch in den Händen, *schaut mal, was wir gefangen haben!*

Und hielten den Frosch dann in einer Schachtel, bis er einging.

Emily Aguda saß jetzt seit fast zwei Jahren am Empfang, und das machte sie echt sauer. Sie hatte in Reading Jura studiert. Sie hätte alles Mögliche machen können. Mit nunmehr sechsundzwanzig hätte sie inzwischen Detective Sergeant sein können. Stattdessen hatte man sie hinter eine Glasscheibe gesetzt wie einen Eintrittskartenverkäufer oder ein Zootier, und das sehr lautstark unausgesprochene allgemeine Einverständnis lautete, dass es ihre Aufgabe war, nett zu den Leuten zu sein und zu lächeln –

wo sie doch schwarz war und eine Frau und ein Symbol und all so was.

Trotz alledem nahm Emily ihren Job ernst. Betrunkenen gegenüber war sie streng, Lügnern gegenüber zynisch, Verletzlichen gegenüber hilfsbereit, Verletzten gegenüber effizient, Anwälten gegenüber höflich und Opfern gegenüber mitfühlend.

Doch sie wusste nicht recht, wie sie die junge Frau einordnen sollte, die gerade zur Tür hereingekommen war.

Weiß, dürr, in einem riesigen blauen Anorak, der ihr Gesicht verbarg und ihr fast bis zu den Knien reichte, und mit einem Baby in einen Billigbuggy.

Die einzige Beschreibung, die Emily auf Anhieb einfiel, war *verrückt.*

Selbst als sie das Fenster erreichte, sah die dürre Frau Emily nicht in die Augen, sie schaute an ihr vorbei in den Rest des kleinen Empfangsbüros, wo Beamte mit Papieren oder Kaffeebechern in den Händen herumliefen.

Suchte nach jemand anders. Nach jemand Besserem.

Obgleich Emily daran gewöhnt war, versetzte es ihr doch jedes Mal unweigerlich einen Stich. Doch sie lächelte, weil sie ja ein Symbol war, und weil ein Symbol zu sein ihr Job war.

»Kann ich Ihnen helfen, Ma'am?«

Die Frau sah sie zum ersten Mal richtig an und sagte »Hi«.

»Hi.« Emily taute bei der Begrüßung ein wenig auf. Die Frau machte keinen unhöflichen Eindruck, sie war bloß geistesabwesend.

»Ich suche einen Detective Inspector Marvel.«

»Sicher«, erwiderte Emily. »Haben Sie einen Termin?«

»Nein. Ich muss ihn einfach nur sprechen.«

»Okay«, sagte Emily. Sie hatte gemerkt, dass Worte wie »Sicher« oder »Okay« den Leuten das Gefühl gaben, man sei auf ihrer Seite, auch wenn das in Wirklichkeit ganz und gar nicht der Fall war. »Dürfte ich bitte Ihren Namen wissen?«

Die Frau zögerte, und zum ersten Mal dachte Emily, dass sie vielleicht Ärger machen könnte. Sie sah nicht aus wie jemand, der Ärger machte, doch Emily konnte nicht gegen ihren Instinkt ankommen, normalerweise funktionierte der ausgezeichnet.

»Warum brauchen Sie denn meinen Namen?«

»Damit ich DCI Marvel sagen kann, wer ihn sprechen möchte.«

Die Frau kaute auf der Unterlippe herum.

Emily ließ ihr Zeit. Sie war gut darin, abzuschalten und an etwas anderes zu denken. Im Augenblick zum Beispiel dachte sie darüber nach, was sie nach dem Dienst tun würde. Sie würde ins Schwimmbad gehen und fünfzig Bahnen schwimmen, dann würde sie sich in dem Laden in der Hauptstraße eine Pizza gönnen. Mit Ziegenkäse und Jalapeños. Dann würde sie nach Hause gehen und Piggy füttern, ihre Katze, und warten, bis Marion von ihrem Job in der City nach Hause kam. Vielleicht würden sie die Flasche Rotwein leeren, die sie Samstagabend aufgemacht hatten. Sich auf dem Sofa einigeln und *Friends* schauen.

»Anna Buck«, sagte Anna Buck.

Na bitte. Emily schrieb den Namen in die Kladde. »Und um was geht es, Mrs Buck?«

»Um einen Hund.«

»DCI Marvel ist Detective im Morddezernat, Ma'am. Mit Hunden befasst er sich nicht.«

»Mit diesem hier schon.«

»Oo-kaay«, sagte Emily bedächtig. »Ich schau mal, ob er greifbar ist. Möchten Sie so lange Platz nehmen?«

Die Frau warf einen raschen Blick über die Schulter zu den Bänken hinüber, die die Eingangshalle säumten. Dort hockte bereits eine bunt zusammengewürfelte Schar. Nach Emilys Taxonomie vier Opfer, drei Lügner und ein Verletzter, der sich ein blutfleckiges Papiertaschentuch seitlich gegen den Kopf drückte. Der Verletzte war gleichzeitig einer der Lügner, was insgesamt sieben ergab. Ihr System war ein wenig verwirrend, aber Emily verstand es. Anna Buck wäre heute bis jetzt die einzige Irre auf den Bänken.

»Okay«, sagte Anna zweifelnd.

Jetzt, da die Frau sich gefügt hatte, gab sich Emily weniger streng. Sie beugte sich vor und schaute auf das Baby hinunter. Sie wollte nicht unbedingt selbst eins haben, doch sie mochte Babys, und dieses hier war sehr süß, mit langen blassgoldenen Wimpern und einer winzig kleinen Spuckeblase auf dem Rosenmündchen.

»Herzig«, sagte sie

Die Frau nickte. »Danke«, sagte sie, doch sie schien zu abgelenkt zu sein, um sich geschmeichelt zu fühlen. Sie schob den Buggy ganz ans Ende einer der Bänke und setzte sich.

Emily rief beim G-Team an. DS Brady nahm ab und flirtete kurz mit ihr. Emily flirtete zurück. Ihre Freundin hielt sie auf der Arbeit streng geheim. Nicht weil sie sich schämte, sondern weil sie zum Heiligen Gral der Chancengleichheit würde, wenn die da oben herausfanden, dass sie auch noch lesbisch war. Dann würde sie *niemals* von diesem verdammten Empfang wegkommen. Wenn es ihr dienlich sein konnte, mit Colin Brady zu flirten, dann war sie gern dazu bereit.

Er stellte sie zu DCI Marvel durch.

Nicht gerade Emilys Favorit. Sie hatte ihn nie etwas Rassistisches oder Sexistisches sagen hören, aber er sah immer aus, als sei er möglichweise drauf und dran, genau das zu tun.

Sie teilte ihm mit, dass eine Anna Buck wegen eines Hundes am Empfang sei, und er meinte, er hätte alles zu der Frau gesagt, was gesagt werden müsse.

»Und was soll ich ihr jetzt sagen, Sir?«

»Genau das«, antwortete Marvel und legte auf.

Ungehobelter Klotz.

Emily klopfte gegen die Glasscheibe, um die dürre Frau auf sich aufmerksam zu machen. Sie kam zum Fenster.

»DCI Marvel hat gerade mit einem Fall zu tun, Mrs Buck.«

Die Frau starrte Emily einen Moment lang mit gerunzelter Stirn an. »Dann kommt er also runter?«

»Nein.«

»Aber ich muss ihn sprechen.«

»Er kann im Moment nicht runterkommen«, erklärte Emily. Ständig musste sie ihre natürliche Neigung unterdrücken, solche Sätze mit den Worten »Es tut mir leid, aber ...« einzuleiten. Besoffene, Idioten und fast alle Männer dachten anscheinend, es bedeute, dass es irgendwie *ihre* Schuld war. Das Leben war sehr viel einfacher, wenn sie ein bisschen unhöflicher war, auch wenn ihr das von Natur aus eigentlich nicht lag.

»Ich muss ihn sprechen«, wiederholte Anna Buck mit fester Stimme. »Es könnte sein, dass ich wichtige Informationen für ihn habe.«

»Über einen Hund?«

»Ja, aber ...« Einen Moment lang sah sie unsicher aus, dann fasste sie sich sichtlich ein Herz. »Ja.«

»Er hat mir gesagt, er hätte in diesem Fall alles Notwendige gesagt.«

Anna nickte bedächtig. Dann verkündete sie: »Ich gehe hier nicht weg, bis ich mit ihm gesprochen habe.«

Hätte Emily jedes Mal einen Penny bekommen, wenn jemand das zu ihr gesagt hatte, würde sie sich just in diesem Augenblick an irgendeinem Strand sonnen. Die Leute, die das behaupteten, stapften normalerweise zu ihrer Bank zurück und verschränkten zornig die Arme, dann warteten sie, bis ihre Schicht zu Ende war oder sie irgendein Formular holen ging, ehe sie die Gelegenheit nutzten, um sich zu verdrücken, ohne dass sie es mitbekam.

Anna Buck jedoch setzte sich nicht wieder auf die Bank und

verschränkte die Arme. Anna Buck zog ein Foto aus der Tasche ihres großen blauen Anoraks und drückte es gegen die Scheibe, damit Emily es sehen konnte.

»Sehen Sie dieses Foto?«

Emily betrachtete die Fotografie einer moppeligen Blondine und eines kleinen Pudels vor einem Rasenhintergrund.

»Ja.«

»Irgendetwas ist auf diesem Foto. Auf diesem Foto ist irgendwas, das in meinen Kopf kriecht und mir alles Mögliche sagt. Mir alles Mögliche zeigt.« *Verrückt! Ich hab's ja gewusst!*

»Ich weiß, das klingt verrückt«, sagte die Frau, und unwillkürlich blinzelte Emily ertappt. »Das *weiß* ich. Aber ich habe meinen Sohn verloren, und diese Frau hat ihren Hund verloren, und ich will ihr doch bloß helfen, ihn wiederzufinden, verstehen Sie? Wegen meinem Sohn. Er ist im November verschwunden, und wenn ich *ihr* helfen kann, dann hilft vielleicht irgendjemand irgendwo *mir,* Daniel wiederzufinden. Verstehen Sie, was ich meine?«

Emily nickte. Sie konnte nicht anders, die Tränen, die sich allmählich in den Augen und Wimpern der Frau sammelten, sagten die Wahrheit über ihren Sohn.

»Können Sie ihm das also bitte sagen? Können Sie ihm bitte sagen, dass ich bloß hier bin, um zu helfen? Ich will kein Geld oder so, ich will nur helfen, dass sie ihren Hund zurückbekommt, wegen Daniel.«

Emily zögerte. »Ich weiß nicht recht, ob Sie da den Richtigen …«

»Doch!«, erwiderte Mrs Buck. »Er hat mir eine Nachricht auf der Mailbox hinterlassen. Wegen dem Hund. Der heißt Mitzi. Fragen Sie ihn. Bitte *fragen* Sie ihn doch.«

Emily zögerte immer noch. Die Frau schien verrückt zu sein, aber an ihrer Geschichte war irgendetwas, das *nicht* verrückt war. Sie überlegte, was es sein könnte, und begriff, dass es der Name des Hundes war.

Mitzi.

Wer zum Teufel hatte denn eine so komplexe, so lächerliche Wahnvorstellung, dass er einen Hund Mitzi nannte? Das erschien Emily Aguda einfach nicht wahrscheinlich, und wenn es ihr nicht wahrscheinlich erschien, dann war es wohl auch nicht wahr.

Ein letztes Mal starrte sie das Foto der Frau und des Hundes an, dann fasste sie einen Entschluss. »Moment, Mrs Buck.«

Sie griff von Neuem zum Hörer und wählte abermals die Nummer des G-Teams. Sie flirtete abermals mit Colin Brady, sie bekam abermals Marvel ans Telefon.

»Sir, es tut mir leid, dass ich Sie noch mal belästigen muss, aber Mrs Buck scheint felsenfest davon überzeugt zu sein, dass Sie Ihnen helfen kann ...«, hier senkte Emily die Stimme, um DCI Marvel nicht bloßzustellen, »... einen vermissten Hund zu finden.«

Angesichts Marvels Schweigen senkte Emily die Stimme noch mehr. »Einen Hund namens Mitzi?«

»Ach, Herr*gott* noch mal!«, brüllte Marvel ihr ins Ohr.

Emily kniff die Lippen zusammen und straffte den Rücken. »Sir, die Dame fängt an ...« Eigentlich hatte sie sagen wollen »sich ziemlich aufzuregen«. Doch beim Sprechen schaute Emily kurz durch die Scheibe zu Mrs Buck hinaus, und ihre Augen wurden groß vor Schreck. »Sir«, sagte sie mit fester Stimme, »ich glaube, Sie sollten *sofort* runterkommen.«

Und dann legte *sie* auf.

Alles sind Kreise.

Die Stimme sagte es ganz deutlich, und Anna fuhr zusammen und schaute sich um, wer da hinter ihr am Fenster stand.

Da war niemand. Sie blickte wieder zu der Polizistin am Telefon hinüber und konnte sie nicht mehr hören, obwohl sie sehen konnte, wie ihr Mund sich bewegte, ganz, ganz langsam.

Sie starrte das Foto in ihrer Hand an. Sandras dunkler Haaransatz, der zufriedene kleine Hund, das blaue Seil und die verschwommenen Zuschauer.

Alles sind Kreise.

Die Stimme war in ihrem Kopf. Es war nicht ihre Stimme, nicht einmal ihr Gedanke. Aus irgendeinem Grund störte sie das nicht.

Sie versuchte, an die Scheibe zu klopfen, um die Polizistin zu fragen, ob sie das auch hörte. Doch sie hob den Arm nicht, krümmte die Finger nicht zur Faust, klopfte nicht an das Fenster, öffnete den Mund nicht – weil er voller Kreise war und ihr Kopf auch.

Kreise und Kreise und Kreise.

Die junge Frau hinter dem Empfangstresen starrte sie jetzt an und legte gerade den Hörer auf, und Anna versuchte, ihr zu versichern, dass alles Kreise waren und alles okay sei, weil nämlich alles endlos war und immer wieder von Neuem beginnen würde.

Die Augen der Polizistin wurden groß, als Anna sehr langsam und bewusst ein paar Schritte von dem Fenster wegtrat und mit dem ganzen Arm einen großen bedächtigen Kringel in die Luft malte. Ein kleiner Teil von ihr kam sich blöd vor, doch sie *musste* das tun, weil alles eben *wirklich* Kreise waren, und das war *wichtig.*

Sie drehte sich ein wenig und malte einen weiteren Kringel und fühlte sich noch besser.

Also drehte sie sich noch einmal, diesmal zu den Bänken und dem Buggy mit dem Baby, und malte noch einen.

Kreise und Kreise und wunderbare Kreise.

Mit jedem Kreis, den sie in die Luft malte, fühlte Anna sich besser.

Alles wurde wirklich besser durch die Kreise. Wie hatte sie das bisher nicht merken können? Wie hatte sie das übersehen können? Es war doch genau vor ihren Augen! Allein schon der Akt, den Kreis zu malen, war befreiend. Sie wünschte, jeder könnte daran teilhaben, und sie lächelte, um die anderen Leute auf den Bänken dazu zu ermuntern, doch sie konnte nicht zu ihnen sprechen, weil sie sich in einer Freudenkapsel des Drehens und Kreisemalens und des Drehens und des Kreisemalens befand.

Schließlich hielt sie inne, wieder dem kleinen Fenster zugewandt – atemlos und euphorisch. Und einen Moment lang starrten sie und die junge Frau einander an, in völligem Begreifen des Universums und ihres Platzes darin, der *überall* war …

Und dann krümmte Anna sich in jäher Qual zusammen und fiel auf die Knie.

»Wasser!«, krächzte sie. »Wasser!«

Emily Aguda sprang auf und schrie um Hilfe und schoss, so schnell sie konnte, durch die Sicherheitstür, um der Verrückten zu helfen.

Doch als sie sie erreichte, lag Anna Buck im Sterben.

19

Anna Buck lag im Sterben.

Wie ein alter Leichnam in einem Rettungsboot lag sie zusammengekrümmt auf der Seite. Die Augen sanken tief in die Höhlen, ihre Lippen platzten auf, gelbliche Blässe überzog ihre Haut.

»Wasser«, flüsterte sie.

»Holen Sie ihr Wasser!«, schrie Emily den Lügner mit der Kopfplatzwunde an. Der Mann machte ein verständnisloses Gesicht, also zeigte sie auf die Tür mit der Aufschrift *Gentlemen.* »Da drin! Schnell!«

In erschrockenem Gehorsam sprang er von der Bank auf und eilte durch die Tür.

»Sie alle!«, brüllte sie den Rest an. »Helfen Sie ihm!«, und alle – Schuldige wie Unschuldige – schnellten auf die Beine wie Soldaten und marschierte hinter dem ersten Mann her in die Toilette.

Zwei weitere Polizisten kamen durch die Sicherheitstür gekracht und knieten mit einem Defibrillator und einem Erste-Hilfe-Kasten neben Anna nieder.

»Was ist passiert?«, wollte der eine wissen.

»Ich weiß es nicht. Sie war in so einer Art Trance, und dann ist sie umgekippt und hat angefangen, um Wasser zu bitten. Sie sieht ja grauenvoll aus. So grauenvoll hat sie eben nicht ausgesehen. Vor dreißig Sekunden sah sie noch ganz okay aus! Das ist doch völlig irre!«

Anna Buck starrte an ihr vorbei zur Decke hinauf, doch ihre

Lippen bewegten sich, und Emily beugte sich herab, um sie verstehen zu können.

»Achtundachtzig«, flüsterte sie.

Emily schaute hoch, doch dort war nichts. »Achtundachtzig was?«, fragte sie.

»Wasser«, krächzte die Frau und schloss die Augen.

»Was zum Teufel geht denn hier ab?«

Marvel hatte wegen Mitzi Clyde ohnehin schon schlechte Laune und war den ganzen Weg heruntergekommen, um diese Zicke am Empfang mal so richtig zusammenzustauchen.

Aguda.

Wie kam die dazu, einfach aufzulegen? Was *unterstand* die sich eigentlich? Und wem hatte sie noch von Mitzi erzählt? Saß sie jetzt da unten und lachte sich kaputt? Erzählte der ganzen verdammten Belegschaft davon? Diese dreiste kleine Schlampe. Also, jetzt würde sie kriegen, was sie verdiente, er würde sie dem Superintendenten melden, wegen Insubordination, und eine hübsche kleine Delle in ihre künftige Karriere machen.

Er war die Treppe hinuntergerannt, zu wütend, um still im Aufzug zu stehen, und als er unten angekommen war, war er so richtig in Fahrt. Es war eine Ewigkeit her, dass er auf jemanden wütend gewesen war, und er freute sich darauf, seinen Zorn an jemandem auszulassen, der nicht zurückschlagen konnte.

Aber am Empfang war die Hölle los.

Zwei Kollegen knieten neben einer dünnen Frau, die unbeholfen auf dem Linoleumboden saß, mitten in einer immer größer werdenden Wasserlache. Ein Stück daneben lag ein Defibrillator, nicht in Gebrauch, und lauter Leute kamen in steter Reihe mit kleinen Pappbechern aus der Toilette geeilt. Keine Polizisten, sondern Zivilisten – vier Männer in Jeans und Kapuzensweatshirts, eine Frau mit Sleeve-Tattos und einem Ring in der Nase, ein älterer Herr mit Hut und sogar ein Einbrecher aus dem Viertel, ein Mann namens Dickie Dixon, der eine ordentliche Platzwunde am Kopf hatte.

Aguda leitete die Operation, sie trieb die Wasserträger zur Eile an wie der Trommler auf einem Sklavenschiff. Jedes Mal, wenn einer von ihnen ihr seinen Becher reichte, gab sie ihn der Frau auf dem Boden, die das Wasser so schnell hinunterstürzte, dass es ihr über die Schultern schwappte und auf ihr T-Shirt lief, und dann die Hand nach dem nächsten Becher ausstreckte, während der erste an den Wasserträger zurückgereicht wurde, der daraufhin zur Toilette eilte, um Nachschub zu holen. Sie schlitterten und rutschten auf dem verschütteten Wasser aus, wagten jedoch nicht innezuhalten, solange der Trommler sie weiterhetzte.

Marvel war wie vor den Kopf geschlagen. Das Ganze wirkte wie eine bizarre Gameshow, bei der jeder wusste, wie es ging, nur er nicht.

»Was ist denn hier los?«, herrschte er Aguda an.

»Das hier ist die Dame, die Sie sprechen wollte, Sir. Sie hatte einen Anfall. Sie brauchte ein bisschen Wasser.«

Marvel sah sich in der Eingangshalle um. *Ein bisschen Wasser?* Das hier war doch nicht *ein bisschen Wasser.* Das hier war der blanke Wahnsinn!

Doch er sagte nichts. Er trat lediglich zurück und sah verblüfft zu, wie die dünne Frau fortfuhr, Wasser in sich hineinzuschütten, und dabei in ihrer Hast sich und alle in ihrer Nähe völlig durchnässte.

Langsam wurde das Schlucken ruhiger, das verschüttete Wasser weniger. Die Reihe der Wasserträger wurde langsamer und kam schließlich zum Stehen. Doch sie verharrten in Formation, hielten sich beklommen bereit für den Fall, dass ihre Dienste abermals benötigt würden. Jeder hielt achtsam einen Pappbecher in der Hand, wie Chorknaben mit Kerzen, während Aguda sie mit einer Hand, einem Blick, ihrer Präsenz anleitete.

Die Frau auf dem Boden reichte einem der Polizisten den halbvollen Becher, sagte: »Danke«, und brach in Tränen aus.

Erst da erkannte DCI Marvel sie.

Die junge Frau von der Brücke, die zwischen ihren Schuhen hindurch auf die schimmernden Gleise geschaut hatte. Und dabei geweint hatte.

Die Welt ist klein, dachte er gereizt.

Die Reihe der Wasserträger löste sich allmählich auf, und sie kehrten einzeln zu den Bänken zurück und unterhielten sich leise dabei. Ein paar blieben stehen und betrachteten Anna Buck besorgt. Zwischen ihnen allen war eine merkwürdige Verbindung entstanden. »Gut gemacht«, sagte Aguda leise. »Ihnen allen vielen Dank für Ihre Hilfe.«

Das hatte sie gut hingekriegt, stellte Marvel verdrossen fest. Er würde sich den Anschiss für ein andermal aufheben.

Die beiden Polizisten halfen Anna Buck auf die unsicheren Beine, hielten sie an den Ellenbogen. Mit benommenen Augen schaute sie sich um, erkannte ihn nicht, obwohl er ihr doch mal das Leben gerettet hatte.

Marvel bückte sich und hob ein Foto auf, das ein kleines Stück entfernt lag. Es schwamm in einer Wasserlache, und er schüttelte es am langen Arm, so dass kleine Tröpfchen von den Ecken spritzten.

»Fassen Sie ihn nicht an!«

Marvel erstarrte, doch die junge Frau meinte nicht ihn. Sie schrie die dicke Frau mit den Tattoos und dem Nasenring an, die gerade die Hand in den Buggy streckte.

»Fassen Sie ja mein Baby nicht an!«, brüllte sie. Sie versuchte, sich den beiden Polizisten zu entwinden, die ihre Arme hielten, doch deren Instinkt ließ sie fester zufassen.

Aguda sprach beschwichtigend auf die Frau ein. »Ist ja gut. Sie tut ihm doch nichts. Mrs Buck, beruhigen Sie sich.«

Mrs Buck beruhigte sich nicht. Sie fing an, sich heftig gegen die beiden Männer zur Wehr zu setzen, die sie festhielten, schrie und versuchte, sich loszureißen. Die Frau mit den Tattoos sah völlig verängstigt aus. Sie hatte das Kind im Arm, wusste aber nicht, was sie jetzt tun solle.

»Es ist alles okay. Schauen Sie, es ist okay!« Rasch ging Aguda zu der dicken Frau und nahm ihr behutsam das Baby ab, so dass die Mutter es sehen konnte. »Schauen Sie, Mrs Buck, sehen Sie doch! Ihm fehlt nichts, ich bringe ihn ...«

Auf halbem Weg zwischen dem Buggy und der hysterischen Mutter blieb sie wie angewurzelt stehen und starrte auf das Baby in ihren Armen hinab.

»Tun Sie ihm nichts! Geben Sie ihn mir! Ich muss aufpassen, dass ihm nichts passiert!« Die Mutter bäumte sich auf und wand sich, doch Emily Aguda rührte sich nicht; stattdessen schaute sie Marvel auf der anderen Seite des Raums an.

»Sir?«, sagte sie, und seine Nackenhaare sträubten sich wie die eines Hundes.

Dann ließ sie das Baby fallen.

Anna Buck kreischte auf, und Marvel sprang so schnell vor, um das fallende Kind aufzufangen, dass er über den nassen Boden rutschte und mit einem heftigen Knirschen auf einem Knie landete.

»Scheiße!«, brüllte er Aguda an. »Was *machen* Sie denn?«

Die blaue Decke rutschte auf den nassen Boden, das Baby jedoch hing in der Luft, baumelte an einem Arm von Agudas Hand herab. Anna Buck schlug um sich und schrie, und Marvel dachte: *Das wird uns ein Vermögen an Schmerzensgeld kosten.*

Aguda schaute mit weit aufgerissenen Augen auf Marvel herab. Dann ballte sie die Hand zur Faust.

Marvel hob die Hand, um ihr Einhalt zu gebieten. »Nein! Nein!« Aber zu spät.

Sie klopfte hart mit den Fingerknöcheln auf den Kopf des Babys, und Anna Buck schrie gellend auf.

Das Baby zuckte nicht.

Das Baby weinte nicht.

Das Baby wachte nicht einmal auf.

»Es ist nicht echt«, sagte Aguda.

»Was?«

»Es ist nicht echt, Sir.«

Marvel wurde klar, dass er halb vor Aguda kniete, als wolle er ihr einen Heiratsantrag machen, und er rappelte sich mühsam hoch. Seit er sechzehn gewesen war, hatte er sich nicht mehr so schnell bewegt. Er hatte sich einen Leistenmuskel gezerrt, und sein Knie war ein Ball aus Schmerzen.

»Was zum Teufel?«, stieß er hervor.

Aguda hielt ihm das Baby hin, und er nahm es ihr vorsichtig ab.

Es war bemerkenswert.

Trotz seines Zorns und seiner Schmerzen und Anna Bucks Hysterie staunte Marvel. Jede Wimper, jede Ader, jeder Fingernagel. Das Gewicht, wie der Kopf haltlos abkippte. Es war alles absolut perfekt. Sogar eine kleine Spuckeblase war auf den feuchten Lippen zu sehen. Er berührte sie mit einem Finger, und sie war hart, wie Glas.

»Aber … aber das Herz schlägt doch«, sagte er. Er konnte es am Handballen fühlen.

Aguda beugte sich neugierig vor und öffnete die beiden obersten Knöpfchen des blauen Stramplers.

»Tun Sie ihm nichts!«, rief Anna Buck. »Tun Sie ihm nichts!«

Sie achteten beide nicht auf sie.

Am Baumwollkörper des Babys war ein weiches herzförmiges kleines Kissen mit zwei Drähten dran festgenäht, das in einem Baby-Rhythmus pochte.

»Großer Gott«, stieß Marvel ehrfürchtig hervor. »Das ist das

Gruseligste, was ich in meinem ganzen Scheißleben je gesehen habe.«

Um ihn herum erhoben sich die Diebe und die Opfer und die Lügner langsam von den Bänken und kamen näher, um das unechte Baby zu bestaunen, wie unechte Weise und Hirten.

Marvel ließ es zu. Dieses Recht hatten sie sich verdient, und sie konnten ja keinen Schaden anrichten.

Mrs Buck hatte sich müde geschrien und schluchzte jetzt zwischen den beiden Polizisten leise vor sich hin.

»Lassen Sie sie los«, wies er die beiden Männer an. »Die ist irre.«

Sie taten wie geheißen, und sie stürzte durch den Raum und riss die wundersame, grauenvolle Puppe an sich. Dann hob sie die nasse Decke auf, wickelte das Baby hinein, legte es behutsam wieder in den Buggy und weinte dabei die ganze Zeit.

Sie standen alle da und sahen zu, wie betäubt vom Ausmaß ihres Wahns.

Der Einbrecher hielt ihr die Tür auf, und noch immer weinend ging sie hinaus.

Als sich die Glastür hinter ihr schloss, herrschte bedrücktes Schweigen. Dann kehrte ganz langsam wieder Normalität ein. Aguda wischte das Wasser auf dem Boden mit Papierhandtüchern auf, die beiden Polizisten hoben den Defibrillator auf und gingen wieder an ihre Arbeit; der Sergeant, der den Posten hinter der Scheibe übernommen hatte, rief einen Namen auf, und der alte Mann mit Hut schlurfte zu ihm hinüber, um zu melden, weswegen er vor hundert Jahren hier hereingekommen war.

Marvel bückte sich, um das Foto aufzuheben, das er bei seiner Schlitterpartie über den Boden hatte fallen lassen.

»Gehört das ihr?«, fragte er Aguda, und sie sah das Bild an und nickte betrübt.

»Sie hat behauptet, es würde ihr alles Mögliche sagen«, meinte sie. »Die Arme.«

Er schnaubte. »Bestimmt sagt ihr das Ding, wie man andere über den Tisch zieht. Das unechte Baby gehört wahrscheinlich dazu.«

Auf dem Foto konnte man Sandra Clydes dunklen Haaransatz sehen, und er überlegte müßig, ob Debbie sich wohl die Haare färbte. Er würde es ihr nicht übel nehmen – nicht nach dem wahnwitzigen Dankeschön-Sex, den sie gehabt hatten, nachdem sie nach Hause gekommen war und den Hund vorgefunden hatte.

Dann machte Marvels Herz einen Satz wie auf einer Achterbahn. Es blieb ihm im Hals stecken und schwoll dort an wie ein Schwamm.

»Holen Sie sie zurück!«, brachte er mühsam heraus.

»Alles okay, Sir?«

Er schüttelte den Kopf. Es fühlte sich an wie ein Herzinfarkt, doch das war nicht wichtig. Er humpelte zu den Bänken hinüber und ließ sich neben der Frau mit den Sleeve Tattoos schwer darauffallen, wobei er immer noch auf das Foto starrte.

»Holen Sie sie zurück! *Holen Sie sie zurück!*«

Aguda ließ ein Knäuel aus nassen Papierhandtüchern fallen und riss die Tür auf. Durch die Glasscheiben konnte er sie laufen sehen, konnte sie rufen hören.

Wieder betrachtete Marvel das Foto.

Nicht Sandra, nicht Mitzi. Sondern die Reihe verschwommener Menschen hinter ihnen, die gerade applaudierten.

So weit weg, so undeutlich, so unscharf.

So vertraut.

Eine davon war Edie Evans.

20

Nachdem sie entführt worden war, hoffte Edie Evans lange, dass es Außerirdische gewesen waren.

Sie erwachte aus tiefem Schlaf – immer noch mit ihrem Weltraumhelm auf dem Kopf – und starrte zu einer dunklen Decke hinauf, an der sich schimmernde Röhren und Anschlüsse entlangzogen.

Die erkannte sie sofort wieder, das war das Belüftungssystems eines Raumschiffs.

Eine kleine Dunstblüte erblühte jedes Mal auf ihrem Visier und starb dann wieder ab, wenn sie aus- und wieder einatmete. Das Geräusch ihrer sich füllenden und wieder entleerenden Lunge verstärkte ihre Gewissheit noch.

Sie war im All!

Edie freute sich darüber. Der Dunst auf ihrem Visier blühte bei dem Gedanken ein wenig größer auf.

Sie schickte sich an, den Kopf zu drehen, um die Wände in Augenschein zu nehmen, aber das tat weh, und sie zuckte zusammen und blieb ein paar Minuten still liegen und blinzelte zu den Röhren hinauf.

Aber jetzt tat ihr der Kopf weh.

Sie bemühte sich, nicht darauf zu achten und darüber nachzudenken, wie sie hierhergekommen sein könnte.

Sie war mit dem Fahrrad zur Schule gefahren … und dann war sie aufgewacht. Und dazwischen war alles ganz verschwommen. Edie runzelte die Stirn und versuchte, sich zu erinnern, ob da ein gleißend weißer Lichtstrahl gewesen war oder das Gefühl zu schweben. Doch weil sie sich an beides nicht erinnern konnte, war in ihrem Kopf beides weiterhin möglich, so wie diese Katze in der Kiste. Dad hatte ihr mal von so einem Typen erzählt, der eine Katze in einer Kiste hatte, die sowohl tot als auch lebendig war, bis man den Deckel aufmachte und nachsah, was von beiden nun Sache war. Bis sie sich also an etwas anderes erinnerte, konnte sie definitiv von Außerirdischen entführt worden sein.

Die Sachen davor wusste Edie allerdings noch. Sie wusste noch, wie sie ihrer Mutter »Auf Wiedersehen« gesagt hatte, bevor sie im Zwielicht des frühen Januarmorgens losgestrampelt war, und wie ihr Rad ein bisschen gewackelt hatte, als sie zum Abschied eine Hand gehoben hatte. Sie wusste noch, wie sie einen Riesenschlenker gefahren war, um einem Hundehaufen auf dem Gehsteig auszuweichen. Sie wusste noch, dass sie angehalten hatte, um ihren Anorak zuzumachen, weil es sogar noch kälter war, als es aussah.

Sie erinnerte sich, dass sie durch die Ecke der großen Grünfläche abgekürzt hatte, die alle den Wald nannten. Eigentlich war da kein richtiger Weg, aber die Leute aus der Gegend hatten einen gemacht, einfach indem sie übers Gras marschiert waren, um abzukürzen. Im Winter war der Pfad matschig, im Sommer war er hart und eben. Heute war es kalt und trocken gewesen – das Gras daneben war mit dunklen Raureifdiamanten überzogen.

Sie wusste noch, wie sie aus dem Wald gekommen, auf den Gehsteig neben der Straße eingebogen war …

Danach konnte sie sich an nichts mehr erinnern, bis jetzt.

Wieder drehte Edie den Kopf, und als es diesmal wehtat, dachte sie daran, zu Hause im Bett zu liegen, während Mum ihr über die Stirn strich und Dad den Arzt anrief.

Vielleicht würde sie die Außerirdischen bitten, sie nach Hause zu bringen. Irgendwann würden sie das bestimmt tun, da war sie sich sicher. Es gab nicht viel, was Edie Evans über Aliens nicht wusste, und sie wusste, dass niemand *für immer* entführt wurde.

Bestimmt würden sie sie gleich nach Hause bringen, wenn sie darum bat.

Aus irgendeinem Grund tat ihr bei dem Gedanken ans Nachhausegehen die Kehle weh, und sie hätte fast geweint, und das Visier ihres Helms beschlug.

Eigentlich war es gar kein Weltraumhelm, es war ein Skateboardhelm, den Dad mit einem getönten Visier versehen hatte, damit sie eine Astronautin sein konnte, wenn sie jeden Tag mit ihrem Raketenfahrrad zur Schule fuhr.

Ein kleines BMX für die Menschheit, sagte er immer.

Ohne den Kopf noch einmal zu drehen, streckte Edie vorsichtig die Hand aus und tastete auf dem Boden nach ihrem Fahrrad. Es war nicht da. Sie mussten es auf der Erde zurückgelassen haben. Sie verspürte einen schmerzhaften Stich und hoffte, dass Frankie nicht bereits darauf herumkurvte. Ein großer Teil von Edies Leben war dem Bemühen gewidmet, dafür zu sorgen, dass ihr kleiner Bruder ihr Fahrrad nicht in die Finger bekam. Der passte nie auf seine Sachen auf. Sein eigenes Rad hatte er so oft draußen stehen lassen, dass die Stützräder glatt durchgerostet waren. Der Gedanke, dass er die ganze Zeit ihr Fahrrad misshandeln könnte, während sie im All war, machte sie wütend, und zugleich vermisste sie ihn dabei.

Wieder beschlug ihr Visier, und sie konnte die schimmernden Röhren über ihr nicht mehr sehen.

Nach einer Weile schlief Edie wieder ein, den Arm noch immer ausgestreckt, die zarten Finger gekrümmt und schwerelos.

Als sie zum zweiten Mal erwachte, lag sie in einem Bett, aber es war nicht ihr eigenes. Obgleich es so dunkel war, dass sie überhaupt nichts sehen konnte, war sich Edie sicher, dass das stimmte, dieses Bett hier roch nämlich nach Straße.

Behutsam setzte sie sich auf. Ihr Kopf hatte aufgehört wehzutun, und es tat ihr leid, dass sie geheult hatte. Sie war sauer auf sich, dass sie so eine Memme gewesen war. Im All zu sein war das Aufregendste, was ihr je passiert war – oder irgendjemandem sonst, den sie kannte –, und sie würde das nach Kräften ausnützen. Dann konnte sie den Leuten davon erzählen, wenn sie nach Hause kam, vor allem Dad. Er würde voll enttäuscht sein, dass er nicht dabei gewesen war.

Langsam streckte sie die linke Hand in die Finsternis und bewegte sie hin und her. Vor ihr war nichts, zu ihrer Linken jedoch spürte sie eine glatte kalte Wand. Sie ließ die Hand dort; wenn sie etwas Festes berührte, fühlte sie sich sicherer.

»Hallo!«, rief sie laut.

Ihre Stimme klang abgewürgt und gedämpft, als käme sie nicht weit. Das fand sie nicht schön, also rief sie nicht wieder.

Von irgendwoher war aus weiter Ferne das rhythmische Zischen und Unterwasserpochen eines großen Motors zu vernehmen.

Das Raumschiff war unterwegs.

Wo flogen sie hin? Verließen sie gerade die Umlaufbahn der Erde und hielten auf die Sterne zu? Edie verspürte ein kleines Angstkribbeln.

Die Linke flach an der kalten Wand, befühlte Edie mit der rechten das Bett. Es war kein richtiges Bett, mehr eine Campingliege. Der Stoff war um ein Gestell aus Stahlrohren genäht. Langsam kroch sie ans Ende der Liege und stieß sich den Kopf an einer Wand. Daraufhin tastete sie herum, fand ihren Weltraumhelm und setzte ihn auf. Dann drehte sie sich um und kroch noch langsamer zum anderen Ende, bis ihr Helm gegen eine weitere Wand stieß. Wo immer sie auch sein mochte, der Raum war nur so lang wie ihr Bett.

Edie lehnte sich nach rechts, so weit sie konnte, ohne den Anker ihrer linken Hand von der Wand zu lösen, doch sie konnte keinen Boden fühlen und auch keine weitere Wand.

Vielleicht befand sie sich ja in so einer Kapsel, Hunderte von Metern hoch an einer Wand, in einer ganzen Wabe voller weiterer Gefangener. Sie stellte sich die Wesen um sie herum vor – jede erdenkliche intergalaktische Rasse, und jedes dachte, es wäre allein im Finstern.

»Hallo?«, sagte sie behutsam. »Ich heiße Edie.«

Niemand sagte etwas. Vielleicht verstanden sie kein Englisch. Vielleicht war Englisch für sie dasselbe, was ein Grunzen oder ein Schnurren für sie gewesen wäre. Sie würde ja einem Schwein oder einer Katze auch nicht antworten.

An einem Ende des Bettes lag eine zusammengefaltete Decke. Nicht so eine schöne weiche wie die, die sie Nanny über die Knie legten, wenn sie sie im Rollstuhl spazieren fuhren. Diese hier war kalt und kratzig.

In dem finsteren Nichts, eine Hand flach an der Wand, befingerte Edie die dünne raue Wolle.

In dieser ganzen seltsamen Situation war die Decke das Einzige, was Edie wirklich beunruhigte.

Seit sie klein war, hatte Edie Hunderte von Büchern über den Weltraum gelesen und Dutzenden von Filmen und Fernsehserien darüber sehen. Sie wusste, dass die ersten Astronauten Fruchtfliegen und Affen gewesen waren, und ein Hund namens Laika. Sie wusste, dass Neil Armstrong der erste Mensch gewesen war, der auf dem Mond herumgelaufen war, und Buzz Aldrin der zweite, und dass Michael Collins im Fluchtfahrzeug geblieben war. So sagte Dad das immer. *Die sind auf dem Mond abgesetzt worden, und er ist im Wagen geblieben, damit sie schnell wieder abhauen konnten.* Sie wusste Bescheid über Sally Ride und Helen Sharman und Satelliten und Hubble und die Ringe des Saturn.

Sie wusste, dass die Sonne in Wirklichkeit ein Stern war und dass all die anderen Sterne so weit weg waren, dass es Jahre dauern würde, dorthin zu gelangen, selbst wenn sie in einem Lichtstrahl reisen würde wie ein Staubkorn.

Neben all dem Wirklichen kannte Edie sich auch mit Vulkaniern und Jedis und Ufo-Sichtungen aus. Sie wusste Bescheid über Laserschwerter und Gedankenverschmelzung und die Metallchips, die sie einem in den Kopf pflanzten, damit sie einen immer wiederfinden konnten. Und obwohl es das alles in Wirklichkeit nicht gab, würde es so was eines Tages vielleicht *doch* geben – oder es gab es schon, auf einem anderen Planeten.

Es gab also nicht viel, was Edie Evans über Außerirdische nicht wusste.

Und sie war sich ziemlich sicher, dass Aliens keine kratzigen Decken hatten.

Da fing Edie an, sich Sorgen zu machen, bekam es mit der Angst zu tun, dass sie von einem Menschen entführt worden war, und zwar aus einem ganz anderen Grund.

Auch darüber wusste sie Bescheid.

Doch noch ehe die Angst ihre Krallen so richtig in Edies blühende Fantasie schlagen konnte, ging ein Licht an – und ein Außerirdischer betrat den Raum.

21

Marvel brachte Anna eine Tasse Tee aus dem Automaten, und diesmal vergewisserte er sich, dass es auch wirklich Tee war, um den hatte sie nämlich gebeten.

»Danke«, sagte sie leise, als er die Tasse vor ihr auf den Schreibtisch stellte.

»Möchten Sie was zu essen?«, fragte er.

Sie schüttelte den Kopf.

Marvel hatte Aguda ins Büro mitgenommen. Zum Teil weil sie eine Frau war, was nützlich sein könnte, und zum Teil weil er, wenn auch widerwillig, beeindruckt war, wie sie das alles bisher im Griff gehabt hatte. Sich selbst und andere.

Selbst dass sie einfach aufgelegt hatte, ergab jetzt einen Sinn, im Nachhinein betrachtet.

Behutsam wandte Aguda sich an Anna. »Soll ich irgendjemanden anrufen, damit er kommt und das … Baby abholt?«

Anna zögerte, dann schüttelte sie den Kopf und schaute nach unten auf die Tischplatte. »Ich traue James nicht«, sagte sie. »Nicht bei Kindern.«

Aguda warf Marvel einen fragenden Blick zu, der sich Anna gegenüber niederließ und dabei unter den Schmerzen in Knie und Leiste zusammenzuckte.

Wie bei allem anderen in diesem Fall wusste er nicht recht, wo er anfangen sollte. Er war sich nicht einmal mehr sicher, an welchem Fall er eigentlich arbeitete.

Wusste Anna, dass Edie Evans auf dem Foto von Sandra und Mitzi war? War sie ein unwissender Strohmann beim ersten Schachzug grausamer Verhandlungen? Oder ein unwahrscheinlicher Drahtzieher? Bei beiden Optionen gab es unzählige Kombinationen und Konsequenzen – die alle auf dem bizarren Treibsand eines Dreizehn-mal-achtzehn-Schnappschusses fußten, der von einer Verrückten und ihrem unechten Baby in die Welt gesetzt worden war.

Wie auch immer die Antwort lautete, Marvel musste unbedingt wissen, was zur Hölle hier los war. Und wenn das hieß, bei einer Irren auf gefühlvoll zu machen, während er in Erfahrung brachte, was sie wusste, dann war er bereit, das zu tun.

Für Edie Evans.

Das Foto lag zwischen ihnen auf dem Tisch. Jetzt, wo es allmählich trocknete, begannen die Ränder, sich nach oben zu wellen.

»Dieses Foto …«, setzte Marvel an, dann schaute er auf das Bild und hielt inne.

Jedes Mal, wenn er es sah, traf es ihn von Neuem.

Edie war die Dritte in der Reihe hinter dem blauen Seil. Ihr Gesicht war von der Kamera abgewandt, und selbst wenn es nicht so gewesen wäre, wäre es zu unscharf gewesen, als dass fast jeder in ihr irgendetwas anderes gesehen hätte als irgendein Mädchen.

Aber Marvel *wusste,* dass sie es war. Er hatte ein Jahr damit verbracht, Edie Evans auswendig zu lernen. Ein Jahr damit, ihren Umriss zu studieren. Wie sie dastand, wie ihr Haar herabhing, hinter das abstehende Ohr geklemmt. Er kannte sie wie eine Mutter oder ein Vater, aus dem Bauch heraus. Und als er das Bild eingehender betrachtet hatte, war aus dem merkwürdigen, abstrakten eckigen *Ding,* das man zwischen den Beinen der Zuschauer hindurch sehen konnte, plötzlich Edies Fahrrad geworden, das hinter ihr im Gras lag.

Es hätte ihm fast die Tränen in die Augen getrieben, es dort zu sehen.

Marvel dachte eigentlich, er hätte die Beweise im Fall Edie Evans ausgereizt. Er war sie so oft durchgegangen, dass er sie auswendig kannte. Vor lauter Wiederholen war das Ganze bedeutungslos geworden.

Dies hier jedoch war etwas *Neues*. Aus heiterem Himmel – ein winziger Funke, der Licht in alles bringen könnte.

Und das auf einem Foto von Sandra Clyde und ihrem vermissten Pudel Mitzi.

John Marvel glaubte ebenso wenig an Zufälle wie an die globale Erwärmung, und die Überschneidung der beiden Fälle machte ihn zutiefst misstrauisch.

Aber er fühlte sich dabei auch wie ganz am Anfang eines Besäufnisses: blöd und orientierungslos.

»Erzählen Sie mir von diesem Foto.«

»Da ist diese Frau drauf, Sandra, und ihr Hund.«

»Erkennen Sie sonst noch jemanden auf diesem Bild?«

Anna furchte die Stirn. »Da ist doch sonst niemand drauf.«

»Wissen Sie, wo das Foto aufgenommen worden ist?«

»Nein.«

»Oder wann?«

»Nein.«

»Und wo haben Sie es her?«

»Von Sandra. Vor ein paar Wochen. In der Kirche.«

»Haben Sie mit irgendjemandem darüber gesprochen?«

»Über das Foto? Nein.«

»Darf ich's mir mal anschauen, Sir?«, unterbrach Aguda.

Marvel nickte, und sie zog das Bild zu sich heran und beugte sich darüber.

Er wandte sich wieder an Anna Buck. »Sie haben Sandra vorhin angerufen. Warum?«

Sie zuckte die Achseln. »Das hab ich Ihnen doch schon gesagt. Am Telefon. Jetzt hört sich's bescheuert an.«

»Sagen Sie's mir noch mal.«

Langes, widerstrebendes Schweigen folgte, bis Anna stockend antwortete: »Ich hab … was gesehen. Wegen dem Foto. Jedenfalls glaube ich das. Ich wollte wissen, ob ihr das irgendwas sagt, für den Fall, dass es ihr hilft, ihren Hund zu finden, weil doch mein Sohn …«

Sie hielt inne und schluckte, dann fuhr sie fort. »Mein Sohn Daniel, er ist auch verschwunden.«

»Daniel Buck.«

Sie nickte.

Marvel wusste von dem Fall. Er und DCI Lloyd von der Abteilung Schwerverbrechen hatten sich vor ein paar Monaten mal kurz darüber ausgetauscht, doch die beiden Fälle hatten nichts gemeinsam, außer ein paar vagen geografischen Aspekten. Ein Junge, ein Mädchen. Ein Kleinkind, eine Zwölfjährige. Der eine war durch eine offen gelassene Tür hinausgewitscht, die andere war Opfer von etwas geworden, was nach einer geplanten Entführung aussah. Ein paar Kilometer waren nicht das Einzige, was die beiden Fälle voneinander trennte.

Anna nickte und fuhr fort: »Ich hab wohl gedacht – ich hab *gehofft* –, dass, wenn ich ihr helfe … Ich meine, wenn ich ihr helfen würde, vielleicht … würde dann irgendwie irgendwer auch mir helfen, Daniel zu finden. Verstehen Sie?«

Sie sah ihn so hoffnungsvoll und ernst an, dass Marvel sich dabei ertappte, wie er in lächerlicher Zustimmung nickte. »Wie man sät, so erntet man.«

»Genau!« Sie lächelte, und als sie das tat, leuchtete Anna Bucks Gesicht auf wie von innen angestrahlt. »Genau so. Wie man sät. Wie Karma, wissen Sie? Ich wollte nicht dazwischenfunken oder … oder … irgendjemanden *behindern*. Ich hab nur versucht, ihr zu helfen, den Hund zu finden, für den Fall, dass irgendjemand mir helfen könnte …«

Sie verstummte und wischte sich die Nase mit dem Handrücken ab.

»Der Hund ist wieder zu Hause«, verkündete Marvel freudlos. »Er ist heute Morgen zurückgebracht worden.«

Marvel war gerade auf dem Weg zur Arbeit gewesen, als Sandra Clyde anrief, um zu sagen, dass Mitzi wieder zu Hause war.

»Ich hab bloß die Tür aufgemacht, und da war sie! Und sie ist mir mit einem *Riesensatz* in die Arme gesprungen und hat mir eine Million Küsschen gegeben, und dann ist sie die ganze Zeit ums Haus gerannt und um den Garten und um ihren Futternapf und ihr kleines grünes Äffchen! So sehr hast du dich gefreut, nicht wahr, Schätzchen? Wer ist Mummys Mitzi-Mitzi-Mumu? Hm? Wer ist Mummys …«

»Wer hat sie gefunden?«, fiel Marvel ihr ins Wort.

»Ein Junge!«, antwortete Sandra. »Ein ganz süßer, lieber Junge. Er hatte seine Schulkrawatte als Hundeleine benutzt! Es war wie im Film! Ich hab bloß die Tür aufgemacht, und er hat gefragt: *›Ist das Ihr Hund?‹*, und ich hab gesagt: *›Ja, das ist sie! Ich hab überall nach ihr gesucht!‹*, und dann hab ich ihm einen Kuss gegeben, und Mitzi hab ich auch einen Kuss gegeben. Ich glaube, das war ihm ziemlich peinlich, der arme Kleine!«

»Woher wusste er, wo Sie wohnen?«

»Er hat gesagt, er hat überall geklopft, und jemand hat Mitzi erkannt, von einem der Fotos, die ich verteilt hatte. Die hab ich durch Hunderte von Briefschlitzen geschoben, das wissen Sie ja.«

Das wusste Marvel. Er wusste auch, dass das bedeutete, dass der Hund nicht wegen irgendetwas wieder aufgetaucht war, was *er* unternommen hatte. Das waren schlechte Nachrichten. Wie konnte Superintendent Clyde ihm jetzt sehr dankbar sein, wo irgend so ein hergelaufenes Balg den verdammten Hund dank der Mühen seiner *Frau* zurückgebracht hatte?

Wenn es denn *wirklich* so gewesen war.

Marvels naturgegebenes Misstrauen regte sich in seinen Eingeweiden. Wie konnte er das herausfinden? Er musste das verlorene Druckmittel zurückgewinnen. Sein Verstand huschte wild umher, suchte nach einer Schwachstelle.

»Zahlen Sie die Belohnung noch nicht aus, Mrs Clyde.«

Ein stotternder Bruch in ihrem Hunde-Bewusstseinsstrom, und Marvel wusste, noch ehe sie es sagte, dass die Belohnung bereits gezahlt worden war. Eintausend Pfund. Diese Idiotin.

» … er wollte es natürlich nicht annehmen«, schwafelte Sandra Clyde. »Das war ja so ein lieber Junge. Ich musste es ihm richtig aufdrängen, und dann hätten sie mal sein kleines Gesichtchen sehen sollen …«

»Als Scheck oder in bar?«, unterbrach Marvel schroff.

»Als Scheck.«

»Dann haben Sie also seinen Namen?«

»Na ja, nein. Ich meine, er ist doch noch ein kleiner Junge, verstehen Sie, also hat er kein Bankkonto, und darum hab ich einen Barscheck ausgestellt.«

Marvel fluchte leise vor sich hin und legte inmitten eines Chors aus missbilligendem Hupen direkt unter einem »Wenden Verboten«-Schild eine Hundertachtzig-Grad-Wendung hin.

»Ich bin in zehn Minuten da«, ließ er sie grob wissen. »In der Zwischenzeit rufen Sie die Bank an und lassen den Scheck sperren.«

»Ihn *sperren* lassen?«

»Ja. Sperren Sie den Scheck. Sofort.«

Er beendete das Gespräch, ehe sie ihn noch mehr auf die Palme bringen konnte. Der Scheck würde gesperrt werden. Die Belohnung würde nicht ausgezahlt werden.

Selbst jemand, der Dreck am Stecken hatte, würde wiederkommen, um herauszufinden, was passiert war …

Und Marvel würde da sein, wenn das geschah.

Anna Buck war blass geworden.

Zum ersten Mal, seit sie sich hingesetzt hatte, sah sie Marvel jetzt fest in die Augen.

»Wann heute Morgen?«

»So gegen halb acht.«

»Oh«, sagte Anna leise. »Das war vorher …«

Sie beendet den Satz nicht, doch ihr Gesicht war ein offenes Buch. Wären dort Schuld und Arglist gewesen, glaubte Marvel, so hätte er es lesen können. Von beidem war nichts zu sehen. Wenn überhaupt, sah Anna eher verlegen aus. Und auch mit gutem Grund, dachte Marvel: Mitzi war wohlbehalten nach Hause gekommen, bevor sie ihre sogenannten Visionen gehabt hatte. Bevor sie Sandra Clyde angerufen hatte. Und lange bevor sie auf dem Revier ihren komischen Anfall gehabt hatte.

Das alles ließ sie ziemlich blöd aussehen.

»Ich freue mich für Sandra«, sagte sie dumpf. Und sah ihn dann ernst an. »Wirklich.«

John Marvel nickte. Er konnte in jedem das Schlechte sehen, bei Anna Buck jedoch tat er sich schwer – und diese Unsicherheit brachte ihn ganz durcheinander. In mentaler und physischer Hinsicht sah sie jetzt kleiner aus, schwächer und weniger *verbunden*. Vielleicht weil ihr Plan, Geld von Sandra Clyde zu erpressen, vereitelt worden war. Oder weil ihr karmisches Druckmittel gegenüber dem Universum in dem Augenblick verschwunden war, als Mitzi gefunden worden war. Genau wie seins.

Sein Instinkt riet ihm, sie an die Wand zu pinnen wie einen Schmetterling, Hohn und Spott über ihre Visionen auszugießen und sie zu zwingen zuzugeben, dass sie einfach nur eine Trickbetrügerin auf der Suche nach leichter Beute war, die an einem Schuljungen-Detektiv gescheitert war.

Doch irgendetwas hielt ihn zurück, und einen Augenblick lang war er ratlos.

Dann räusperte sich Aguda und sah ihn an. »Sir?« Sie senkte die Stimme, und er beugte sich zu ihr herüber, um zu sehen, worauf sie auf dem Foto zeigte – auf die goldenen Buchstaben, die auf die Bänder der Rosette aufgedruckt waren.

Marvel kniff die Augen zusammen und lehnte sich zurück. In seiner Schreibtischschublade hatte er eine Lupe für Kleingedrucktes, aber die war nicht hier.

»Was steht denn da?«, fragte er unwirsch.

»Beckenham Show 1999.«

»Beckenham?« Marvel runzelte die Stirn. Beckenham war nicht weit von Edies Wohnort entfernt. Das ergab durchaus einen Sinn. »Wann war die Show letztes Jahr?«

»Ich weiß es nicht, Sir.«

Marvel nickte und wollte es schon dabei belassen. Es war eine Kleinigkeit, es hatte nichts zu bedeuten, es war egal.

Aber so würde er Aguda aus dem Zimmer kriegen, was ihm plötzlich eine gute Idee zu sein schien.

»Würden Sie gehen und es rausfinden?«

»Ja, Sir«, antwortete sie und ging. Die Tür schloss sich mit einem Klicken, und tiefes Schweigen herrschte – als hätten sie beide darauf gewartet, dass sie den Raum verließ.

»Ich erinnere mich an Sie«, sagte Anna leise.

Marvel nickte kurz. Er rechnete nicht mit einem *Danke*, und er bekam auch keins.

Ungehemmt durch eine Zeugin tippte er mit dem Finger auf das Foto. »Mrs Buck, können Sie mir sagen, was Sie gesehen haben, als Sie sich das Bild angeschaut haben?«

»Was spielt das jetzt noch für eine Rolle? Der Hund ist doch wieder da.«

»Das stimmt«, pflichtete er ihr bei. »Aber tun Sie mir den Gefallen. Erzählen Sie mir, was Sie Sandra erzählt haben. Und alles, woran Sie sich sonst noch erinnern können.«

Argwöhnisch sah sie ihn an.

»Bitte«, sagte er mit einer Aufrichtigkeit, die selbst in seinen Ohren echt klang. »Ich möchte wissen, was Sie gesehen haben.«

Wieder hielt er ihr das Foto hin. Diesmal nahm sie es, legte es jedoch sofort mit der Bildseite nach unten zwischen ihnen auf den Tisch.

Sehr lange dachte er, Anna Buck würde sich weigern, noch irgendetwas zu sagen.

Dann jedoch setzte sie sich auf ihrem Stuhl ein wenig auf und sagte: »Ich hab einen Garten gesehen …«

Marvel wurde kalt.

Seine Finger pressten sich so heftig auf Edie Evans' Akte, dass die Fingerspitzen weiß wurden. Unter seinen gespreizten Händen befanden sich die Gesprächsprotokolle mit dem Hellseher Richard Latham. Marvel glaubte kein einziges Wort von dem, was der Mann gesagt hatte, doch er kannte jedes einzelne davon auswendig. Lathams Visionen waren willkürlich und nicht verifizierbar. Ein zerbrochener Glaskrug, eine weiße Scheibe mit roter Mitte, die über den Boden rollte …

Ein unechter Garten.

Marvels Stimme klang gepresst: »Was für einen Garten?«

»Einfach nur einen Garten«, erwiderte Anna. »Aber er war nicht … *richtig.*«

»Wie meinen Sie das, nicht richtig?«

»Ich weiß nicht.« Sie zuckte mit den Schultern. »Irgendwas daran war einfach ein bisschen verkehrt. Als wäre er nicht *echt.*«

22

Edie Evans malte einen Garten an die Wand des winzigen Betonkabuffs.

Sie hatte gesagt, ihr sei langweilig, und zwei Tage später brachte ihr der Außerirdische Hunderte Wachsmalkreiden in zwei Plastiktüten, alles abgebrochene Stummel.

Sie hatte Glück, dass es auf dem Raumschiff Wachsmalkreiden gab, aber die schönen Farben waren alle weg. Kein Knallrot oder leuchtendes Orange, und das waren ihre beiden Lieblingsfarben, doch sie fing an, Blumen auf die Wand neben dem kleinen Campingbett zu malen, wenn das Licht an war, und es war meistens an.

Manchmal machte der Außerirdische es aus, wenn er ging, und an diesen Tagen (oder in diesen Nächten) musste Edie sehr, sehr viel Geduld haben, denn die Zwischenräume zwischen den Sternen waren riesig, und man konnte nicht erwarten, den nächsten bald zu Gesicht zu bekommen – vielleicht nicht einmal zu den eigenen Lebzeiten.

Doch wenn das Licht an war, malte sie Blumen. Vor allem blaue und lilafarbene und ein paar gelbe, aber es gab auch nicht allzu viele gelbe Stifte, und auch damit war sie sparsam. Und ein Blau, das für alles zu dunkel war – sogar für den Himmel. Es gab jede Menge weiße und schwarze und braune Stifte, also malte sie einen weißen Fensterrahmen, so dass es aussah, als schaue sie aus ihrem Zimmer auf den Garten und den Wald dahinter. Sie malte die Bäume aus und hatte Freude an dem ruckelig-rauen Gefühl, wenn die Wachsfarbe von dem Stift auf die Betonstämme übertragen wurde. Das war nicht so, wie mit einem Buntstift zu malen; die Stifte schrumpften in ihrer entschlossenen Faust, während sie Schicht um Schicht auf die Wand entflohen. Sie konnte dabei zusehen und staunte über die Verwandlung von farbiger Malkreide in bunte Wand. Oft musste sie innehalten und das Papier von den Stiften abziehen, damit sie weitermalen konnte.

Nachdem Edie das Fenster und den Garten fertig hatte, war das nicht genug, also ließ sie den Rest ihres Zimmers auf den Wänden erstehen – alles aus dem Gedächtnis. Ihre Tapete, ihre Poster, die Tür mit Neil Armstrong darauf, der alte Kamin, das Bord mit der Uhr und Pink Ted und Pengie dem Pinguin darauf, und ihre Bücher. Auf jeden Buchrücken schrieb sie den Titel, versuchte, sich an alle zu erinnern. *Die Insel der Abenteuer, Chocky, Das Silberschwert, Matilda.* Es waren noch mehr, also malte sie leere Bücher, damit sie die Buchrücken beschriften konnte, wenn ihr wieder etwas einfiel. Sie malte Peter in seinem Käfig und hoffte, dass Frankie ihn fütterte und mit ihm spielte. Den Käfig machte sie viel größer, als er in Wirklichkeit war, für alle Fälle, und malte noch mehr Spielsachen hinein. Dann sorgte sie dafür, dass reichlich Wasser da war, und ganz viel braunschwarzes Futter in der kleinen lila Schüssel.

Es war schwer, das alles auf die Wand zu quetschen, weil der Raum so klein war – nur so lang wie ihr Campingbett und dreimal so breit –, aber Edie tat ihr Bestes. Ihre Finger rochen schnell nach Wachs und waren von kleinen Regenbogen-Halbmonden unter jedem Nagel gekrönt.

Der Außerirdische kam jeden Tag. Er war groß und dünn, und sein Gesicht war eine Maske über einem wallenden schwarzen Tuch, das bis zu den Hüften herabhing. Die schwarzen Schlitzaugen blinzelten nicht, und im schwachen Schein der Neonröhre glitzerten seine Zähne scharf zwischen den starr grinsenden Lippen.

Zuerst hatte sie Angst vor der Maske gehabt. Am Anfang hatte sie vor vielem Angst gehabt, obwohl sich ihr Verstand alle Mühe gab, eine Geschichte zu konstruieren, mit der sie leben konnte.

Mit der sie nicht verrückt wurde.

Nach einer Weile jedoch bekam sie mehr Angst vor dem, was hinter der Maske sein könnte, und hoffte, sie würde es nie herausfinden.

Am ersten Tag hatte der Außerirdische ein totes Huhn mitgebracht, und Edie hatte in stummem Entsetzen dagekauert, während er ein merkwürdiges Lied gesungen und das Huhn über seinem Kopf im Kreis geschwungen hatte. Blut war nicht umhergespritzt, aber weiße Federn waren von dem Vogel auf ihr Bett gefallen, und nachdem der Außerirdische gegangen war, hatte Edie sie aufgesammelt und um das arme Huhn geweint. Es waren siebzehn Federn, von ganz kleinen, fluffigen bis zu einer ganz langen, die aussahen, als könnte man damit schreiben. Sie hatte schmale Fasern, die sich mit einem hörbaren Geräusch voneinander lösten und sich dann wieder so vollkommen aneinanderfügten, dass man die Ritzen dazwischen gar nicht sehen konnte.

Danach brachte er ihr jeden Tag Wasser in einem hohen Glaskrug und richtiges Essen. Brot und Butter, alte Bananen und verbeulte Becher Vanillepudding und Milchreis. Einen Becher zum Trinken und einen Plastiklöffel. Eine Schüssel und ein Stück gelbe Seife, das nach Zitrone roch, aber wie Seife schmeckte.

»Was willst du von mir?«, fragte sie ihn einmal, ganz am Anfang, und als er nicht antwortete, wurde sie böse und schrie ihn an: »Was *willst* du von mir?«

»Schsch«, sagte er. »Schsch, schsch.« Und dann ging er hinaus.

Jedes Mal, wenn er ging, erschauerte Edie vor Erleichterung – und fürchtete sich dann, dass er vielleicht nicht zurückkam. Doch er kam immer wieder, mit angedrückten Äpfeln oder einer Schachtel Cracker. Die waren weich, aber das war ihr egal. Sie war in einer Raumstation, wo man nicht rauskonnte, und der Proviant kam einmal im Jahr von der Erde. Im Augenblick mussten sie das Zeug ganz hinten in den Schränken aufessen, aber bald würde das Versorgungsschiff andocken, und es würde Paranüsse und Shampoo und Marmite-Sandwiches geben.

Edie überlegte, ob die anderen Astronauten –

Gefangenen

– wohl auch Menschen waren. Vielleicht waren es ja Wesen von überall aus der ganzen Galaxie, wie in *Star Trek.* In diesem Fall würden die Schränke mit allem möglichen Essen gefüllt sein, von allen möglichen Planeten. Sie fragte sich, ob es wohl einen Außerirdischen gab, dessen Aufgabe es war, das richtige Essen an die richtige Spezies zu verteilen – so wie sie Peter Mäusefutter gab und kein Hundefutter –, oder ob sie alle Cracker essen mussten.

Wenn sie nicht gerade die Wände bemalte, setzte sie gern ihren Weltraumhelm auf und stellte sich vor, dass sie das Raumschiff steuerte und dass die anderen Astronauten gleich nebenan waren und sie nur zu rufen oder an die Wand zu klopfen brauchte, und dann würden sie zurückrufen oder -klopfen. Natürlich tat sie das nicht, vielleicht waren sie ja mit Experimenten beschäftigt oder lagen im Hyperschlaf. Und weil jenes erste laute *Hallo!* ihr solche Angst gemacht hatte, dass sie es nicht noch einmal versuchen wollte.

Keine Antwort zu bekommen wäre die Bestätigung dafür, dass sie wirklich ganz allein war.

Einmal streckte der Außerirdische langsam die Hand aus und berührte ihr Haar. Edie drückte sich in die Ecke am anderen Ende des Bettes.

Sie begann zu weinen, sie konnte nichts dagegen machen.

»Bitte lass das«, flüsterte sie. »Bitte fass mich nicht an.«

Der Außerirdische zog sich zurück.

Fürs Erste.

23

»Nehmen Sie sich ein Tablett«, sagte DS Brady und reichte ihm eins.

»Wozu denn?«

»Tarnung.«

Marvel ließ sein Tablett klappernd wieder auf den Stapel fallen. Brady behielt seins und stellte trotzig einen Krapfen darauf.

Zwei Dutzend Leute standen hinter Richard Latham in dem Café von Marks & Spencer Schlange. Sie waren zu seinem kleinen Reihenhaus gefahren und hatten an die Haustür geklopft, bis seine Nachbarin herausgekommen war und ihnen gesagt hatte, wo er sich wahrscheinlich aufhielt.

»Da geht er andauernd hin«, meinte sie.

»Ach ja?«, fragte Brady. »Wieso denn?«

»Um ein bisschen Gesellschaft zu haben, glaube ich.«

Jetzt sah sich Marvel in dem kühlen Firmencafé um und fragte sich, ob das stimmen konnte. Die niedrige Decke, der helle Fußboden und die dunklen Stühle ließen den Raum kalt und abweisend erscheinen. Eine lange Reihe zumeist älterer Leute schlurfte langsam auf die Kasse zu, wobei sie die Tabletts auf Metallschienen voranschoben, um sie beim Gehen nicht tragen zu müssen. Unpassende Popmusik ermunterte sie, einen Zahn zuzulegen, doch da war nichts zu machen.

Das King's Arms war das hier nicht gerade.

»Was zu essen, Süßer?«

Eine Frau in mittleren Jahren lächelte Marvel fröhlich an. Sie trug einen Kittel mit Rundhalsausschnitt, wie der eines dressierten Äffchens, mit einem dazu passenden Hut, der einem Fez nicht unähnlich war. Bevor Marvel auch nur zögern konnte, hob sie die Glasdeckel von zwei riesigen Kuchen und hielt sie hoch wie Zimbeln. »Ein Stückchen leckerer Karottenkuchen?«, fragte sie. »So richtig schön feucht.«

»Na gut«, hörte er sich, ohne nachzudenken, sagen, und sie lachte, als hätte er sie zur glücklichsten Frau von ganz Bromley gemacht, und suchte das größte Stück für ihn aus.

»Packen Sie das mit auf Ihr Tablett«, wies er Brady an.

Latham war bereits an der Kasse. Auf seinem Tablett lag ein Rosinenbrötchen.

Marvel sah zu, wie die Fezträgerin an der Kasse ihn anstrahlte. Über die Musik hinweg hörte er sie »Morgen, Richard!« sagen.

Die Antwort bekam Marvel nicht mit, doch es war ein freundliches Gespräch. Die Frau kicherte und plauderte, während Latham sein Geld herausrückte und seine Bonuskarte abgestempelt bekam. Marvel sah zu, wie er ein Stück weiterschlurfte, sich eine Tasse und eine Kanne Tee holte und dann einen Augenblick dastand und sich suchend umschaute – anscheinend nach Gesellschaft.

Freunde?

Eine Frau?

Ein Komplize, der an die Kirchendecke klopfte?

Latham ging quer durch das Café, und zum ersten Mal sah Marvel, dass irgendetwas mit seinen Füßen oder Beinen nicht stimmte. Er hatte einen sonderbaren hüpfenden Gang, so ein langsames Hochfedern bei jedem Schritt. Die Ellenbogen hielt er abgespreizt, um nichts zu verschütten, und die Leute sahen ihm gedankenlos nach, wenn er vorbeikam, selbst beim Essen und Plaudern, registrierten das Abnormale.

Er stellte sein Tablett auf einem Tisch für zwei Personen ab, allein.

Die Reihe schob sich voran.

»Lucas! Halt dich *fest*, sonst bekommst du keinen Kuchen!«

Marvel drehte sich um und sah eine Frau mit einer Kinderkarre hinter sich. Neben ihr war ein Junge von etwa drei Jahren. Lucas.

Der Kleine kam wieder angewatschelt und schloss die pummelige Faust um die Metallstange der Karre, und als seine Mutter losmarschierte, um die Schlange einzuholen, ruckte sein Arm, und er musste ein paar Schritte rennen, um nicht hinzufallen.

Marvel starrte das Kind an. Als *er* in dem Alter gewesen war, hatte seine Mutter ihn am Laufzügel gehalten. Wie ein Pony. Noch Jahre, nachdem er aus den Dingern herausgewachsen war, hatten Marvel und sein Bruder sie zu Hause benutzt, hatten sich gegenseitig von Zimmer zu Zimmer geritten, mit den Zügeln geklatscht, damit der andere schneller lief, daran gezerrt und *Brrr!* gerufen, um anzuhalten, und dann hatte der andere mit den Händen in der Luft gescharrt, um Aufbäumen zu mimen. Zügel waren doch viel sicherer – und viel lustiger –, als sich am Kinderwagen festzuhalten.

»Kann ich Ihnen helfen?« Lucas' Mutter sah ihn herausfordernd an.

»Nein«, antwortete Marvel. »Ich hab nur gerade überlegt, was eigentlich aus den Laufzügeln für Kinder geworden ist.«

Die Augen der Frau wurden schmal, und sie schnalzte missbilligend mit der Zunge, dann legte sie die Hand um Lucas' Handgelenk, so eine »Doppelt hält besser«-Geste, bei der Marvel beinahe losgelacht hätte. Eltern sahen ständig Gefahren, wo keine waren. Kinder waren dumm und leicht abzulenken, und Raubtiere lauerten auf die kleinste Gelegenheit. Es gab nicht viel, was man gegen diese fatale Kombination tun konnte, es war reine Glückssache.

Er nahm die Akte mit der Aufschrift *Evans, Edith 23778/SE-G* von Colin Bradys Tablett, scherte – unter den argwöhnischen Blicken von Lucas' Mutter – aus der Schlange aus und ging zu dem Tisch hinüber, wo Richard Latham gerade ein Zuckertütchen schüttelte.

»Mr Latham? DCI John Marvel.«

Latham schaute auf und blinzelte mit großen braunen Augen, und Marvel setzte sich. Er fragte nie um Erlaubnis, weil niemand jemals Ja sagte.

»Kann ich Ihnen helfen?«, fragte Latham.

»Ja«, antwortete Marvel und legte das Foto vor ihm hin, das Anna Buck auf die Dienststelle gebracht hatte. »Was können Sie mir hierüber sagen?«

Latham blinzelte so heftig, dass fast sein ganzer Körper mit zuckte. »Ich verstehe nicht …«, setzte er an. »Ich … Wie meinen Sie das, was kann ich Ihnen sagen?«

Er war ganz durcheinander. Das gefiel Marvel.

Colin Brady stellte sein Tablett auf das Foto. Darauf waren zwei Stücke Karottenkuchen, eine Tasse Kaffee und ein Glas Wasser. Brady machte gerade Diät und hatte beschlossen, dass es der absolute Bringer war, Wasser zu trinken, bevor er irgendetwas aß – egal, wie kalorienreich.

»Ich hab Ihnen einen Kaffee mitgebracht, Sir.«

»Nehmen Sie das Tablett von dem verdammten Foto!«

Brady hob das Tablett an, so dass Marvel das Foto darunter hervorziehen konnte. Doch ärgerlicherweise hatte Latham Zeit gehabt, die Fassung zurückzugewinnen. Jetzt wandte er den Blick von Marvel ab und schaute stattdessen zu Brady auf.

»Hallo, Sergeant.«

»Mr Latham.«

»Dieses Foto«, beharrte Marvel. »Nichts Mystisches. Einfach nur, was können Sie mir dazu sagen?«

»Nichts Mystisches, wie?« Latham kippte den Zucker in seinen Tee. Seine Bewegungen waren wohlüberlegt, und Marvel war klar, dass er Zeit schinden wollte.

Er biss von dem Rosinenbrötchen ab, dann beugte er sich vor und betrachtete das Foto. »Na, dann schauen wir doch mal.«

Er starrte das Foto so lange an, dass Marvel fast hören konnte, wie sein Gehirn eine angemessene Antwort formulierte.

Schließlich verkündete Latham: »Ja. Ich glaube, diese Lady kommt in unsere Kirche.«

»Wissen Sie, wie sie heißt?«

»Ähm … Sandra.«

»Und?«

»Und ich kann Ihnen nicht viel sagen, fürchte ich. Sie hatte ihren Hund verloren und dachte, ich könnte ihr helfen, ihn wiederzufinden.«

»Und, haben Sie ihr geholfen?«

»Ich hoffe noch immer, dass mir das möglich sein wird. Ich glaube, dass der Hund noch am Leben ist, das ist doch etwas Gutes, oder?«

»Kommt drauf an«, meinte Marvel, »wie gern man Hunde mag.«

»Wahrscheinlich«, erwiderte Latham. »Ich persönlich mag ja Katzen lieber. Was ist mit Ihnen?«

»Hat Sandra Ihnen auch ein Foto gegeben?«, fragte Marvel.

»Wenn ich mich recht erinnere, hat sie viele Fotos von dem Hund verteilt. Wahrscheinlich hatte ich auch eins.«

»Dieses hier?«

»Das weiß ich wirklich nicht mehr.« Latham sah sich im Raum um, als suche er nach einem Ausgang, und schob seine Brille die Nase hoch.

Er schwitzte.

»Erkennen Sie sonst noch jemanden auf diesem Foto?«

Wieder betrachtete Latham das Bild. »Nein.«

»Okay«, sagte Marvel. Er zog Richard Latham das Foto weg

und sah dabei die Erleichterung in seinen Augen. Er fand es jedes Mal toll, wenn ein Verdächtiger glaubte, das Schlimmste sei vorüber.

»Mr Latham, woher kennen Sie Anna Buck?«

»Wer ist Anna Buck?«

»Eine junge Frau«, sagte Marvel. »War vor ein paar Wochen zum ersten Mal in Ihrer Kirche.«

Latham machte ein verwirrtes Gesicht.

»Hatte ein Baby in 'nem Buggy dabei. Das Kleine hat nie auch nur einen Mucks gemacht.«

»Oh ja«, sagte Latham. »Ich erinnere mich.«

»Also kennen Sie sie daher.«

»Nun ja, ich wusste nicht, wie sie heißt.«

»Haben Sie mit ihr gesprochen?«

»Nein.«

»Sie sagt, Sie hätten miteinander geredet.«

»Ich glaube nicht.«

»Sie sagt …«

»Ein Stück Kuchen, Richard?«

Alle schauten zu einer Frau mit Fez auf. Sie räumte Tische ab und hielt einen feuchten Lappen in der einen und eine Teekanne in der anderen Hand.

»Nein danke, Denise. Das Rosinenbrötchen reicht fürs Erste.«

»Sind Sie sicher, Liebchen? Wir wollen doch nicht, dass Sie vom Fleisch fallen!« Denise lachte, sah Marvel und Brady an und sagte: »Wissen Sie, Richard war mal XL, aber jetzt ist er nur noch Medium!«

Sie gackerte und klopfte Latham mit dem feuchten Lappen auf die Schulter, ehe sie davonwuselte und betretenes Schweigen hinter sich zurückließ.

»Sie sagt, sie hat mit Ihnen über ihren Sohn gesprochen«, fing Marvel abermals an.

»Ach ja«, sagte Latham. »Das stimmt.«

»Und warum erzählen Sie mir dann, dass sie's nicht getan hätte?«

»Sie waren nicht spezifisch. Beim ersten Mal hat sie nicht mit mir gesprochen, aber eine Woche später ist sie wiedergekommen. Sie wollte eine Privatkonsultation.«

»Als Gegenleistung für eine Spende für den Kirchendach-Fonds, nehme ich an?«

Lathams Fassung geriet abermals kurz ins Wanken. Nur ein winziges Flackern, doch es war da – und Marvel sah es.

»Nein«, erwiderte Latham. »Ich konnte ihr nicht helfen.«

»Wieso nicht? Ist es denn nicht Ihr Job, ihr zu helfen?«

Latham seufzte und schüttelte den Kopf. »So läuft das nicht, Mr Marvel. Die Geister suchen sich aus, was sie zeigen und wem sie es zeigen. Ich kann nur offen für sie sein – ein Übertragungskanal. Aber ich bin nicht derjenige, der die Kontrolle hat.«

»Wenn Sie nicht die Kontrolle haben, wer dann?«

»Die Toten«, erwiderte Latham. Er lächelte grimmig. »Die Toten haben die Kontrolle.«

»Na super«, bemerkte Marvel. »Vielleicht sollte ich mich dann lieber an die wenden.«

»Vielleicht, ja.«

Marvel widerstand der Versuchung, dieses kindische Hin und Her fortzusetzen. Latham war anfangs unsicher gewesen, als er das Foto gesehen hatte, jetzt jedoch fing er sich wieder, und Marvel musste ihn erneut aus dem Gleichgewicht bringen, damit er vielleicht über sein eigenes Ego stolperte, wenn nicht gar über seine Lügen. »Wissen Sie, was Anna Buck auf diesem Foto noch gesehen hat, Mr Latham?«

»Nein.«

»Edie Evans.«

Latham furchte die Stirn. »Wo?«

Marvel hielt den Finger über die undeutliche Gestalt, und Latham beugte sich vor, bis er nur noch Zentimeter von dem Bild entfernt war. »Woran sehen Sie das?«

»Ich sehe es«, erwiderte Marvel. »Verlassen Sie sich drauf.«

»Wirklich?«, fragte Latham. »Ich hätte sie nicht erkannt.«

»Was haben Sie Mrs Buck über Edie erzählt?«

»Gar nichts.«

»Sie haben überhaupt nicht über den Fall gesprochen?«

»Nein. Wieso sollte ich?«

»Interessant«, meinte Marvel. »Anna Buck hatte nämlich eine Vision, als sie sich das Bild angesehen hat.«

»Wirklich?«, fragte Latham. »Na ja. Schön für sie.«

»Von einem Garten.«

Blinzeln.

»Genau wie Sie.«

Blinzeln.

»Und wissen Sie, was sie über den Garten gesagt hat?« Marvel wartete auf Lathams Antwort, doch als keine kam, klappte er sein Notizbuch auf und las aus dem Gespräch mit Anna Buck vor. »Sie hat gesagt: ›*Irgendwas daran war einfach ein bisschen verkehrt. Als wäre er nicht echt.*‹«

Er schloss das Notizbuch. »Klingt doch vertraut, oder?«

Richard Latham sah nach unten auf den Löffel, der seinen Tee umrührte. *Klick, klick, klick.* »Ein Garten ist ein häufiges spirituelles Motiv, Mr Marvel.«

»Wissen Sie noch, was Sie gesagt haben, als Ihnen vor einem Jahr ein Bild von Edie gezeigt wurde?«

»Nicht so richtig.«

»Ich schon«, erwiderte Marvel. Er machte sich gar nicht erst die Mühe, die Akte aufzuschlagen. »Sie haben gesagt: ›*Sie schaut durch ein Fenster auf einen Garten, aber irgendwas daran ist seltsam. Als wäre er nicht echt.*‹«

Unverwandt sah er Latham an, der die Augenbrauen hochzog, die Achseln zuckte und sagte: »Na ja.«

»Ganz schöner Zufall«, bemerkte Marvel.

»Wenn man an Zufälle glaubt«, meinte Latham.

»Tue ich aber nicht«, sagte Marvel.

»Ich auch nicht.«

»Also dann, Mr Latham, kann es kein Zufall sein, dass Anna Buck in Ihre Kirche kommt. Es kann kein Zufall sein, dass sie ein Privatgespräch mit Ihnen über ihren verschwundenen Sohn führt, wenn Sie an der Suche nach einem anderen vermissten Kind beteiligt waren. Und es kann kein Zufall sein, dass sie ein paar Wochen später genau dieselbe sogenannte Vision hat, die Sie ein Jahr vorher angeblich gehabt haben.«

»Ich geb's zu, das ist wirklich merkwürdig«, meinte Latham.

»Ich finde das überhaupt nicht merkwürdig«, erwiderte Marvel. »Ich denke, das ist eine logische Abfolge, bei der ein Schritt weggelassen worden ist. Sie haben ihr von dem Fall Edie Evans erzählt.«

»Warum sollte ich?«

»Ganz einfach. Sie erzählen ihr davon, sie erzählt es uns, wir sagen es den Angehörigen, und irgendwann bezahlt irgendwer Sie für noch mehr nutzlose Informationen.«

»Nur habe ich ihr nichts davon erzählt.«

Marvel lächelte grimmig. »Für Sie ist das doch nichts Besonderes, Latham. Sie nehmen doch jede Woche in Ihrer sogenannten Kirche irgendwelche leichtgläubigen Idioten mit toten Verwandten und entlaufenen Hunden aus. Aber für vermisste Kinder wird mehr gezahlt als für Hunde, nicht wahr? Wenn irgendjemand *das* weiß, dann Sie.«

»Ich weiß nicht, wovon Sie reden, Mr Marvel. Ich mache das nicht wegen des Geldes.«

»Ja, aber schaden tut es auch nicht, oder?«, gab Marvel höhnisch zurück. »Ein paar Schindeln mehr auf dem Kirchendach, wie?«

Latham zuckte die Achseln. »Es ist ein großes Dach. Und eine kleine Kirche. Alle Spenden werden dankend angenommen.«

Marvel senkte drohend die Stimme. »Sie haben uns zwei Riesen als Spende abgenommen und uns *nichts* dafür geliefert.«

Latham sah ihn aus Amphibienaugen an. »Ich habe für Edie Evans alles getan, was man tun konnte.«

»Vielleicht«, sagte Marvel. »Vielleicht auch nicht. Oder vielleicht hat Anna Buck diese Nummer einfach nur besser drauf als Sie. Ich meine, wenn Sie ihr *nicht* von Edie Evans erzählt haben ... Wenn sie *wirklich* auf diesem Foto etwas gesehen hat, was nicht mal Sie sehen können ... Vielleicht ist sie ja die *wahre* Hellseherin, Latham. Vielleicht waren Sie der Aufgabe einfach nicht gewachsen.«

Latham kniff die Lippen zusammen, und Marvel wusste, dass er einen Volltreffer mitten auf das feiste Ego des Mannes gelandet hatte.

»Sie vergessen da was, Mr Marvel«, erwiderte Latham. »Es war nicht meine Aufgabe, Edie Evans zu finden – es war Ihre. *Ihr* Job. Und Sie haben es nicht geschafft.«

Marvels Faust zuckte. »*Wie* bitte?«

Latham zuckte mit den Schultern und fuhr fort: »Ich mache Ihnen ja keine *Vorwürfe*. Sie haben bestimmt Ihr Bestes getan, aber man kann wohl nicht immer gewinnen.«

»Man kann nicht immer gewinnen?«, fragte Marvel zornig. »Das ist Ihre Antwort?«

Latham zuckte abermals mit den Schultern, nahm seine Serviette und wischte sich sorgfältig die butterverschmierten Finger ab. »So oder so«, seufzte er, »am Ende macht es keinen Unterschied.«

Marvel hätte ihm am liebsten das Gesicht zu Brei geschlagen. »Für Edie Evans macht es einen großen Unterschied!«, brüllte er.

Jetzt schauten die Leute zu ihnen herüber, Marvel war das egal. »Ihre dämlichen Fantasien von weißen Rädern und zerbrochenem Glas. Sie haben unsere Zeit verschwendet. *Edies* Zeit verschwendet.«

»Das mit dem Zeitverschwenden sehen Sie falsch«, erwiderte Latham, der irgendwie wieder zu einer Ruhe gefunden hatte, die Marvel rasend machte. »Für Leute wie Sie ist das Leben eine lange Linie, die *hier* anfängt und *dort* endet. Aber Existenz ist ein Kontinuum aus Leben und Tod, ein großer Kreis, und ein Kreis endet nie. Leben und Tod sind ein und dasselbe, und Zeit ist irrelevant.«

Marvel schnaubte abfällig, und Latham lächelte. »Sie mokieren sich gerade über Einstein, Mr Marvel. Wussten Sie, dass seine allgemeine Relativitätstheorie davon ausgeht, dass die Vergangenheit und die Zukunft simultan existieren könnten? Ist es also so unwissenschaftlich zu denken, dass manche von uns diese Verknüpfung hier und jetzt sehen können? Und ich *sehe* sie. Nicht *alles,* nicht *ganz,* und, glauben Sie mir, ich *will* sie auch nicht immer sehen. Aber …«

Er beugte sich über den Tisch und starrte Marvel durch die dicken Brillengläser direkt in die Augen. »*Ihre* Zukunft«, flüsterte er, »ist *meine* Erinnerung.«

Marvel verspürte ein vollkommen irrationales Frösteln. Einen qualvollen Augenblick lang stand er an einem Abgrund, seine Bestimmung gähnte schwarz vor ihm, und seine Vergangenheit drängte ihn von hinten sanft, aber unerbittlich auf den Rand zu. Irgendwo in seiner Seele konnte er den Überhang unter seinen furchtsamen Füßen bröckeln hören, kleine Steinchen klickerten davon wie vom Pech verfolgte Würfel …

»Erinnern Sie sich auch an die Lottozahlen von nächster Woche?«, erkundigte sich Brady.

Sie beachteten ihn beide nicht, doch seine Worte brachen den

Bann, und Marvel beugte sich über den Tisch, bis seine Nase fast die von Latham berührte.

»Scheiß. Hokus. Pokus. Sie können Edie Evans nicht sehen, und Sie konnten's auch nie. Sie sehen nichts als Kohle. Ich sehe *Ihre* Zukunft, Latham, und die findet in Handschellen statt.«

Latham tupfte sich sorgfältig den Mund mit der Serviette ab. »Soll das eine Drohung sein, Mr Marvel?«

»Darauf können Sie Ihren Arsch verwetten«, erwiderte Marvel. »Und DS Brady ist mein Zeuge.«

Latham knüllte die Serviette zusammen und ließ sie in seine Teetasse fallen, wo sie aufquoll und sich braun verfärbte. »Wenn Sie das nächste Mal Schuldgefühle wegen Edie Evans haben, Mr Marvel, dann weinen Sie sich nicht bei mir aus.«

»Sie können mich mal!«, fauchte Marvel und sprang wütend auf. Brady schaute verblüfft zu ihm hoch, dann stand er ebenfalls auf, eine Gabel voll Karottenkuchen in der Hand.

Marvel rammte einen zornigen Finger über den Tisch, so dass Latham zurückschrak. »Ich finde auch ohne Ihre sogenannte Hilfe raus, was mit Edie Evans passiert ist.« Er wandte sich ab, dann fiel es ihm wieder ein: »Und Sie können aufhören, Sandra Clyde das Geld aus der Tasche zu ziehen, die hat ihren Hund nämlich heute Morgen zurückbekommen, und *Ihnen* verdankt sie das nicht!«

Latham bedachte Marvel mit einem frömmelnden Lächeln. »Ist es denn nicht das Wichtigste, dass sie ihren Hund wiederhat?«

»Für sie vielleicht. Für mich nicht.«

»Ich bin sicher, es wird sie nicht überraschen, das zu hören.«

»Und *ich* bin sicher, dass Sie ihr die Spende für das verdammte Kirchendach zurückerstatten werden.«

Latham zog geheimnistuerisch die Augenbrauen hoch. »Wer weiß?«, meinte er. »Vielleicht hab ich das in der Zukunft ja bereits getan.«

»Sie mieses Stück …«

»Belästigen diese Herren Sie, Richard?« Plötzlich standen zwei Frauen mittleren Alters am Tisch. Die eine war dünn, die andere mollig, aber beide hatten Pseudofeze auf das flusige graue Haar gestülpt, trugen eine kleine runde Brille und legten jene fürchterliche Selbstsicherheit an den Tag, die eine M&S-Uniform und ein Heer beigefarbener Reservisten im Hintergrund ihnen verlieh.

»Ja«, sagte Latham. »Eigentlich schon.«

»Ich glaube, es ist Zeit, dass Sie gehen, Sir«, sagte die Mollige und streckte die Arme aus, um Marvel hinauszugeleiten.

»Ich bin von der Polizei«, begehrte er auf.

»Nun ja, Sir, dann sollten Sie es besser wissen.«

Wäre sie ein Mann gewesen, hätte Marvel ihr eine knallen können, aber was sollte er mit einer alten Frau machen, die ihm kaum bis zur Achselhöhle reichte?

Da konnte er doch nur gehorchen.

»Kommen Sie, Brady«, knurrte er.

Sie waren gerade erst ein paar Schritte vom Tisch entfernt, als Latham rief: »Sergeant Brady?«

Sie blieben stehen und drehten sich um. Latham sah Brady mit ernster Miene an.

»Es wird Komplikationen geben, wenn Ihre Frau entbindet. Sie werden fürchten, dass das Baby stirbt, aber es stirbt nicht, es wird alles gut.«

Brady lachte hohl auf. »Ich hab mich sterilisieren lassen, Kumpel. Da sieht man mal, was *Sie* alles wissen!«

»Oh«, sagte Latham. Er legte die Stirn in Falten – und lächelte dann ein ganz klein wenig. »Wenn das so ist, könnten Sie das vielleicht Ihrem Milchmann ausrichten.«

Brady fluchte und machte Anstalten, auf ihn loszugehen, doch die mollige Frau sagte: »Aber, aber, Worte sind doch nur Schall und Rauch und so …«, und schaffte es irgendwie, ihn und Marvel aus dem Café und in die Herrenabteilung zu lotsen.

»Arschloch!«, sagte Brady.

»*Verschissenes* Arschloch«, sagte Marvel.

Sie schritten an den tuntigen Schaufensterpuppen mit ihren Westen und Herrentäschchen vorbei, hinaus auf den Parkplatz.

Marvel kochte vor Wut. »Haben Sie sein Gesicht gesehen, als ich ihm das Foto gezeigt habe?«

»Ja«, sagte Brady.

»Kreidebleich. Und dann versucht er zu behaupten, er erkennt sie nicht.«

»Ja«, sagte Brady.

»Verdammter Scharlatan. Zockt die Schwachen und Bedürftigen ab.«

»Aber das mit dem Garten ist schon komisch.«

»Nicht wenn Latham Mrs Buck davon erzählt hat.«

»Ja«, sagte Brady. »Aber wenn nicht.«

Marvel schnaubte abfällig und stürmte über den Parkplatz, während Brady hinter ihm her hastete. Doch die Frage machte ihm zu schaffen. Wenn Latham Anna Buck nun *nicht* von dem Garten erzählt hatte? Was bedeutete das für sie?

Nichts, womit er sich wohlfühlen würde …

»Vielleicht hat er sie ja hypnotisiert oder irgend so'n Scheiß«, überlegte er laut. »Er war im Fernsehen. Sie wissen doch, wie diese Ärsche sind.«

»Ja«, meinte Brady nachdenklich. »Glauben Sie, das mit dem Milchmann war ernst gemeint?«

»'türlich nicht«, knurrte Marvel. »Der will Sie doch bloß verarschen.«

Dank des knallrosa Aufklebers war Marvels Auto leicht zu finden. »Scheißding«, brummte er und klatschte Brady die Edie-Evans-Akte vor die Brust. Dann ging er hinter dem BMW in die Knie und pulte an einer Ecke des Aufklebers. »Er ist ein Blender, keine Frage«, fuhr er fort. »Aber er verbirgt noch was anderes.«

»Was denn?«, wollte Brady wissen.

»Ich weiß es nicht«, antwortete Marvel. »Aber ich werd's rausfinden.«

Mit einem einzigen Heftpflaster-Ratschen riss er den Aufkleber herunter.

Der Lack ging mit ab.

Als Marvel aufs Revier zurückkam, verschlechterte Aguda seine miese Laune noch mehr, indem sie ihm mitteilte, dass die Hundeschau in Beckenham letztes Jahr am 14. September stattgefunden hatte.

»Unmöglich«, knurrte Marvel. »Edie ist am 12. Januar entführt worden.«

»Ich hab bei Mrs Clyde nachgefragt ...«

Marvel wischte den Einwand abfällig beiseite. »Mrs Clyde weiß doch nicht mal, wo oben und unten ist.«

»Mm.« Aguda schürzte diplomatisch die Lippen und las aus ihrem Notizbuch ab. »Dann hab ich mit dem Sekretariat des Veranstalters gesprochen. Letztes Jahr war eine Schau im April und eine im September, aber die im April war in einer Halle.«

»Ist mir egal, ob's draußen oder drinnen war«, entgegnete Marvel. »Sie kann auf keiner von beiden gewesen sein. Die Schau muss früher stattgefunden haben.«

Aguda machte ein verwirrtes Gesicht.

»Überprüfen Sie's noch mal«, wies er sie an. »Und diesmal richtig.«

24

Als Anna nach Hause kam, stand James im Kinderzimmer und hielt Daniels rote Latzhose in der Hand.

»Was machst du denn da?«, fragte sie.

»Gar nichts«, antwortete er. »Ich räum die hier weg. Wo warst du?«

Anna nahm ihm die Latzhose ab und ging zur Kommode. »Die war doch schon hier drin.«

»Nein, war sie nicht, sie lag auf dem Bett.«

Das war gelogen. Sie ließ die Hose nie herumliegen. Ehe sie sie in die unterste Schublade legte, drückte Anna sie sich ans Gesicht – an die Nase. Sie roch immer noch ein klein wenig nach Daniel. Deswegen hatte sie sie auch nie gewaschen. Das Einzige in der Wohnung, das sie nicht gewaschen und geschrubbt und wieder gewaschen hatte. Jetzt würde sie die Sachen des Babys waschen müssen, nach dem, was diese Frau mit ihm gemacht hatte, und die Decke, die zu Boden gefallen war. Und das Bettzeug, und *ihr* Bettzeug und alles …

»Wo warst du?«

»Auf dem Polizeirevier.«

»Warum denn das?«

»Ich dachte, ich könnte jemandem helfen, der seinen Hund verloren hat.«

»Einen verlorenen Hund? Wie denn?«

Anna zögerte, aber sie war keine Lügnerin. Sie hatte nie einen

Sinn darin gesehen, wo man sich die Wahrheit doch viel leichter merken konnte.

»Ich hatte eine Vision«, sagte sie. »Ich hab mir ein Foto von dem Hund angesehen und hatte eine Vision.«

»Seit wann hast du Visionen?«

Sie schwieg. Zog eine andere Schublade auf und strich die Sachen darin glatt – nur um etwas zu tun zu haben. Die würden alle gewaschen werden müssen, aber nicht heute. Sie würde alles in der richtigen Reihenfolge erledigen müssen. Effizient, damit nicht ein Kleidungsstück das nächste kontaminierte.

»Geht's hier etwa um diese verdammte Kirche?«

Als sie nicht antwortete, fragte James: »Eine Vision wovon?«

»Von einem Garten. Und von Kreisen und … und … achtundachtzig.« Sie zuckte mit den Schultern.

»Achtundachtzig was?«

»Ich weiß es nicht.«

James seufzte. »Dir ist schon klar, dass sich das alles anhört, als wärst du völlig irre, oder?«

»Ich weiß. Ich dachte einfach, es hätte vielleicht was mit dem Hund zu tun.«

»Na klar. Wieso auch nicht?« Sarkasmus stand ihm nicht. Früher war James nie sarkastisch zu ihr gewesen.

Vorher.

»So einen Scheiß glaubt doch keiner«, fuhr er fort.

»Die Polizei hat es ernst genommen«, entgegnete sie tonlos.

»Hatten die weiße Kittel an?«

Ihr war klar, dass er gemein sein wollte, doch sie achtete nicht darauf. »Sie haben mich ausgefragt, und ich sollte Bilder von all den Sachen malen, die ich gesehen hatte. Ich war zwei Stunden da.«

»Echt?«, fragte James. Das verblüffte ihn offenbar, und sein wissender Gesichtsausdruck verschwand.

»Es hatte nichts mit dem Hund zu tun. Der war schon wiedergefunden worden.«

James lachte – erleichtert, wieder festen Boden unter den Füßen zu haben.

»Die dachten, es hätte vielleicht was mit einem Mädchen zu tun, das vermisst wird.«

»Was denn für ein Mädchen?«

»Sie heißt Edie Evans. Sie war auf dem Foto.«

»Auf welchem Foto?«

»Von dem Hund.«

»Und wo ist das Foto?«

»Die Polizei hat's behalten.« Anna zog noch eine Schublade auf – sie war voller Krimskrams. Die Krawatte, die James bei der Beerdigung seiner Mutter getragen hatte, Reservebatterien, ein kleines Bündel Zeichnungen von Daniel, die aus dem Kindergarten an die Kühlschranktür gewandert und dann zu kostbar gewesen waren, um den logischen Weg in den Mülleimer zu nehmen. Wachsmalkreide auf Packpapier, dreibeinige Tiere und schiefe Häuser mit Korkenzieherrauch.

»Warum sind wir überhaupt zusammen?«, fragte Anna plötzlich.

James sah sie überrascht an, doch Anna fühlte sich innerlich ganz ruhig – als triebe sie auf einem behäbigen Sommermeer dahin. Sie konnte gar nicht glauben, dass sie vor ein paar Stunden zusammengekrümmt auf dem Boden einer Polizeidienststelle im Sterben gelegen hatte …

»Ich meine, wir haben doch bloß geheiratet, weil ich mit Daniel schwanger war.«

»Was?« Ungläubig starrte er sie an. »Du weißt doch genau, dass das nicht stimmt.«

Anna wich seinem Blick aus. »Und jetzt, wo er weg ist …«

Sie hielt inne. Sie hatte es gesagt, ohne zu weinen. Sie sagte es noch einmal. »Jetzt, wo er weg ist …«

Das zweite Mal war eine Zauberformel, und sie spürte, wie sich ein Kloß in ihrer Kehle bildete, der bedeutete, dass sie bald gar nicht mehr würde sprechen können. Sie starrte in die Schublade voller Babysachen von ihrem Sohn und flüsterte: »Du kannst auch weggehen. Wenn du willst.«

James ging.

Beim Hinausgehen knallte er die Tür zu und öffnete die Schleusen.

James kam nur bis ins King's Arms, wo er trank, bis das Geld alle war. Dann trank er, bis das Wohlwollen alle war, und dann geriet er mit jemandem aneinander, der ihm keinen mehr ausgeben wollte.

Dann wurde er rausgeschmissen.

Aus Rache pisste er in die schlappen Stiefmütterchen, die entlang der Vorderseite des Pubs in Fässer gepflanzt waren. Die kämpften ohnehin auf verlorenem Posten gegen zu viel Wasser und den Verkehr und die Zigarettenkippen, also war es eigentlich Sterbehilfe.

Dann machte er sich auf den Nachhauseweg. Anna hatte gesagt, er sollte weggehen, aber er ging wieder nach Hause. Sie behauptete vielleicht, sie hätten nur wegen Daniel geheiratet, aber das war nicht der einzige Grund gewesen, aus dem *er sie* geheiratet hatte.

Also ging er nach Hause. Oder zumindest in die Wohnung, für die er Miete zahlte – und wenn sie ihm wieder sagte, er solle gehen, dann würde er wieder nicht darauf hören.

Er hatte so viel getrunken, dass er es nicht bis nach Hause schaffte, ehe er sich abermals erleichtern musste, also stolperte er in eine Gasse neben dem Minimart und pisste, den Unterarm an die Mauer gestützt und das Gesicht in der Ellenbogenbeuge. Hitze und Kälte in schaudernden Wellen, und undeutlich spürte er, wie der Regen unter seinen Kragen sickerte und es auf seine Schuhe spritzte.

Er dachte an die rote Latzhose und daran, wie die nach Daniel roch, und seine Augen strömten ebenfalls über.

»James?«

»Was?«

»Okay?«

»Verpiss dich«, schniefte er in seine Ellenbogenbeuge.

Stille, abgesehen von dem Geräusch des Regens, der das Fallrohr des Supermarkts hinuntergurgelte.

»Du wollen essen?«

James wandte den Kopf und sah etwas weiter weg Ang stehen. Das dichte dunkle Haar klebte fest an seinem kleinen Kopf.

»Was?«

»Du wollen essen?«, wiederholte Ang und bedeutete James mit einer Geste, dass er ihm hinter das Gebäude folgen sollte.

James stieß sich sacht von der Mauer ab, aber immer noch zu fest, und er stolperte rückwärts, während er sich die Hose zumachte. Dann folgte er Ang hinter den Supermarkt.

Er war weg.

»Hallo«, sagte Ang. Er hockte in einem Müllcontainer und hielt ein Sandwich in Pappverpackung in der Hand.

»Was machst du'n da?«, fragte James.

»Essen.«

James spähte über den Rand des Containers, und Ang knipste eine Taschenlampe an. Die, die Brian Pigeon im Büro aufbewahrte, stellte James fest. Ang richtete den Strahl auf den Müll. Pappe, Plastik, ein paar schwarze Säcke und verstreute Lebensmittel in kaputter Verpackung. Ang hatte eine kleine Ausbeute zu seinen Füßen angehäuft: Brötchen in Plastikfolie, Fischstäbchen und Joghurt, zwei Schachteln Eier, nur zur Hälfte zerdrückt.

James wischte sich mit dem Arm übers Gesicht und sagte: »Nein. Will nach Hause.«

Ang nickte zweifelnd. »Okay«, sagte er. »Ich auch.«

Er verstaute sein Essen in einer Plastiktüte, kletterte aus dem Container, und sie gingen zusammen weiter, James torkelnd und Ang immer in seiner Nähe wie eine besorgte Biene. Von Zeit zu Zeit berührte er ihn, um ihn aufrecht und auf dem richtigen Kurs zu halten.

Auf halbem Weg nach Hause übergab sich James.

»Scheiße«, sagte Ang.

James schwankte und wischte sich den Mund ab und überlegte, wie viel ihn die Kotzlache da gekostet hatte. Egal wie viel, sie konnten es sich nicht leisten. Vielleicht würde Anna ja wieder anfangen zu arbeiten, jetzt, wo sie allmählich wieder rausging. Vielleicht war es ja gar nicht so schrecklich gewesen, dass sie in die Kirche gegangen war, wenn es sie daran erinnert hatte, dass Rausgehen etwas war, was *normale* Menschen machten. Nicht um die Fußabdrücke eines toten Kindes zu polieren, sondern um einkaufen zu gehen und zur Post und zur Arbeit und zu einem Mann zurückzukommen, der einen wiederhaben wollte.

Draußen vor der Garage waren die Fußabdrücke voller Regenwasser und tanzten unter immer neuem.

James starrte auf sie hinunter und hockte sich dann unbeholfen hin. Er streckte eine unsichere Hand aus, um den am nächsten gelegenen Abdruck zu berühren, und nur Angs rascher Griff nach seiner Schulter verhinderte, dass er platt auf den Bauch fiel.

Er versuchte es nicht noch einmal.

»Tut so leid, James«, sagte Ang liebevoll.

»Mir auch«, sagte James.

Die fünf Fußabdrücke erinnerten ihn nicht an Daniel; sie erinnerten ihn nur daran, dass er etwas so falsch gemacht hatte, dass er es niemals würde wiedergutmachen können. Anna würde ihm nie verzeihen. Er konnte es ihr nicht verdenken.

Als James hereinkam, war das Licht aus, also machte er es auch nicht an. Anna war eine ruhelose Schläferin. Der Küchenboden war nass, und die Waschmaschine lief. Offensichtlich hatte Anna zu einer größeren Putzaktion angesetzt. Er wusste, dass die nächsten Wochen chaotisch sein würden, während sie die saubere Wohnung auseinandernahm und sie noch sauberer wieder zusammensetzte.

Es war bescheuert, aber es könnte schlimmer sein. Lieber eine saubere Wohnung als eine verdreckte. Und vielleicht wurde es mit der Zeit ja besser. James lebte in der Hoffnung, dass es besser werden würde, dass es besser werden *musste*.

Obwohl er betrunken war, wusste James, dass er in ihrem gemeinsamen Bett nicht willkommen sein würde – nicht einmal ganz am Rand seiner Seite der Matratze. Also öffnete er mit einem Seufzer die Tür zu Daniels Zimmer und machte das Licht an.

»*Grundgütiger!*«, hauchte er und war schlagartig stocknüchtern.

Alles war mit Farbe bedeckt. Mit blauer Farbe. James erkannte die Dose auf der Kommode als eine von mehreren Farbdosen wieder, die ein paar Jahre lang in dem Schrank unter der Treppe gewesen waren. Er hatte Daniels Spielzeugkiste damit angestrichen, die war nämlich rosa gewesen, als sie sie im Wohlfahrtsladen gekauft hatten.

Anna hatte vier riesige Kreise an die Wände gemalt, jeden mit dem Radius ihrer eigenen Armlänge. Ganz schief und krumm und schlampig; überall waren Tropfen auf dem Boden und auf den Möbeln. Drei Kreise füllten die eine Wand, und der vierte zog sich bis auf die nächste hin. Sie hatte die Kommode verrückt, um Platz für den letzten zu schaffen, und auch auf der waren überall blaue Handabdrücke.

Da begriff er, dass sie nicht einmal einen Pinsel benutzt hatte. Er betrachtete die Kreise und sah die unverwechselbaren Spuren von Fingern und Handflächen. Seine Frau hatte mitten in ihrer zwanghaften Putzaktion innegehalten, um ihr eigenes Zuhause zu verunstalten.

Es sei denn, jemand anders hatte das hier getan.

Plötzlich erschien es wahrscheinlicher – auf grauenhafte Weise möglicher –, dass irgendein wahnsinniger Junkie in die Wohnung eingebrochen war, während er fort gewesen war und sich besoffen hatte, über seine Frau hergefallen war, dieses Zimmer verwüstet hatte, das bisschen gestohlen hatte, was sie besaßen …

Hatte er die Tür offen gelassen?

James stürzte ins Schlafzimmer und knallte eine angstvolle Faust auf den Lichtschalter.

Anna schreckte hoch. »Was ist?«, stieß sie hervor. »Was ist denn los?«

Mit einer blauen Hand schirmte sie ihre Augen gegen das Licht ab.

25

»Meine Frau hat mir erzählt, Sie hätten gesagt, sie soll den Scheck über die Belohnung sperren lassen.«

Superintendent Clyde hatte sich an ihn herangeschlichen wie ein übler Geruch.

»Das stimmt, Sir. Tausend Pfund sind eine Menge Geld. Ich dachte, Sie würden gern sichergehen, dass der Junge es auch verdient.«

»Er hat den Hund zurückgebracht«, sagte Clyde. »Er verdient es.«

Die Naivität des Mannes verschlug Marvel fast die Sprache. Was stand noch mal auf diesem Schild auf dem Schreibtisch des Superintendenten? Irgendwas von wegen, der Herr solle sich darum kümmern, wenn das Gesetz gebrochen wurde. Plötzlich überlegte Marvel, wie angemessen es eigentlich für einen ranghohen Polizisten war – oder überhaupt für *irgendeinen* Polizisten –, dieses Motto auf seinem Schreibtisch stehen zu haben. Als wären die alltäglichen Polizeioperationen an den Allmächtigen outgesourct worden, wie das Catering oder der Putzdienst. Das roch nach genau demselben Abgeben jeglicher Verantwortung wie *Keine weiteren Fragen* – als wäre Clyde nicht wirklich mit dem Herzen dabei, wenn es um Verbrechensbekämpfung ging.

Er antwortete mit Bedacht. »Und wenn er den Hund damals geklaut hat? Für tausend Piepen machen Leute eine ganze Menge.«

»Sie sollten ein bisschen mehr Vertrauen in die menschliche Natur haben, John.«

Beinahe hätte Marvel ihm ins Gesicht gelacht. *So ein Idiot!*

Laut schlug er einen eher beschwichtigenden Tonfall an. »Sir, ich möchte nur sicher sein, dass Sie und Mrs Clyde nicht über den Tisch gezogen werden, das ist alles.«

»Ich danke Ihnen für Ihre Sorge, aber *ich* bin sicher, und ich denke doch, das sollte genügen, Sie etwa nicht?«

Marvel antwortete nicht, doch der Superintendent sah anscheinend seine Zustimmung als gegeben an.

»Ihnen wird in Kürze ein neuer Fall zugeteilt, und ich kümmere mich ab jetzt selbst um diese Angelegenheit, vielen Dank.«

Marvel blieb aufsässig stumm.

»Verstanden?«

Marvel verstand. Clyde wollte die Mitzi-Nummer abhaken, und er wollte nicht, dass sie durch irgendetwas in die Länge gezogen wurde – auch wenn das hieß, einen Gesetzesverstoß zu ignorieren.

Das verstand Marvel. Und er wollte, dass der Superintendent *wusste*, dass er es verstand.

Also sah er unverwandt zu Clyde auf und sagte: »Keine weiteren Fragen, Sir, richtig?«

»Genau«, schnappte Clyde. »Keine weiteren Fragen.«

»Keine weiteren Fragen?«, fragte Debbie. »Aber das schreibt doch *jeder* auf Suchplakate.«

»Ha, dann hat eben jeder unrecht.«

Der Hund, nunmehr Buster getauft, lag zwischen ihnen, den runden rosigen Bauch vom Hundefutter straff gespannt. Buster durfte mit allen vier Pfoten auf das Habitat-Sofa, während Marvel noch immer nicht mal ein Fuß zugestanden wurde.

»Die Leute haben nicht unrecht, nur weil sie nicht deiner Meinung sind, John.«

Marvel schürzte die Lippen und starrte finster auf den Fernseher. Es ging um Koalabären, daher war ihm klar, dass er nicht würde umschalten dürfen. Debbie fuhr total auf Koalas ab. Das waren ihre zweitliebsten Fernsehtiere, gleich nach Meerkatzen. Sie würde stundenlang dasitzen, die Knie seitlich abgewinkelt, ein Glas Rosé in der Hand, und der Vermenschlichung von allem zusehen, was klein und pelzig war.

Das tat sie jetzt auch und streichelte Buster beim Reden den Bauch. »Und jetzt hast du dich mit deinem Boss verkracht«, meinte sie, »wegen so was Albernen.«

»Das ist nicht *albern.* Herrgott noch mal, das ist *Justizbehinderung*. Durch einen ranghohen Polizeibeamten!«

Debbie nippte an ihrem Wein. »Aber es ist doch nur eine ganz *kleine* Behinderung.«

Marvel griff nach der Fernbedienung und begann, durch die Programme zu schalten. »Es kommt doch nicht auf die *Größe* der Behinderung an. Worauf es ankommt, ist, dass es überhaupt eine Behinderung *gegeben* hat. Und dass er das *wusste* und es *auf sich* hat *beruhen lassen*! Die Aufgabe eines Polizisten ist es, Verbrechen aufzuklären, und um Verbrechen aufzuklären, muss man Fragen stellen. Wenn man keine Fragen stellt, kommen Verbrecher mit ihren Verbrechen davon. Verstehst du das *jetzt?*«

Debbie schnitt eine Grimasse und leerte ihr Glas. »Du bist nur mies drauf, weil es Hummus zum Abendessen gegeben hat.«

»Nein, ich bin mies drauf, weil du so *scheißdämlich* bist!«

Ein grauenhaftes Schweigen herrschte, und Marvel spürte, wie ihm die Schuldgefühle den Nacken hinaufkrochen, bis hinter die Ohren. Doch er konnte sich nicht entschuldigen, weil er *recht* hatte. Sie musste einfach dämlich sein, wenn sie das nicht einsah.

Debbie schwieg. Sie schaute auf den flackernden Fernseher, während ihre Finger sacht über das raue Fell auf Busters Brust strichen.

Marvel zappte abermals durch die Programme, doch es gab

nichts, was besser war als die Koalas. Es machte ihn rasend, aber er hatte die Fernbedienung genau in den fünf Minuten des Jahrzehnts beschlagnahmt, in denen nirgends *Top Gear* lief.

Debbie sah in kühlem Schweigen zu, bis er den Fernseher schließlich ganz ausmachte und die Fernbedienung klappernd quer über den Couchtisch schmiss.

Buster zuckte zusammen, furzte überrascht und verhalf Marvel damit zu der Ausrede, die er brauchte, um aufzustehen und ins Bett zu gehen, ohne sich zu entschuldigen.

26

Evans, Edith.

Zum millionsten Mal blätterte Marvel den zerfledderten braunen Aktenhefter durch.

Ganz hinten war ein Polaroidfoto von Anna Buck, das Transkript ihrer Befragung und ein DIN-A5-Umschlag, der die Zeichnungen enthielt, die sie gemacht hatte.

Auf dem Foto sah sie müde und ausgelaugt aus, doch sie war der einzige Mensch, den Marvel jemals gesehen hatte, der auf einem Polaroidfoto besser aussah als in Wirklichkeit. Sie hielt einen Plastikbecher mit Wasser in der Hand; der Rand war ganz unten auf dem Bild gerade noch zu sehen. Er hatte es selbst gemacht, bevor er ihr den Tee gebracht hatte. Aus einer plötzlichen Laune heraus heftete Marvel das Foto an die Wand, unter den Mitzi-Aufkleber, den er von seinem Auto abgemacht hatte.

Dann fand er online ein Foto von Richard Latham – ein Bildschirmfoto aus einer Nachrichtensendung –, und das druckte er aus und befestigte es neben den anderen.

In beklommener Nähe zueinander hingen die vier Bilder da. Edie, Mitzi, Anna Buck und Richard Latham. Er spürte, dass es da eine Verbindung gab – irgendeine Anziehungskraft zwischen ihnen –, doch er konnte nicht erkennen, was das sein könnte.

Marvel glaubte zwar nicht an Zufälle, aber er glaubte sehr wohl an ein ordentliches Bauchgefühl, und er fühlte sich besser, weil er all die Fotos zusammen an die Wand gepinnt hatte.

Er kippte Annas Zeichnungen aus dem Umschlag. Es waren zwei kleine Skizzen – mehr sinnloses Gekritzel als richtige Zeichnungen. Auf der ersten war ein Fensterrahmen mit Blumen dahinter, aus einer merkwürdigen Perspektive, die keinen Himmel zeigte. Anna hatte eine der Blumen innen vor die Unterkante des Fensterrahmens gemalt – als läge sie auf dem Fensterbrett. Überall um den Rahmen herum hatte sie Schwärze gekritzelt. Der zweite Papierfetzen – aus Marvels eigenem Notizbuch gerissen – war eine verwirrende Skizze. Er drehte sie ein paar Mal herum und versuchte, daraus schlau zu werden. Schließlich hielt er sie vertikal. Ein breiter Ständer, ein krummer Schaft und irgendetwas dickes U-förmiges obendrauf. So etwas würde Debbie bei Habitat kaufen und zwei Kerzen da reinstecken. Auf dem dicksten Teil des U stand die Zahl 88.

Was ist das?, hatte er sie gefragt.

Ich weiß es nicht, hatte sie geantwortet.

Marvel wusste es auch nicht. Doch er hängte die Zeichnungen ebenfalls an die Wand.

Die Anna-Buck-Intervention im Fall Edie Evans war lediglich ein weiterer Schleier über einer verborgenen Wahrheit. Fast verdross es ihn, dass es überhaupt dazu gekommen war, aber jetzt, wo es geschehen war, musste es als Teil des Ganzen behandelt werden, sonst würde er seinen Job nicht richtig machen.

Er griff nach dem Telefon auf seinem Schreibtisch, rief DCI Lloyd an und fragte ihn, ob Anna Buck verrückt sei.

»Sie hat ihren Sohn verloren«, sagte Lloyd nach einer kurzen Pause – als ob das eine Antwort wäre.

»Aber ist sie verrückt?«, beharrte Marvel. »Sie ist gestern mit einem künstlichen Baby hier aufgekreuzt und hat behauptet, ein Foto würde zu ihr sprechen.«

»Na ja«, meinte Lloyd behutsam, »ich würde sagen, sie ist sehr verstört.«

»Verrückt, meinen Sie.«

»Ich bin kein Arzt«, wehrte Lloyd ab.

Und auch kein besonders toller Polizist, dachte Marvel bei sich. Dann bat er Lloyd, ihm ein Foto von Daniel Buck zu schicken, und legte auf.

Hinter ihm sagte jemand: »Sir?«

Emily Aguda hatte Marvel erst gar nicht gesehen, weil er ganz hinten in der Ecke saß, mit dem Rücken zum Einsatzraum des Morddezernats, die Füße auf seinem Schreibtisch. Und dann bemerkte sie ihn nur, weil sie das Foto von Anna Buck an der Wand über seinem Schreibtisch sah. Danach erkannte sie ein Foto von Edie Evans. Außerdem hing dort noch ein Bild von einem Mann in mittleren Jahren mit Brille, und darunter war ein knallrosa Aufkleber mit der Aufschrift FINDET MITZI! angepinnt.

Das war also *doch* ein echter Name!

»Sir?«, sagte sie höflich.

»Was ist?«, knurrte Marvel, ohne sich umzudrehen.

»Ich habe das Foto aus dem Labor zurückbekommen.«

Marvel drehte seinen Stuhl mithilfe der Füße weit genug herum, um zu sehen, wer da mit ihm sprach. Als er Emily erblickte, setzte er eine finstere Miene auf. »Ich wusste gar nicht, dass Sie das Ding ins Labor geschickt haben.«

»Sie haben doch gesagt, ich soll es noch mal überprüfen, Sir, und ich wollte es richtig machen. Sie sagen, das Datum auf der Rosette stimmt, und sie können keinerlei Hinweise darauf finden, dass daran herumgemacht oder manipuliert worden ist, es hat nur durch das Wasser ein bisschen was abbekommen. Also hab ich bei der Sekretärin des Veranstalters angerufen und gefragt, ob ihnen bei den Daten auf den Rosetten Fehler unterlaufen sind, und sie hat Nein gesagt.«

Einen Moment lang starrte Marvel sie misstrauisch an, dann

fragte er: »Wie haben Sie denn das Foto so schnell zurückgekriegt? Normalerweise läuft das da doch, als ob man denen ’ne verdammte Flaschenpost schickt.«

»Ich kenne Dean Frazzelli. Er hat mir einen Gefallen geschuldet.«

»*Was* für einen Gefallen?«

Emily hatte Frazzelli für ein Blind Date ihr Auto geliehen. Es war ein hübsches Auto – ein ordentlicher kleiner MR2, knallrot. Allem Anschein nach hatte es ganz schön Eindruck gemacht, denn als er es zurückgegeben hatte, hatte er gemeint, er wäre ihr was schuldig. Und als sie ihn angerufen und ihn gebeten hatte, ihr bei der Analyse des Fotos zu helfen, war er gern bereit gewesen, es ganz oben auf den Stapel zu legen.

»Treffen Sie sich noch mit dem Mädchen?«, hatte Emily gefragt.

»Ich treffe sie oft«, hatte Frazzelli mit Nachdruck geantwortet. »Oft. Und. *Gründlich.*« Dann hatte er ihr angeboten, ihr den Wagen abzukaufen, und sie hatte gesagt, sie würde darüber nachdenken.

»Einfach nur einen Gefallen«, erwiderte sie achselzuckend. Die Einzelheiten brauchte Marvel ja nicht zu erfahren.

Marvel grunzte. »Das ergibt doch keinen Sinn.«

»Sir?«

»Das ergibt verdammt noch mal keinen *Sinn.*« Er knallte die flache Hand auf den Schreibtisch, dass sie zusammenfuhr. »Selbst wenn sie gekidnappt worden wäre und man ihr eine Gehirnwäsche verpasst hätte, oder wenn sie durchgebrannt wäre und ein ganz neues Leben führen würde. Sie ist auf einer *Hundeschau.* Mit ihrem *Fahrrad.* Ein Fahrrad, das seit Januar letzten Jahres im Keller dieses verdammten Gebäudes steht!«

Er funkelte Aguda böse an, als könne sie möglicherweise gestehen, dass sie das Ganze erfunden hatte, um ihn zu ärgern. Doch sie schwieg.

»Frazzelli ist ein Idiot«, schloss er. »Dieses Foto ist nämlich unmöglich.«

Er funkelte Emily weiter an, doch sie gab ihm nicht recht. Insgeheim dachte sie, dass Frazzelli keine fünf Minuten in diesem Job bestehen würde, wenn er ein Idiot wäre. Sie konnte den hilflosen Zorn spüren, der in Wellen von Marvel ausging, und verstand seine Reaktion, doch sie würde nicht davor kuschen.

»Außerdem hab ich darüber nachgedacht, was Mrs Buck über ihren Mann gesagt hat, Sir?«

Marvel funkelte sie an, dann blaffte er: »Na *los* doch, Herrgott noch mal! Bloß weil Sie beschließen, ein Fragezeichen an eine Aussage zu hängen, heißt das noch lange nicht, dass ich mir plötzlich eine Antwort auf eine Frage ausdenken muss, die Sie verdammt noch mal gar nicht gestellt haben.«

Emily Aguda hätte fast gekichert. Sie war es gewohnt, niedergemacht zu werden, weil sie schwarz und eine Frau war und manchmal auch weil sie lesbisch war, wegen ihrer Interpunktion jedoch war sie noch nie niedergemacht worden, und sie stellte überrascht fest, dass das eine nette Abwechslung war.

»Mrs Buck hat doch gesagt, sie traut ihrem Mann nicht, wenn es um Kinder geht. Es kam mir komisch vor, so was zu sagen, Sir.«

Marvel nickte bedächtig. Dann sagte er: »Bei Kindern.«

»Bitte, Sir?«

»Sie hat gesagt ›*bei Kindern*‹, nicht ›*wenn es um Kinder geht*‹.«

»Ja, Sir.« Emily war verblüfft, dass Marvel das ebenfalls aufgefallen war – und so genau.

Marvel bedachte sie mit einem finsteren Blick. »Ihnen ist doch klar, dass die verrückt ist, oder? Dieses hysterische Getue, das Wasser und das unechte Baby. Verrückt oder 'ne Betrügerin. Darauf wette ich ein Pfund gegen 'ne Prise Hundescheiße.«

Emily sah ihm ins Gesicht, um zu sehen, ob er das wirklich glaubte. Es war schwer zu sagen.

»Vielleicht«, sagte sie in einem Tonfall, von dem sie hoffte, dass er diplomatisch klang.

Marvel sagte nichts mehr, doch er hörte auf, ein finsteres Gesicht zu machen, also hakte Emily nach: »Ich fand es einfach interessant, Sir. Wo doch Mrs Bucks Sohn und Edie Evans beide innerhalb eines Umkreises von ein paar Kilometern verschwunden sind. Und wo Kindern doch – statistisch gesehen – eher Gefahr von einem Angehörigen droht als von einem Fremden …«

Emily gestattete sich nicht, mehr zu sagen. Sie neigte dazu, alles Mögliche zu ausführlich zu erklären, und irgendetwas sagte ihr, dass das eine Eigenschaft war, die DCI Marvel möglicherweise nicht schätzte.

Marvel starrte Emily an, doch sie merkte, dass er dabei nicht an sie dachte, deswegen kam es ihr nicht sonderbar vor.

»James«, sagte Marvel schließlich. »James Buck.«

»Ja, Sir.«

»Okay«, sagte er.

Sie wandte sich zum Gehen, und er sagte so leise *Danke,* dass sie sich nicht sicher war, ob sie es wirklich gehört hatte. Und als sie sich umdrehte, um *Keine Ursache* zu sagen, hatte er ihr bereits wieder den Rücken zugekehrt und die Füße auf den Schreibtisch gelegt.

Nachdem Aguda weg war, stellte Marvel die Füße auf den Boden und loggte sich in seinen Computer ein. Er tippte James Bucks Namen ein und bekam gar nichts.

Marvel traute dem Computer nie, wenn der behauptete, er könne etwas nicht finden. Er argwöhnte stets, dass Faulheit dahintersteckte, nicht die Abwesenheit von etwas Findbarem. Doch anscheinend hatte James Buck, wohnhaft 148 Northborough Road, keine Vorstrafen.

Er saß noch ein bisschen da und funkelte den Bildschirm böse an, ohne ihn wirklich zu sehen, während sein Verstand Möglichkeiten testete und verwarf. Sein Instinkt war in Alarmbereitschaft und wartete nur darauf, dass die richtige Möglichkeit den Kopf hervorstreckte, damit er sich darauf stürzen konnte. Mentales Moorhuhn-Schießen.

Marvel stand auf und ging zu dem großen Stadtplan an der Wand neben der Tür, der das Zuständigkeitsgebiet des Morddezernats von South East London zeigte. Mit einem stumpfen Finger folgte er der Straße zwischen Bromley, wo Edie Evans herkam, und Bickley, wo James Buck wohnte.

Drei Kilometer Vorstadt – Häuser und kleine Ladenzeilen und Ampeln und Schulen. Hin und wieder eine kleine Grünfläche – ein Kricketfeld, ein Fußballplatz, ein Streifen Parkgelände oder ein Spielplatz.

Er sah nichts Offensichtliches. Keinen Grund, warum Edie Evans und James Buck jemals zur selben Zeit am selben Ort gewesen sein sollten.

Marvel stöhnte innerlich auf. Er würde Edie Evans' Eltern anrufen müssen. Das tat er nur sehr ungern. Er wusste, dass schon seine Stimme den Schmerz zurückbringen würde, zusammen mit dem Adrenalinschub augenblicklicher Furcht oder der Hoffnung, dass sie tot oder noch am Leben war.

Im Augenblick war Edie weder das eine noch das andere, und das war am allerschlimmsten.

Er streckte die Hand nach dem Telefon aus, doch ehe er den Hörer greifen konnte, stieß sich Brady heftig von seinem Schreibtisch ab, so dass sein Stuhl mit Karacho über das Linoleum auf Marvel zurasselte und erst einen guten Meter von ihm entfernt langsamer wurde.

»Was wollte Abuba denn?«, grinste er.

Marvel war nicht in Stimmung. »Ihr ist was Interessantes eingefallen.«

»Echt?« Brady feixte lüstern. »In der ihren Schlüpfer einzufallen, das wär bestimmt interessant.«

Er lachte, um Marvel zu animieren, den Witz zu kapieren, doch der erwiderte: »*Ihr* ist wenigstens mal was eingefallen.«

»Wirklich?«, fragte Brady.

»Wirklich«, sagte Marvel. »Und diesen Namen will ich nicht noch mal hören, klar?«

»Welchen Namen?«

»Abuba.«

Bradys Miene ließ erkennen, dass er einen Scherz vermutete, im Zweifelsfall jedoch entschied er sich lieber für: »Ja, Sir.«

»Sagen Sie's den anderen.«

»Ja, Sir.«

»Und jetzt verpissen Sie sich.«

»Ja, Sir.«

Brady trollte sich zu seinem Schreibtisch zurück, so leise es ihm auf Stuhlrollen möglich war, und Marvel griff nach dem Telefonhörer. Früher hatte Whiskey ihm den nötigen Mut für solchen Scheiß wie diesen hier verschafft. Heute musste er sich damit behelfen, einfach nicht an die Folgen zu denken.

Er wählte die Nummer der Evans' aus dem Gedächtnis. Mr Evans – Mark – meldete sich.

»Mr Evans?«, fragte Marvel.

Ein winziges Zögern, dann: »Chief Inspector?« Und augenblicklich waren die Hoffnung und die Angst da.

»Es gibt nichts Neues«, sagte Marvel sofort, und Mr Evans gab ein Geräusch von sich, wie wenn jemand einen Kühlerverschluss aufdreht. Das Geräusch der aus seiner Lunge entweichenden Anspannung.

Die nächste, ganz natürliche Frage wäre gewesen, *Wie geht es Ihnen?*, aber Marvel war schon lange genug in diesem Beruf, um zu wissen, dass das die Qual nur in die Länge zog. Wie ging es denn jemandem, wenn sein Kind seit über einem Jahr verschwunden war und er nicht wusste, ob es noch lebte oder tot war?

Beschissen konnte man da als selbstverständlich voraussetzen, dachte er immer.

Also machte Marvel gleich mit »Ich wollte Sie was fragen« weiter.

»Sicher.«

»War Edie mal auf einer Hundeschau in Beckenham? Mit ihrem Fahrrad?«

»*Beckenham?* Nein.«

»Sind Sie sicher? Oder vielleicht auch nur in einem Park oder irgendwo, wo vielleicht eine Hundeschau veranstaltet worden ist?«

»Nein«, sagte Mark Evans. »Definitiv nicht.«

»Und was ist mit Bickley?«

Evans überlegte. »Ich weiß, dass *Frankie* da im Kindergarten war ...«

»Wissen Sie noch, wie der Kindergarten hieß?«

»Ähm ... Tigger irgendwas, glaube ich.«

»TiggerTime?«

»Ich glaube schon. Moment, ich frag mal Carrie.«

Ein kleines Frösteln lief Marvel über den Rücken. Edies Bruder war in denselben Kindergarten gegangen wie Daniel Buck? Edies *Bruder*. Wie hatten sie das übersehen können?

»Hallo, John.« Carrie Evans gab sich Mühe, fröhlich zu klingen, doch er konnte das Zittern in ihrer Stimme hören.

»Hallo, Mrs Evans.« Marvel brachte es nicht über sich, sie beim Vornamen zu nennen, obwohl sie immer seinen benutzte und ihn das nicht störte. Aber sie *Carrie* zu nennen hätte ihn verpflichtet, persönlich viel mehr zu investieren, als er wollte.

»Frankie war im TiggerTime-Kindergarten. Wieso? Ist das wichtig?«

»Ich weiß es nicht«, antwortete Marvel wahrheitsgemäß. Aus irgendeinem Grund war er immer vollkommen ehrlich zu den Evans' gewesen. Wahrscheinlich, weil er so hart an dem Fall gearbeitet hatte – so viel mehr investiert hatte, als man vernünftigerweise von ihm erwarten konnte –, dass es niemals etwas zu verbergen gegeben hatte. Nicht einmal die Tatsache, dass er sich Edies sichere Heimkehr ebenso sehr wünschte wie sie, konnte er verbergen.

»Ist Edie jemals mitgekommen, wenn Sie ihn abgeholt haben?«

»Ja. Wenn schönes Wetter war, sind wir zu Fuß gegangen, und Edie hat ihr Fahrrad genommen. Später hat sie das Rad zu Hause gelassen, und wir sind zu Fuß gegangen.«

Zu Fuß gehen ist was für ALTE Leute.

Marvel hatte Edie Evans' Stimme nie gehört, doch er hätte fast laut herausgelacht, als die Worte plötzlich in seinem Kopf auftauchten, so deutlich, als säße sie neben ihm. Die Edie, die *er* kannte, hätte ganz sicher überall mit dem Fahrrad hinfahren wollen.

Das machte ihn neugierig.

»Warum ist sie denn nicht mehr mit dem Fahrrad gefahren?«, fragte er. »Ist irgendwas passiert?«

»Ich glaube nicht«, meinte Carrie. »Jedenfalls nichts, was sie mir erzählt hätte. Eines Tages ist sie einfach mit mir zu Fuß gegangen, sie hat gesagt, damit wir uns unterhalten können. Ich fand das toll. Davor ist sie immer vorausgerast und dann wieder zurückgekommen und wieder losgerast – wissen Sie, was ich meine?«

»Sie ist nicht hingefallen oder hat jemanden angefahren, oder jemand hat sie angebrüllt? Nichts, was sie erschreckt hat?«

»Nicht dass ich wüsste. Warum ist das wichtig, John?«

»Ich weiß eigentlich gar nicht, ob es wichtig ist, Mrs Evans. Ich versuche einfach nur, das rauszufinden.«

»Okay«, sagte sie, und Marvel konnte die Selbstbeherrschung fast spüren, die es sie kostete, ruhig zu bleiben, weiter auf seine Fragen zu antworten und nicht loszuschreien und sich die Haare zu raufen.

»Hat einer von Ihnen beiden auf dem Weg zum Kindergarten je mit irgendjemandem gesprochen, Edie oder Sie, und sei's nur, um Hallo zu sagen?«

»Nein. Ein paar Leuten, die wir öfter gesehen haben, haben wir zugenickt, aber das war alles.«

»Aber eines Tages ist sie einfach nicht mehr mit dem Fahrrad da hingefahren?«

»Genau.«

»Wie lange war das, bevor sie verschwunden ist?«

»Hm«, machte Mrs Evans. »Ein Monat vielleicht? Ich weiß es wirklich nicht genau.«

Es fühlte sich relevant an, obgleich Marvel nicht hätte sagen können, wieso. Beinahe hätte er noch einmal wegen der Hundeschau nachgehakt, doch zu diesem Zeitpunkt wollte er noch nichts von dem Foto sagen. Nicht solange er sich nicht sicher war, was genau das eigentlich *war*.

Immer schön einen dürftigen Hinweis nach dem anderen, dachte er ironisch.

»Geht Frankie immer noch zu TiggerTime?«, erkundigte er sich.

»Oh nein«, antwortete sie hastig. »Er kommt doch nächstes Jahr in die Schule, da dachte ich, es wäre schöner … Sie wissen schon … ihn zu Hause zu behalten …«

Carrie gab ein schwaches Auflachen von sich. Sie wusste, dass sie niemandem etwas vormachte. Doch Marvel konnte es ihr nicht verdenken. Schließlich hatte sie schon ein Kind auf dem Schulweg verloren. Bei dem anderen ging sie kein Risiko ein.

»Wissen Sie die Adresse von dem Kindergarten, Mrs Evans?«

»Sicher«, erwiderte Carrie. »152 Northborough Road.«

Marvel hatte einen Stift in der Hand, doch er brauchte es sich nicht aufzuschreiben. Stattdessen bedankte er sich bei ihr und sagte, er würde anrufen, wenn er Neuigkeiten hätte, gute oder schlechte.

Das Übliche.

Dann legte er auf und holte zum zweiten Mal innerhalb einer halben Stunde sein Notizbuch aus der Schreibtischschublade. Er blätterte zu der Befragung von Anna Buck vor.

Da stand es, ganz vorn.

Der Mann, mit dem Anna Buck verheiratet war – dem sie jedoch bei Kindern trotzdem nicht traute –, wohnte vier Häuser von dem Kindergarten entfernt.

27

Als James über den Vorplatz zur Arbeit ging, sah er ein stämmiges Kind mit Zöpfen neben den fünf Fußabdrücken hocken. Er blieb neben der Kleinen stehen.

»Hallo«, sagte er.

»Hi.«

»Was machst du da?«

Sie schaute kurz zu ihm auf und senkte dann wieder den Kopf, ehe sie antwortete.

»Putzen«, sagte sie.

»Warum?«, fragte er.

»Ich helf nur«, meinte sie.

Er sah zu, wie sie winzige Zweige und Blütenblätter aus Daniels Fußabdrücken puhlte. Ihre Hände waren klein und rosig, und an dem einen Zeigefinger trug sie einen Plastikring mit einem unechten Smaragd. Immer wieder musste sie innehalten und ihre Schultasche zurechtrücken, die ihr wieder und wieder vom Rücken rutschte. Geduldig schob sie sie jedes Mal wieder zurück und machte weiter.

»Weißt du, wer die Fußabdrücke da gemacht hat?«, erkundigte er sich.

»Daniel«, sagte das Mädchen. »Er ist verloren gegangen, und das hier ist alles, was seiner Mummy geblieben ist.«

James hatte das Gefühl, das Gleichgewicht zu verlieren, als er hörte, wie ihrer aller Leben von einem kleinen Mädchen, das er noch nie gesehen hatte, in einem einzigen unverbrämten Satz zusammengefasst wurde.

»Sie hat ja noch *mich*«, meinte er.

Das Kind starrte zu ihm empor. »Wer sind Sie denn?«

»Ich bin Daniels Daddy.«

Die Kleine schaute wieder weg und puhlte weiter Dreck aus dem nächsten Fußabdruck.

»Sie haben die Tür offen gelassen«, sagte sie.

Es verschlug ihm den Atem, als hätte er einen Schlag in den Magen eingesteckt.

James starrte auf den Hinterkopf des Mädchens hinab. Ihr glänzendes dunkles Haar war in der Mitte gescheitelt, bis hinunter zum Nacken, und zwei Spangen hielten die Strähnen zusammen. Zwei kleine Goldfische, die zu ihm emporlächelten und mit den Flossen wedelten.

War sie überhaupt real?

War *irgendetwas* von alledem hier real?

Fühlte Anna sich so, wenn sie ihre Visionen hatte? Unter Schock, richtig mies und so, als habe man ihr gerade in den Bauch getreten?

»Ja«, erwiderte James langsam, »ich habe die Tür offen gelassen.«

Das kleine Mädchen erhob sich und klopfte sich die Hände ab, dann wischte sie sie zur Sicherheit noch an den Oberschenkeln ab. Sie hinterließ staubige Fingerabdrücke auf ihrer schwarzen Schuluniformhose.

Dann zog sie ihre Tasche wieder auf die Schulter hoch und blickte zu James auf. »Sie haben bestimmt ein ganz schlechtes Gewissen.«

»Ja, hab ich.«

»Aber Sie *wollten* das doch nicht, oder?«

»Nein«, sagte er heiser. »Es war ein Versehen.«

Das Mädchen schaute die Straße hinunter, strich sich eine Haarsträhne hinters Ohr und holte tief Luft. »Miss Henderson sagt, jeder macht mal was falsch, aber was man tut, *nachdem* man was falsch gemacht hat, darauf kommt es an. Zum Beispiel, ich hab Bethany Court umgeschubst, weil sie gesagt hat, ich wär 'ne fette Brillenschlange, aber danach hab ich mich entschuldigt und sie sich auch, also war's okay.«

James nickte, und das Mädchen zog seine Tasche abermals hoch und sagte: »Ich muss jetzt zur Schule. Wiedersehen.«

»Wiedersehen«, sagte James.

Sie gingen in entgegengesetzte Richtungen.

Ehe er in die Werkstatt trat, schaute James die Straße hinunter. Das Mädchen war immer noch da und ging davon.

Die Kleine war *doch* real.

Er sah ihr nach, bis sie um die Ecke bog, nur um ganz sicher zu sein. Dann ging er hinein.

Marvel parkte auf der anderen Straßenseite.

Nummer 148 befand sich neben einer Autowerkstatt, die in eine Lücke zwischen zwei Häusern hineingebaut worden war, wahrscheinlich eine Bombenlücke aus dem Krieg.

Nur ein paar Türen weiter in derselben rußigen Häuserzeile war Nummer 152 – der Kindergarten TiggerTime.

Es hätte ein Zufall sein können. Wenn Marvel an Zufälle geglaubt hätte.

Ein hochgewachsener Mann in einem schmutzigen blauen Overall lehnte vor der Werkstatt an der Wand und rauchte eine schwarze Zigarette. Marvel machte ein Foto von ihm – und von einem Chinesenjungen mit einem Besen, der den Vorplatz fegte. Sogar über zwei Fahrspuren hinweg konnte er ihn singen hören, unmelodisch, aber mit merkwürdigen kleinen Trillern und Schnörkeln, die sich anhörten, als seien sie Absicht.

Die Tür der Wohnung öffnete sich, und ein schlanker dunkelhaariger junger Mann in Overall und Arbeitsstiefeln kam heraus.

Er nahm an, dass das James Buck war, und machte drei Fotos.

Als Buck über den betonierten Vorplatz ging, blieb er stehen und unterhielt sich mit einem pummeligen kleinen Mädchen mit Brille, das dahockte und irgendein Spiel auf dem Boden spielte.

Marvel machte noch ein Foto.

Kurz darauf stand das Mädchen auf, und nachdem er noch ein paar Worte mit der Kleinen gewechselt hatte, ging Buck langsam weiter über den Vorplatz. Er blieb kurz stehen und schaute die Straße hinunter, dann verschwand er in der Werkstatt.

Ein echt kurzer Arbeitsweg.

Marvel hantierte herum, bis er herausfand, wie man sich auf der Digitalkamera, die er von der Arbeit mitgebracht hatte, die Bilder ansehen konnte. Auf dem einen war ein Lastwagen. Eins zeigte Bucks Schädel. Das dritte zeigte ihn im Profil. Das vierte war völlig überbelichtet, obwohl ihm doch dieser Techniktrottel versichert hatte, das verdammte Ding sei automatisch. Alles, was er sehen konnte, waren Bucks Beine und die des Mädchens unter einem blassblauen Schleier. Er würde das Profilbild benutzen müssen. Toll war es nicht, aber besser als gar nichts.

Er wartete, bis der Junge den Vorplatz fertig gefegt hatte und wieder hineinging. Dann stieg er aus und überquerte die Straße. Aus einer Laune heraus nahm er die Kamera mit.

Zwischen Nr. 148 und dem Nachbarhaus befand sich eine schmale Gasse, und Marvel ging dort hinein. Es war ein feuchter Durchgang, grün vor Algen aus Dachrinnen, die bestimmt ständig verstopft waren und tropften.

Der Verkehrslärm klang hinter ihm immer gedämpfter, bis seine eigenen Schritte das Lauteste waren, was er hörte. Es war so lange her, dass er sich seiner eigenen Geräusche bewusst geworden war, dass es ihn richtig gruselte.

Hinter den Gebäuden kam er in einer etwas breiteren Gasse heraus und bog nach links ab. Die Rückseite von TiggerTime war leicht zu erkennen, weil die hintere Ziegelmauer des hohen viktorianischen Hauses amateurhaft mit einem disneyesken Albtraum bemalt worden war. Eine gefleckte Ratte mit einem gebrochenen Bein – das sollte wohl Bambi sein – und ein Grimassen schneidender Holzfäller, der aussah wie Richard Nixon. Marvel nahm an, dass das einer der sieben Zwerge sein sollte, aber nur, weil noch sechs andere, ganz ähnliche Typen zu sehen waren – jeder mit einem anderen Werkzeug bewaffnet.

Das schwarze Hoftor war abgeschlossen, und davor stand ein Müllcontainer voller Kindergartenmüll. Schwarze Müllsäcke quollen von Wegwerfwindeln, kaputtem Spielzeug und großen Bündeln beschissener Malereien über. Fingerfarbenbilder und Blätter, die dick mit schwarzer Wachsmalkreide bedeckt waren. Marvel kratzte mit dem Fingernagel über eins davon, und – siehe da! – die Farben darunter kamen zum Vorschein.

Er lächelte, er konnte nicht anders. Er war wieder ein Kind – und dann, nur einen Moment lang, überwältigte ihn das Gefühl, dass Vergangenheit und Zukunft miteinander kollidierten. Direkt hier, in seinen eigenen Händen – den Händen des Kindes, das er gewesen war, und des Mannes, der er weiterhin war – existierten sie gleichzeitig.

Im Kopf hörte er Richard Latham: *Ihre Erinnerung ist meine Zukunft.*

Den Bruchteil einer Sekunde lang war das Verstehen gewaltig und brillant, explodierte wie eine Supernova in seinem Kopf und erhellte *alles.*

Und dann glitt ihm das Wunder all dessen wie Seide durch die Finger, und er stand da und dachte völlig blödsinnig an Lottozahlen.

Marvel seufzte und ließ die Zeichenblätter wieder in den Container fallen. Er fragte sich, ob die Mütter, die ihre Kinder fröhlich bei TiggerTime zurückließen, wohl jemals hier nach hinten kamen, um sich die Kehrseite des Ganzen anzusehen, wo der ganze Mist lagerte.

Eine Tür öffnete sich an der Rückseite des Kindergartens, und Marvel zog sich leise zurück. Kontakt wollte er nur zu seinen eigenen Bedingungen aufnehmen.

Er ging über den von Schlaglöchern übersäten Asphalt zurück. Gegenüber zog sich ein hoher Metallzaun an der steilen Böschung entlang, die zu den Bahngleisen hinunterführte. Hinter Haus Nr. 148 blieb er stehen. Viel zu sehen gab es nicht. Kein Garten, nur ein Hinterhof mit einer Mauer darum herum. Vor den Fenstern im Erdgeschoss waren Metallgitter.

Marvel wusste nicht, was er zu finden erwartet hatte. Eigentlich gar nichts. Aber es lohnte sich immer, die Dinge aus allen nur möglichen Blickwinkeln zu betrachten.

Er ging wieder die Gasse hinunter, wo ihn ein Riesentropfen Wasser genau auf den Kopf traf. Als er die Hand hob, um ihn wegzuwischen, spürte er etwas, das sich wie der Beginn einer Glatze anfühlte.

Na toll. Er hatte seinen Zenit überschritten.

Er ging zur Vorderseite des Hauses und klopfte an die Tür der Wohnung.

Anna Buck öffnete und hatte bereits eine misstrauische Miene aufgesetzt – als hätte sie ihn herumschnüffeln sehen, obwohl er das bezweifelte.

»Hallo, Mrs Buck«, sagte er kurz angebunden. »Könnte ich Sie bitte kurz sprechen?«

Sie runzelte die Stirn. Er konnte sehen, dass sie nicht Ja sagen wollte, aber er hatte ihr schließlich das Leben gerettet, und Briten taten sich selbst in den besten Momenten schwer damit, Nein zu sagen.

Eine Nation, der durch ihre eigenen Umgangsformen die Hände gebunden waren.

Also sagte Anna Buck zwangsläufig: »Okay.«

Die Wohnung war ein Saustall. Ein blauer Saustall. Irgendwer hatte hier mächtig mit Farbe herumgespritzt. Am meisten war auf den Wasserhähnen und auf dem Spülbecken gelandet, doch auf dem Boden waren auch Tropfen – quer durchs Wohnzimmer und auf eine Tür zu, von der Marvel vermutete, dass sie zu einem Schlafzimmer gehörte.

Ein Eimer voll blauem Wasser stand neben der Küchentür. Anna Buck hatte saubergemacht.

»Was ist denn hier passiert?«, erkundigte sich Marvel.

»Ich hab Farbe verschüttet.«

»Das sehe ich«, meinte er, doch sie sagte weiter nichts dazu.

»Ich könnte wohl nicht eine Tasse Tee bekommen, oder, Mrs Buck?«

Anna zögerte. Sie wollte ihn auf gar keinen Fall zum Bleiben ermutigen, das merkte er, doch sie war die Hausherrin und musste gastfreundlich sein.

»Ich setz Wasser auf«, sagte sie neutral.

»Vielen Dank.« Er setzte sich an den Küchentisch. Der Stuhl war so billig, dass er spürte, wie er unter seinem Hintern ein wenig nachgab.

Marvel wartete, bis sie den Tee gemacht hatte, damit sie nicht mittendrin innehalten und ihn zum Gehen auffordern konnte. Wenn er den Tee erst einmal hatte, musste er ihn auch austrinken dürfen, so waren die Regeln.

Sie stellte ihm den Becher hin, mit einer Tüte Zucker, und er bemerkte, dass auch ihre Hände blau waren – bis in die Ärmel ihrer Strickjacke hinein.

Langsam rührte Marvel zwei Löffel Zucker in seinen Tee.

Anna Buck setzte sich nicht. Sie blieb nervös neben dem Spülbecken stehen.

»Ich hab gerade den Kindergarten ein paar Häuser weiter gesehen«, sagte Marvel. »Ist Daniel da hingegangen?«

»TiggerTime? Ja.«

»Schöner Kindergarten?«

»Ja«, antwortete sie. »Warum?«

»Edie Evans' kleiner Bruder war früher auch da. Frankie. Bisschen älter als Daniel.«

Anna Buck runzelte die Stirn ein wenig und meinte dann: »Ich glaube nicht, dass er zusammen mit Daniel da war. An einen Frankie erinnere ich mich nicht.«

»Nein?« Mit kleinen Schlucken trank er seinen dünnen Tee. Sie hatte den Beutel nicht lange genug dringelassen. Wollte ihn hier raushaben.

»Haben Sie ihn jeden Morgen hingebracht oder Ihr Mann?«

»Ich. Nachdem James zur Arbeit gegangen war.«

»Und Sie haben ihn auch abgeholt?«

»Ja.«

»Hat's Daniel da gefallen?«

»Er fand's ganz toll. Er hat sich so entwickelt.« Sie lächelte. Dann trat sie zum Kühlschrank und zog zwei Bilder unter einem Magneten hervor. »Die sind von ihm. Ständig hat er gemalt und alles Mögliche ausgemalt. Seine Kindergärtnerin hat gesagt, er wäre richtig gut.«

Marvel starrte das Gekritzel an. Hätte ein Haus sein können, hätte ein Fisch sein können. Eltern hatten alle Wahnvorstellungen, Lehrer und Kindergärtner *mussten* das wissen.

»Sehr schön«, meinte er, denn er war darauf angewiesen, dass sie ihm helfen wollte. »Kinderbetreuung ist heutzutage ganz schön teuer, wie?«

»Und wie«, erwiderte sie. »Ich bin wieder arbeiten gegangen, damit wir's bezahlen konnten. Ich meine, ich fand es wunderbar, Daniel zu Hause zu haben, aber Kinder brauchen doch sozialen Umgang, nicht wahr?«

»Ja«, pflichtete Marvel ihr bei, obgleich er selbst nie ein großes Bedürfnis nach dergleichen verspürt hatte.

»Haben Sie Kinder?«, fragte sie.

»Nein.«

Das stimmte nicht, doch er wollte keine peinlichen Fragen beantworten. Namen, wie alt.

Wo.

Also fragte er: »Wo haben Sie denn gearbeitet?«

»Ich war Sekretärin in einer kleinen Kosmetikfirma in Penge. Teilzeit, aber es hat gereicht.«

»Nett«, bemerkte Marvel, obwohl er sich insgeheim vorstellte, dass das ein Scheißjob sein musste. Tippen, Tee kochen, dem Chef eins auf die Finger hauen, wenn er einem den Schenkel begrabbelte. »Und Ihr Mann? Wo arbeitet der?«

»Nebenan. In der Autowerkstatt.«

»Mechaniker?«

»Ja.«

»Verdient gut?«

»Nein.«

»Schade.«

Sie zuckte die Achseln. »Wer verdient denn heutzutage schon noch gut?«

»Genau«, bestätigte Marvel. Dann tippte er auf die Kamera. »Er kennt sich wohl nicht mit Fotoapparaten aus, oder? Ich wollte den hier zum Heilmachen bringen.«

Sie nickte ohne jegliches Interesse und starrte seinen Becher an, als wolle sie ihn mit reiner Willenskraft zwingen, auszutrinken und zu gehen.

Marvel schlug einen anderen Kurs ein. »War bestimmt schwer

für ihn, als Sie Daniel verloren haben.« Es war nicht der richtige Moment, um diese Frage zu stellen, aber manchmal konnte genau das es zum richtigen Moment *machen.*

»Ich hab Daniel nicht verloren«, fauchte sie. »Das war *er.*«

Volltreffer.

»Wirklich?« Er versuchte, ganz beiläufig zu klingen. »Was ist denn passiert?«

»James hat die Haustür offen gelassen. Daniel ist rausgerannt.«

Das war nicht das, worauf Marvel gehofft hatte. Er hatte hören wollen, dass James Buck seinen Sohn sowieso nie geliebt habe oder dass er ein beklemmend strenger Zuchtmeister gewesen sei. Oder auch nur den Eindruck, dass es da ein schreckliches Geheimnis gab … *Irgendetwas,* woran er ein Motiv festmachen konnte.

Plötzlich tat ihm James Buck ein bisschen leid. Eine Tür offen zu lassen schien ihm kein besonders schweres Verbrechen zu sein.

»Er fühlt sich doch bestimmt ganz schrecklich deswegen«, meinte er.

»Sollte er auch.«

Die Kälte in ihrer Stimme überraschte Marvel. »Er hat's doch nicht mit Absicht getan, oder?«

Anna schnitt eine Grimasse. »Ist das wichtig?«

»Für mich wär's wichtig.«

»Na ja, für mich nicht«, entgegnete sie. »Ich vermisse Daniel zu sehr, als dass das *wichtig* …« Sie verstummte, und Marvel konnte die Tränen dicht unter der Oberfläche sprudeln sehen.

Er wechselte das Thema. »Könnte ich mal Ihre Toilette benutzen?«

Sie zeigte quer durchs Wohnzimmer. »Sie können's nicht verfehlen.«

Noch ehe er auch nur die Küche verlassen hatte, füllte sie den

Eimer bereits mit frischem, warmem Wasser, bereit für seinen Abgang.

Vor dem Badezimmer blieb Marvel stehen, schaute sich kurz um und öffnete dann stattdessen die Tür, von der er annahm, dass es ein Schlafzimmer war.

»Großer Gott!«

Vier riesige blaue Kreise waren über zwei der Wände geschmiert. Der Rest des Zimmers war über und über mit Farbe bekleckert. Dieses Puppendings lag in einer Tragetasche auf dem schmalen Bett, doch selbst die Tasche war voller blauer Spritzer. Aus irgendeinem Grund machte das Marvel fast ebenso sehr zu schaffen wie die Wände, obwohl er doch wusste, dass es kein echtes Baby war.

»Ich musste die machen«, sagte Anna Buck hinter ihm.

Er wollte schon sagen, dass er sich in der Tür geirrt habe, doch es schien sie nicht zu kümmern, dass er hier drin war und nicht im Badezimmer. Sie setzte sich auf das Bett, die nach oben gewendeten Hände im Schoß, und fuhr kaum lauter als im Flüsterton fort: »Hat ein bisschen gespritzt, aber alles sind doch Kreise, deswegen musste ich es tun, wirklich.«

Richard Lathams Worte schossen Marvel durch den Kopf: *Das Leben ist ein Kreis, und ein Kreis hat kein Ende.*

Hatte Latham sie auch hierzu angestiftet? Erst das Foto, jetzt die Kreise. Marvel konnte nicht erkennen, wozu das gut sein sollte, doch da musste es doch eine Verbindung geben …

»Was hat Mr Latham Ihnen denn von dem Garten erzählt, Mrs Buck?«

»Mr wer?«

»Richard Latham. Das Medium. In der Kirche.«

»Oh«, sagte sie und sah sofort völlig verwirrt aus. »Ich hab ihm doch gar nicht von dem Garten erzählt, nur von Daniel.«

»Nein, ich habe gefragt, was hat *er Ihnen* erzählt?«

Sie schüttelte den Kopf. »Er hat gesagt, er kann mir nicht helfen«, antwortete sie leise. »Er wollte sich nicht mal das Foto von Daniel ansehen.«

Sie hatte ihn falsch verstanden – und Marvel glaubte nicht, dass das Absicht gewesen war. Richard Latham hatte ihr nichts von dem Garten erzählt. Davon war Marvel jetzt überzeugt. Er konnte keinerlei Schwachstellen bei der Frau ausmachen, von der offenkundigen Verrücktheit mal abgesehen. Sie schien jetzt keinerlei Interesse mehr an Richard Latham zu haben, wo er ihr nicht helfen konnte – oder wollte. Nichts interessierte sie außer ihrem vermissten Kind.

Anne starrte dumpf in die Tragetasche. »Wissen Sie, manchmal höre ich ihn weinen. Manchmal wache ich auf und stürze hier rein, und es ist, als könnte ich hören …«

Sie verstummte, und Marvel sagte nichts, und in dem Schweigen, das nun entstand, wurde sich Marvel des gedämpften Verkehrslärms von draußen bewusst und der Musik, die leise von irgendwoher kam. Höchstwahrscheinlich aus der Werkstatt.

Anna betrachtete jetzt ihre blauen Hände, als sähe sie sie zum ersten Mal. Marvel sah zu, wie sie sie öffnete und herumdrehte, die dunkleren Farblinien rund um die Nägel und zwischen den Knöcheln begutachtete.

Urplötzlich kam sich John Marvel wie ein unerwünschter Eindringling vor. Wenn Anna Buck verrückt war, dann hatte sie ihre ureigenen Gründe, verrückt zu sein, und diese Gründe waren vollkommen verständlich und unfassbar traurig.

»Ich gehe dann wohl lieber«, sagte er.

»Okay.«

»Danke für den Tee.«

Sie nickte fast unmerklich und machte keinerlei Anstalten, aufzustehen oder ihn hinauszubegleiten. Sie sah ihm nicht einmal nach – ihr Blick war jetzt starr auf die vier Kreise geheftet.

»Kommen Sie zurecht?«, fragte er und wartete tatsächlich auf eine Antwort.

Sie drehte sich um und bedachte ihn mit einem kleinen dankbaren Lächeln. »Wenn Daniel nach Hause kommt, wird alles gut.«

Er stand da und wusste nicht, was er ihr antworten sollte. Endlich sagte er schlicht: »Ja.«

Als er das Zimmer verließ, fragte sie: »Haben Sie die Klingel gefunden?«

»Bitte?« Marvel blieb stehen und drehte sich wieder zu ihr um.

»Die Fahrradklingel«, erklärte Anna träumerisch, ohne ihm das Gesicht zuzuwenden. »Auf der Zeichnung, die ich von dem Garten gemacht habe. Sie liegt auf dem Fensterbrett.«

Als er den nächsten zusammenhängenden Gedanken fassen konnte, saß Marvel in seinem Auto und war auf dem Rückweg zur Dienststelle.

Er wusste nicht mal genau, ob er Auf Wiedersehen gesagt hatte.

Edie Evans' Fahrrad war dort, wo Marvel es vor einem Jahr zum letzten Mal gesehen hatte: Es lehnte ganz hinten in der Asservatenkammer an der Wand, am Ende eines Canyons aus deckenhohen Metallregalen, die mit einem Wust von Gegenständen in durchsichtigen Plastiktüten und Drahtkörben vollgestopft waren.

Er schlug die Plastikplane zurück, die das BMX-Rad bedeckte, und spürte, wie sich in seiner Brust etwas zusammenballte.

Das Hinterrad war noch immer verbogen, die Kette hing noch immer schlaff herab. Die einzigen Besucher, die das Fahrrad in diesem Jahr gehabt hatte, waren kleine Spinnen gewesen, die die Räder zu zarten Spitzendeckchen geklöppelt hatten.

Die verchromte Lenkstange war noch immer voller Rostflecken und Fingerabdruckpulver.

Mr Evans hatte gesagt, Edie hätte nie eine Klingel gehabt. Es sei ein altes Rad, hatte er Marvel gesagt, und voller Kratzer.

Er hatte nicht gelogen – zumindest, was die Kratzer anging.

Aber diese Kratzer hier – diese *ganz speziellen* Kratzer – waren nicht alt. Jedenfalls nicht so alt wie die anderen an dem Fahrrad. Sie waren etwa zwei oder drei Zentimeter vom rechten Griff entfernt, genau dort, wo eine Klingel sitzen würde, und manche waren lang und fast parallel, als wäre die Klammer am Lenker hin und her gedreht worden. Ein paar hatten tatsächlich ein paar alte Rostpickel weggerubbelt und den Rost ein wenig auf der Oberfläche verteilt.

An dem Fahrrad war keine Klingel.

Aber da war definitiv eine Stelle, wo eine Klingel gewesen war.

28

Edie Evans suchte sich einen Laternenpfahl aus und strampelte so schnell, wie sie nur konnte, darauf zu. Manchmal hob sie in den Weltraum ab, wenn sie nur schnell genug da war – ihr Vorderrad hob ab, und die Leute rissen die Augen auf, als ihnen klar wurde, dass das, was sie für ein Mädchen auf einem Fahrrad gehalten hatten, in Wirklichkeit eine tapfere, geschickte Astronautin auf einer Ein-Mann-Rakete war, die gerade erprobt wurde. Dann wieder gewann sie gerade die Tour de France. Auf einem BMX-Rad! Die Menge rief ihren Namen, und die Leute hoben sie auf die Schultern – und noch mehr jubelnde Menschen hoben ihr kleines schwarz-weißes Fahrrad auf *ihre* Schultern –, und sie wurden unter Champagnerfontänen durch die Straßen von Paris getragen.

Direkt vor dem Laternenpfahl kam Edie schlitternd und stotternd zum Stehen, ließ das Rad im Bogen herumschleudern und hob kurz das Vorderrad vom Boden ab. Nur ein kleines bisschen, sie war nämlich mal hintenübergekippt und wäre fast k.o. gegangen, und das war auf Gras gewesen, nicht auf dem Gehsteig.

Während sie darauf wartete, dass ihre Mutter sie einholte, klappte sie ihr Visier hoch und gab in fließendem Französisch ein Fernsehinterview, obwohl die einzigen französischen Worte, die sie kannte, die aus *Frère Jacques* waren.

»Dormez vous«, sagte sie mit einem geringschätzigen Abwinken, um zu zeigen, dass das Ganze nicht weiter anstrengend gewesen sei. Und als der Interviewer mit der Baskenmütze sie fragte, wie

es sich anfühlte, als Zwölfjährige das größte Fahrradrennen der Welt zu gewinnen, antwortete sie mit einem gallischen Achselzucken und meinte *»Sonnez les matines«* – und die Menge geriet in Raserei.

Edie beschrieb einen Halbkreis, fuhr langsam wieder los und meldete Houston, dass sie erst die Triebwerke neu einstellen müssten, bevor sie einen zweiten Startversuch unternehmen konnte.

Als sie gerade ein paar Schlaglöcher umkurvte, die wie Mondkrater aussahen, tauchte ein Mann auf und ging neben ihr her.

»Hallo«, sagte er.

»Hallo«, sagte Edie. Sie wusste, dass sie nicht mit Fremden reden sollte, aber sie saß auf einem Fahrrad, und es waren ganz viele Menschen in der Nähe.

»Für dich«, sagte er und hielt ihr eine Fahrradklingel hin.

»Oh«, sagte sie unsicher.

»Halt«, sagte er, also hielt sie an und drehte sich um, um nach ihrer Mutter Ausschau zu halten. Sie konnte sie näher kommen sehen, mit Frankies Kinderbuggy. Eigentlich war Frankie ja zu groß für einen Buggy, aber für einen Vierjährigen war es ein weiter Nachhauseweg, und wenn er müde wurde, wurde er immer quengelig.

Als Edie sich wieder umdrehte, machte der Mann gerade mit einem Schraubenzieher die Klingel an ihrem Fahrrad fest.

Sie wollte keine Klingel. Eine Rakete hatte doch keine *Klingel* – schon gar nicht eine mit Micky Maus drauf! Wieso machte der überhaupt eine Klingel an ihr Fahrrad?

Aber sie sagte nichts.

Der Mann vollendete sein Werk rasch und klingelte dann mit der Klingel, um ihr zu zeigen, wie sie funktionierte. Es war ein fieses, schrilles Geräusch.

»Gut?«, fragte er.

Das Ding war nicht gut, es war Schrott. Aber Edie war dazu

erzogen worden, fast schon reflexartig *Bitte* und *Danke* zu sagen, und so sagte sie »Danke« und schaute sich abermals um, ob Mum irgendwo zu sehen war. Sie hoffte es, weil sie eine Ausrede haben wollte, um weiterzufahren und nicht mehr mit dem Mann reden zu müssen. Er war ja freundlich und lächelte viel, aber irgendetwas an dem Ganzen war nicht richtig. Sie hätte nicht anhalten dürfen, sie hätte nicht Hallo sagen dürfen. Wenn Mum das sah, würde sie böse sein, weil sie mit einem Fremden gesprochen hatte.

Edie starrte weiter über die rechte Schulter, während ihre Mutter auf sie zukam und der dreirädrige Buggy mit Leichtigkeit über Bordsteine und Pflasterfugen rumpelte, und ihr Verstand ging rasend schnell all die Erklärungen durch, die sie abgeben würde – all die Ausreden –, wenn ihre Mutter aufblickte und sie und den Mann sah.

Und als sie sich wieder umdrehte, war der Mann verschwunden. Sie hatte nicht gesehen, wohin.

Edie seufzte erleichtert auf.

»Hey, Edes.« Mum lächelte fröhlich. »Ist die Kette runter?«

»Nein«, sagte Edie. »Ich hab bloß auf dich gewartet.«

»Ooch, danke, Schatz.«

Die letzten fünfzig Meter bis zu TiggerTime fuhr Edie langsam und hielt sich dicht bei ihrer Mutter. Besonders tollkühn war das nicht, aber sie konnte ja morgen wieder Neil Armstrong sein. Oder nächste Woche.

Mum betrat den Mond, um Frankie abzuholen, und Edie blieb zurück, um den Buggy zu bewachen, wie Michael Collins. Immer wieder sah sie sich um, doch der Mann war nirgends zu sehen.

Langsam klingelte sie mit der Klingel.

Alle möglichen klimpernden mechanischen Sachen klickten und klongten da drin, als sei das Ding kaputt. Es war mehr ein Knirschen als ein melodisches Geräusch.

Edie klingelte schneller, und es wurde besser, aber nicht viel.

Sie ruckelte die Klinge am Lenker hin und her, und sie bewegte sich, also zerrte sie sie vor und zurück, um zu sehen, ob sie sie vielleicht mit Gewalt abbekam. Dann kam Mum mit Frankie heraus.

Edie fasste die Klingel nicht noch einmal an, damit Mum sie nicht bemerkte und womöglich fragte, wo sie hergekommen sei.

Doch bei sich dachte sie, dass sie sie wohl lieber abmachen sollte, bevor Dad nach Hause kam.

29

Mark Evans öffnete die Tür.

»Kommen Sie rein.«

Marvel hatte vorher angerufen, um zu sagen, dass es nichts Neues gab, trotzdem wirkte der Mann angespannt und nervös.

Marvel und Brady folgten ihm den Flur entlang zur Küche. Das Frühstück stand noch auf dem Tisch, und Frankie spielte immer noch damit herum.

»Hallo, John«, sagte Carrie Evans. »Möchten Sie eine Tasse Tee?«

»Nein danke, Mrs Evans.«

»Entschuldigung«, sagte sie zu Brady, »ich habe Ihren Namen vergessen.«

»DS Brady, Ma'am. Colin.«

»Colin. Natürlich«, sagte sie, doch ihre Miene verriet Marvel, dass sie sich Bradys Namen nicht gemerkt hatte und dass er ihr auch jetzt egal war. Sie war einfach nur höflich.

»Hi«, sagte Frankie, und sie sagten beide Hi zu ihm.

Dann standen sie zu viert mitten in der Küche, von Spannung dort festgehalten. Die Evans' sahen weniger verhärmt aus als beim letzten Mal, doch jener Ausdruck des angespannten Nichtwissens ließ Gesichter über Nacht um zehn Jahre altern, und Marvel hatte noch nie erlebt, dass das vollständig rückgängig gemacht worden wäre, nicht einmal bei den seltenen Gelegenheiten, wo das Resultat am Ende ein Heimsieg war.

Er zog drei Fotos aus einem mit Pappe verstärkten Umschlag und legte sie mit der Bildseite nach oben auf die Arbeitsplatte. »Erkennen Sie eine dieser drei Personen?«

Mr und Mrs Evans schauten auf die Fotos hinunter.

»Na ja, an Richard erinnern wir uns natürlich«, meinte Mark.

»Von der Arbeit an dem Fall her?«

»Und von der Kirche«, sagte Carrie. »Ich war ein paar Mal da.«

»Bevor Edie verschwunden ist oder hinterher?«

»Hinterher«, antwortete sie.

»Das wusste ich nicht«, sagte Marvel und fragte sich, wieso das nicht in der Akte vermerkt war.

»Doch«, meinte Carrie. »Ich war doch diejenige, die vorschlagen hat, ihn um Hilfe zu bitten.«

Also deswegen. DS Short hatte behauptet, es sei ihre Idee gewesen, doch dann war das für sie nach hinten losgegangen. Vielleicht hatte sie sich ja deswegen schwängern lassen und dann der Polizei bezahlten Mutterschaftsurlaub aus dem Kreuz geleiert. Trotzdem, das war ein Zufall, der ihm damals hätte auffallen müssen. Noch einer. Wenn er nicht so wild darauf gewesen wäre, sich von all diesem Hellseherblödsinn zu distanzieren, hätte er vielleicht schon damals davon gewusst. Damals, als es möglicherweise noch eine Chance gegeben hatte.

»Eigentlich glaube ich ja nicht an so was«, fuhr Carrie Evans fort, »aber wissen Sie, man ist eben verzweifelt. Man will an *irgendetwas* glauben.« Sie zuckte mit den schmalen Schultern und schaute aus dem Küchenfenster.

»War Mr Latham je bei Ihnen zu Hause?«

»Nein«, sagte Mark Evans, und als Marvel seine Frau ansah, wandte diese sich ebenfalls um und schüttelte den Kopf.

»Wir waren nicht mit ihm befreundet. Er war bloß ein Strohhalm, an den wir uns geklammert haben.«

Marvel nickte. »Und die beiden hier kennen Sie nicht?«

»Ich glaube nicht«, erwiderte Mark.

»Lassen Sie sich ruhig Zeit«, sagte Marvel.

Das taten die beiden, während die Küchenuhr tickte und Frankie Milch in seine Cornflakes tröpfeln ließ.

»Sind ja nicht gerade die besten Fotos der Welt«, bemerkte Carrie Evans.

Marvel hatte beide Fotos gemacht. Das Polaroidbild von Anna Buck und die Profilaufnahme von ihrem Mann.

Mark und Carrie Evans schüttelten die Köpfe.

Dann zeigte Marvel ihnen das Foto, das DCI Lloyd geschickt hatte. Daniel Buck, der in einem Transformers-T-Shirt auf einem der Löwen auf dem Trafalgar Square ritt.

»Das hier ist Daniel Buck. Er war auch im TiggerTime-Kindergarten und ist im November verschwunden.«

Die Evans' studierten das Foto sehr viel länger, als nötig gewesen wäre, um zu wissen, dass sie ihn nicht wiedererkannten. Marvel verstand diese Verzweiflung. Dieses Bedürfnis, eine Verbindung zu finden, die Fragmente des Mysteriums fast mit reiner Willenskraft zu zwingen, sich zusammenzufügen und ein Bild zu ergeben, das sie begreifen konnten.

Er wusste, dass sie ihm nichts zu sagen hatten, lange bevor sie beteuerten, es täte ihnen leid.

Marvel nahm die Fotos und steckte sie wieder in den verstärkten Umschlag.

»Was haben die denn mit Edie zu tun?«, erkundigte sich Carrie argwöhnisch.

»Ich bin mir nicht sicher, ob sie etwas mit ihr zu tun haben«, antwortete Marvel. »Aber wir achten auf alles, wo das der Fall sein könnte.«

»Danke«, sagte Carrie. »Wir sind Ihnen sehr dankbar.« Sie nahm den Arm ihres Mannes, und dieser nickte zustimmend.

Marvel schaute kurz zur Küchendecke hinauf. »Haben Sie was

dagegen, wenn wir noch mal ganz kurz einen Blick in Edies Zimmer werfen?«

»Natürlich nicht«, versicherte Carrie.

»Warum denn?«, fragte Mark.

»Bloß um mein Gedächtnis aufzufrischen«, blockte Marvel ihn ab. Er hatte nicht vor, Mark Evans zu sagen, wieso sie hier waren. Das war eine Vorsichtsmaßnahme, redete er sich ein. Schließlich war es Mr Evans gewesen, der gesagt hatte, es habe keine Fahrradklingel gegeben, also würde er nicht einfach so damit herausrücken, dass sie nach einer suchen wollten.

Nur für alle Fälle.

Außerdem würde er nicht zugeben, dass er ausgeschickt worden war, eine Fahrradklingel zu suchen, die von einer nachweislich Verrückten in einer Vision gesehen worden war.

Nicht einmal Brady hatte er gesagt, dass sie wegen Anna Buck hier waren.

»Natürlich«, sagte Mark.

»Danke«, erwiderte Marvel. »Wir brauchen auch nicht lange.«

Mark nickte, seufzte und deutete nach hinten auf die Treppe. »Na ja«, sagte er, »Sie wissen ja, wo es ist.«

Das wusste Marvel.

Das Zimmer war genau so, wie er es in Erinnerung hatte.

Er stand an der Tür und sah sich um, während er seine Finger in gepuderte Latexhandschuhe wand. Dieselben Poster und Bilder, dieselben Bücher in den Regalen, derselbe Mischmasch aus Spielsachen eines eher jungenhaften Mädchens, dieselbe Maus, die in demselben Rad auf der Stelle rannte.

Er ging quer durchs Zimmer zu dem altmodischen Schiebefenster hinüber.

»Wo soll ich anfangen, Sir?«, fragte Brady, doch Marvel antwortete nicht.

Ungefähr zwei Meter vom Fenster entfernt überkam John Marvel ein eigenartiges, kribbelndes Gefühl.

Merkwürdig.

Das menschliche Gehirn war darauf geeicht, die kleinsten Anomalien zu bemerken, die winzigsten Abweichungen von der Norm. Die Narbe im Gesicht, das Hinken im Gangbild, der Fehler, der auf dem Fließband der Fabrik vorbeisauste.

Manchmal jedoch erhaschte das Gehirn einen kurzen Blick auf etwas so *Merkwürdiges,* dass es zweimal hinsehen musste, um ganz sicher zu sein.

Er trat ein paar Schritte zurück, dann griff er in die Tasche und holte die Zeichnung heraus, die Anna Buck gemacht hatte, der Blick auf den Garten durch das Fenster. Dann ging er sehr langsam wieder vorwärts, bis seine Hüften fast das Fensterbrett berührten.

»Sir?« Brady wartete noch immer auf Anweisungen. »Wo soll ich anfangen?«

Marvel beachtete ihn nicht und ging ganz langsam in die Knie.

Zu tief.

Halb gegen die Wand gestützt, stemmte er sich wieder in eine halbe Hocke hoch und dachte an den Superintendenten und seine Frau und ihre hydraulischen Gelenke, bis er die richtige Höhe erreicht hatte.

Edie Evans' Höhe.

Ein kalter Schauer lief ihm über den Rücken.

»Sir?«

Marvel hielt die Zeichnung vor sich; aus dieser Höhe stimmte die Perspektive genau. Der alte hölzerne Fensterrahmen, der Schwung der Blumenbeete. Sogar die dunkel gekritzelten Flächen, bei denen es sich, wie Marvel jetzt sah, um die Wände zu beiden Seiten des Fensters handelte, und die Bäume hinter dem Garten.

Es war amateurhaft, aber es *stimmte alles ganz genau.*

»Hier«, sagte er leise. »Wir fangen hier an.«

Das Ding, das er für eine Blume im Zimmer gehalten hatte, befand sich in der rechten unteren Ecke des Fensterrahmens, den Anna Buck gezeichnet hatte. Jetzt blickte Marvel auf die rechte Ecke des Fensterbretts. Es war alt und breit und im Verlauf der Maserung gesprungen. Behutsam drückte er die Finger neben dem Sprung gegen das Holz, und es klappte nach unten, wodurch sich ein schwarzes Dreieck im Fensterbrett auftat.

Marvel stand im Licht, als er versuchte hineinzuspähen, also griff er blind hinein und hoffte, dass ihn nichts beißen würde. Seine fleischigen Finger passten kaum durch den Spalt, doch es gelang ihm, mit zwei Fingern etwas zu fassen zu bekommen und hervorzuziehen, es wie eine aus einem Vergnügungspark-Automaten geangelte Trophäe von seiner Hand herabbaumeln und dann in die andere fallen zu lassen.

Es war eine Micky-Maus-Fahrradklingel.

War das möglich? Er hielt das Ding in der Hand, trotzdem war Marvel sich nicht sicher, ob es überhaupt *möglich* war.

Sein Verstand war fast vollkommen rational, wenn er nüchtern war, und er war jetzt schon sehr lange nüchtern, daher tat er sich schwer mit der Irrationalität, die Klingel genau da zu finden, wo Anna Buck gesagt hatte.

Sie musste hier gewesen sein, das war die einzige Erklärung. Sie musste die Aussicht aus Edies Zimmerfenster gesehen und die Klingel versteckt haben, damit sie sie fanden. Vielleicht war Richard Latham ja *doch* hier gewesen und hatte Anna Buck davon erzählt?

Oder war jemand aus noch verbrecherischeren Gründen in Edies Zimmer gewesen?

Aber wer? James Buck, dem man bei Kindern nicht trauen konnte? Mark Evans, der darauf beharrte, dass es die Klingel nicht gab?

Urplötzlich sah sich Marvel mit Verdächtigen und Möglichkeiten bombardiert, wo es vorher keine gegeben hatte. Egal. Lieber zu viele Verdächtige als zu wenige. Und jede dieser Erklärungen hätte ihn zufriedengestellt, jede wäre etwas gewesen, womit er arbeiten könnte – der er nachgehen, über die er einen Bericht schreiben, die er seinem Vorgesetzten vorlegen könnte.

Mit der er leben könnte.

Die einzige andere Erklärung war nicht rational, und Marvel scheute davor zurück, obgleich sie es doch gewesen war, die ihn hergeführt hatte – zu diesem dunklen Spalt und dieser blanken Klingel.

Diese Erklärung lautete, dass Anna Buck in übernatürlicher Verbindung zu Edie Evans stand oder zu ihrem Mörder. Dass sie über mystische Fähigkeiten verfügte und die Geheimnisse des Universums kannte wie ihre Westentasche.

Wenn sie nicht gerade versuchte, sich vor einen Zug zu werfen, natürlich.

Oder eine Scheiß*puppe* zu stillen.

»Oh«, stieß Brady hervor. »Sie haben sie gefunden.« Er klang enttäuscht, als stünde das Zimmer einer Zwölfjährigen auseinanderzunehmen für ihn ganz oben auf der Liste der Dinge, die man im Leben unbedingt mal gemacht haben musste.

»Geben Sie mir mal eine Beweismitteltüte«, knurrte Marvel.

Brady hielt die Tüte für ihn auf, und er ließ die Klingel hineinfallen.

»Woher wussten Sie denn, wo Sie suchen mussten, Sir?«

»War nur so eine Ahnung«, sagte Marvel.

30

James Buck wachte auf, weil seine Frau neben ihm schrie.

»Nimm mir das ab! Nimm das *weg*!«

Sie schlug wild um sich, nach ihrem eigenen Gesicht und ihrem Kopf, griff sich ins Haar und riss daran.

»Anna!«, schrie er. »*Anna!* Wach auf!«

Sie wachte nicht auf. Stattdessen fing sie an, nach ihm zu schlagen und zu treten, völlig hysterisch vor Angst.

James rollte sich aus dem Bett, machte Licht an und suchte sich die richtige Stelle. Er schlug zu.

Nur einmal, aber genau richtig. Eine Ohrfeige mit der flachen Hand, die sie aufweckte und im selben Moment innehalten ließ.

Mit weit aufgerissenen, erschrockenen Augen sah sie ihn an.

»Danke«, sagte sie und brach in Tränen aus.

Er stieg wieder neben ihr ins Bett und hielt sie fest, während sie weinte. Es war das erste Mal seit fünf Monaten, dass sie sich von ihm in die Arme nehmen ließ. Sie hatte so sehr abgenommen! Überall, wo James sie anfasste, konnte er ihre Knochen durch die dünne gespannte Haut spüren. Das war ihm gar nicht aufgefallen, er hatte sie in all der Zeit kaum jemals nackt gesehen, doch jetzt, als er sie berührte, empfand er einen scharfen Stich der Angst. Er hatte sich ja schon wegen ihres Geisteszustands Sorgen gemacht – all das mit der Kirche und der Polizei und den blauen Kreisen –, jetzt jedoch war ihre körperliche Gebrechlichkeit für seine Hände als brutales Relief unverkennbar.

»Was war denn?«, fragte er dicht an ihrem Ohr, doch sie weinte zu sehr, um es ihm zu erzählen.

Aber sie ließ sich von ihm festhalten, ließ ihn ihre brennende Wange streicheln. Ließ ihn sich von hinten an sie schmiegen und sie trösten wie ein Baby, mit leisen »Schsch«-Lauten, während sie ihre Furcht herausschluchzte, bis sie wusste, dass sie *hier* war und nicht *dort* und wieder sprechen konnte.

Als sie schließlich etwas sagte, sprach sie so leise, dass James sich noch weiter vorbeugen und das Ohr an ihren Hals legen musste, um sie zu verstehen.

»Da war ein Alien«, sagte sie.

James lachte nicht, sie war zu verstört.

»Es hatte so ein … *Ding* aus Metall – wie eine Krone, mit Drähten dran –, und das hat es mir auf den Kopf gesetzt …«

Der Satz endete mit einem kleinen Wimmerlaut, und sie fasste sich an den Kopf, als könne sie es dort immer noch spüren, und James berührte sacht und beruhigend ihr Haar, genau an denselben Stellen.

»Jetzt kann dir nichts mehr passieren«, sagte er.

»Ich weiß.«

»Es war nur ein Traum.«

»Ich weiß«, sagte sie wieder. »Aber es hat sich so echt angefühlt.«

Er drückte sie, und sie ließ es zu.

Zusammen lagen sie da, während es im Zimmer langsam hell wurde.

Anna schwieg so lange, dass James dachte, sie sei wieder eingeschlafen. Er war selbst kurz davor wegzudämmern, als sie flüsterte: »Die wollen wissen, was ich denke.«

31

Marvel legte Superintendenten Clyde all seine neuen Beweise vor und beantragte offiziell, wieder mit dem Fall Edie Evans betraut zu werden.

»Aber John«, wandte Clyde ein, »das sind doch keine Beweise. Das sind Spekulationen, die auf dem wirren Gefasel einer psychisch Gestörten basieren.«

»Und was ist mit der Fahrradklingel, Sir?«

»Was soll damit sein?«, fragte Clyde zurück. »Hören Sie, ich will Sie hier nicht veralbern, aber wirklich, *was ist damit*? Es ist eine Klingel. Von einem Fahrrad. Zugegeben, Sie haben sie unter ungewöhnlichen Umständen gefunden, aber selbst wenn ich glauben würde, dass diese Frau das Ding in einer Kristallkugel gesehen und Sie zu einer Stelle geführt hat, die mit einem X markiert war … Was sagt die Klingel uns darüber, was mit Edie Evans passiert ist? Inwiefern *hilft* sie uns?«

»Sir, der Garten, die anderen Zeichnungen, die Fahrradklingel – ich weiß nicht, ob wir das alles ignorieren können. Ich sage ja nicht, dass Anna Buck nicht verrückt ist, ich glaube sogar, sie ist vollkommen durchgeknallt. Aber vielleicht wird sie ja benutzt, ohne es zu begreifen. Vielleicht hat sie ja irgendwas damit zu tun – *weiß* irgendetwas –, und das ist die einzige Art und Weise, wie sie es mitteilen kann. Vielleicht weiß sie viel mehr über den Fall Edie Evans, als ihr *selbst* klar ist. Sie könnte noch andere … Ideen zu bieten haben. Andere Spuren, die sich vielleicht aus dem ergeben, was sie sagt, und die dann eben *doch* nützlich sind. Vielleicht sogar entscheidend.«

Clyde stand auf und machte das Fenster zu. Es war Freitagnachmittag, und die Nachfrage nach Kebab zog früh an.

»Sie wissen doch, was ich von Hellsehern halte, Marvel.«

Ein kleiner Alarm schrillte in Marvels Kopf. *Was ist denn aus »John« geworden?*

»Ja, das weiß ich, Sir«, beteuerte er. »Und ich bin da ganz Ihrer Meinung, glauben Sie mir. Deswegen habe ich mich ja auch sehr darum bemüht, dass Mrs Clyde Mitzi so schnell wie möglich zurückbekommt. Um Ihnen Peinlichkeiten zu ersparen, Sir.«

Hoffentlich war Clyde klar, dass Marvel mehr meinte als nur die Peinlichkeit einer Ehefrau und eines flauschigen kleinen Hündchens. Hatte der Mann so schnell vergessen, dass er tausend Pfund Belohnung an irgendeinen anonymen Bengel abgedrückt hatte, *keine weiteren Fragen*? Wie peinlich wäre es für Clyde gewesen, wenn sich das herumgesprochen hätte?

Sehr peinlich.

Der Superintendent war ihm etwas schuldig. Und wie. Und wenn nur dafür, die entwürdigenden Einzelheiten nicht dem ganzen zweiten Stock offenbart zu haben. War ihm verdammt viel mehr schuldig, als ihn wieder mit dem Fall Edie Evans zu betrauen! Und das war erst der *Anfang*.

Anscheinend sah Clyde das nicht so.

»Ich finde, Ihr Verdacht entbehrt der nötigen Grundlage«, verkündete er. »Und ich bin ganz sicher nicht der Ansicht, dass es sich lohnen würde, den Fall Edie Evans aufgrund solch fadenscheiniger Beweise wieder aufzunehmen.«

Marvel konnte fühlen, wie ihm der Fall entglitt.

»Superintendent Jeffries fand anscheinend, dass es sich lohnt, Sir.«

»Nun, das mag der Grund dafür sein, dass Superintendent Jeffries weg ist und ich hier bin«, erwiderte Clyde scharf. »Um ganz ehrlich zu sein, dieser Fall war eine verdammte Blamage für die Polizei. Von Anfang an, bis zum verfluchten Ende.« Er seufzte, dann fuhr er freundlicher fort: »Das Problem beim Fall Evans ist, John, dass Sie zu scharf darauf sind.«

Stumm vor Staunen starrte Marvel ihn an.

Dieser Scheiß*vollidiot.*

Wie konnte man denn *zu scharf* darauf sein, einen Mord aufzuklären? Das wäre ja, als wäre man zu scharf auf den Weltfrieden, als hätte man zu viel gegen Krebs.

Urplötzlich ging ihm auf, dass er es hier nicht mit einem rationalen Argument zu tun hatte, also hielt er inne und überdachte die Situation neu.

Superintendent Clyde war ein Arsch. Ein Arsch, der nach Lammfleisch müffelte und eine fette Ehefrau hatte, einen schwulen Köter und einen Bullenpimmel an der Wohnzimmerwand.

Aber Marvel wollte den Fall Edie Evans wiederhaben, und er wollte noch immer die Beförderung. Und für beides musste er Clyde auf seiner Seite haben.

Die Mitzi-Strategie war danebengegangen, doch in der Nummer mit der Belohnung gab es noch Ansatzpunkte – ganz gleich, was Robert Clyde sagte. Wenn der Bengel, der den Hund nach Hause gebracht hatte, endlich seine Kohle holen kam, würde Marvel sich ihn gründlich zur Brust nehmen. Er würde dem Superintendenten zeigen, dass er, wenn man ihm eine Aufgabe übertrug, diese *bis zum Ende* durchzog und dass dann auch etwas dabei herauskam.

Also machte er einen Rückzieher, obgleich es ihn innerlich gewaltig aufwühlte. »Vielleicht haben Sie recht, Sir.«

Clyde sah ein wenig besänftigt aus. »Na sehen Sie, mein Bester«, meinte er begeistert. »So ist's recht.«

Arschloch, dachte Marvel.

Superintendent Clyde konnte ihn mal kreuzweise. Wenn er den Fall Mitzi Clyde nicht mit Unterstützung seines Vorgesetzten abschließen konnte, dann würde er es eben allein tun. Er würde Fragen stellen.

Antworten bekommen.

Ein verdammter Detective sein!

Er konnte es kaum erwarten, Clydes Gesicht zu sehen, wenn er den Betrug offenbarte – und ihm obendrein noch seine tausend Pfund wieder überreichte. Und wenn er das getan hatte – *dann* wären sie wieder im Geschäft, was den Fall Edie Evans anging.

Verdammte Hellseherei hin oder her.

32

Ang weinte in der Küche und stopfte seine sämtlichen weltlichen Habseligkeiten in eine Plastiktüte.

»Hi«, sagte James.

»Hi«, erwiderte Ang durch seine Tränen hindurch. Er weinte mit langen monotonen Lauten. Es hörte sich ganz ähnlich an wie sein Gesang.

»Was ist denn?«, fragte James.

»Ich gefeuert«, schluchzte er. »Nach China.« Damit rollte er das Geschichtentuch seiner Mutter zusammen und klemmte es behutsam zwischen eine halb volle Kekspackung und sein *Goal*-Aftershave.

»Für einen Hungerlohn?«, erkundigte sich James vorsichtig. Vielleicht hatte Brian Pigeon es sich anders überlegt und beschlossen, Ang bei dieser Gefeuert-werden-Nummer mitmischen zu lassen.

Doch Ang schüttelte nur den Kopf und gab weiter langgezogene Klagelaute von sich.

James ging Brian suchen. Das war nicht schwer – er stand unter einem VW Käfer und brüllte gerade am Handy irgendjemanden zusammen, wegen der alten Grube und der neuen Hebebühne.

James legte seine Werkzeuge zurecht und wartete, bis er fertig war.

Als es so weit war, klappte Brian das Handy zu und brüllte: »Was ist?«

»Haben Sie Ang gefeuert?«

»Nein!«, röhrte Brian. »Herr*gott* noch mal!«

James achtete nicht auf das Gebrüll. Das war Brians Werkseinstellung. Wenn man es ignorierte, ging es normalerweise weg. »Er denkt, Sie haben ihn gefeuert, und er muss nach China zurück.«

Brian lachte und wedelte mit dem Handy. »Na ja, vielleicht hab ich ja gesagt, ich ruf die Einwanderungsbehörde an.«

James schürzte die Lippen. Er fing Pavels Blick auf, und Pavel zuckte die Achseln, wie um zu sagen, ihm sei das egal.

»Er packt seine Sachen«, meinte James.

»Soll er doch! Diese kleine Dramaqueen!«

»Er weint.«

»Gut!«, gab Brian zurück. *»Ich* bin derjenige, der hier flennen sollte. Er hat den verdammten Alfa angebufft.«

James schaute rasch zu Brians grünem Alfa T-Spark auf der anderen Seite der Werkstatt hinüber. »Scheiße.«

Angs erste Aufgabe jeden Morgen bestand darin, die Wagen aus der Garage auf den Vorplatz zu fahren, damit Platz zum Arbeiten war. Doch er musste auf einem Kissen sitzen, um über das Armaturenbrett sehen zu können, und James war klar, dass er unmöglich jemals eine Fahrprüfung abgelegt haben konnte, schließlich war er ein illegaler Immigrant. Und Brian wusste das auch, deshalb hatte James kein Mitleid mit ihm, auch wenn das nicht das erste Auto war, das Ang angedengelt hatte, und ziemlich sicher auch nicht das letzte sein würde.

»Wird's teuer?«, fragte er.

»Nö«, knurrte Brian. »Bloß 'ne Schramme. Aber ich bin verdammt noch mal nicht aus Geld *gemacht,* und Nicole will Weihnachten nach Prag.«

»Sehr schön da«, bemerkte Pavel.

Brian sah ihn an. »Was?«

»Prag ist sehr schön«, sagte Pavel achselzuckend. »Aber da klauen alle.«

»Na super, verdammte Scheiße. Das fehlt mir noch. Noch mehr Ausländer, die mir in die Tasche greifen.«

»Wenn's nur 'ne Schramme ist«, fragte James gereizt, »warum jagen Sie ihm dann so eine Todesangst ein?«

Brian fuhr zu ihm herum. »Jetzt fang *du* nicht auch noch an! Das hier ist meine Werkstatt, und wenn's dir nicht passt, wie ich den Laden schmeiße, dann kannst du dich verpissen und dir 'n anderen Job suchen und 'ne andere Wohnung gleich dazu!«

James antwortete nicht. Er drehte sich lediglich um und ging zurück in die Küche, um Ang alles zu erklären.

»Verhätschel ihn nicht so, verdammt noch mal!«, brüllte Brian. »Er ist ein erwachsener Mann!«

33

Offiziell bearbeitete Marvel wieder den Fall Tanzi Anderson. Er hatte die Akte angefordert, um sich auf den neuesten Stand zu bringen, und genau das tat er auch – während er in Jimmy the Fix' Auto saß und Robert Clydes Haus beobachtete.

Es dauerte drei Tage, bis der Junge, der Mitzi gefunden hatte, sein Geld holen kam.

Es war ein schmächtiger weißer Bengel mit ordentlichem braunem Haar. Er trug Jeans, große weiße Turnschuhe und ein Tottenham-Hotspurs-Trikot. Marvel war West-Ham-Fan, doch das war nicht der einzige Grund, aus dem sein Misstrauen erwachte. Der Junge sah aus, als wäre er ungefähr dreizehn oder vierzehn – auf jeden Fall jung genug, dass seine Mutter oder sein Vater hätten dabei sein müssen, wenn es um tausend Pfund ging und ihm tatsächlich eine legitime Belohnung verweigert worden war.

Dieser Junge jedoch war allein.

Er ging zur Haustür hinauf und klopfte, und Marvel rutschte tiefer in seinen Sitz, obgleich er sich auf der anderen Seite einer Straße befand, die durch geparkte Wagen völlig zugestellt und verengt war.

Clyde machte selbst auf. Sogar von hier aus konnte Marvel Mitzi kläffen hören.

Der Junge und Clyde unterhielten sich kurz. Der Junge hielt ihm ein Stück Papier hin, von dem Marvel annahm, dass es sich um den gesperrten Scheck handelte.

Sie redeten, Clyde lächelte und nickte und tauschte dann den Scheck gegen etwas aus, das wie ein anderer aussah. Er übergab dem Jungen *selbst* die Kohle. Marvel wünschte, er hätte wieder die Kamera dabei. Das wäre Clyde ganz recht geschehen. Er hatte versprochen, *sehr dankbar* zu sein, und das war er nicht gewesen. Was ja okay gewesen wäre, dachte Marvel, wenn er schlechte Arbeit abgeliefert hätte, doch das hatte er nicht getan. Er hatte den Job gut gemacht, auch wenn der es nicht wert gewesen war, überhaupt gemacht zu werden, geschweige denn gut. Jetzt kam Marvel nicht von dem Gedanken los, dass er irgendwie um die Dankbarkeit betrogen worden war, die ihm zustand, und so um die Chance auf eine Beförderung gebracht worden war.

Wenn er von diesem Bengel betrogen worden war, wollte Marvel das wissen. Und wenn die Möglichkeit bestand, dass er aus dem Fall Mitzi Clyde immer noch irgendeinen Vorteil schlagen konnte, dann wollte Marvel das auch wissen.

Auf der anderen Straßenseite verabschiedete sich der Junge. Er faltete den Scheck zusammen und steckte ihn in die Gesäßtasche, während er die Stufen des Vorgartens hinuntertrottete und das Gartentor sorgfältig hinter sich zumachte. Ehe er sich abwandte, winkte er, und Clyde winkte zurück und schloss dann die Haustür.

Er sah dem Bengel nicht mal nach. Schöner Polizist.

Marvel wartete, bis der junge Spurs-Fan das Ende der Straße erreichte und nach links abbog, ehe er den BMW aus der Parklücke lotste und ihm folgte.

Der Bengel latschte dahin wie alle Jungs heutzutage – wie ein Gangsta mit a, und seine Unterhose guckte auch vor. Diese Nummer mit der Unterhose brachte Marvel jedes Mal unweigerlich in Rage.

Er kam am Polizeirevier vorbei und ging in die Kebab-Bude. Fünf Minuten später kam er wieder heraus, setzte seinen Weg fort und vertilgte dabei einen riesigen Döner, wobei er sich weit vorbeugte, damit ihm die Salatfetzen und die Soße nicht auf sein schönes weißes Spurs-Trikot tropften.

Marvel hatte seit Jahren keinen Döner mehr gegessen. Bei dem Geruch im Büro des Superintendenten verging ihm jedes Mal der Appetit, jetzt jedoch, wo er das Essen sehen konnte, erinnerte er sich wieder an den Geschmack des würzigen Fetts in seinen Backentaschen, und das Wasser lief ihm im Mund zusammen.

Für tausend Piepen bekam man eine Menge Döner.

Für tausend Piepen bekam man eine Menge von allem, wenn man vierzehn war.

Der Junge aß schnell, und als er fertig war, knüllte er das Papier zusammen – und behielt es dann, bis er zu einem Mülleimer kam.

Verblüffend.

Sein Gemeinsinn strafte seine Unterhose Lügen.

Es machte Marvel doppelt misstrauisch, wenn die Leute sich nicht so verhielten, wie sie sollten. Oder zumindest so, wie sie es *dem Aussehen nach* sollten. Er glaubte fest an Stereotype. Was ihn betraf, gab es Stereotype nicht ohne Grund, und zu versuchen, sie um der Objektivität willen zu ignorieren, war übertriebene politische Korrektheit.

Mit neuem Interesse setzte er seine Zeitlupen-Verfolgungsjagd fort. Irgendetwas an diesem Jungen gefiel ihm nicht. Mehr als nur das Spurs-Trikot und dass ihm der Arsch aus der Jeans hing.

Marvels Nackenhaare stellte sich noch mehr auf, als der Junge durch die Türen von Marks & Spencer schlurfte – jene Bastion der Mittelklassemenschen mittleren Alters. Marvel stellte den BMW an einer Bushaltestelle ab und eilte über den Gehsteig, um dem Jungen hineinzufolgen. Genau wie sein Instinkt es ihm gesagt hatte, betrat der Bengel den Fahrstuhl und fuhr in den zweiten Stock hinauf.

Geradewegs in das Café.

Marvel stand ein paar Leute hinter ihm in der Warteschlange. Zur Tarnung nahm er sich ein Tablett und sah sich unter den Kunden des Cafés um.

Es waren genau dieselben wohlhabenden grauhaarigen Gäste und dieselben Frauen in ihren Affenkostümen, die mit Tabletts und Rosinenbrötchen und getoasteten Sandwiches zwischen den Tischen herumwuselten.

Sonst war niemand unter fünfzig in dem Café. Marvel furchte die Stirn. Hatte sein Instinkt ihn im Stich gelassen? Er war sich so sicher gewesen, dass er Richard Latham hier erblicken würde. Verwirrt schaute er die Schlange hinter sich entlang.

Der Junge da vorn fiel auf wie ein bunter Hund. Er hatte sich ein Tablett genommen, aber nichts daraufgestellt. Noch nicht.

Marvel schwor sich insgeheim, dass er bei der Londoner Polizei kündigen würde, wenn der Bengel sich eine Kanne Tee holte, sich hinsetzte und sie ganz allein austrank.

Es war knapp.

Der Junge war schon an der Kasse, ehe er etwas bestellte. Dann holte er ein paar Münzen und seine grüne Treuekarte aus der Tasche – und den Scheck. Hätte Marvel nicht gesehen, wie er den vor dem Haus des Superintendenten eingesteckt hatte, dann hätte er das jetzt nie bemerkt, so säuberlich war er unter der Karte gefaltet.

Die Frau hinter der Kasse kam nicht einen Moment aus dem Takt. Sie tat das Geld in die Kasse, sie stempelte die Karte ab, sie steckte den Scheck ein.

Der Junge nahm seinen Kaffee, stellte ihn auf sein Tablett – und ließ beides auf dem Weg hinaus auf dem Tisch stehen, der der Tür am nächsten war.

Einen Moment lang war Marvel hin- und hergerissen, ob er ihm folgen sollte oder nicht, doch er beschloss rasch, da zu bleiben, wo das Geld war. Er kam seinerseits an die Kasse und bat um einen Kaffee. Die unauffällige Frau in mittleren Jahren war geschwätzig wie ein Schimpanse. »Möchten Sie was zu essen dazu, Sir? Haben Sie eine Treuekarte, Sir? Möchten Sie eine? Alle zehn Kaffees gibt's einen gratis …«

Als sie die Kasse öffnete, um sein Wechselgeld herauszuholen, schaute er auf ihren großen Busen und las ihr Namensschild.

Denise.

Nein danke, Denise, das Rosinenbrötchen genügt fürs Erste.

Das hier war die Frau, die angekommen war und einen lahmen Witz über Richard Latham gerissen hatte. Sie hatte ihm die Schulter getätschelt. Die beiden kannten sich. Und sie hatte gerade tausend Pfund Belohnung dafür erhalten, einen vermissten Hund ausfindig gemacht zu haben, von dem Latham versprochen hatte, dass er »bald wieder zu Hause sein würde«.

Volltreffer.

Als Denise Marvel das Wechselgeld reichte, ließ er eine Handschelle um ihr Handgelenk zuschnappen und verkündete, sie sei verhaftet – zunächst mal wegen Erpressung.

Sie sagte »Was?« und brach dann lautstark in Tränen aus, während ihre Kolleginnen aus allen Ecken des Cafés herbeigeeilt kamen und kreischend und schnatternd ihre Verwirrung und Empörung bekundeten.

Marvel verließ M&S mit einer widerstrebenden Denise im Schlepptau und kam sich vor wie ein außerordentlich selbstzufriedener Leierkastenmann.

Sobald sie Denise Grangers Haustür öffneten, konnte Marvel die Hunde riechen.

Es waren vier, in einem Zimmer ganz hinten in der Wohnung, alles Rassehunde, und jeder lief in einem Drahtkäfig in seiner eigenen Scheiße im Kreis. Marvel dachte daran, wie Denise ihm sein Wechselgeld gereicht hatte, und wünschte sich, er könnte sich die Hände waschen.

»Hab ich's doch *gewusst*, dass der irgendwas verbirgt«, sagte er zum Superintendenten – doch Clyde schwieg.

Einer der Käfige war leer.

»Da hatte sie bestimmt Mitzi drin«, fuhr Marvel fort.

Superintendent Clyde grunzte nur. Marvel hatte noch nie jemanden gesehen, der sich weniger darüber gefreut hätte, tausend Pfund zurückzukriegen.

Schließlich sagte er doch etwas – und starrte dabei einen Minischnauzer an. »Hat sie gestanden?«

»Hat gebeichtet wie der Scheißpapst!«, antwortete Marvel erfüllt von diebischer Freude. Er reichte Clyde das gleiche Flugblatt, das Anna Buck aus dem Haus gelockt hatte. »Nettes kleines Geschäft. Die Kids klauen die Hunde, Granger versorgt sie. Dann werfen sie bei ein paar Häusern in der Gegend, wo die Hunde abgegriffen worden sind, Kirchenflyer in die Briefschlitze. Hellseher, war im Fernsehen, blablabla. Je nachdem, was der Besitzer unternimmt, verkaufen sie den Hund entweder gegen Bargeld weiter, oder Latham lässt den Besitzer eine Weile zappeln, damit er Spenden abdrückt, und dann streichen sie die Belohnung ein.«

Keine weiteren Fragen. Die Worte hingen so laut in der Luft, dass nicht einmal Marvel glaubte, etwas damit gewinnen zu können, wenn er sie wiederholte.

Clyde starrte die Hunde noch einen Moment an, dann sagte er: »Ich bin katholisch, Chief Inspector«, verließ das Zimmer und ging die Treppe hinunter.

Marvel verdrehte angesichts seines Pechs die Augen und folgte ihm nach unten in den Flur des kleinen Reihenhauses.

Durch die offene Wohnzimmertür konnte er drei schlaksige Teenager sehen, die sich aufs Sofa gequetscht hatten – zwei Mädchen und einen Jungen. Trotz der Verhaftung ihrer Mutter und der Polizei im Haus und der gestohlenen Hunde oben war alles, was er in ihren Augen sehen konnte, die Spiegelung des Fernsehers.

Ohne Marvel anzusehen fragte Clyde: »Hat sie Latham namentlich belastet?«

»Ja, Sir. Und der Junge ist der Enkel eines Nachbarn. Verdammte Spurs-Fans.« Rasch hielt er den Mund, falls der Superintendent katholisch *und* Spurs-Fan war, doch wenn dem so war, sagte er es nicht.

»Also«, fuhr Marvel fort und zählte die Anklagepunkte an den Fingern ab. »Wir haben Diebstahl, Erpressung, böswillige Täuschung. Finanzielle Vorteilsnahme durch Irreführung, betrügerische Verschwörung.« Er stockte und fügte dann hinzu: »Behinderung der Justiz …«

Der Superintendent bedachte ihn mit einem kalten, starren Blick. »Ich sage Ihnen mal, was Sie haben, Marvel. Drei Beschuldigte, einer davon minderjährig, eine Mutter von drei Kindern, die verdammt noch mal bei M&S arbeitet, und einen alten Mann, dem genau dieses Dezernat mal zweitausend Pfund dafür gezahlt hat, dass er mit den Toten redet. Arbeitsaufwand – gewaltig, Aussicht auf eine Verurteilung – vielleicht fünf Prozent. Strafe – wenn wir Glück haben, für alle eins auf die Finger. Publicity – absolut fürchterlich. Alles wegen eines vermissten Hundes, den Sie schnell und diskret ausfindig zu machen versprochen haben, und zwar als *persönlichen Scheißgefallen*.«

Die Stimme des Superintendenten wurde immer lauter, bis selbst die Teenager sie vom Sofa her anstarrten wie drei weise Affen. Der mit der Fernbedienung schaltete sogar den Ton ab, um ihn besser verstehen zu können.

Der Superintendent schaute sich um, dann beugte er sich ins Zimmer und zog die Tür zu. »Sie konnten es nicht gut sein lassen, wie?«, zischte er. »Nicht einmal, nachdem ich es Ihnen *gesagt* habe.«

Marvel verstand den Zorn seines Vorgesetzten. Clydes Vergehen war nicht schwerwiegend, aber es könnte sich sehr nachteilig auswirken. Jeder halbwegs schlaue Anwalt würde bei jeder

Verhandlung darauf hinweisen, dass er keine richtigen Ermittlungen durchgeführt hatte, und versuchen, das Dezernat in Misskredit zu bringen, und in Misskredit war es ja auch geraten. Bei Clydes Dienstgrad – in seinem Alter – würde ein Schandfleck in seiner Akte jegliches weitere berufliche Fortkommen ausbremsen.

»Noch ist Zeit, das Ganze abzubiegen«, sagte der Superintendent.

Marvel zögerte. Es war wirklich noch Zeit, und das wusste er. Er brauchte Granger nur zu verwarnen, dem Jungen ordentlich Angst zu machen, Latham zu sagen, dass er seine Aktivitäten sofort einstellen sollte, und die Hunde zu ihren Besitzern zurückzuschaffen. Damit wäre Clyde zufrieden, das Ganze würde nicht vor Gericht kommen, und er konnte sich zurücklehnen. Sich die Fälle aussuchen und sich der Beförderung so gut wie sicher sein, ob er sie nun verdiente oder nicht.

Aber er würde sämtliche Druckmittel einbüßen, die er im Fall Edie Evans gegen Richard Latham einsetzen könnte.

Marvel seufzte tief. Er war den Leuten schon immer gegen den Strich gegangen; er war ein Atavismus, dessen Gesicht nicht zur neuen, modernen Polizei passte, die von kleinen Männern mit abgeschlossenem Hochschulstudium und vegetarischen Lesben bevölkert war. Er hatte sich nicht stets die richtigen Freunde zugelegt, die richtigen Dinge gesagt, war nicht immer in die richtigen Ärsche gekrochen.

Jetzt bot ihm Clyde eine Chance, das alles zu ändern, und alles, was er tun musste, war … *gar nichts.*

Eigentlich blieb ihm gar keine Wahl.

»Ich verhafte ihn«, verkündete er mit einem Achselzucken.

Superintendent Clyde starrte ihn ungläubig an, dann schaute er kurz zur Wohnzimmertür hinüber. »Hier geht's doch gar nicht um gestohlene Hunde, und das wissen Sie ganz genau! Hier geht's um Ihre Besessenheit in Sachen Edie Evans.«

Marvel konnte das nicht einmal abstreiten. »Latham weiß mehr über sie, als er uns gesagt hat.«

»Wenn er mehr wüsste, hätte er es Ihnen gesagt, als Sie ihn dafür *bezahlt* haben.«

»Nicht wenn *er* sie umgebracht hat.«

»Wie meinen Sie das?«

Marvel war sich nicht sicher, wie er das meinte. Die Worte waren aus seinem Mund gefallen, bevor sein Gehirn sich eingeklinkt hatte. Doch jetzt, wo sie draußen waren, erschienen sie ihm allmählich logisch. Und etwas – *irgendetwas* – Logisches fühlte sich im Moment an wie ein frischer Luftzug.

Er schaute über die Schulter zur Wohnzimmertür und senkte die Stimme. »Schauen Sie sich doch an, was er mit Mitzi gemacht hat. Sie entführt und damit Kohle gemacht. Und zwar nicht nur die Belohnung, sondern auch dass Leute jede Woche in die Kirche gekommen sind, für private Konsultationen bezahlt haben, Geld für das verdammte Dach gespendet haben, bis – siehe da! – der Hund wieder da ist, genau wie er gesagt hat. Und das alles bauchpinselt sein Ego. Damit baut er sich einen Ruf als Hellseher auf. Damit verdient er Geld.«

»Und?« Clyde sah nicht aus, als wäre er beeindruckt.

»Na, denken Sie doch mal an Edie Evans«, sagte Marvel. »Was ist, wenn er sie gekidnappt hat, damit er sie *finden* kann.«

Clyde blinzelte verblüfft, und Marvel fuhr hastig fort: »Plötzlich ist er im Fernsehen, ist 'ne große Nummer. Die Besucherzahlen in seiner Kirche gehen durch die Decke. Sein Ego geht durch die Decke. Alles, was er tun muss, ist, 'ne Weile was von Gärten und rollenden weißen Rädern zu faseln und uns dann zu ihr zu führen, und dann hat er's geschafft. Eine größere Kirche, 'ne Fernsehshow, Bücher, Videos, Filme, das ganze Trara. Danach wird er immer der Hellseher sein, der Edie Evans gefunden hat.«

»Und was ist dann schiefgegangen?«, wollte Clyde wissen.

»Ich weiß es nicht! Aber *irgendwas.* Vielleicht irgendetwas, was er nicht unter Kontrolle hatte. Vielleicht ein Unfall. Sie ist hingefallen, hat sich an was verschluckt …« Marvel holte tief Luft. »Oder vielleicht hat er einfach durchgedreht und sie umgebracht …«

Clyde schwieg. Die Geräusche einer Quizsendung drangen durch die Wohnzimmertür. Das gedehnte *Ooooch* nach einer falschen Antwort.

»Aber das werden wir nie erfahren, wenn ich ihm nicht *hiermit* Druck machen kann«, drängte Marvel. »Ich muss ihn mir in einem Vernehmungszimmer vorknöpfen, wo er unter Stress gerät, wo er durch die unmittelbare Bedrohung eines Gerichtsverfahrens abgelenkt und mit dem Kopf nicht bei dem größeren Problem ist. Ihn dazu bringen, dass ihm das eine rausrutscht, während er sich darauf konzentriert, das andere zu verbergen.«

»Also, nur damit ich das richtig verstehe«, sagte Clyde langsam. »Sie würden mich für die sehr geringe Chance ans Messer liefern, irgendein winziges Informationsfitzelchen – von dem Sie nicht mal wissen, ob es nützlich wäre – von einem *Hellseher* zu kriegen?«

Marvel antwortete nicht, und Clyde kniff verbittert die Lippen zusammen. »Wissen Sie, Sie können hundert Leute verhaften, mit tausend bescheuerten Begründungen, und das wird nie etwas an der Tatsache ändern, dass Sie derjenige waren, der Edie Evans im Stich gelassen hat.«

Marvel rammte die Schulter seines Vorgesetzten hart, als er sich auf dem Weg zur Haustür an ihm vorbeidrängte. Als er die Hand nach der Klinke ausstreckte, zischte Clyde: »Sie stechen da in ein *Riesen*wespennest, Marvel.«

Marvel riss die Tür auf und erwiderte: »Das will ich doch hoffen.«

34

»Ist das hier nicht ein bisschen unter Ihrer Würde, Chief Inspector?«

»Ich bin nicht stolz«, erwiderte Marvel. »Ich rede mit jedem.«

»Ich nicht«, sagte Richard Latham. »Ich warte auf meinen Anwalt, wenn Sie nichts dagegen haben.«

Ohne ein getoastetes Rosinenbrötchen vor sich sah Latham nicht halb so selbstsicher aus, doch er zog in Vernehmungszimmer III noch immer eine ziemlich gute Show ab.

»Wie Sie wollen«, antwortete Marvel, doch er setzte sich trotzdem und fügte hinzu. »Mrs Granger hat nicht auf ihren Anwalt gewartet.«

»Bitte?«

Er hatte ihn verstanden. Aber Marvel wiederholte es trotzdem noch mal: »Mrs Granger hat nicht auf ihren Anwalt gewartet.«

»Ich glaube, ich kenne keine Mrs Granger.«

»Bitte?«

»Ich glaube …« Latham verstummte jäh, und Marvel grinste ihn an. Latham lehnte sich auf seinem Stuhl zurück und verschränkte die Arme.

Marvel konnte seine Selbstzufriedenheit kaum verbergen. Dann beschloss er, dass es die Mühe auch gar nicht wert war. »Ich *wusste,* dass Sie was verbergen, Latham. Hab ich das nicht gesagt, Brady?«

DS Brady sah den Hellseher an und nickte. »Er hat gesagt, Sie hätten was zu verbergen.«

»Wie sich rausstellt, war's ja doch nichts Besonderes. Nichts besonders Cleveres. Nichts *Übernatürliches.* Nur ganz gewöhnlicher Diebstahl.« Marvel stieß einen übertriebenen Seufzer aus. »Mrs Granger ist die Dame, die sich um all die Hunde gekümmert hat, die Sie zu finden vorgegeben haben, Mr Latham.«

»Ich weiß nicht, wovon Sie reden«, antwortete Latham. »Deswegen ziehe ich es vor, auf meinen Anwalt zu warten, bevor ich diese Angelegenheit kläre, vielen Dank auch.«

»Selbstverständlich«, beteuerte Marvel. »Es sollte auch nicht lange dauern, wenn wir erst mal angefangen haben. Mrs Granger hat alles hieb- und stichfest belegt.«

Latham schürzte die Lippen. Er antwortete nicht sofort. Stattdessen starrte er einen Moment lang an die Decke. Dann meinte er: »Hieb- und stichfest. Das ist eine interessante Formulierung.«

Marvel ignorierte die Aufforderung, *warum* zu fragen. Er nippte an dem Tee, den er sich mitgebracht hatte, und schaute auf seine Uhr.

»Erster Brief an die Korinther«, sagte Latham. »Fünfzehn sechsundzwanzig. *Der letzte Feind, der entmachtet wird, ist der Tod.*«

»Worauf wollen Sie hinaus?«, fragte Marvel.

»Sind Sie religiös, Chief Inspector?«

»Nein.«

»Aaah«, seufzte Latham. »Eines Tages werden Sie's sein. Am Ende kommt jeder dahin.«

Marvel schnaubte. »Wetten Sie gern?«

»Nein.«

»Ihr Glück«, meinte Marvel. »Ich würde nämlich gewinnen.«

»Auch wenn Sie verlieren«, erwiderte Latham betrübt.

Marvel gähnte. »Was hat Ihr Anwalt noch mal gesagt, wie lange er braucht?«

»Ungefähr eine Stunde.«

»Von wann an?«

»Von vor ungefähr einer Stunde.«

»Gut«, sagte Marvel und schlug die Fallakte auf.

Marvel wäre sich nackt vorgekommen, wenn er ein Vernehmungszimmer ohne Fallakte betreten hätte, also hatte er eilig eine über Mitzi Clyde angelegt, auch wenn diese aus nicht mehr als ein paar Fotos und dem einkassierten Scheck bestand und entsprechend dünn war.

Latham lachte, doch in dem kleinen kargen Zimmer klang es hohl und kurz. »Wie ich sehe, haben Sie *jede Menge* Beweise gegen mich, Mr Marvel.«

Es gefiel Marvel, dass Latham besorgt genug war, um genau hinzuschauen, also lächelte er zurück.

»Genug reicht mir vollkommen«, antwortete er. Und das stimmte auch. Fälle konnten mit einem einzigen Haar oder einem einsamen Daumenabdruck stehen oder fallen. Manchmal war ein ganzer Karton voller Papierkram lediglich der Beweis dafür, wie verwirrend ein Fall war – oder wie verwirrt der ermittelnde Beamte war.

»Also«, sagte Marvel. »Mrs Granger – Denise. Sind Sie beide …« Er ließ die Worte in der Luft hängen, machte jedoch eine kleine Drehbewegung mit zwei Fingern.

»Seien Sie doch nicht geschmacklos, Mr Marvel.«

»Wie?«, fragte Marvel. »Ich dachte, Sie kennen sie nicht. Nach dem, was Sie zu wissen behaupten, könnte sie doch aussehen wie Julia Roberts.«

Latham schob seine Brille hoch und schaute auf seine Uhr.

»Es war also eine reine Geschäftsbeziehung?«, erkundigte sich Marvel.

»Ich warte auf meinen Anwalt«, sagte Latham.

»Es ging nur ums Geld«, überlegte Marvel laut. »Das passt zu Ihnen, nicht wahr, Richard?«

»Ich hoffe doch, Mr Proctor kommt bald«, bemerkte Latham

und schaute zur Tür. »Nichts für ungut, Chief Inspector, aber es ist sehr langweilig, mit Ihnen in einem kleinen Zimmer festzusitzen.«

Alle verstummten.

Marvel trank seinen Tee aus.

Brady faltete einen Papierflieger aus einem Blatt seines Notizbuchs und ließ ihn gegen die Uhr an der Wand segeln.

Latham saß da.

»Erzählen Sie mir von Ihrer Kirche«, sagte Marvel zu seiner eigenen Verblüffung. Er hatte nicht gewusst, dass er das fragen würde.

Latham sah ihn argwöhnisch an.

»Ich mein's ernst«, beteuerte Marvel. »Während wir warten. Warum denn nicht?«

Latham zuckte mit den Schultern. »Na ja«, setzte er an. »Sie ist ziemlich klein …«

»Mit einem ziemlich großen Dach«, bemerkte Marvel.

Latham sah ihn an wie ein Schuldirektor. »Wollen Sie etwas darüber hören, Marvel, oder wollen Sie sich bloß lustig machen?«

Marvel verschloss seine Lippen und warf den Schlüssel weg. Brady lachte.

Latham beachtete sie nicht und fuhr fort. »Im Moment haben wir nur ungefähr fünfzig Mitglieder. Und nur zwanzig oder so kommen regelmäßig.«

»Und was war, als Sie im Fernsehen waren?«

»Aah. Das war was anderes. Manchmal hatten wir Hunderte da. Nur noch Stehplätze.«

»Und was ist schiefgegangen?«

Latham schüttelte den Kopf. »Sie wissen genau, was schiefgegangen ist, Mr Marvel.«

»Sie meinen, nachdem Sie den Fall Edie Evans vermasselt hatten, haben die Leute gemerkt, dass Sie eine Luftnummer sind.«

Brady lachte, doch Lathams Hals und seine Ohren färbten sich allmählich rot wie bei einer exotischen Echse.

»Alle lachen«, sagte er. »Jeder hält es für einen Riesenwitz. Das ist kein Witz, Chief Inspector, es ist eine *Gabe.*«

»Eine Gabe, für die andere Leute bezahlen sollen.«

Latham richtete den Blick seines intakten Auges fest auf Marvel, während das andere Wache schob. »Warum denn nicht? Die Leute zahlen doch auch für Blödsinn, den sie gar nicht brauchen. Für Milchshakes und Pornozeitschriften und Botox. Warum sollten die Leute *nicht* für meine Gabe bezahlen? Das ist etwas, woran ich gearbeitet habe, etwas Unglaubliches – diese Fähigkeit, das ist *Magie.*«

»Ich hab dafür bezahlt, wissen Sie noch?«, fragte Marvel fröhlich. »Aber jetzt will ich mein Geld zurück.«

Brady lachte abermals, doch als Latham antwortete, lag ein zorniges Beben in seiner Stimme. »In hundert Jahren werden Sie schon sehen. Leuten wie mir wird gezahlt werden, was uns zusteht. Wir werden auf den Titelseiten jeder Zeitung sein, werden von Präsidenten und Königen empfangen werden. Wir werden in großen Häusern wohnen, wie diese idiotischen Fußballer heutzutage. In Villen und Palästen, Marvel. In Villen und Palästen!« Er klatschte die flache Hand auf den Tisch, so dass sie beide zusammenfuhren, denn rammte er den Zeigefinger in ihre Gesichter. »Leute wie *Sie* und *Sie* werden aussehen wie die Neandertalerfraktion, während die Seher und die Wahrsager und die *Shut Eyes* die Welt beherrschen. Sie werden sehen, Marvel. In der Zukunft sind wir Helden. In der Zukunft sind wir Götter!«

»Vielleicht«, erwiderte Marvel mit abfälligem Achselzucken. »Aber bis dahin können Sie sich ja immer noch mit Hundeklauen ein paar Kröten verdienen.«

»Halten Sie den Mund!«, fauchte Latham.

Marvel hielt nicht den Mund. Stattdessen drückte er die Finger gegen die Schläfe und schaute zu den Leuchtröhren empor. »Ich kann Rover sehen, Mrs Jones. Und ich prophezeie Ihnen, dass er auf wundersame Weise zu Ihnen zurückkehren wird. Außerdem prophezeie ich, dass das sehr bald geschehen wird, wenn ich es leid bin, Hundescheiße vom Schlafzimmerteppich zu kratzen. Geben Sie die Hoffnung nicht auf, Mrs Jones, und das wären dann fünfzig Pfund fürs Kirchendach, bitte.«

»Halten Sie Ihr Scheiß*maul*!«

Brady und Marvel hörten auf zu lachen und starrten Richard Latham an.

Der Mann zitterte vor Wut, seine Fäuste umklammerten die Tischkante so fest, dass die Knöchel ganz weiß waren, und auf seinen Lippen standen Speicheltröpfchen.

»Halten Sie gefälligst Ihre Scheißmäuler!«

Plötzlich fühlte Marvel sich unbehaglich dabei, Latham so nahe zu sein. Selbst hier auf dem Revier, mit Colin Brady an seiner Seite. Der Mann hatte etwas Seltsames an sich, das ihm vorher noch nie aufgefallen war. Nicht nur sein Schielauge, nicht nur dieses Marionetten-Federn beim Gehen.

Etwas anderes.

Etwas, das ihn dazu brachte, dies hier beenden zu wollen.

»Na schön«, sagte er. »In Ordnung. Regen wir uns mal alle wieder …«

»Sie können mich mal, Marvel! Glauben Sie, Sie sind der Einzige, der Edie Evans finden wollte? Für Sie war das bloß ein Fall unter vielen. Aber für mich stand dabei meine Zukunft auf dem Spiel. Meine Karriere. Meine ganz Reputation.«

Marvel sah ihn kalt an. »Wenn Ihre Reputation von einer Lüge abhängt, wie viel ist sie dann wert?«

»Es ist keine *Lüge*!« Latham stieß heftig seinen Stuhl zurück, als er aufstand und sich über den Tisch beugte. »Es war *nie* eine Lüge!«

»Setzen Sie sich hin, Mr Latham«, sagte Marvel kalt, und als der Mann es nicht tat, erhoben er und Brady sich ebenfalls und wechselten dabei angespannte Blicke. Doch Richard Latham ging nicht auf sie los. Er stützte sich auf den Tisch, drosch mit den Fingerknöcheln darauf und rammte dann den Finger in die Luft, um seine Worte zu unterstreichen.

»Ich weiß manche Dinge!«, verkündete er. »Ich sehe Dinge! Ich sehe *Sie*, und ich sehe *Sie*! Ich sehe Sie beide! *Ihre* Frau ist schwanger. Und *Sie* verbrennen im Schnee und Eis, mit all den Fragen und ohne irgendwelche Antworten!«

Marvel schnalzte abschätzig mit der Zunge. »Typisch.«

»Das ist wahr!«, brüllte Latham. »Diese Dinge sind *real*! *Diese Dinge sind keine Lüge!* Oh, mein Gott! Mein *Gott*!«

Jäh hielt er inne, um keuchend Atem zu holen, auf die Fäuste gestützt und hochrot im Gesicht. Die Brille war ihm so weit die Nase hinuntergerutscht, dass sie nur noch von der fleischigen Spitze gehalten wurde. Dann sank er langsam wieder auf seinen Stuhl.

Das Schweigen hallte pulsierend von den Wänden des kleinen Raums wider und erzeugte seinen ganz eigenen Druck, den Marvel unter den Augen spüren konnte wie einen Herzschlag.

»Wenn Sie ein *Shut Eye* wären, hätten Sie mir gesagt, wo Edie Evans war. Sie hätten mir zuallermindest sagen können, was mit ihr passiert ist. Aber das konnten Sie nicht. Und Sie können es immer noch nicht.« Marvel betrachtete ihn mit eisigem Blick. »Sie sind nämlich gar kein Hellseher, Richard. Sie sind nichts Besonderes. Sie sind nichts anderes als ein Lügner und Betrüger und ein ganz gewöhnlicher Dieb.«

Latham setzte zu einer Antwort an, doch die Stimme blieb ihm im Hals stecken. Er räusperte sich und versuchte es in heiserem Flüsterton noch einmal.

»Ich habe sie damals gefunden.«

»Nein, haben Sie nicht.«

»Doch, habe ich«, beharrte Latham.

Der Mann sprach ganz ohne sein bisheriges Feuer, und trotzdem spürte Marvel, wie sich seine Eier in einer Art Urreaktion in seinen Unterleib zurückzogen.

Latham öffnete die Fäuste, nahm die Brille ab und seufzte. Er sah erschöpft aus und hörte sich auch so an. Er rieb sich das rote Gesicht, dann blickte er auf und sah Marvel in die Augen. »Ich habe sie gleich beim ersten Mal gefunden. Als ich das erste Mal ihr Foto gezeigt bekommen habe.«

»Wo?«, wollte Marvel wissen.

Latham blickte auf seine Hände hinab und schüttelte den Kopf. Marvel beugte sich herab und brüllte ihm ins Gesicht: *»Wo war sie?«*

Richard Latham begann zu weinen.

»Sie war schon tot.«

35

Zum ersten Mal, seit sie entführt worden war, hatte Edie Evans wirklich Angst, dass jemand ihr etwas tun könnte.

Sie war von einem merkwürdigen, hartnäckigen Trällergeräusch geweckt worden, anders als alles, was sie seit ihrer Entführung je gehört hatte – oder auch davor.

Edie setzte sich im Bett auf und starrte Neil Armstrong an der Tür an. Neil hätte keine Angst. Neil würde ganz ruhig bleiben.

Edie versuchte, ganz ruhig zu bleiben, und es klappte. Ein bisschen.

Dann quietschte der Riegel an der Tür, und sie spannte sich von Neuem an, als das Trällergeräusch lauter wurde. Die Tür ging knarrend auf, und der Außerirdische kam er herein, mit einem Lampenschirm und einem Teller mit Zuckergusstörtchen.

Der Lampenschirm verwirrte Edie. Die Lampe im Zimmer war keine, für die ein Schirm nötig gewesen wäre. Es war ein langer Lichtstreifen oben an der Decke. Diese Gebilde sah aus wie ein Wok, mit Dutzenden von Speichen, die von der Mitte aus nach außen strebten und an den Seiten scharf nach unten gebogen waren. Elektrische Drähte führten davon weg, mit ganz vielen kleinen Knoten und Knäueln, ein Netz, das echt gefährlich aussah. »Was ist das?«, fragte sie argwöhnisch, doch der Außerirdische antwortete nicht.

Stattdessen versuchte er, ihr das Ding auf den Kopf zu setzen.

Edie stieß es zur Seite und krabbelte hastig vom Bett herunter.

Ihr Verstand raste, und ihr Herz schlug so schnell, dass sie es an ihrem T-Shirt spüren konnte.

Sie wusste, dass Außerirdische Experimente mit Menschen machten, wenn sie sie in ihren Raumschiffen entführten. Sie bohrten ihnen Löcher in die Zähne und nahmen ihnen ihre Babys weg und lasen ihre Gedanken.

Sie lasen ihre Gedanken.

Noch während Edie das dachte, kam er wieder auf sie zu, machte noch immer dieses schrille, trillernde Geräusch und hob den Drahthelm über ihren Kopf.

»Nein!«

Dieses Mal schlug sie ihm das Ding aus den Händen, und es fiel scheppernd zu Boden.

Der Außerirdische ließ die Zuckergusstörtchen fallen, und sie rollten über den Boden wie kleine weiße Räder mit roten Kirschnaben. Er bückte sich, um den Apparat aufzuheben, mit ausgestreckten Armen, um ihn vor ihr zu schützen. Außerdem hörte er auf zu singen und brüllte wütend in seiner fremdartigen Sprache.

Das war Edie egal. Ihr reichte es. Sie würde niemanden ihre Gedanken lesen lassen. Ihre Gedanken gehörten *ihr* und waren etwas *Privates,* und sie war die Einzige, die sagen durfte, wer da hineindurfte. Jedenfalls nicht dieser Fremde, der ihr eine Fahrradklingel und weiche Cracker gegeben hatte und jetzt anscheinend dachte, sie schulde ihm ihre *Gedanken.* Ihr Kopf war der einzige Ort, wo sie sich jetzt verstecken konnte – der einzige Ort, wo sie die alte Edie sein konnte, so wie früher –, und sie wollte ihn nicht teilen.

Es waren *ihre* Gedanken.

Edie stieß ihn zur Seite und trampelte auf dem Drahtdings herum. Er schubste sie weg, doch sie war wütend, und sie hatte Angst, und beides verlieh ihr Kraft und Mut. Sie schubste zurück und trat um ihn herum, trampelte und stampfte, bis der Gedankenleseapparat eine nutzlose Masse aus Speichen und Drähten war und kaputt auf dem Boden lag.

Der Außerirdische kniete sich hin, um ihn aufzuheben – um ihn zu retten –, und Edie rannte zur Tür.

Dahinter war der Raum, in dem sie schon einmal gewesen war – der mit der dunklen Decke mit all den Röhren dran.

»Hilfe!«, schrie sie. »Hilfe!«

Sein Arm schlang sich um ihren Hals und zerrte sie wieder in die Kammer. Er war nicht groß, aber es war beängstigend zu spüren, wie viel stärker er war, als sie je hoffen konnte zu sein.

Die Tür knallte zu.

Er ließ sie los, drehte sie herum und versetzte ihr eine Ohrfeige.

Edie stolperte rückwärts und setzte sich schwer auf das Bett. Zu Tode erschrocken hielt sie sich die Wange, während der maskierte Mann, von dem sie sich jetzt nicht mehr einreden konnte, dass er ein Außerirdischer war, über ihr stand und das kaputte Drahtknäuel vor ihrem Gesicht schüttelte, ihr zeigte, was sie getan hatte.

»Du brechen mein Hut!«, schrie er. »Du brechen mein Hut!«

36

Ang Nu hatte seine Heimat aus Versehen verlassen.

Vor vier Jahren – mit zwölf – war er Suav, seinem dritten Bruder, mitten in der Nacht aus dem Haus gefolgt, um zu sehen, wo er hinwollte.

Erst als Suav ihn gut anderthalb Kilometer weiter bemerkte, fand er heraus, dass sein Bruder nicht zurückkehren würde. Ein Mädchen hatte Suavs *Zij*-Geschenk verschmäht, und alle lachten über seine Schande.

Ang konnte nicht so tun, als sei das nicht wahr.

»Geh nach Hause«, befahl Zuav ihm zornig, also war Ang ihm zunächst bloß weiter gefolgt, um lästig zu sein. Doch als sie das erste Mal Halt gemacht hatten, um zu schlafen, hatte er entdeckt, dass Suav das Geschichtentuch ihrer Mutter mitgenommen hatte und die Geistermaske, die sein Vater ihr als *Zij*-Gabe geschenkt hatte.

Ang war erschüttert gewesen. Das Geschichtentuch mitzunehmen war ja schon schlimm genug, aber die Vorfahren weilten doch in der Geistermaske, und die zu stehlen, war ein Sakrileg.

»Die verkaufe ich, für was zu essen«, hatte Suav geprahlt. »Dann wird es ihnen leidtun.«

Sie hatten im Dreck miteinander gerungen, und Suav hatte ihn ordentlich verprügelt. »Geh nach Hause«, hatte er ihn wieder angeschrien.

Doch Ang wusste, dass er jetzt nie mehr nach Hause zurückkonnte. Wer in Padong würde denn glauben, dass nicht *er* der Dieb war?

Dieser Schande könnte er sich niemals stellen.

Und so hatte Ang während einer Reise, die viele Monate dauerte, ein unsicheres Bündnis mit seinem Bruder gewahrt. Durch Wälder, über Flüsse, in Städten. Sie arbeiteten, wenn sie konnten, und blieben hungrig, wenn sie keine Arbeit fanden, während sie auf ihr Ziel England zustrebten, wo man, wie Suav behauptete, leicht an Geld kam.

Über ein Jahr später kamen sie in Folkestone an – gefährlich auf der Achse eines Sattelschleppers balancierend.

Sie waren nass und durchgefroren, doch das war nichts Neues. Was neu war, war das freudig erregte Lächeln auf Suavs Gesicht.

Als der Sattelschlepper das erste Mal an einer Ampel hielt, bat Ang um etwas zu essen. Er hatte Hunger, und Suav hatte den Reisbeutel und die Schokolade. Suav löste eine Hand vom Fahrgestänge und griff in sein Hemd. Der Lastwagen fuhr mit einem Ruck an, und Suav kippte hintenüber und verschwand.

Ang hatte nicht einmal Zeit, den Namen seines Bruders zu rufen.

Als der Sattelschlepper das nächste Mal hielt, schlüpfte Ang aus seinem Versteck und landete auf dem nassen Asphalt eines fremden Landes. Er ging den ganzen Weg zum Hafen zu Fuß zurück und betete dabei inbrünstig zu den Vorfahren.

Doch er fand Suav nicht. Nicht einmal die Schokolade.

Doch erst zwei Jahre später, als er im Begriff war zu heiraten, fühlte Ang Nu sich wirklich allein.

Er war gerade mal fünfzehn, aber zwei seiner Brüder waren verheiratet gewesen, also wusste er, was er zu tun hatte. Er hatte für den Brautpreis gespart. Er hatte seine Braut ausgewählt. Er hatte ihr ein Geschenk gemacht, und sie hatte es angenommen. Er war ihr nach Hause gefolgt …

Und dann – wie der Hong-Brauch des *Zij* es verlangte – hatte er sie entführt.

Hmong-Mädchen verstanden *Zij*. Ihnen war klar, dass sie entführt werden und im Haus des Bräutigams bleiben würden, während sein Vater und seine Brüder einen Brautpreis mit ihren Eltern aushandelten. Nach drei Tagen – wenn ihre Eltern nicht kamen, um sie nach Hause zu holen – würde die Hochzeit stattfinden, mit Gesang und Tanz und so viel Essen, dass Ang noch immer davon träumte.

Hmong-Mädchen verstanden *Zij*.

Edie Evans anscheinend nicht.

An einem dämmrigen Januarmorgen hatte er Edie angehalten, um ihr zu sagen, dass sie ins Auto steigen sollte, doch anstatt zu tun, was er ihr gesagt hatte, war sie vor ihm davongefahren – als hätte sie die Micky-Maus-Klingel ganz vergessen!

Ang war verwirrt. Seine Braut hatte sein Geschenk doch angenommen, jetzt musste sie sich dem *Zij* unterwerfen, nicht davonlaufen! Es war peinlich, und er war ganz durcheinander gewesen und hatte aufs Gaspedal getreten und war ihr nachgefahren.

Aber Mr Knights Auto war groß und stark, und Ang konnte kaum über das Armaturenbrett sehen. Er war es lediglich gewohnt, Autos auf dem Vorplatz zu rangieren – nicht, auf der Straße damit zu fahren und in den zweiten Gang zu schalten.

Er hatte sie gerammt. Nicht sehr fest, aber fest genug, um sie vom Rad auf den Grasstreifen neben dem Gehsteig zu schleudern.

Ang war ausgestiegen und hatte die bewusstlose Edie auf den Beifahrersitz gewuchtet. Dann hatte er ihr Fahrrad in die Büsche getragen und es weggeworfen. Das Rad war verbogen, und es nützte doch keinem mehr etwas. Die Micky-Maus-Klingel war abgefallen. Er schaute sich danach um, denn sie hatte ihn vier Pfund gekostet und war doch ein Symbol ihrer Liebe, so wie die

Geistermaske das *Zij*-Geschenk seines Vaters an seine Mutter gewesen war. Doch er konnte sie nicht finden und suchte nur kurz, ehe ihn der Mut verließ und er den Wagen zur Werkstatt zurückfuhr, während das Adrenalin in seinen Adern pochte und Panik ihm den Verstand vernebelte.

Zum ersten Mal, seit er das Dorf Padong an Chinas endloser Südwestgrenze verlassen hatte, war Ang Nu wahrhaftig verloren. Zum ersten Mal war ihm klar, dass er nicht nur sein Zuhause und die Felder und seine Eltern und Brüder verlassen hatte – er hatte eine ganze Welt verlassen, die er begriff und die ihn verstand.

Seine Braut hatte versucht, dem *Zij* zu entkommen. Was könnte als Nächstes alles geschehen? Würde sie ihn verschmähen, wenn sie herausfand, dass er überhaupt keine Familie hatte? Wenn sie herausfand, dass er keinen Vater hatte, um den Brautpreis für ihn zu verhandeln? Keine Mutter, um das Festmahl zuzubereiten? Keine Onkel, um die Willkommenszeremonie in ihrem neuen Heim abzuhalten?

In seiner Verzweiflung hatte Ang versucht, James und Mikey *Zij* zu erklären, sie waren doch jetzt das, was für ihn einer Familie am nächsten kam. Aber sein Englisch war so schlecht, dass selbst *er* ganz wirr wurde.

Obgleich er nur ein Knabe war, hatte Ang Nu eine Reise durch *Dab Teb* nicht ohne das Rückgrat eines Mannes überlebt.

Also schmiedete er einen anderen Plan.

Er würde eben sein eigener Vater, Bruder, Onkel und – wenn die Hochzeit kam – auch seine eigene Mutter sein müssen.

Vielleicht würde Edie ja nicht merken, dass er ganz allein auf der Welt war, bis sie verheiratet waren. Und wenn sie erst verheiratet waren, würde sie sehen, dass er ein fleißiger Arbeiter war und ein guter Ehemann, und dann würde es keine Rolle mehr spielen.

Also hatte Ang die Geistermaske aufgesetzt, um die Willkommenszeremonie abzuhalten – hatte sie auf seinem Kopf befestigt und sich nach Art der Schamanen in den langen schwarzen Stoff gehüllt. Dann hatte er den Brautpreis selbst zu Edies Haus gebracht. Er hatte alles Geld, das er gespart hatte – einhundert Pfund – in einen Umschlag gesteckt, den er auf Brians Schreibtisch gefunden hatte. Den hatte er vor dem Morgengrauen durch den Briefschlitz gesteckt und war davongerannt, ehe jemand seine Schande sehen konnte – dass er keine Familie hatte, um für ihn zu verhandeln. Auf dem Umschlag hatte er Edies Familie wissen lassen, wo sie war, so, wie es sein sollte. Er hatte alle Einzelheiten darüber, wie sie sie finden konnten, in seinen schönsten Hmong-Schriftzeichen niedergeschrieben, damit sie sehen konnten, dass er in der Schule gewesen und ihrer Tochter würdig war.

Jetzt war es an ihnen zu handeln.

Edies Vater musste seine Tochter innerhalb von drei Tagen holen kommen.

Wenn er das nicht tat, gehörte Edie ihm.

Das war Hmong.

Während sie beide angespannt warteten, hatte Ang Edie mit großem Respekt behandelt. Er hatte ihr jeden Tag Essen gebracht und Wasser in einem schweren Glaskrug. Sogar Wachsmalkreiden, die er in dem Müllcontainer hinter dem Kindergarten gefunden hatte und mit denen sie ihr Heim auszuschmücken begonnen hatte. Das machte ihn glücklich. Sie war keine Hmong, und doch machte sie bereits so etwas Ähnliches wie ihr eigenes Geschichtentuch! Er hatte gut gewählt. Seine Mutter und sein Vater würden sie vielleicht nie zu Gesicht bekommen, doch er hoffte, dass die Vorfahren stolz sein würden.

Edies Vater kam sie nicht holen.

Also hatte Ang einen Hochzeitshut gemacht.

Dazu hatte er Draht aus dem Lager benutzt, und Kupferdraht von alten Spulen aus Toastern und Mikrowellen, die er in Müllcontainern gefunden hatte. Draht war sehr Hmong, und Ang und seine Brüder hatten sich ihr Spielzeug immer selbst gebastelt. Jetzt verwandte er alles, was er gelernt hatte, auf den Hochzeitshut.

Der Rahmen bestand aus Dutzenden gerader Drähte, die in der Mitte zusammengedreht waren und sich dann wie Fahrradspeichen ganz gleichmäßig in einem spektakulär symmetrischen Rund nach außen auffächerten. Jeder Draht knickte am Ende scharf nach unten ab und bildete einen steifen Metallsaum. Nachdem er sich vergewissert hatte, dass der Rahmen stabil war, fing er an, ihn mit Kupferdraht zu verzieren. Er dachte an die Spielzeuge seiner Kindheit und erschuf sie mit dem feinen, wunderschönen roten Draht als Miniaturen liebevoll neu. Jede Drehung, jede Windung war mit Liebe gemacht, jede Kupferschlinge war ein Leiter für eine Abfolge bedeutungsvoller Symbole und kunstvoller Talismane. Manche wurden von dem Geschichtentuch kopiert, an manche erinnerte er sich vom Hochzeitshut seiner Mutter her, der in der Hütte, die sie ein Haus genannt hatten, den Ehrenplatz auf dem einzigen Regalbrett eingenommen hatte. Andere Talismane erzählten seine eigene Geschichte – seine und die von Suav – seit dem Abschied von daheim. Kleine kupferne fliegende Fische, die Schale, die er auf dem Markt gekauft hatte – bevor sie begriffen hatten, dass eine Schale den Weg des Essens zum Mund nur verlängerte. Der Schlüssel zur Werkstatt, der Ang die Freiheit gab, zu kommen und zu gehen, wie es ihm passte, ohne dass irgendjemand wusste oder sich darum scherte, was er tat, solange er die Werkstatt und den Vorplatz makellos sauber hielt.

Als Ang den Hut fertig hatte, wünschte er, sein Vater könne ihn sehen. Er wünschte, seine Mutter könne ihn sehen. Er war kein überheblicher Junge, aber der Hut war das Schönste, was er jemals in seinen zwei Händen gehalten hatte. Nicht jeder Teil des *Zij* und der Hochzeit war so Hmong oder konnte Hmong sein, doch er hatte das alles wieder wettgemacht.

Drei Wochen, nachdem Edie in seinen Besitz übergegangen war und nicht länger ihrem Vater gehörte, hatte Ang seine Kleider und seine Haare gewaschen und war in den Laden gegangen, um ganz neue Kuchen zu kaufen. Es waren die ersten Lebensmittel, für die er bezahlte, seit er nach England gekommen war, und auf jedem war weißer Zuckerguss mit einem roten Glückspunkt in der Mitte.

Er hatte das Geschichtentuch zusammengerollt und es in seinen Hosenbund gesteckt; nach diesem Tag würde es Edie gehören.

Genau wie er.

Dann hatte Ang Nu ein Gebet an die Vorfahren gesprochen und war seine Braut heiraten gegangen.

37

DCI Marvel hatte seinen Körper verlassen.

Er betrachtete Richard Lathams Kopf, der auf den Armen des Mannes ruhte, und hatte dabei das Gefühl, sehr weit von der schütteren Stelle über der glänzenden rosa Kopfhaut weg zu sein.

Eine Million Kilometer weit. Eine Milliarde. Ein Lichtjahr von sich selbst entfernt.

Er war Detective im Morddezernat. Sie hatten Blut am Tatort gefunden. Sie hatten doch immer nach einer Leiche und einem Mörder gesucht …

Und doch hatte Marvel niemals wirklich geglaubt, dass Edie Evans tot war.

Das gestand er sich erst hier ein, jetzt, als er zusah, wie Richard Latham in die Ellenbogenbeuge seines Pullovers flennte, während seine Brille neben ihm auf dem Tisch lag.

In Marvels Kopf war Edie immer am Leben gewesen und hatte nur darauf gewartet, gefunden zu werden.

Von ihm.

»Sie sind ein Lügner«, hörte er sich selbst erstickt hervorstoßen.

Die schüttere Stelle drehte sich abwehrend langsam hin und her.

»Das wissen Sie doch gar nicht«, sagte Marvel. »Das *können* Sie doch gar nicht wissen.«

Latham hob kurz den Kopf und erwiderte: »Ich weiß es.«

Dann legte er den Kopf wieder auf die Arme und stieß einen so tiefen Seufzer aus, dass er in einem Schaudern endete.

Die Haare auf Marvels Unterarmen stellten sich prickelnd auf. Er hatte tausend Geständnisse miterlebt, und die meisten endeten genau *so* – mit einem abgrundtiefen Seufzer, als sei der Körper erleichtert, endlich die Last loszuwerden, die der Verstand ihm aufgezwungen hatte.

In Marvels eigenem Verstand schwirrte es vor lauter Verbindungen und Möglichkeiten.

Wenn er das Mystische außer Acht ließ, hätte Richard Latham von Anfang an ein Verdächtiger sein können. Er hatte von Edie Evans gewusst, durch ihre Mutter, die in der Bickle Spiritualist Church gewesen war. Seine Wohnung war knapp anderthalb Kilometer vom Haus der Evans' entfernt. Und, was am schwersten wog, Latham hatte die Polizei im Zuge einer Mordermittlung belogen.

Im besten Fall hatte er sie in die Irre geführt, indem er nicht gesagt hatte, dass Edie bereits tot war, als er hinzugezogen wurde.

Im schlimmsten Fall hatte er sie umgebracht.

Marvel warf einen raschen Blick auf das Aufnahmegerät, um sich zu vergewissern, dass es eingeschaltet war.

»Was versuchen Sie, mir hier zu sagen, Richard?«

»WeissassieTOOdiss.«

»Was?«, fragte Marvel ungeduldig. »Sie müssen schon das Gesicht aus dem Pullover nehmen.«

Latham tat wie geheißen. »Ich weiß, dass sie tot ist.«

»Wer hat sie umgebracht?«, wollte Marvel wissen.

Latham schüttelte den Kopf. »Niemand.«

Marvel runzelte die Stirn. »War's ein Unfall?«

Latham zögerte. »Ich … ich glaube nicht. Aber ich konnte es nicht sehen.«

»Sie wissen also, dass sie tot ist, aber Sie wollen nicht sagen, wer sie umgebracht hat oder wie sie gestorben ist?«

»Ich kann nicht«, beharrte Latham.

»Klingt ganz schön verdächtig, finden Sie nicht, Richard?«

»Ich sage Ihnen nur, was ich weiß.«

»Also, wenn Sie wussten, dass sie tot war und Sie nichts damit zu tun hatten, warum haben Sie uns das damals nicht gesagt?«

»Wie konnte ich denn? Wie konnte ich das sagen? Wie konnte ich diesen armen Leuten das sagen?«

»Das ist doch Blödsinn. Sie hätten ihrer Familie doch gar nichts zu sagen brauchen, Sie mussten es bloß *uns* sagen.«

Latham fing von Neuem an zu weinen. »Aber wenn ich mich nun *geirrt* hätte? Wenn die Leute nun aufgehört hätten, nach ihr zu suchen, und ich hätte mich *»geirrt?«* Er schüttelte den gebeugten Kopf. »Ich konnte es niemandem sagen. Ich war mir nicht sicher.«

»Stattdessen waren Sie also gezwungen, unser Geld zu nehmen und alle hinzuhalten«, stellte Marvel fest. »Wie günstig für Sie.«

»Was hätte ich denn sonst tun sollen?« Latham setzte die Brille auf und schob sie auf seiner feuchten Nase hoch. »Es war doch schon zu spät.« Er wischte sich die Nase am Pullover ab und schniefte den Rest hoch. Dann sah er Marvel flehend an, seine Wangen glänzten. »Es hat mich fast kaputtgemacht«, sagte er. »Jeden Tag geht sie mir nach. Deswegen suche ich auch nicht mehr nach vermissten Kindern. So was könnte ich nicht noch einmal durchmachen.«

»Natürlich nicht«, sagte Marvel. »Sie Armer.«

»Das hab ich nicht …« Latham stockte und schüttelte den Kopf. »Gemeint«, vollendete er den Satz. »Das hab ich nicht gemeint.«

»Na ja«, meinte Marvel. »Ist ’ne gute Geschichte.«

»Es ist die Wahrheit«, beteuerte Latham.

»Vielleicht«, erwiderte Marvel. »Vielleicht würden Geschworene es ja glauben.«

»Wie meinen Sie das?«

»Vielleicht würden sie Sie nur in geringfügigeren Anklagepunkten schuldig sprechen – wegen Behinderung der Justiz und Betrug.«

Panik begann sich auf Lathams Zügen breitzumachen. »Wie meinen Sie das, *geringfügigere Anklagepunkte*?«

»Vielleicht würden sie die Mordanklage ja für zu weit hergeholt halten …«

»Mord?«

»Aber das ist nicht meine Sache. Weswegen Sie angeklagt werden, muss der Staatsanwalt entscheiden. Mein Job ist nur, ihm die Beweise vorzulegen.«

»Was denn für Beweise?«, fragte Latham. »Es *gibt* doch gar keine Beweise.«

»Na ja, da gibt's schon Parallelen, Richard, das müssen Sie zugeben.«

»Was denn für Parallelen?«

»Zwischen Hunde klauen und sie dann wiederfinden, um Ihren Ruf als sogenannter Hellseher aufzupeppen, und 'ner Kindsentführung aus demselben Grund.«

»Was?« Latham sah zutiefst erschüttert aus. Dann begann er abermals zu weinen. Diesmal heftiger.

»All die Publicity. All die Fernsehauftritte. All das Geld.«

»So war … es … doch … gar nicht.«

Marvel zuckte die Achseln. »Vielleicht wollten Sie ihr ja gar nichts tun. Vielleicht wollten Sie sie nur ein bisschen dabehalten und sie dann zurückgeben, genau wie die Hunde. Vielleicht ist ja irgendwas schiefgegangen.«

»Nein!«, rief Latham. »Es ist überhaupt nichts schiefgegangen! Ich hab sie nicht entführt, und ich hab ihr auch nichts getan! Ich hatte ihren Namen noch nie gehört, bevor die Polizei angerufen und mich um Hilfe gebeten hat! Ich hab nicht mal gewusst, dass sie vermisst wird!« Er schluchzte jetzt hemmungslos und lautstark. Durchsichtige Rotzfäden hingen ihm von Nase und Kinn. »Als ich sie gefunden habe, hat mich das fast *kaputtgemacht*!«, heulte er. »Es hätte mich fast umgebracht! Sie verstehen ja nicht, wie das ist! Man ist *dabei.* Man fühlt, was sie fühlt! Nie wieder! Deswegen wollte ich auch der Frau mit dem Foto von ihrem Sohn nicht helfen!«

Er verstummte und nahm die Brille ab, damit er sich die Augen wischen konnte.

Marvel lehnte sich auf seinem Stuhl zurück und betrachtete Latham aus zusammengekniffenen Augen. Brady warf ihm immer wieder Blicke zu, war jedoch klug genug, ihn an diesem kritischen Punkt nicht zu stören. Oder überhaupt an irgendeinem Punkt.

Marvel machte ein Gesicht, als fiele es ihm sehr schwer, das alles zu glauben. »Was Sie mir also sagen wollen, Richard«, meinte er bedächtig, »ist, dass Ihre Hundeentführungen absolut nichts mit der Entführung von Edie Evans und dem Mord an ihr zu tun haben.«

»Absolut nichts«, versicherte Latham inbrünstig. Dann verschwand seine eifrige Miene allmählich, als ihm aufging, was er gerade getan hatte, und seine Mundwinkel sanken wieder nach unten.

Mit grimmiger Freude war Marvel klar, dass er – wenn er das hier richtig hinbekam – alles aus Richard Latham herausbekommen konnte, was er wollte und brauchte. Mit dem Druckmittel dieses Zwei-Worte-Geständnisses könnte er vielleicht den Fall Edie Evans aufklären *und* Superintendenten Clyde rauspauken. Ein Doppelschlag von beförderungswürdigem Ausmaß.

Mit perfektem Timing öffnete sich die Tür des Vernehmungszimmers, und Dale Proctor kam hereinmarschiert. Unter großem Backenaufblasen, um zu zeigen, dass er Himmel und Hölle in Bewegung gesetzt hatte, um so schnell wie möglich zu kommen, schmiss er seine schäbige alte Aktentasche auf den Tisch.

»Sagen Sie nichts!«, blaffte er Latham an.

»Wieso weint mein Klient?«, wollte er von Marvel wissen.

Marvel beachtete ihn nicht und beugte sich über den Tisch, um

Latham tief in die Augen zu sehen. »Ich *könnte* vielleicht einen Deal für Sie rausholen, Richard.«

»Mein Mandant hat sich nichts zuschulden kommen lassen«, verkündete Proctor. »Warum sollte er also einen Deal eingehen?«

Doch Latham schaute auf. Langsam streckte er die Hand aus und griff nach seiner Brille, dann setzte er sie auf, damit er Marvel richtig sehen konnte. »Was für einen Deal?«

»Hey!«, sagte Proctor gereizt. »Wir machen keine Deals. Dale Proctor ist kein Dealmacher!«

Marvel sah den Anwalt an. »Ihr Mandant hat gerade seine Beteiligung an einem Komplott gestanden, Hunde zu stehlen und Geld von ihren Besitzern zu erpressen.«

Proctor fuhr zu Latham herum. »Großer Gott! Das stimmt doch nicht, oder?«

Marvel fuhr fort: »Und unter diesen Besitzern war unter anderem die Ehefrau eines ranghohen Polizeibeamten.«

»Niemand darf mit meinem Mandanten sprechen, bevor ich hier bin!«

»Das hat *er* auch die ganze Zeit gesagt«, grinste Marvel. »Sie können's auf dem Band hören, wenn Sie zurückspulen. Zusammen mit seinem Geständnis in Sachen Diebstahl, Betrug und Erpressung.«

Beide sahen Latham an, dessen gerötetes, tränennasses Gesicht bekannte, dass all das wahr war.

»Mist«, knurrte Proctor. Er sackte auf den Stuhl neben Latham.

»'tschuldigung«, nuschelte Latham.

»Hey.« Proctor zuckte mit den Schultern. »Ist ja Ihr Hals.«

»Was ist jetzt mit dem Deal?«, fragte Latham.

Proctor setzte eine leidgeprüfte Miene auf. »Okay«, brummte er mürrisch. »Dann lassen Sie mal hören.«

»Versprechen kann ich nichts, das muss ich Ihnen gleich als Erstes sagen. Aber *vielleicht* kann ich dafür sorgen, dass diese Hundenummer unter den Tisch fällt.« Marvel sprach mit Bedacht. Was man ihnen zu bereitwillig anbot, wollten die Leute nie haben.

»Ach ja?«, meinte Proctor. »Erzählen Sie mir mehr.«

»Ihr Mandant kooperiert im Fall Edie Evans, und zwar vollständig.«

»Wer ist Edie Evans?«, wollte Proctor wissen.

»Eine Zwölfjährige, die vor etwas über einem Jahr verschwunden ist. Mr Latham wurde von uns als Hellseher hinzugezogen, aber sie ist nie gefunden worden.«

»Gilt mein Mandant in diesem Fall als tatverdächtig?«

»Nein«, log Marvel. »Aber er gibt zu, wichtige Informationen zurückgehalten zu haben, die vielleicht entscheidend sein könnten.«

Proctor wechselte einen Blick mit Latham, der das nicht abstritt.

»Und was würde diese Kooperation beinhalten?«

»Nicht viel. Nur ein paar Fotos ansehen und seine … Gabe einsetzen. Wir haben neue Informationen, mit denen er bisher nicht gearbeitet hat. Schauen, ob er denen irgendwas entnehmen kann, was für uns hilfreich sein könnte. Wenn er das nicht kann, kann er's eben nicht – aber im Moment ist er nicht mal bereit, es zu versuchen. Das ist alles, was ich verlange – dass er es versucht.«

»Scheiße«, sagte Brady.

Proctor lachte und nickte ihm zu. »Sogar DS Brady hält das für zu gut, um wahr zu sein! Wo ist der Haken?«

»Der einzige Haken ist, dass der Deal so verdammt gut ist, dass der Superintendent sich vielleicht nicht darauf einlässt.«

Der Superintendent würde sich die Hand abbeißen, bis zum Ellenbogen. Marvel konnte seine eigene Genialität gar nicht fassen. Das war die perfekte Lösung. Er würde in einem einfachen Schritt den Mitzi Clyde-Mühlstein entsorgen *und* den Fall Edie Evans reaktivieren. Bestenfalls würde Latham sich vielleicht selbst belasten, wenn er sich wieder damit beschäftigte. Zuallermindest aber würde er wertvolles Licht auf den einen Fall werfen können, der noch die Macht hatte, John Marvel nachts wachliegen und zur düsteren Decke emporblinzeln zu lassen, während Debbie neben ihm den Schlaf der Unwissenden schlief und Buster auf seinen Füßen schnarchte.

Proctor wandte sich an Latham. »Was meinen Sie?«

Latham zuckte die Achseln. »Ich weiß nicht …«

Jetzt zierte er sich. Soll er doch, dachte Marvel. Soll er den Unschuldigen spielen, der seinen Auftritt vor Gericht will. Sie alle wussten, dass das nicht stimmte, aber wenn Latham sich denn zeternd und strampelnd von seinem Anwalt zu dem Deal zwingen lassen wollte, um den Schein zu wahren, dann *sollte er doch.* Marvel wollte, dass Latham litt, noch mehr aber wollte er wissen, was mit Edie Evans passiert war; so einfach war das.

Er stand auf. »Wie wär's, wenn ich das mal kurz mit dem Superintendenten bespreche, damit ich weiß, wo wir stehen? Hat ja keinen Sinn, es vorzuschlagen, wenn er nicht mitspielt.«

»Stimmt«, meinte Proctor.

Marvel verließ das Vernehmungszimmer.

Er ging zum Automaten und holte sich eine Tasse Suppe und tat zwei Stück Zucker hinein.

Er wartete, bis die Suppe kalt geworden war, dann ließ er die Tasse in den Mülleimer mit der Aufschrift *Keine Flüssigkeiten* fallen und ging zurück ins Vernehmungszimmer III.

»War nicht einfach«, verkündete er. »Aber der Deal liegt auf dem Tisch.«

Proctor – der jetzt, wie Marvel bemerkte, sichtlich rot im Gesicht war – antwortete verkniffen: »Mein Mandant lehnt Ihr Angebot ab.«

»Was?«

Marvel sah Latham an. Im Gegensatz zu seinem Anwalt sah er blass und krank aus.

»Ich will das nicht tun«, sagte er.

Der Blick, den Marvel und Proctor wechselten, war kurz, aber so vielsagend, dass beide sofort wussten, was der andere dachte.

Niemand würde dieses Angebot ausschlagen, außer einem Vollidioten oder einem Schuldigen.

Sogar Clyde begriff das.

»Ist der ein Vollidiot?«, fragte er Marvel, als sie eine Stunde später in seinem fettigen, grün gestrichenen Büro saßen.

»Er stellt sich an wie ein Vollidiot«, antwortete Marvel. »Aber, nein, Sir, ich glaube nicht, dass er einer ist.«

»Dann hat er sie umgebracht«, sagte Clyde mit fester Stimme. »Oder er weiß, wer's war.«

Marvel nickte. »So sehe ich das auch.«

»Aber wir haben keinerlei Beweise gegen ihn?«

»Nur seine eigene Behauptung, dass sie tot ist. Das hat er in übernatürlichen Visionen gesehen. Und wenn er bereit ist, für die Hundeentführungen in den Bau zu gehen, was haben wir dann für ein Druckmittel?«

Clyde seufzte und schüttelte mit schmerzlich verzogenem Gesicht den Kopf. »Da macht der Staatsanwalt nie und nimmer mit. Die lachen sich vor Gericht doch über uns tot. *Scheiße!* Was haben Sie da für eine verdammte Schweinerei angerichtet, Marvel. Sie wollten Latham doch nur wegen der Hundesache drankriegen, weil Sie ihm in dem anderen Fall nichts nachweisen konnten.

Und jetzt, wo Sie ihn laufen lassen und alles wiedergutmachen wollen, will er gar nicht laufen gelassen werden, weil er das Mädchen entweder wirklich umgebracht hat – was er Ihnen *niemals* sagen wird – oder weil Sie ihm solche Scheißangst gemacht haben, dass er denkt, Sie wollen ihm einen Mord anhängen! Jetzt ist *er* am Arsch, und *ich* bin am Arsch, und der Einzige, der nicht am Arsch ist, sind *Sie*!«

Aber Marvel fühlte sich, als wäre er am Arsch. Als sei er von demjenigen, der Edie Evans wirklich entführt und umgebracht hatte – ob nun aus Versehen oder mit Vorsatz –, über den Tisch gezogen worden.

Er musste unbedingt versuchen, *irgendetwas* aus diesem Schlamassel zu retten.

»Ich kann ja noch mal Edies Akte durchgehen, Sir …«

»Nein«, sagte Clyde.

Marvel justierte seine Aussage augenblicklich neu. »In meiner Freizeit. Sie ist doch noch offen. Ich könnte mir das Ganze noch mal ganz von Anfang an anschauen, mit Latham mittendrin. Alibis und Zeugenaussagen …«

»Ich habe Nein gesagt!«

Marvel verstummte und sah Clyde ins Gesicht. Die Miene des Superintendenten war merkwürdig geduldig, trotz seiner zornigen Worte. Als wüsste er, was jetzt kam, und als lohne sich, darauf zu warten.

Und plötzlich wusste Marvel es ebenfalls. Das Herz sackte ihm in den mulmig-verkrampften Magen, als ihm klar wurde, was geschehen war. Dass Edie Evans ihm eine Schwachstelle beigebracht hatte, die zu groß war, um sie zu kitten oder zu verbergen. Und dass er so viel von seinem Leben damit verbracht hatte, bei anderen nach Schwachstellen zu suchen, dass er vergessen hatte, seine eigene Verwundbarkeit zu kaschieren. Das war ein Fehler, den er nie wieder machen würde, jetzt jedoch hatte er ihn gemacht – und sein Boss war im Begriff, ihn dafür zu bestrafen.

Er verstand die Spielregeln.

Er hatte nur nie gedacht, dass sie auch für ihn galten.

»Bitte …«, setzte er an, dann verstummte er und vollendete den Satz im Kopf. *Bitte tun Sie ihr das nicht an.*

Falls Superintendent Clyde diese Worte in Marvels Augen las, so beachtete er sie nicht.

»Ich schließe den Fall Edie Evans ab.«

38

Edie starrte die Tür an.

Ihr windschiefer Neil Armstrong starrte zurück

So – regungslos im Schneidersitz auf ihrem Camping-Bett – saß sie jetzt seit drei Stunden da, obgleich sie das nicht wissen konnte. Im Schneidersitz und in bebender Reglosigkeit; ihre Ohren vibrierten vor angestrengtem Lauschen darauf, dass der Mann zurückkam.

Außerdem konnte sie nicht wissen, dass es jetzt achtzehn Stunden her war, seit sie seinen Hut kaputt gemacht hatte und er hinausgestürmt war und die Tür hinter sich verriegelt hatte.

In ihrem trockenen Mund fühlte es sich länger an.

Er kam immer noch nicht.

Langsam stand sie auf, um abermals in den Wasserkrug zu schauen. Ganz unten hatte sich wieder etwas Wasser gesammelt, aber diesmal waren es kaum ein paar Tropfen. Der Glaskrug war schwer, aber sie hielt ihn nach oben gekippt an ihre Lippen, bis ihre Arme müde wurden.

Schlucken war schwer. Es war, als stecke ein Watteklumpen in ihrer Kehle. Sie musste zwei- oder dreimal ganz heftig schlucken, bloß um zu spüren, dass es noch ging.

Ihre Beine taten weh. Auch nachdem sie sie ausgestreckt hatte, taten sie weh.

Trotzdem streckte sie sie noch mal und hämmerte gegen die Tür. Es klang dumpf, genau wie ihr Rufen ganz am Anfang.

Sie rief trotzdem noch einmal, doch jetzt war ihr Mund so trocken, dass das Geräusch, das herauskam, fürchterlich winzig war, sogar in diesem fürchterlich winzigen Raum.

Es waren noch vier von den Zuckergusstörtchen übrig, doch obwohl sie wieder Hunger hatte, traute sie sich nicht, eins zu essen. Sie schrien geradezu nach einer Tasse Tee.

Tee.

Ihre Mutter machte ganz tollen Tee.

Ihre Mutter machte alles ganz toll.

Edies Gesicht kribbelte von den heraufdrängenden Tränen, und als sie über den Rand ihrer unteren Lider rollten, fing sie sie mit dem Finger ein und schluckte sie hinunter, gierig und unter Schmerzen.

Doch sie brachten keine Erleichterung – nur einen ganz schwachen Salzgeschmack.

Sie wandte sich wieder dem großen Glaskrug zu und fuhr mit dem Finger innen an den Wänden entlang.

Der Finger glänzte vor Feuchtigkeit, als sie ihn wieder herauszog, und Edie leckte ihn ab, wieder und wieder und wieder.

Wie hatte sie das Wasser an den Seiten von dem Krug vergessen können? Wie hatte sie es vergeuden können? Die ganze Zeit über waren diese kostbaren paar Tropfen nach und nach verdunstet.

Ein jäher Krampf in ihrem Magen ließ sie zusammenfahren. Er ging immer weiter, so dass sie schließlich ganz außer Atem war.

Sie ließ sich auf das Bett sinken, legte sich auf die Seite und zog die Knie hoch.

Sie wartete, bis es vorbei war.

Sie wartete auf alles. Darauf, dass die Tür aufging, dass der Mann zurückkam. Auf mehr Wasser. Auf mehr Wasser. Mehr Wasser.

Sie wartete so lange, dass sie einschlief und von Eiswürfeln träumte, die sacht in einem Glas klirrten.

Der erste Schluck war himmlisch.

Die Flüssigkeit ergoss sich über Lippen, die lange trockengelegen hatten wie eine Springflut über ein rissiges, staubiges Flussbett.

Die Zunge prickelte vor Dankbarkeit.

Der Gaumen schwoll vor Erleichterung.

Die Kehle öffnete sich, um die Flüssigkeit willkommen zu heißen wie einen verlorenen Sohn.

Noch ehe der Mund voll war, war der Rest des Körpers bereits hellwach und harrte in kribbelnder Erwartung des heranrauschenden Paradieses.

Der Himmel auf Erden.

Marvel stellte das Bierglas hin und hatte das Gefühl, nach Hause gefunden zu haben.

39

Anna brachte gerade das Baby ins Bett, als jemand an die Tür klopfte. Zuerst wusste sie gar nicht, wo das Geräusch herkam. Sie bekamen jetzt nur noch selten Besuch und kauften nie Sachen, die geliefert wurden.

Stirnrunzelnd ging sie in die Küche.

Wieder klopfte es, und sie ging argwöhnisch die Treppe hinunter zur Haustür.

Es war DCI Marvel. Sein Mantel war an den Schultern feucht, obwohl es gar nicht mehr regnete. Unwillkürlich fragte sie sich, wie lange er wohl schon draußen war oder wie weit er gelaufen war.

»Mrs Buck«, sagte er, »ich muss mit Ihnen reden.«

Er war betrunken. Nicht sturzbetrunken, aber sie merkte es doch.

Anna starrte ihn an. Er sah krank aus. Sein Gesicht war blass, und seine Augen waren rot und müde, obwohl das vielleicht auch von dem Zigarettenrauch kam, der ihm an diesem feuchten, windstillen Abend in die Augen gestiegen war.

Doch in seinen Augen war noch etwas anderes, das ihr verriet, dass es nichts nützen würde, ihm den Zutritt zu verweigern.

»James kommt bestimmt bald nach Hause«, sagte sie vorsichtig.

»Ist schon okay.« Er zuckte die Achseln und trat vor, so dass sie zurücktrat, und plötzlich war er im Haus.

»Dauert auch nicht lange«, versicherte er und blickte die Treppe hinauf, wie um sie daran zu erinnern, wo sie hinsollten.

»Können Sie bitte die Schuhe ausziehen?«

»Wirklich?«, fragte er. »Ich bin doch im Dienst.«

»Wirklich«, sagte Anna, und er zog die Schuhe aus.

Sie bedeutete ihm voranzugehen. Auf dem Weg die Treppe hinauf fiel ihr auf, dass seine rechte Socke hinten an der Ferse ein Loch hatte.

»Da rein?«, fragte er vor der Küche.

»Wenn Sie wollen«, antwortete sie.

Er setzte sich an den Tisch, und sie stellte ihm eine Untertasse als Aschenbecher hin.

»Sie haben die Farbe weggemacht.«

»Ja«, sagte Anna. »Hat eine Weile gedauert.«

Er sah sich um und sagte nichts. Anna wusste, dass sie ihm Tee anbieten sollte, doch sie wollte ihn nicht zum Bleiben ermuntern.

»Also«, fragte sie geradeheraus, »was wollen Sie?«

Einen Moment lang saß er schweigend da, die Augen schmal vom Rauch.

»Richard Latham hat mir vorhin erzählt, dass Edie Evans von Anfang an tot war.« Er drehte die Handflächen nach oben. »Ich meine, ich glaube diesen ganzen Hellseherquatsch ja nicht. Aber …«

Er stockte.

Anna wusste nicht, was er von ihr hören wollte, also sagte sie: »Das tut mir leid.«

Er nickte bedächtig und sagte *Danke,* und Anna begriff überrascht, dass er glaubte, er verdiene ihr Mitgefühl.

Wodurch er es ja irgendwie auch wirklich verdiente.

»Möchten Sie eine Tasse Tee?«, fragte sie.

»Ja bitte.«

Sie schaltete den Wasserkocher an, und die kleine Küche mit den abendschwarzen Fenstern wurde vom unterschwelligen Brodeln des Teewassers erfüllt.

Sie sagten beide nichts, bis sie zwei Becher auf den Tisch stellte und Marvel gegenüber Platz nahm.

»Wieso haben Sie gedacht, sie wäre *nicht* tot?«

Marvel schüttelte den Kopf. Sein Gesicht war gerötet. Das Ganze war ihm peinlich, das konnte sie sehen.

»War nur Hoffnung«, erwiderte er. »Aber es hat sich … *substanzieller* angefühlt als Hoffnung. Rationaler.« Er nippte an seinem Tee und legte die Hände lose um den Becher. »Jetzt kommt's mir nur noch ein bisschen blöd vor.«

Anna fühlte sich DCI Marvel plötzlich sehr nahe.

Langsam und bedächtig fuhr er fort. »Latham sagt, sie ist einen Monat oder so nach der Entführung umgekommen. Das heißt, die ganze Zeit, die ich nach ihr gesucht und an sie gedacht und mich gefragt habe, wo sie ist und wie's ihr geht – fünfzehn Monate! –, war total verschwendet. Weil sie verdammt noch mal *tot* ist!« Er riss eine Hand hoch und schwappte Tee aus seinem Becher auf den Tisch. »'tschuldigung.«

Anna holte einen Lappen und wischte den verschütteten Tee weg. »Ihre Zeit war nicht verschwendet«, meinte sie.

»Glauben Sie nicht?«

Sie schaute in ihren Tee. »Ich denke andauernd an Daniel. Ich frage mich, wie es ihm geht, was er gerade macht, ob er an mich denkt, wie er sich verändert, wie groß er jetzt wohl ist, ob ihm seine Sachen noch passen oder ob ihm jemand neue gekauft hat …«

Sie fing ihre Stimme gerade noch ein, ehe sie brechen konnte, und lächelte zittrig über die bittersüße Freude ihrer Fantasien.

»An ihn zu denken hält ihn für mich am Leben«, erklärte sie. »Das gibt mir Hoffnung, und Hoffnung hält *mich* am Leben, für *ihn.*«

Marvel starrte sie an. Er zündete sich eine neue Zigarette an. Er benutzte Streichhölzer, kein Feuerzeug, und der köstliche gefährliche Geruch von Schwefel hing einen Moment lang über ihnen, ehe der trübe, schmutzige Rauch ihn verdrängte.

Er klemmte sich die Zigarette zwischen die Lippen und lehnte sich zur Seite, damit er etwas aus der Innentasche seines Mantels ziehen konnte.

Anna wandte den Blick ab. Sie wusste, was es sein würde. »Bitte verlangen Sie nicht von mir, dass ich mir das Bild ansehe«, stieß sie hastig hervor.

»Warum nicht?«

»Es tut weh.«

»Wie kann das denn wehtun?«

»Ich weiß es nicht, es ist aber so. *Hier.*« Sie legte die Hand auf den Bauch.

»Latham wollte sich's auch nicht anschauen«, meinte Marvel. »Nicht mal, nachdem ich ihm einen Deal angeboten habe.«

»Aber wenn Sie nicht an hellseherische Fähigkeiten glauben, was sollte es dann bringen, ihn zu bitten, sich das Bild anzusehen?«

»Ich weiß es nicht«, erwiderte Marvel gereizt. *»Ich weiß es nicht!* Scheiße!«

Er seufzte und lehnte sich auf seinem Stuhl zurück, der daraufhin gefährlich knarrte. Dann fügte er nach einem Moment des Schweigens hinzu: »Ich weiß es *doch.* Latham ist ein verlogener Dreckskerl, aber er hat was gesagt, was in meinem Kopf hängen geblieben ist. Er hat gesagt *Am Ende kommt jeder dahin.*«

»Wo?«, fragte Anna.

»Ich glaube, er hat von Gott gesprochen.«

»Und was bedeutet das?«

»Es bedeutet wohl, dass die Leute an *irgendwas* glauben wollen – an Gott oder den Weihnachtsmann oder an irgendwas anderes –, auch wenn sie's nur tun, weil sie Angst haben und verzweifelt sind.«

Mit großem Bedacht legte Marvel das gewellte Foto von der Hundeschau vor Anna auf den Tisch. Dabei lachte er halb, doch es lag keine Freude darin. »Also, jetzt bin ich verzweifelt«, meinte er. »Ich halt's nicht einen Tag länger aus, nicht zu wissen, was mit Edie Evans passiert ist, und wenn *Sie* das nicht verstehen, dann versteht's niemand.«

Mit unerschütterlicher Gefasstheit sah Anna ihn an. »Sie *können* das noch einen Tag länger aushalten, Mr Marvel, und das werden Sie auch *tun.* Ob ich Ihnen nun helfe oder nicht. Ob *irgendjemand* Ihnen hilft oder nicht. Solange Sie leben, werden Sie es aushalten. Weil die einzige Alternative nämlich ist, es nicht auszuhalten.«

Der Abend auf der Bickley Bridge hing zwischen ihnen in der Luft.

Dann sagte Marvel: »Lassen Sie mich Ihnen mal was über dieses Foto erzählen, bevor Sie Nein sagen.«

Sie nickte. »Okay.«

»Dieses Foto ist letzten September aufgenommen worden. Acht Monate *nach* Edie Evans' Verschwinden.«

Anna furchte die Stirn, dann malte sich plötzlich Hoffnung in ihrem Gesicht. »Aber das ist doch *gut.* Das heißt doch, Edie ist vielleicht …«

»Nein, tut es nicht«, fiel Marvel ihr ins Wort. »Sehen Sie das hier?«

Er zeigte mit dem Finger, und Anna schaute gehorsam auf das Bild hinunter. »Das da ist Edies BMX-Rad. Das wir am Tatort gefunden haben und das seit Januar letzten Jahres im Keller der Polizeidienststelle Lewisham steht.«

Wieder runzelte Anna die Stirn. »Aber das ist doch unmöglich.«

Marvel zuckte mit den Schultern. »Nein, das ist nur unwahrscheinlich. Das Unmögliche haben Sie noch gar nicht gehört.« Er holte tief Luft. »Ehe ich heute Abend hergekommen bin, war ich bei Sandra Clyde. Ich wollte das Negativ holen oder die Datei oder was auch immer, damit wir das Foto im Labor vergrößern können. Das bestmögliche Bild rausholen können, um damit zu arbeiten. Vielleicht noch andere Personen darauf identifizieren. Irgendwas, woran wir uns halten können, verstehen Sie?«

Anna nickte.

Marvel beugte sich vor. Dann hielt er inne, setzte sich wieder gerade auf und schaute sich im Raum um, als hätte er vergessen, was er sagen wollte.

Anna beobachtete ihn genau. Er war nicht nur betrunken, er sah alt aus. Er sah verwirrt aus.

Er sah aus, als hätte er Angst.

Sie spürte, wie ihr ihrerseits die Furcht das Rückgrat hinaufkroch.

»Was ist denn?«, fragte sie. »Was ist los?«

Marvel sah sie an und schüttelte den Kopf. »Auf dem Originalfoto ist Edie gar nicht drauf.«

»Das verstehe ich nicht«, sagte Anna.

»Und auch auf keinem von den anderen Abzügen.«

»Wie meinen Sie das?«

Marvels Blick begegnete dem ihren, und er sagte behutsam: »Ihr Foto ist das einzige, auf dem Edie drauf ist.«

Annas Kopfhaut kribbelte. »Ich … ich verstehe nicht … Hat jemand das Bild …«

»Bearbeitet? Gefälscht? Manipuliert?« Marvel zuckte die Achseln. »Unser Labor sagt Nein.«

»Und wie geht das dann?«, fragte sie. »Wie kann das sein?«

Langsam drückte Marvel seine Zigarette in der Untertasse aus. »*Das* ist der unmögliche Teil.«

Annas Hand zuckte unwillkürlich auf das Foto zu, doch sie hielt sich zurück.

Sie musste es sehen, doch sie wollte nicht hinschauen.

Marvel sprach weiter und wählte seine Worte mit Bedacht. »Aber dabei musste ich an etwas anderes denken, was Latham zu mir gesagt hatte … Er hat gesagt, die Toten haben die Kontrolle.

Er hat gesagt, die Toten *suchen sich aus,* was sie einem zeigen. Und wem sie's zeigen. Und *da* hab ich gedacht ... Vielleicht wollte Edie das hier ja *Ihnen* zeigen. Vielleicht hat sie gewusst, dass Sie am besten sehen würden, was sie Ihnen zeigen wollte. Wegen Daniel. Vielleicht hat sie ja deswegen gewusst, dass Sie genau hinschauen würden. Und vielleicht hab ich Sie deswegen sogar damals daran gehindert, von der Bickley Bridge zu springen. Scheiße, ich weiß es nicht. Das Ganze ist total irre, und ich bin betrunken, und das Einzige, was ich *ganz sicher* weiß, ist, sie schließen den Fall ab und lassen Edie im Stich, und *jetzt* ... Jetzt bin ich also bereit, an irgendwas zu glauben. An alles Mögliche.«

Anna fuhr zusammen, als Marvel ihre Hand ergriff, und sie dachte daran, wie Latham an jenem Abend in der Kirche dasselbe getan hatte, als *sie* diejenige gewesen war, die gebettelt hatte.

In einem verzweifelten Schwall sprach er hastig weiter: *»Bitte,* Mrs Buck. Wenn sie tot ist, will ich es wissen. Aber wenn sie noch am Leben ist ... Wenn sie noch am Leben ist, *muss* ich sie finden. Und Sie sind meine einzige Hoffnung. *Bitte.*«

Sie saßen sich an dem kleinen Küchentisch gegenüber, das unmögliche Foto zwischen ihnen, während die Uhr am Backofen leise tickte und draußen ein Bus von der Haltestelle losfuhr.

Schließlich sagte Anna mit ganz kleiner Stimme: »Könnten Sie mir bitte ein Glas Wasser holen?«

James war sturzbetrunken, vielleicht wäre er also sowieso hingefallen.

Er machte auf Socken zwei Schritte in die Küche, rutschte aus und kippte hintenüber, die Beine in der Luft.

Die Hand, mit der er seinen Sturz abfangen wollte, platschte neben ihm auf den Boden wie ein Bauchklatscher vom Drei-Meter-Brett.

Der Küchenboden schwamm.

»Scheiße«, sagte er, während er auf dem Rücken dalag, die Haare ganz nass und kalt.

Irgendwo konnte er Wasser laufen hören, also blieb er einen Moment liegen und nahm sich die Zeit, die Decke nach Wasserflecken abzusuchen, doch da schien alles in Ordnung zu sein. Dann wälzte er sich auf die Seite und weiter auf Hände und Knie, bis er endlich wieder auf die Beine kam.

Der Küchenwasserhahn war so weit aufgedreht, dass das Wasser aus dem Spülbecken gegen die Wände und das Fenster spritzte. Der Stöpsel war nicht drin, trotzdem waren der Abfluss und der Überlauf den schieren Wassermassen nicht gewachsen, die auf sie einstürzten.

»Scheiße!«, knurrte er zornig, platschte über den Boden und drehte den Hahn zu.

Dann sah er sich um.

Sonst schien alles okay zu sein. Abgesehen von dem Wasser war die Küche genauso sauber und ordentlich wie immer.

»Anna!«, brüllte er.

Er lief ins Wohnzimmer. Das hatte das Wasser ebenfalls getan, und der Teppich fühlte sich an wie ein Schwamm.

»*Anna!* Herrgott noch mal. *Anna!*«

Sie lag schlafend in ihrem Bett, auf der Seite, mit hochgezogenen Knien.

James zog ihr die Decke weg. Sie war vollständig angezogen und klatschnass.

»Anna! Was verdammt noch mal ist in der Küche passiert?«

Anna erwachte langsam, mit leerem Blick. »Was?«, fragte sie mit belegter Stimme.

»Was ist passiert? In der Küche?«

Anna schaute zur Schlafzimmertür hinüber, wie um sich zu erinnern, wo die Küche war. »Die Polizei war da«, erklärte sie ihm, noch immer nicht ganz wach. »Sie wollten meine Gedanken lesen.«

40

Edie dachte an Wasserhähne.

Genau gesagt, dachte sie an den Gartenwasserhahn. An den, der jeden Sommer tropfte, wenn Dad den Schlauch daran festmachte.

Es war jeden Sommer das Gleiche. Sobald es lange genug zu regnen aufgehört hatte, dass der Garten gesprengt werden musste, holte Dad den Schlauch aus dem Schuppen und machte ihn an dem Wasserhahn fest.

Und dann fiel ihm jeden Sommer ein, dass er den Hahn nicht heilgemacht hatte. Sobald er ihn aufdrehte, lief zwar Wasser in den Schlauch, aber es kam auch immer etwas unten an dem Griff raus, mit dem man den Hahn aufdrehte.

Jeden Sommer sagte Dad: »Die Dichtung ist hin. Das muss ich mal reparieren.«

Edie war zwölf, und sie konnte sich erinnern, dass das schon so gewesen war, als sie acht gewesen war, *mindestens.* Also vier Jahre. Vier Sommer. Vier Sommer, in denen Wasser, das eigentlich durch den Schlauch und zu den Blumen hätte fließen sollen, durch Ritzen im Metall geblubbert und auf den Beton neben dem Haus getropft war.

Verschwendet.

Zusammengerollt auf ihrem Campingbett dachte Edie die ganze Zeit an diesen Wasserhahn. Sie stellte sich vor, sich daneben hinzuknien und den Griff zu drehen und zuzusehen, wie das Wasser durch die Ritzen quoll. Das kalte Metall mit der Zunge zu berühren und den winzigen Druck des Tröpfelns auf der Zunge zu spüren, zu warten, bis ihr Mund halb voll war und das Wasser dann sacht ihre Kehle hinunter und in ihren Magen rinnen zu lassen. Sie stellte sich vor, wie sich das anfühlen würde, wenn es sich durch ihren ganzen ausgetrockneten, verdorrenden Körper ausbreiten und sie wieder rund und stark und froh machen würde.

Froh über das Wasser.

Wieder schaute sie in den Krug.

Er war leer und trocken.

Ihr Bauch verkrampfte sich vor Verlangen, und sie ließ den Krug fallen, und er zerschellte zu eisigen Splittern.

Zu trockenen Eissplittern.

Wenn sie nicht an Wasserhähne dachte, dachte Edie an Peter. Sie dachte jetzt oft an ihre Maus. Sobald sie wieder zu Hause war, dachte sie, würde sie ihn freilassen. Sie war erst seit ein paar Wochen hier. Oder vielleicht auch seit ein paar Monaten, das war schwer zu sagen – Peter aber hatte sein ganzes Leben in einem Käfig zugebracht.

Er kam gut damit zurecht. In vielerlei Hinsicht hätte er einen besseren Astronauten abgegeben als sie, dachte Edie. Er rannte in seinem Laufrad und versteckte sich in seinen Pappröhren und kletterte auf seine kleinen Leitern. Er putzte sich die Schnurrhaare und rieb sich die Augen mit den kleinen rosa Händchen, was immer so süß aussah und so menschlich. Er wühlte in den frischen Sägespänen und baute sich ein Nest und suchte sich immer zuerst die Sonnenblumenkerne aus seiner Futterschüssel, ehe er die Pellets fraß, und dann diese komischen gelben Flocken.

Peter beschäftigte sich.

Edie hob den Kopf ein wenig und schaute sich in dem kargen Raum um. Ein Bett, ein Pinkeleimer, eine Leuchtröhre, in einem

Kabuff, das kaum größer war als ein Schrank. Sogar Peter hätte es schwer, hier viel draus zu machen.

Sie stand auf und fiel fast hin; sie war viel müder als beim letzten Mal, als sie das Bett verlassen hatte.

Langsam kniete sie sich hin und holte die Plastiktüten unter dem Bett hervor. Da waren handvollweise schwarze und braune und dunkelblaue Wachsmalkreiden drin; die paar roten und gelben waren längst aufgebraucht, und Edie durchsuchte den Rest nach den letzten Stummeln Rotbraun oder Violett.

Das Geräusch der Wachsmalkreiden war tröstlich – ein leises, hypnotisches Klackern, wenn sie aus ihren Händen rollten und wieder in die Tüten fielen.

Eine Weile saß sie einfach da und tat das immer wieder, dachte eigentlich an gar nichts außer an das Geräusch und daran, wie stumpf sich die Stifte anfühlten, wenn sie durch ihre gewölbten Hände kullerten.

Das Weltall ist gar nicht so toll, wie alle immer sagen.

Der Gedanke blieb ganz hinten in Edies Kehle hängen, und sie hätte am liebsten geweint.

Und dann tauchte ein anderer Gedanke in ihrem Kopf auf, ein viel besserer, und sie kicherte laut, weil es so lustig war; allerdings kam das Kichern ganz trocken und tonlos heraus.

Sie nahm eine der Tüten und tappte auf unsicheren Beinen zu der Wand gegenüber vom Bett, an die sie ihr Bücherregal und Captain Kirk gemalt hatte. Dann suchte sie sich einen dunkelblauen Stift aus, der noch fast unbenutzt war, stand einen Moment lang da und überlegte, wo und wie. Wo anfangen? Wie weiter? Eigentlich gab es kein Zurück – selbst an diesen glatten Wänden dauerte es eine Ewigkeit, Fehler mit dem Daumennagel wegzukratzen.

Edies Zunge schaute ein wenig zwischen den Lippen hervor, wie immer, wenn sie richtig scharf nachdachte. Sie dachte so scharf nach, dass sie ganz vergessen hatte, wie ausgetrocknet sie war.

Lange brauchte sie nicht nachzudenken; als die Idee kam, war sie so perfekt, dass sie wirklich nur vorzutreten, den Arm auszustrecken und die stumpfe Spitze des blauen Stiftes gegen die Wand zu drücken brauchte.

Und dann, mit einem großen befriedigenden Bogen, bei dem ihr ein kleiner Schauer den Nacken hinaufkroch, machte Edie Evans sich daran, sich eine Fluchtluke zu malen.

41

James wusste nicht mehr, wann er das letzte Mal so wütend gewesen war. Heftig stemmte er sich gegen die Glastür der Polizeidienststelle und sah sich um, ganz wild darauf, einen Streit vom Zaun zu brechen. In der einen Wand war ein kleines Fenster, wie ein Fahrkartenschalter in der U-Bahn, und hinter dem Fenster saß eine Polizistin.

»Ich will mich beschweren«, verkündete er.

»Ja, Sir«, antwortete die Frau. »Und worüber?«

»Über so 'nen Bullen, der meine Frau belästigt hat.«

»Okay.« Die Polizistin zog einen Schreibblock heran. »Können Sie mir bitte Ihren Namen sagen?«

James sagte ihr seinen Namen und sein Alter und seine Adresse. Und den Namen seiner Frau.

Die Polizistin klopfte einen Moment lang mit dem Stift aufs Papier. »Und wissen Sie auch, wie der betreffende Polizeibeamte heißt, Sir?«

»Marvel«, sagte James. Sie schrieb es auf. Ganz langsam.

»Und um was geht es bei Ihrer Beschwerde, Sir?«

»Dieses Arschloch ist bei mir zu Hause aufgekreuzt und hat meine Frau gezwungen, ihm bei einem Fall zu helfen. Sie ist sowieso schon total gestresst. Mein Sohn ist verschwunden, und ihr geht's psychisch nicht so toll, verstehen Sie? Das Letzte, was sie braucht, ist, dass dieser … *Arsch* auftaucht und sie irgendwas machen lässt, wodurch alles noch schlimmer wird!«

Die Polizistin nickte zu ihm hoch. »Ich verstehe, Sir, aber könnten Sie bitte Ihre Ausdrucksweise mäßigen? Für so etwas besteht kein Anlass.«

»'tschuldigung«, sagte James. »Tut mir leid. Aber ich bin Samstagabend nach Hause gekommen, und meine Küche stand unter Wasser, weil meine Frau nicht gewusst hat, was sie tut, weil nämlich dieser Idiot vorbeigekommen ist und sie so durcheinandergebracht hat.«

»Ich verstehe, Sir«, nickte die Frau.

»Ich bin auch ziemlich fertig«, sagte James. »Meine Frau ist sehr labil. Sie kann so was einfach nicht brauchen. *Wir* können so was nicht brauchen, und ich will, dass da was unternommen wird. Ich will nicht, dass dieser Mann noch mal kommt, ich will, dass er uns in Ruhe lässt.«

»Auf jeden Fall, Sir«, sagte sie, und James spürte, wie die Spannung allmählich aus seinem Körper wich. Die Polizistin war sehr beruhigend, und jetzt, wo er gefasster war, sah er sie zum ersten Mal richtig an. Sie war jung und attraktiv, mit großen intelligenten Augen, die ihn instinktiv darauf vertrauen ließen, dass sie das Richtige tun würde.

»Nehmen Sie Platz, Sir, ich schaue mal, wie ich Ihnen helfen kann, okay?«

»Danke«, sagte er. »Soll ich ein Formular ausfüllen oder so was?«

»Nein, Sir«, erwiderte sie. »Nehmen Sie Platz.«

Es gab tatsächlich ein Formular, doch Emily Aguda gab es James Buck nicht. Vielleicht würde sie das noch tun. Von den Vorschriften her war es richtig, und sie schloss es auch nicht aus. Aber sie wollte nichts tun, was nicht mehr rückgängig zu machen war.

Sie erhob sich von ihrem Schreibtisch am Empfangsfenster, wechselte einen Blick mit Sergeant Caxton, der sie fünf Minuten vertreten würde, und verließ das Büro hinter dem Fenster.

Sie ging nicht weit. Nachdem sie durch die Doppeltür in den Flur getreten war, der zu den Arrestzellen und zur Cafeteria führte, lehnte sich Aguda gegen die Wand und überdachte alles, was sie über Anna Buck und James Buck und den Fall Edie Evans wusste.

Viel war es nicht, doch sie fand, dass bei der Entscheidung, die sie zu treffen hatte, jede Einzelheit zählte.

Zunächst einmal war Anna Buck verrückt. *Psychisch labil* war noch die freundlichste Formulierung, und daraus schloss Aguda, dass James Buck ein freundlicher Mensch war und seine Frau liebte. Und ein Mann, der seine Frau liebte, obwohl sie verrückt war, konnte doch nicht ganz schlecht sein, oder? Konnte doch ganz bestimmt kein Kindermörder sein? Sicher, sie war selbst mit ihrem Verdacht gegen James Buck zu Marvel gegangen, jetzt jedoch, wo sie ihm persönlich begegnet war – wenn auch nur kurz –, dachte sie, dass dieser Verdacht wahrscheinlich unbegründet war. Wenn dieses grässliche Ding mit einem Batterieherzen Anna Bucks Vorstellung von einem Baby entsprach, dann waren ihre Bedenken hinsichtlich der Fähigkeiten ihres Mannes in Sachen Kinderbetreuung wahrscheinlich ähnlich verschroben. Nach allem, was Aguda wusste, könnte James Buck auch der Vater des Jahres sein.

Falls er aber *doch* gefährlich war, sah Aguda nicht ein, inwiefern es dem Fall Edie Evans oder Anna Bucks verschwundenem Sohn helfen würde, wenn der erste polizeiliche Kontakt mit James Buck in Form einer Beschwerde stattfand. Das würde doch alles verkomplizieren – besonders, da Aguda das Gefühl hatte, dass der Beschwerde stattgegeben werden würde. Sie zweifelte nicht daran, dass Marvel in James Bucks Wohnung aufgekreuzt war und seiner Frau mächtig zugesetzt hatte. Überhaupt nicht. Ganz gleich, wie gut die Begründung war, das war ein ziemlich unmögliches Verhalten, und Aguda bezweifelte ernsthaft, dass dies die erste Beschwerde gegen DCI Marvel war. Der Mann war zu aggressiv, zu unhöflich, ein zu großer *Arsch,* um noch nie mit der Dienstaufsicht aneinandergeraten zu sein.

Aguda war klar, dass ihre Ansichten zu all diesen Punkten dank ihrer Rolle als besseres Maskottchen weniger auf wissenschaftlicher Deduktion als auf weiblicher Intuition basierten. Es war nichts, was sie in einen Bericht schreiben würde, aber es fühlte sich an wie gesunder Menschenverstand.

Und der war ihr nun mal der liebste.

Also öffnete sie die Tür zur Eingangshalle und winkte James Buck von der Bank weg. Sie führte ihn in den zweiten Stock hinauf, am Getränkeautomaten vorbei, durchs Großraumbüro und zu dem Schreibtisch in der hintersten Ecke, und stellte ihn dem verblüfften DCI Marvel vor.

Dann ging sie.

Wie ihre Mutter zu sagen pflegte: *Lass der Natur ruhig ihren Lauf.*

Marvel und James Buck sahen beide ein wenig verlegen aus.

Aguda hatte sie einander lediglich vorgestellt und war dann davonmarschiert, genauso gut jedoch hätte sie sie auffordern können, sich die Hand zu geben und sich wieder zu vertragen.

In betretenem Schweigen sahen sie ihr nach.

Dann sagte Buck: »Wenn Sie Marvel sind, ich bin hier, um mich über Sie zu beschweren.«

»Ach ja?«, knurrte Marvel. Er war wütend auf Aguda, weil sie den Mann hier angeschleppt hatte, wo er sich Ärger doch stets instinktiv so weit wie nur irgend möglich vom Leibe hielt. Vielleicht hatte sie nicht kapiert, dass der Mann sich *über ihn* beschweren wollte, und nicht *bei ihm.* Diese Idiotin.

Aber jetzt war James Buck hier und machte ein mürrisches Gesicht, und Marvel würde eben aus einer unguten Geschichte das Beste machen müssen. Er deutete auf den leeren Stuhl am nächsten Schreibtisch. »Setzen Sie sich«, meinte er, »und schießen Sie los mit Ihrer Beschwerde.«

Buck setzte sich zornig hin. »Sie sind bei mir zu Hause aufgetaucht und haben meine Frau total fertiggemacht.«

»Ich ermittle in einer Mordsache«, entgegnete Marvel. »Ich darf so was.«

»Ja?«, fragte James Buck. »Am Samstagabend um neun? Erzählen Sie mir nicht, so was wär dienstlich.«

Marvel zuckte die Achseln. »Die Gerechtigkeit schläft nie.«

»Vielleicht, aber die Gerechtigkeit hat meine verdammte Küche unter Wasser gesetzt.«

Marvel runzelte die Stirn. »Ich hab Ihre Küche nicht unter Wasser gesetzt.«

»Ich komm nach Hause, und meine Frau liegt klatschnass im Bett, und die Wohnung steht verdammt noch mal knöcheltief unter Wasser.«

»Davon weiß ich nichts«, wehrte Marvel ab. Er beschloss, James Buck nichts von den etlichen Gläsern Wasser zu erzählen, die er seiner Frau gebracht hatte. Oder davon, dass sie noch immer gierig aus dem Küchenwasserhahn geschlürft hatte, als er gegangen war. »Ich weiß nur, dass ich da war, um sie in einer sehr ernsten Angelegenheit um Hilfe zu bitten …«

»In was für einer Angelegenheit?«

»Die Entführung und mögliche Ermordung eines Kindes.«

»Was soll sie denn davon wissen? Bloß weil wir unseren Sohn verloren haben, sind wir doch nicht *CSI Bickley*, verdammt noch mal.«

Marvel rutschte unbehaglich auf seinem Stuhl herum. Er wollte nicht wie ein Trottel dastehen, aber er wollte auch nicht, dass dieser Idiot das mit seiner Beschwerde weiter durchzog.

»Mr Buck«, sagte er, »ist Ihnen bekannt, dass Ihre Frau behauptet, hellseherische Fähigkeiten zu haben?«

»Ja.« Zu Marvels Erleichterung sah Buck genauso unbehaglich aus, wie ihm jetzt, wo er nüchtern war, bei dem Ganzen zumute war.

»Glauben Sie das?«

»Natürlich nicht«, beteuerte Buck. »Das ist total irre. Wie was aus *Harry Potter.*«

»Genau«, pflichtete Marvel ihm bei. *»Genau.«*

Einen Augenblick lang waren sie sich einig.

Schade, dass Marvel es vermasseln musste.

»Nur …«, setzte er an und hielt James Buck die gespreizten Hände entgegen in der Hoffnung, der junge Mann würde die Gelegenheit nutzen zuzugeben, dass er insgeheim eben doch daran glaubte.

»Nur was?«, fragte Buck argwöhnisch.

Also seufzte Marvel und erzählte ihm von dem Foto von Edie Evans und von dem Garten und der Fahrradklingel.

James Buck starrte ihn an, als wäre er ebenfalls verrückt. In letzter Zeit war er sich da manchmal selbst nicht ganz sicher. »Wollen Sie damit sagen, Sie glauben, sie kann *wirklich* hellsehen?«

»Ich sage nur, dass sie vielleicht – und sei es nur unterbewusst – etwas von jemandem gehört hat, der etwas über den Fall weiß …« Er beendete den Satz nicht, es hörte sich alles so dämlich an.

Buck schaute auf seine Hände hinunter. Dann ließ er den Blick durch das Büro wandern, bis er an der Wand hinter Marvels Kopf hängen blieb.

»Wieso haben Sie denn da 'n Foto von mir?«

Scheiße.

»Wo?«, fragte Marvel, obgleich er genau wusste, wo James Buck hinschaute. Auf seine Edie-Evans-Montage.

Buck stand auf und beugte sich über den Schreibtisch. »Da«, sagte er. »Eins von mir und eins von Anna! Was soll das? Stehen wir etwa unter Verdacht oder so was?«

»Nein, nein«, versicherte Marvel rasch. »Das sind bloß Leute, die bei dem Fall hilfreich sein könnten, den ich bearbeite. Und deswegen bin ich auch froh, dass Sie heute hergekommen sind, Mr Buck.«

Marvel war stolz auf diese Überleitung. Ganz schön reibungslos.

Nicht reibungslos genug. Buck betrachtete die Bilder eingehender. »Das sind noch nicht mal besonders gute Fotos.«

Jeder war hier ein verdammter Kunstkritiker.

Buck zeigte auf Richard Latham. »Wer ist das?«

Marvel zögerte. Er hatte noch immer keine hieb- und stichfesten Beweise dafür, dass Richard Latham irgendetwas anderes war als ein Betrüger, und jetzt, wo der Fall Edie Evans abgeschlossen war, war es unwahrscheinlich, dass er noch etwas finden würde. Das hieß nicht, dass er es nicht versuchen würde – selbst wenn er es in seiner Freizeit tun müsste. Er würde jedes Fitzelchen Beweismaterial unter besonderer Berücksichtigung Richard Lathams neu begutachten müssen. Er würde das Vernehmungsprotokoll in der Akte nach unerklärlichen Kenntnissen über Edie oder ihr Zuhause durchforsten müssen – vor allem nach Kenntnissen über ihr Zimmer. Im Moment jedoch wusste er nur sicher, dass der Mann behauptete, Edie sei tot, und dass er nicht darüber reden wollte.

»Das ist ein Hellseher, den wir hinzugezogen haben, als das Mädchen verschwunden ist.«

»Noch 'n Bekloppter«, schnaubte James und setzte sich wieder.

Marvel lachte, und die Spannung ließ ein wenig nach.

»Hat Anna Ihnen denn … so geholfen?«

Marvel zögerte.

Hatte sie ihm geholfen?

Hatte das Grauen, das sich an Anna Bucks Küchentisch abgespielt hatte, ihm geholfen? Oder war er Zeuge blanken Wahnsinns geworden? Wahnsinn von der Art, derentwegen sie früher in einer Zwangsjacke gelandet wäre.

Was ja immer noch passieren könnte.

Natürlich, er war betrunken gewesen, aber das Ganze hatte so *echt* gewirkt. Zuzusehen, wie Anna Buck an einen anderen Ort entschwand, in eine andere Zeit.

Vielleicht sogar ein anderer Mensch wurde.

Wie sie mit aufgesprungenen Lippen um Wasser gefleht hatte, an den Wänden gekratzt hatte, als könne sie durch eine massive Backsteinmauer brechen. Sich vor Durstschmerzen in Embryonalstellung zusammengekrümmt hatte.

Er hatte doch nur gefragt, wie Edie umgekommen war.

Nachdem sie es ihm gezeigt hatte, hatte Marvel Anna Bucks Wohnung verlassen, war aus dem Haus getaumelt und hatte sich auf dem Vorplatz der Autowerkstatt übergeben. Er hatte sich auf alle viere fallen lassen, damit seine Hose nichts abbekam, und hatte gespuckt und sich abermals übergeben; seine Knie waren klatschnass gewesen, und das Haar hatte ihm an der Stirn geklebt, in dem Schweiß, der ihn abermals erschauern ließ …

Aber er war doch betrunken gewesen. Nicht so betrunken, dass jemand anders es merken würde. Nicht *sturz*betrunken.

Aber betrunken, nach gefühlten Jahren des Trockenseins …

Also antwortete er James Buck mit Bedacht. »Ich weiß nicht«, sagte er. »So was lässt sich schwer bemessen.«

»Weil's Quatsch ist, stimmt's?«

»Weil's Quatsch ist«, bestätigte Marvel.

»Und was ist mit mir?«, fragte James Buck misstrauisch und deutete mit einem Kopfnicken auf das Foto an der Wand. »Wie kann *ich* hilfreich sein?«

»Ich weiß es nicht«, meinte Marvel. »Noch nicht.«

Buck betrachtete Edie auf ihrem Fahrrad. »Ist das das Mädchen?«

»Ja«, sagte Marvel. »Das ist Edie Evans.«

James Buck betrachtete das Foto lange. »Arme Kleine«, sagte er leise.

»Ja.« Marvel stand auf. »Möchten Sie einen Kaffee oder so was?«

»Ja, okay«, antwortete James Buck. »Zwei Stück Zucker, bitte.«

Marvel ging zum Automaten. Während er darauf wartete, dass der ihn in flüssiger Form beschiss, beobachtete er James Buck von der anderen Seite des Büros aus.

Obwohl er von Natur aus misstrauisch war, erregte nichts an dem Mann seinen Argwohn. Er war anscheinend einfach nur ein Typ, der hergekommen war, um seine Frau zu verteidigen, auch wenn er sie für bekloppt hielt. Es war fast liebenswert.

Liebenswert-Schrägstrich-dämlich.

Marvel hätte das nicht getan. Wäre Debbie von der Arbeit nach Hause gekommen und hätte ihm erzählt, sie würde mit den Toten reden, hätte Marvel ihren Wohnungsschlüssel zurückverlangt.

Nicht so James Buck.

Doch jetzt war er froh, dass Aguda James Buck hier raufgebracht hatte, auch wenn es irrtümlich geschehen war. Wenigstens war sich Marvel ziemlich sicher, dass der Mann jetzt keine offizielle Beschwerde mehr einreichen würde. Beinahe ebenso sicher war er, dass James Buck ihm nicht im Mindesten helfen konnte.

Er brachte die beiden Becher zu seinem Schreibtisch zurück.

»Und was ist jetzt mit unserem Jungen?«, wollte Buck wissen. »Ihnen bei Ihrem Fall zu helfen, das ist ja alles schön und gut, aber was ist mit Daniel?«

»Äh …« Marvel griff in die oberste Schreibtischschublade und holte das Foto von Daniel auf dem Löwen heraus. Er pinnte es neben die anderen an die Wand. »Das hier hatte ich letztens dabei«, sagte er. »Niemand hat Daniel vergessen, Mr Buck.«

»Danke«, sagte Buck, und die Stimmung im Raum wurde spürbar gelöster.

»Hat Anna die gemacht?«, erkundigte sich Buck und deutete mit dem Kopf auf die Zeichnungen, die zwischen den Fotos hingen.

»Ja«, meinte Marvel. »Sie hat gesagt, es wären Visionen.«

Buck nippte an seinem Kaffee. »Kann ich mal sehen?«

»Klar.« Marvel nahm die beiden linierten Blätter ab und legte sie zwischen ihnen auf den Tisch.

Der durch das Fenster gesehene Garten und das merkwürdige Kandelaber-Teil mit der 88 drauf.

»Den Garten hat sie zuerst gesehen«, erklärte er. »Und es hat sich herausgestellt, dass er große Ähnlichkeit mit der Aussicht aus Edie Evans' Zimmerfenster hat.«

»Ja?«, fragte James Buck.

»Und das, ich dachte zuerst, es wäre eine Blume … aber Anna hat gesagt, es wäre eine Fahrradklingel, und genau da haben wir sie auch gefunden, unter dem Fensterbrett versteckt.«

»Echt?« Diesmal schien James Buck mehr Interesse zu zeigen. »Sie hat auch in Daniels Zimmer Riesenkreise an die Wand gemalt. Riesengroße blaue Kreise. Hat 'ne Mordssauerei veranstaltet.«

Marvel nickte, er hielt es für das Beste zuzugeben, dass er Bescheid wusste. »Hat sie gesagt, was das sein sollte?«

James Buck schüttelte den Kopf und schaute stirnrunzelnd in seinen Pappbecher. »In dem Kaffee hier sind ja Nudeln drin.«

»Ja«, meinte Marvel. »Manchmal kippt der Automat die Suppe mit den anderen Sachen zusammen.«

»Oh«, sagte Buck. »Okay.« Und trank weiter. »Was ist denn das da?«

»Das weiß ich auch nicht«, erwiderte Marvel. »Sieht aus wie 'n Kerzenständer oder so. Mit der Zahl achtundachtzig obendrauf.«

Buck nahm die Zeichnung zur Hand und hielt sie vor sich hin, während er an seiner Suppe nippte. Unten breit, dann ein langer krummer Stängel, der oben dick war und sich in zwei Dinger gabelte, auf denen gut und gern Kerzen hätten stehen können.

Er drehte die Zeichnung auf die Seite.

Er drehte sie auf den Kopf.

Dann sah er Marvel verblüfft an. »Ich weiß, was das ist.«

Marvel stellte seinen Becher hin. »Was?«

Buck starrte das Blatt Papier an und runzelte die Stirn. »Aber woher zum Teufel weiß *sie* das?«

»Woher weiß sie was? Was *ist* das?«

James sah ihn an, die Augen ganz klar vor Selbstsicherheit. »Das ist die Auspuffanlage von Mr Knights Audi TT.«

42

»Draußen ist Kotze auf dem verdammten Vorplatz!« Brian Pigeon knallte die Tür des Alfa zu und nahm sich Ang vor, der mit seinem Besen durch die Werkstatt schlich.

»Da draußen ist Kotze!«, brüllte er abermals. »Ich wär da fast durchgefahren!«

»Ja«, sagte Ang, obwohl er ziemlich verwirrt aussah.

Zum einen arbeitete er sich jeden Morgen von innen nach außen voran und hatte den Vorplatz noch gar nicht gesehen.

Und außerdem hatte er das Wort »Kotze« noch nie gehört.

»Na, dann steh nicht so rum! Hol dir einen Eimer!«

»Ja«, sagte Ang. »Ich weiß.«

Er sah sich um, rührte sich aber nicht von der Stelle.

Brian Pigeon zückte sein Handy und fuchtelte damit in seine Richtung. »Herrgott noch mal, Ang! Machst du jetzt die Sauerei da draußen weg, oder soll ich die Einwanderungsbehörde anrufen?«

Er drückte auf die grüne Taste.

»Scheiße, nein!«, stieß Ang hervor und eilte mit seinem Besen zur Tür.

»Doch nicht mit dem *Besen*! 'n Eimer Wasser!«

Jemand meldete sich am Telefon, und Brian Pigeon sagte: »Hallo? Ist da die Einwanderungsbehörde?«

Ang rannte in die Küche zurück, um einen Eimer zu holen. Brian Pigeon verschluckte sich fast vor Lachen.

»Hallo? Hi … ja, 'tschuldigung. Brian Pigeon aus Bickley hier.

Hören Sie, Autolifts sollte diese Woche liefern. Können Sie loslegen, sobald ich anrufe …«

Er hielt inne, als Ang mit einem Eimer und einer Rolle Poliervlies an ihm vorbeikam, das vier Pfund pro Meter kostete.

»*Was machst du denn da?* Großer Gott, ist das ein totaler Rohrkrepierer … ’tschuldigung, nicht Sie. Ich ruf gleich zurück.«

Er schmiss das Handy auf die Werkbank und dampfte auf Ang Nu zu, der nicht wusste, was er diesmal falsch gemacht hatte.

Marvel betrachtete Anna Bucks Zeichnungen, während sie zur Werkstatt fuhren. Jetzt, wo er den Kerzenhalter in Wirklichkeit für eine Auspuffanlage hielt, war es natürlich ganz eindeutig. Die breite Basis war der Krümmer, der glatt in ein Rohr überging, das fast schnurgerade zu dem großen viereckigen Auspufftopf hinten am Heck führte. Die Kringel, die er für Kerzenhalterarme gehalten hatte, waren Auspuffrohre.

Die Zahl 88 waren anscheinend die Buchstaben BB. Buck sagte, die stünden für die Firma, die den eigens für den Kunden gefertigten Auspuff hergestellt hatte – Billy Boat.

Und die vier Kreise waren bestimmt ein Audi-Logo.

Jetzt ergab das alles einen Sinn.

Auf sinnlose Art und Weise.

DS Brady fuhr. Zuerst hatte er eigentlich nicht mitkommen wollen, weil der Fall doch abgeschlossen war, doch als Marvel ihm die Zeichnung gezeigt und ihm den neuen Hinweis erläutert hatte, war er zu aufgeregt gewesen, um Nein zu sagen.

Jetzt drehte Marvel den Rückspiegel von Brady weg, damit er sich nicht umdrehen musste, um mit James Buck zu sprechen. »Kennen Sie diesen Mr Knight?«

»Nur von der Werkstatt her. Er ist reich. Bisschen arschig.«

»Und Sie wissen nicht, wo er wohnt? Wir könnten gleich hinfahren.«

Buck schüttelte den Kopf und starrte aus dem regengesprenkelten Fenster auf Reihe um Reihe kleiner Billigläden hinaus, die staubige Keksdosen, gebrauchte Möbel und den Schmuck anderer Leute verkauften.

»Hier in der Nähe jedenfalls nicht«, schnaubte er.

James war mit dem Bus zum Revier gefahren, doch die Rückfahrt mit dem Auto ging sehr viel schneller.

Das war gut. Er musste mit Anna über die Zeichnung reden. James war sich sicher, dass er recht hatte. Er hatte den Auspuff doch bewundert, als der auf der Hebebühne in der Werkstatt über seinem Kopf gehangen hatte. Mikey hatte ihn gerufen, er solle sich das mal ansehen, das ganze Ding war nämlich verchromt und das Sauberste, was James jemals unter einem Auto gesehen hatte. Billy Boat fertigte Auspuffanlagen für Autos der Spitzenklasse – sie unterschieden sich alle voneinander –, und James wusste noch, wie er gedacht hatte, dass dieser eine Auspuff wahrscheinlich mehr kostete, als er in zwei Monaten hätte verdienen können. Deshalb war er sicher, dass er recht hatte, auch ohne das BB-Logo, das bestätigte, dass Anna nicht nur irgendein komisches Gebilde gezeichnet hatte, das zufällig genauso aussah.

Woher könnte sie wissen, wie Mr Knights Auspuffanlage von unten gesehen aussah? Sie saß den ganzen Tag draußen vor der Werkstatt, aber sie kam nie herein. Er musste mit ihr reden.

Bald würde er das tun können. Die Geschäfte wurden allmählich zu ihrem alltäglichen Umfeld – der Zeitungskiosk, der Kindergarten, der Blumenladen …

Der Wagen hielt gegenüber der Werkstatt auf der anderen Straßenseite. James konnte Ang im Nieselregen den Vorplatz schrubben sehen. Einen Moment lang dachte er, er putze die fünf Fußabdrücke, dann jedoch wurde ihm klar, dass er ein paar Meter davon entfernt war.

»Warten Sie kurz«, wies Marvel ihn an und stieg mit dem Sergeant aus.

James blieb gar nichts anderes übrig, die hinteren Türen waren verriegelt.

Er sah zu, wie Marvel und Brady zielstrebig über die Straße schritten, ihre Mäntel schlugen im kalten Wind um sie herum.

»Hey!«, sagte einer von ihnen – James konnte nicht sehen, wer es war, und die Geräusche klangen zu gedämpft, um es hier im Auto bei geschlossenen Fenstern erkennen zu können.

Ang blickte zu den beiden Männern hoch, die auf ihn zukamen, und selbst aus fünfzehn Metern Entfernung konnte James sehen, wie der Ausdruck auf seinem Gesicht sich von beiläufigem Interesse in Furcht verwandelte, als er hastig auf die Beine kam und zurückwich, den Eimer in den Händen.

»Scheiße!« Wieder riss James an der verriegelten Tür und hechtete dann in dem verzweifelten Bemühen, hier rauszukommen, über die Rückenlehnen der Vordersitze.

Noch während er die Fahrertür aufstieß, sah James, wie Ang den Eimer nach Marvel schleuderte.

Dann drehte er sich um und rannte los.

Wenn er nicht weggerannt wäre, hätten sie ihn nicht verfolgt.

Marvel und Brady hatten doch überhaupt keinen *Grund,* Ang Nu zu verfolgen, außer dass sie mit einem Eimer voll *irgendwas* beworfen worden waren. Sie waren nicht dienstlich hier, und sie waren nicht seinetwegen hier, und wenn Brady nicht auch dabei gewesen wäre – der hinter dem Bengel herpreschte, als stürmte er Goose Green auf den Falklands –, hätte Marvel aufgegeben, noch ehe sie die Werkstatttür erreicht hatten.

Aber Ang Nu rannte nun mal weg, und Brady war nun mal dabei.

Brady rannte dem Jungen hinterher, und Marvel rannte – in

einiger Entfernung – Brady hinterher, durch die Werkstatt, zwischen Autos mit offenen Kühlerhauben und unter Autos mit abmontierten Reifen hindurch, vorbei an einem hochgewachsenen, dürren Mann, der ihnen ohne große Überraschung nachsah, und an einem stämmigen Mann, der »Was zum Teufel geht denn hier ab? Ich ruf die Scheißpolizei!« brüllte.

»Wir *sind* von der Polizei!«, brüllte Marvel zurück.

»Ich hab euch nicht gerufen!«, schrie der Mann wütend und sah sich um. »Wo ist mein Scheißhandy?«

Ein Radio plärrte Popmusik, als Marvel in eine Sackgasse rannte, an deren Ende nur eine Grube war, voller Müll und mit einer alten Matratze darin.

»Scheiße!« Er machte kehrt und schrie den blassen Mann mit dem weißen Haar und den farblosen Wimpern an: »Wo ist hier der Hinterausgang?«

Der Mann ließ sich reichlich Zeit damit, in die entsprechende Richtung zu deuten, und Marvel zeigte mit dem Finger auf ihn und sagte: »Wir sprechen uns noch, Bleichgesicht«, als wäre er ein Terminator und kein japsender, keuchender unsportlicher Fünfundvierzigjähriger.

»Vorher kriegst du 'n Scheißherzinfarkt, Dickerchen!«, brüllte der Mann, als Marvel türenknallend durch den Hinterausgang auf die Gasse hinter der Northborough Road hinausstürmte.

Brady und der Junge waren nirgends zu sehen.

Gott sei Dank.

Marvel verlangsamte seine Schritte zu einem flotten Marschtempo und drückte die Hand gegen den Körper, um das Seitenstechen zu lindern. Sein Kopf hämmerte, und sein Mund war ganz trocken und erinnerte ihn an Anna gestern Abend, zusammengekrümmt auf dem Fußboden …

Er sollte wirklich abnehmen. Debbies kulinarische Zuneigung brachte ihn noch um. Er sollte den Hund ausführen. Fit werden.

Sein Atem wurde langsamer.

Sein Herz schlug ruhiger.

Seine Seite hörte auf zu schmerzen.

Ein kleines elektronisches Piepsen ließ Marvel den Kopf drehen.

Der Junge kletterte gerade aus dem Müllcontainer hinter dem TiggerTime-Kindergarten. Während er noch ein Bein dort drinhatte, schoss Marvel auf ihn los.

Fast hätte er ihn gehabt.

Im letzten Augenblick sah der Junge ihn kommen und machte einen Riesensatz rückwärts, weg von Marvel und auf der anderen Seite aus dem Container heraus. Er landete mit einem Ächzen auf dem Boden, war jedoch blitzschnell wieder auf den Beinen, und bis Marvel die vier Schritte zwischen ihnen zurückgelegt hatte, war er schon wieder losgerannt.

Diesmal musste Marvel richtig Gas geben. Es war sonst niemand da, auf den er sich hätte verlassen können. Er tat sein Bestes, die Arme in Bewegung zu halten und den Atem in seine Lunge hinein- und wieder herausströmen zu lassen.

Es war eine Höllenqual.

Er konnte sehen, dass die Gasse fünfzig Meter vor ihm endete. Eine gnädige Sackgasse, dank der Mauer der Bickley Bridge, auf der er Anna Buck zum ersten Mal begegnet war.

Alles sind Kreise.

Der Junge erreichte die Mauer, blieb stehen und drehte sich um, um zu sehen, wie nahe Marvel war.

»Bleib sofort stehen!«, brüllte Marvel, und eine Sekunde lang sah er in den Augen des Jungen, dass dieser vielleicht genau das tun würde.

Dann kam Brady mit Gebrüll irgendwo hinter Marvel aus einem Hof gestürmt, und der Junge warf sich gegen den Metallzaun neben den Gleisen und schickte sich an darüberzuklettern.

Marvel war gerade noch rechtzeitig da, um ihn am Fuß zu packen, doch der Junge trat so heftig nach ihm, dass ihm sein Handy aus der Tasche fiel und sein Schuh in Marvels Hand zurückblieb. Dann kippte er über den Zaun und plumpste in das Gras und die Brombeerranken und den Müll auf der anderen Seite. Einen Moment lang begegneten sich ihre Blicke durch den Zaun.

»Tut leid!«, keuchte der Junge flehend. »Tut so leid!«

Dann krachte Brady neben Marvel rasselnd gegen den Zaun und kletterte darüber, und der Junge drehte sich um und rannte abermals los – diesmal an der steilen Böschung neben dem Gleisbett entlang.

Marvel überkam ein ganz ungutes Gefühl, eine jähe Furcht. »Halt!«, brüllte er. »Brady! Halt!«

Brady tat wie ihm geheißen, und der Junge auch – er hielt an und drehte sich halb um, um zu sehen, was los war.

Drehte sich auf einer Zehenspitze.

Sein eigener Schwung zwang ihn einen Schritt zurück.

Dort ging es steil hinunter, und als er den Fuß hinter sich aufsetzte, war der Boden nicht dort, wo er sein sollte.

Eben stand er noch da und sah sie an, die Arme schleuderten unter der Energie der Verfolgungsjagd noch immer um seinen Körper.

Im nächsten Moment war er hintenübergekippt, die Böschung hinunter, und war weg.

»Scheiße!«

Marvel wartete auf das Geräusch eines Zuges, um das Grauen noch zu vervollständigen, doch es war nichts zu hören. Prüfend zerrte er mit den Fäusten an dem Zaun und zog sich dann mit einem tiefen Aufstöhnen hoch und darüber. Die ungewohnte Anstrengung trieb ihm den Schweiß ins Gesicht. Er blieb mit dem Mantel oben am Zaun hängen und wuchtete sich halb springend, halb fallend auf die andere Seite, begleitet von einem lauten, reißenden Geräusch.

Unsicher kam er auf die Beine.

»Wo ist er?«, schrie er Brady zu.

Brady drehte sich zu ihm um und deutete die Böschung hinunter. »Da.«

Einen knappen Meter vom Zaun entfernt fiel der Boden steil ab, also näherte sich Marvel dem Rand sehr vorsichtig.

Dieser Luxus war Ang Nu nicht vergönnt gewesen.

Am Fuß der Böschung, dort, wo sie ans Mauerwerk der Brücke stieß, war ein gusseiserner Gitterfächer angebracht, um Kinder und Obdachlose von dem kurzen Tunnel fernzuhalten.

Heute hatten die Spitzen des Gitters den Sturz eines heimatlosen Kindes aufgefangen.

Eine hatte sich durch Ang Nus Gesäßhälfte gebohrt, eine andere ragte aus seiner Brust.

Eine dritte war geradewegs durch seinen Schädel und durch das rechte Auge gedrungen.

Der Geruch von altem Tod stieg zu ihnen empor – als hätte Ang Nus Leben hier schon vor langer, langer Zeit ein Ende gefunden.

Marvel sagte nichts und Brady auch nicht.

Sehr viel gab es ja auch nicht zu sagen.

43

Brady half Marvel wieder über den Zaun. Sein Mantel blieb abermals oben hängen, aber der war ja sowieso schon zerrissen. Außerdem roch er nach Kotze, und dabei musste er an den Eimer denken, den der Junge nach ihnen geschmissen hatte. Und daran, wie sehr er sich bemüht hatte, sich nicht vollzukotzen, nachdem er gestern Abend aus Anna Bucks Wohnung gekommen war. Er hätte sich die Mühe sparen können, am Ende hatte es ihn doch erwischt.

Mit der Fußspitze drehte er den Schuh des Jungen um und hob das Handy auf. Der Schuh war ein Adidas-Fake mit einem Loch an der Ferse; das Telefon war ziemlich neu.

Marvel ließ Brady an der Böschung zurück, um Gaffer fernzuhalten, und ging langsam wieder zur Werkstatt, wie ein Kind, das widerstrebend nach Hause schleicht, um sich eine Tracht Prügel abzuholen.

Eigentlich dürften sie doch gar nicht hier sein. Clyde hatte den Fall abgeschlossen. Eigentlich sollte er Richard Latham wegen Entführung eines Hundes anklagen oder irgendein anderes Arschloch wegen des Mordes an Tanzi Anderson festnehmen.

Irgendwas, nur nicht das. Hier. Jetzt.

Er saß tief in der Scheiße.

Als er wieder in der Werkstatt ankam, waren sowohl der große dünne Mechaniker als auch der kleinere mit den weißen Locken verschwunden.

»Wo ist Ang?«, fragte James Buck.

»Wie heißt er?«

»Ang Nu.«

»Warum ist er denn *weggerannt,* verdammte Scheiße?«, beschwerte sich Marvel und machte mit einer einzigen kurzen Frage das Opfer zum Täter.

»Er hat gedacht, Sie sind von der Einwanderungsbehörde.«

»Dann ist er also ein Illegaler?« Marvels Laune hob sich ein wenig. Das war eine gute Nachricht. Der Junge war ein illegaler Einwanderer. Jemanden zu jagen und zur Strecke zu bringen, der Dreck am Stecken hatte, das war etwas ganz anderes. Wer *schuldig* war, war Freiwild. Warum er schuldig war, war unerheblich.

Marvel sah sich um. »Wo sind denn die beiden anderen hin?«

»Ich weiß es nicht.«

»Sind das auch Illegale?«

Buck lief rot an, und sein Blick huschte zu dem stämmigen Mann hinüber, der mit seinem nach hinten geklatschten Haar und dem Blaumann aussah wie der Große Vorsitzende Mao.

»Sind Sie hier der Chef?«, fragte Marvel.

»Ja.«

»Wie heißen Sie?«

»Brian Pigeon.«

»Sie stecken ganz schön tief in der Scheiße, Mr Pigeon.« Es war schön, das weiterzureichen. Der Typ in dem Blaumann machte sich gar nicht erst die Mühe zu fragen, wieso. Er machte nur ein beklommenes Gesicht.

»Wo ist Ang?«, fragte James Buck hartnäckig.

»Der kleine Scheißer hat mein Handy mitgehen lassen«, sagte Pigeon. »Genau hier von der Werkbank!«

»Ang ist tot«, sagte Marvel.

»Tot?«, stieß James hervor. Er und Pigeon wechselten schockierte Blicke. »Was ist denn *passiert?*«

»Er ist die Böschung runtergefallen.«

»Was? Wie denn *das*?«

Marvel seufzte und antwortete ihm aus Höflichkeit. Wegen all seiner Hilfe und weil er keine Beschwerde eingereicht hatte.

Noch nicht.

»Hören Sie, Ihr Kollege ist gestürzt, als er versucht hat, sich der Gewahrsamsnahme durch die Polizei zu entziehen, und leider ist er dabei ums Leben gekommen. Das Wichtigste ist jetzt, das alles angemessen zu regeln. Hatte er Angehörige hier?«

Buck schüttelte den Kopf. Er sah aus, als wäre ihm schlecht, und Brian Pigeon antwortete: »Nein. Niemanden.«

Noch mehr Musik in Marvels Ohren. Niemand würde wegen Ang Nu einen Aufstand machen. Niemand würde sich bei den Zeitungen ausheulen. Niemand würde seinen Kopf fordern oder die Polizei verklagen.

»Wo hat er gewohnt?«, wollte er wissen.

Buck sah kurz Brian Pigeon an, der erwiderte: »Hier. Er hat hier gewohnt. Miete konnte er sich nicht leisten, also hab ich ihn hier wohnen lassen.«

»Hat das was mit der Tatsache zu tun, dass Sie einen Haufen illegaler Immigranten beschäftigen?«

Pigeon sagte nichts mehr.

Marvel zeigte mit dem Finger auf ihn. »Sie sind verhaftet«, verkündete er. »Bleiben Sie ja schön hier.«

Die nächsten paar Stunden waren ein verschwommener Wirrwarr aus Krankenwagen, flatterndem Polizeiabsperrband, Fernsehnachrichtenteams, Eisenbahnpolizei, PR-Anzugträger der Bahngesellschaft und Beamten der Spurensicherung in weißen Schutzanzügen. Clyde tauchte persönlich auf und gab auf dem Vorplatz der Werkstatt vor Fernsehreportern ein Statement ab, ehe er Marvel anwies, nach Hause zu fahren.

»Aber das ist doch mein Fall«, hatte Marvel aufbegehrt.

»Das hier ist nicht Ihr Fall«, hatte Clyde kalt erwidert. »Sie haben *keinen* Fall. Stand jetzt haben Sie nicht mal einen Job.«

Und als Marvel ihn verständnislos angesehen hatte, hatte er hinzugefügt: »Sie sind suspendiert.«

Später, als Marvel sich in der warmen Umarmung des King's Arms so sehr betrunken hatte, wie es ihm nur möglich war, sah er zu, wie die Geschichte auf dem Fernseher hinter der Bar ablief. Hinter Clydes vorgetäuschtem Kummer wegen Ang Nu konnte er sehen, wie Brian Pigeon in Handschellen aus der Werkstatt geführt wurde.

Und dahinter war etwas, das aussah wie ein kleines blaues Zelt, das ganz am Rand des Vorplatzes aufgestellt worden war. Er dachte, die Spurensicherung hätte es vielleicht über der Stelle errichtet, wo er gestern Abend gekotzt hatte. Und dann – kurz bevor das Bild zu der Eisenbahnböschung wechselte – bewegte sich das kleine Zelt, und ihm wurde klar, dass da jemand saß, in einem großen blauen *Irgendwas* aus Nylon.

Als es sich bewegte, sah er, dass es Anna Buck war. Ein dürrer Schemen, den Kopf gesenkt, Beine wie Stöckchen.

Jäh ging Marvel auf, welche Ironie darin lag, jemanden bei einem Vermisstenfall um Hilfe zu bitten, der nicht einmal sein eigenes verdammtes Kind finden konnte.

Er bestellte sich noch einen Jamesson.

Noch einen Doppelten.

Kurz nach Mitternacht kam Marvel schließlich nach Hause, blutunterlaufen und erschöpft, und stellte fest, dass der Couchtisch weg war.

Das Habitat-Sofa auch.

»Debbie!«, brüllte er.

Und Debbie auch.

»Buster!«, sagte er laut. »Buster?«

Kein klickendes Tappen kleiner Pfoten war zu hören.

Ein Briefumschlag mit seinem Namen darauf war mit irgendetwas an den Fernseher geklebt worden, das Spuren hinterließ, als er ihn abriss.

Er kniete sich hin und kratzte an den klebrigen Rückständen herum, bis er aufwachte, die Stirn gegen den dunklen Bildschirm gepresst und Spucke am Kinn.

Das Sofa mochte weg sein, aber zum Glück war der Teppich noch da, also legte er sich eben auf den.

Erst als er in den wunderbaren, traumlosen Schlaf des hoffnungslos Betrunkenen sank, erinnerte sich John Marvel daran, dass die Auspuffanlage des Audi TT noch nicht überprüft worden war.

Doch da schien das schon gar nicht mehr so wichtig zu sein.

Edie Evans weinte ohne Tränen. Sie machte das entsprechende Gesicht und ein winziges, summendes Geräusch und hoffte, dass das Gedächtnis ihres Körpers vielleicht ein klein wenig Feuchtigkeit heraufbeschwören könnte, um das kratzende Blinzeln ihrer Lider zu mildern. Als das nicht geschah, machte sie sie stattdessen zu, damit sie in ihren Höhlen nicht zu kleinen trockenen Hülsen wurden.

Ihr Bett trieb im Dunkeln dahin.

Die Fluchtluke, die sie eingeladen hatte, durch die Mauer und in die Schwärze zu kriechen, hatte sich vervielfacht und war immer größer geworden, in unentrinnbaren Kreisen, während sie langsam ins Jenseits hinunterglitt, bis die Wände dunkel vor Entkommen waren. Jetzt war nichts mehr übrig von Edies Zimmer und ihren Büchern und Peter der Maus, und es war auch nichts mehr von den Wachsmalkreiden übrig, außer dem, was unter ihren Nägeln klebte. Jedes allerletzte klitzekleine Fitzelchen Braun-

Blau-Schwarz war mit dem Daumen gegen den Beton gedrückt worden, jeder huckelige Schmierer hatte ihr Leben ausgelöscht und ihr die Augen für andere Möglichkeiten geöffnet.

Der Blick auf den Garten war das Letzte gewesen, das verschwunden war.

Sie vermisste ihn.

Sie *vermisste* ihn.

Jetzt, da Edie zusammengekrümmt und verdorrend auf dem Bett lag, zuckten ihre Hände vor ganz eigenem Verlangen, nach oben zu greifen, die dunkle Wachsfarbe wegzukratzen und die Erinnerungen wieder freizulegen.

Sie ballte die Fäuste, damit sie neben ihr liegen blieben.

Ihre Vergangenheit war dahin, und zu versuchen, sie wiederzufinden, würde das hier nur schwerer machen.

Jetzt schickte Edie sich an, ihre Zukunft anzunehmen.

44

Am nächsten Morgen frühstückten Anna und James zusammen, zum ersten Mal, seit Daniel verschwunden war.

Keiner von beiden aß etwas, obwohl Anna Toast machte, aber sie saßen mit Teebechern am Tisch und nippten gemeinsam daran, durch eine Tragödie verbunden, die noch unmittelbarer war als der Verlust ihres Sohnes.

»Was machst du heute?«, fragte Anna.

James zuckte die Achseln. »So viel ich kann, denke ich. Brian ist bestimmt bald wieder da. Seine Frau wird die Kaution zahlen.«

Sie nickte. »Der arme Ang.«

James nickte seinerseits. »Ich wünschte, ich wüsste, wo ich seine Sachen hinschicken soll.«

Angs Habseligkeiten lagen zwischen ihnen auf dem Tisch. Das Geschichtentuch, ein unvollendetes Drahtpferdchen, eine geschnitzte Holzmaske mit kleinem Mund, großen Zähnen und weit aufgerissenen Augen. Die Flasche *Goal.*

Langsam entfaltete Anna das Tuch.

»Er hat mir erzählt, seine Mutter hätte das gemacht«, meinte James.

Anna fuhr mit dem Finger über die Stickereien, zeichnete die Wirbel der Blütenblätter und die Spiralschleifen der Schnecken nach. Sie biss sich auf die Lippe. »Jetzt wird sie nie wissen, was aus ihm geworden ist.«

James streckte den Arm aus und berührte Annas Handrücken.

Nach einem Moment des Zögerns drehte sie die Hand um, so dass er sie umfassen konnte.

DCI John Marvel (suspendiert) erwachte mit einem Alte-Socke-Gefühl im Mund.

Er lag noch immer vor dem Fernseher auf dem Teppich, und dieser Kleberückstand-Fleck war noch immer auf dem Bildschirm.

Debbie hatte gewusst, dass ihn das fuchsteufelswild machen würde. Deswegen hatte sie es natürlich getan.

Er roch Erbrochenes und drehte den Kopf, um den Teppich zu beiden Seiten in Augenschein zu nehmen, dann ging ihm auf, dass er das war. Er hatte noch immer seinen Mantel an.

Marvel rollte sich mit der Absicht aufzustehen auf die Seite und zuckte zusammen, als sich irgendetwas in seiner Tasche hart in seine linke Gesäßbacke bohrte. Unsicher kam er auf alle viere hoch und von da auf die Knie.

Sein Kopf war ein Medizinball voller Bienen.

Er brauchte was zu trinken.

Er steckte die Hand in die Tasche und fand Ang Nus Handy.

Mist. Jetzt würde er Brady anrufen müssen, damit er das Ding abholte, als Beweismittel.

Suspendiert. *Scheiße.*

So weit war es noch nie gekommen, nicht mal ansatzweise. Er war ein paar Mal mit ranghohen Arschlöchern aneinandergerasselt, aber so was wie das hier war ihm noch nie passiert.

Er hatte noch nie jemanden in den Tod gejagt.

In der anderen Manteltasche fand er seine Zigaretten und seine Streichhölzer. Ohne sich von den Knien zu erheben, zündete er sich eine an und fühlte sich ein bisschen besser. Als er sie halb zu Ende geraucht hatte, dachte er, dass er es vielleicht bis zum Sessel schaffen könnte.

Es war kein bequemer Sessel, aber er war alles, was noch da war, und es war nicht der Fußboden, also kroch Marvel mit pendelndem, brummendem Kopf auf den Knien hinüber. Er stemmte sich auf die Sitzfläche wie ein Mann, der aus seinem Rollstuhl gekippt ist, und saß dann einen Moment lang da und kam um die Zigarette herum wieder zu Atem.

Wieder holte er das Handy aus der Tasche und starrte den kleinen Bildschirm an. Er fummelte müßig an dem Gerät herum, bis er das Kontaktverzeichnis fand, doch es war leer.

Also legte er es auf den kleinen Beistelltisch, doch es fiel zu Boden, und da wurde ihm klar, dass Debbie auch die Beistelltische mitgenommen hatte.

Er seufzte und drückte seine Zigarette auf der Armlehne des Sessels aus, dann zündete er sich eine neue an.

Er dachte an Ang Nu, über die Spitzen des Fächergitters drapiert wie eine Illusion bei einer Magiershow. Er dachte an den Augenblick davor, wie er seinen warmen Knöchel gepackt hatte, als der Junge auf den Zaun geklettert war. Hätte er nicht in der Gasse innegehalten, um die Hand gegen seine schmerzende Seite zu pressen, wäre er glatt an Ang Nu vorbeigerannt, genau wie DS Brady. Der Junge wäre hinter ihm aus dem Müllcontainer geschlüpft und auf die Northborough Road hinausgelaufen.

Und wäre verschwunden.

Und hätte überlebt.

Das wäre ärgerlich gewesen, aber besser als das hier.

Suspendiert.

Abserviert.

Debbie hatte *ihn* abserviert. Das hatte er nicht kommen sehen. Obwohl, wenn er jetzt so darüber nachdachte, dann fragte er sich, ob er vielleicht damit hätte rechnen sollen.

Der Umschlag mit seinem Namen drauf lag noch immer da, ungeöffnet neben dem Fernseher. Marvel dachte, dass er sich wohl nicht die Mühe machen würde, den Brief zu lesen. Er hatte kein Interesse an einer Litanei seiner Unzulänglichkeiten.

Er rauchte ein bisschen und brütete vor sich hin. Dann fiel ihm das kleine Piepsgeräusch wieder ein, das ihn gestern auf Ang Nus Gegenwart in dem Müllcontainer aufmerksam gemacht hatte.

Er beugte sich aus dem Sessel und tastete auf dem Boden nach dem Handy.

Dann drückte er die Anruftaste. Das war der Piepston, den er gehört hatte.

Er drückte die Auflegetaste. Das Geräusch war dasselbe.

Marvel zog intensiv an seiner Zigarette und dachte nach.

Ang Nu hatte jemanden angerufen. Während er in einem Müllcontainer voller Spielsachen und Wachsmalkreiden und alter Fingerfarben hockte und die Polizei hinter ihm her war, hatte der Junge telefoniert. Alles, was Marvel gehört hatte, war der Tastenton, mit dem er das Gespräch beendet hatte.

Wen zum Teufel hatte er angerufen? Er hatte doch keine Angehörigen. Und wenn er Freunde gehabt hätte, dachte Marvel, dann hätte er doch bei denen gewohnt und nicht in diesem winzigen Scheißkabuff von Werkstattküche.

Wen würde jemand wie Ang Nu in der Stunde der Not anrufen? Ein Taxi? Einen Auftragskiller?

Wieder drückte er die Anruftaste und starrte blinzelnd auf das Display, um die letzte angerufene Nummer zu entziffern. Dabei musste er das Handy ein Stück weiter weg halten und den Kopf nach hinten biegen, doch die Festnetznummer sagte ihm nichts.

Er drückte die Wiederwahltaste und schloss die Augen, während er dem lauten Scheppern des Klingeltons lauschte.

»Blue Circle Cement. Kann ich Ihnen helfen?«

Marvel legte auf.

Er starrte das Mobiltelefon an. Die Zigarette brannte herunter, bis seine Finger heiß wurden.

Er starrte das Handy an.

Blaue Kreise an der Wand von Daniel Bucks Zimmer.

Das Geräusch des Radios, das durch die Wände drang.

Was hatte sie noch mal gesagt? *Manchmal höre ich ihn weinen.*

Hinter Brady her, der hinter Ang Nu her war, durch die Werkstatt. Fast kopfüber in die Grube …

Von der aus man einen perfekten Blick auf die Billy Boat-Auspuffanlage eines Audi TT hätte.

Marvel war so betrunken, dass er mit dem Auto fuhr.

Im Fahren drückte er abermals auf die Wiederwahltaste.

»Blue Circle Ce…«

»Hier ist Detective Chief Inspector John Marvel, Polizei Lewisham. Haben Sie einen Auftrag von der Autowerkstatt Pigeon in Bickley eingeplant?«

Eine kurze Pause entstand, während derer irgendjemand überlegte, ob dies ein Telefonstreich war. Dann sagte die Frauenstimme: »Ja. Warum?«

»Was genau ist das für ein Auftrag?«

»Ähmmm … eine alte Werkstattgrube zuschütten.«

»Wann?«

Ein misstrauisches Zögern. »Darf ich fragen, um was es hier geht, bitte?«

»Nein, dürfen Sie verdammt noch mal nicht!«, brüllte er. *»Wann wird der Auftrag ausgeführt? WANN?«*

Beleidigtes Schweigen.

Und dann sagte die Frau: »Jetzt.«

45

Mach die Tür auf.

Mach die Tür auf.

Edie beobachtete die Tür durch einen ganz winzigen Spalt zwischen ihren Lidern.

Sogar das tat weh.

Alles tat weh. Ihr leerer Bauch, ihre eingerissenen Fingernägel, ihre wunden, geschwollenen Lippen, die Zunge und die Kehle.

Sie hatte versucht, nicht mehr zu schlucken, als ein Schlucken auf halbem Weg stecken geblieben war wie ein Klumpen Kohle und sich nur ganz, ganz langsam gelöst hatte. Das nächste Mal würde sie vielleicht nicht so viel Glück haben.

Ihre Lippen waren aneinander festgeklebt, und sie versuchte nicht, sie voneinander loszureißen. Ihre Nasenlöcher waren so trocken, dass sie ab und zu bluteten, doch das merkte sie kaum noch.

Sie trieb zwischen Schlafen und dem Hier dahin, was immer das auch war. Hoffentlich war es nicht der Tod, denn der Tod sollte eigentlich besser sein als das hier. Alles, was sie wusste, war, dass es jedes Mal wie ein Schlag war, aufzuwachen und sich noch immer in diesem winzigen Raum wiederzufinden.

Mach die Tür auf.

Mach die Tür auf.

Sie sah es geschehen. Tausendmal hatte sie den Riegel klicken hören, sie sah die Tür aufschwingen, mit dem schwarzsamtenen

Himmel dahinter und den winzigen Diamantenfunken anderer Welten, die sie nach Hause geleiteten.

Edie Evans hoffte, dass sie im All war.

Sterben schien sonst so eine Verschwendung zu sein.

46

Anna warf den Toast in den Mülleimer und wusch die Becher ab.

Während sie sie abtrocknete, schaute sie aus dem Küchenfenster, und ihr Herz zog sich schmerzhaft zusammen.

Daniel.

Sie ließ den Becher fallen. Er zerschellte lautlos vor ihren Füßen.

Auf dem Werkstattvorplatz parkte ein Zementlaster.

Genau wie am 5. November.

Der Geruch nach Feuerwerk und das trübe weiße Licht des nahenden Winters. James' Arme, die sich von hinten um sie schlangen, und der kleine Schokoladenfrosch, der immer wieder in Daniels Lunchtüte hinein- und wieder heraushüpfte.

Das Grauen des Rückblicks nahm vor ihrem Küchenfenster abermals seinen Lauf.

Ein Mann in Overall, Stiefeln und Handschuhen verlegte dicke weiße geriffelte Rohre über den Hof und in die offene Werkstatttür hinein.

Während Anna zusah, beugte er sich wieder in die Fahrerkabine seines Lastwagens, und irgendwo ganz tief in ihren Eingeweiden spürte sie, wie die Maschinerie brummend zum Leben erwachte, als die riesige Trommel hinten auf dem Laster langsam zu rotieren begann und Zement und Gesteinskörnung zu Beton mischte.

Und jedes Mal, wenn sie sich drehte, war da ein großer blauer Kreis.

Erst als ihr schwindlig wurde, merkte Anna, dass sie schon vor geraumer Zeit aufgehört hatte zu atmen. Als sie wieder damit anfing, ließ die Luft ihren Mund so schnell trocken werden, dass es wehtat.

Sie griff nach dem Wasserhahn. Hielt inne.

Keine Zeit, dachte sie. *Keine Zeit für Wasser.*

Sie ging nach unten und öffnete die Haustür. Ein eisiger Wind peitschte gegen ihren Körper.

Keine Zeit für einen Mantel.

Sie verschränkte die Arme gegen die Kälte vor dem Körper und trat hinaus.

Als sie den Lastwagen erreichte, rannte sie und weinte fast.

Sie wusste nicht, warum. Sie wusste nicht, was sie tat, und sie wusste nicht, was sie tun würde, wenn sie dort ankam.

»Hallo!«, schrie sie und hämmerte gegen die Fahrertür. »Hallo!«

Sie griff nach oben und riss die Tür auf. Der Fahrer war nicht da.

Ihr Magen krampfte sich zusammen, und sie krümmte sich vornüber und schrie auf. Die Leute sahen sie an und schauten dann weg. Sie rannte über den Hof, vorbei an den fünf Fußabdrücken und hinein in die Werkstatt.

Das Radio war nicht an. Niemand war da.

»Halt«, rief sie – die Panik ließ ihre Stimme ganz zaghaft und schrill klingen. »Halt!«

Sie folgte den pumpenden Röhren über dem Boden, unter einem Auto auf einer Hebebühne hindurch und in den hinteren Teil der Werkstatt.

Zu spät.

Es war zu spät.

Die weiße Rohrleitung hing über dem Rand der alten Grube, und dicker grauer Beton quoll in mächtigen, pulsierenden Schüben draus hervor.

Etwas prallte gegen die Stahltür.

Sie bebte und rumpelte. Drehte sich ein Schlüssel? Würden die Angeln gleich quietschen? Wer war da draußen?

Was war da draußen?

Und was kam da herein?

Schsch! Schsch!

Die Tür vibrierte, und das Geräusch klang, als würde sie von einer Million Steinen auf einmal getroffen, in einem einzigen Schwall.

BUH-BUH-BUH-BUH-buh-buh-buhbuhbuhbuhbuh …

»Hey. *Hey!*« Die Worte fielen tot zu Boden, wie Herbstlaub – zu klein, um ein Geräusch zu machen.

Aber die ahnungsvolle Angst war *riesengroß.*

Etwas Verblüffendes würde gleich passieren! Etwas Furchterregendes! Mach dich drauf gefasst!

Das Rumpeln wurde lauter und lauter, und sein Klang an der Tür veränderte sich, wurde zu einem tiefen Unterwassergeräusch.

Was immer da draußen war, es wurde …

… mehr.

Edie ist in der Grube. Edie ist in der Grube. Edie ist in der Grube.

Die Bienen in John Marvels Schädel surrten wie Spitfire-Jagdflugzeuge.

Durch ihr Surren und das Röhren des BMWs konnte er die Antworten der Frau von Blue Cirle Cement kaum verstehen. Doch das war auch nicht wichtig. Wichtig war, dass sie *ihn* verstand.

»Blasen Sie's ab! Rufen Sie den Typen an, und sagen Sie ihm, er muss aufhören!«

»Szzzschwzzzzszzzschwss«, sagte die Frau.

»Wenn er kein Handy dabei hat, rufen Sie in der Werkstatt an. Sagen Sie denen, er soll aufhören.«

»Ssschwzzzsschwwzzzschssch«, erwiderte die Frau.

»Sofort! Haben Sie mich verstanden? Hier geht's um Leben und Tod! *Rufen Sie den Kerl sofort an, sonst verhafte ich Sie, dass Ihnen Hören und Sehen vergeht, verdammte Scheiße!*«

Dann pfefferte er Ang Nus Handy auf den Sitz neben ihm und rammte eine Bank.

Die Bienen schwärmten davon und ließen einen einsamen Sopran zurück, der in seinem Kopf ein hohes C hielt.

Laaaaaaaaaaaaaaaaah …

Jemand klopfte an sein Fenster, und er hatte ein ganz kurzes Déjà-vu. Etwas war passiert – oder würde noch passieren. Dann drückte er die Tür auf und taumelte aus dem Wagen.

»Alles klar, Alter?«

Der Mann hatte ein England-Trikot an und ein Hakenkreuz-Tattoo am Hals.

Marvel betrachtete Jimmy the Fix' dampfendes, tropfendes Auto wie aus weiter Ferne und sah, dass es völlig im Eimer war.

Aber bis zu der Werkstatt war es nicht mehr weit.

Er ging los.

»Er ist ja betrunken!«, stellte seine Mutter fest oder jemand ganz Ähnliches.

»Moment mal, Alter« sagte der Mann mit dem Tattoo. »Sie könn' doch nich' einfach so weggehen!«

Marvel wurde klar, dass er recht hatte.

Er setzte sich in Trab.

47

»Halt!«, schrie Anna. »Aufhören!«

Der Fahrer war da. War es derselbe wie beim letzten Mal? Der Mann, der auf und ab gerannt war und den Leuten mit der Hand an der Hüfte gezeigt hatte, wie groß Daniel war? Anna wusste es nicht, und es war ihr auch egal. Sie bückte sich, umklammerte die dicke Röhre mit den Armen und versuchte, sie von der Kante wegzuzerren, doch der Fahrer packte sie am Arm.

»Hey!«, sagte er. »Hey!«

»Aufhören!«, schrie sie heiser. »James! James!«

»Lassen Sie das!«, sagte der Mann. »Das Zeug verätzt einen, davon wird man blind!«

»Sie müssen aufhören!«, stieß Anna hervor. »Bitte!«

»Wer sind Sie?«, fragte der Mann.

James kam aus dem Büro gerannt. »Was ist denn los?«

Anna packte ihn so fest am Handgelenk, dass er zusammenfuhr.

»James«, krächzte sie. »Mach die Tür auf.«

»Welche Tür denn?«

»Sie versucht, das Ausgießen zu stoppen!«, sagte der Fahrer.

»Es ist schon okay, Anna«, versicherte James. »Da soll die neue Hebebühne hin.«

»Nein!« Langsam sank Anna auf die Knie, als sei ihr in einem alten Wildwestfilm in den Rücken geschossen worden, und James blickte in ihr blasses Gesicht hinab. Das war nicht die Frau, die er vor zwanzig Minuten zu Hause zurückgelassen hatte. Ihre Augen waren riesengroß und dunkel umschattet, ihre Lippen trocken und aufgesprungen. Sie zeigte auf die alte Matratze, die an der Wand der Grube lehnte, und ihre Stimme war so papierdünn, dass er sich herabbeugen musste, um sie zu verstehen.

»James«, flüsterte sie. *»Du musst die Tür aufmachen.«*

James Bucks Frau war verrückt. Jeder konnte das sehen.

Nur ...

DCI Marvels Stimme gellte wie eine Fahrradklingel in seinem Kopf.

Nur ...

Nur war da *wirklich* eine Tür. Hinter der schmutzigen alten Matratze. Eine Tür, die zu der winzigen Werkzeugkammer führte, die bedeutete, dass man nicht jedes Mal aus der Grube zu klettern brauchte, wenn man einen Vierzehner-Steckschlüssel brauchte. Aber die führte doch nirgendwo*hin*. Die war doch nur ...

Annas Augen schlossen sich, und der Griff um sein Handgelenk löste sich, als sie zu Boden sank.

James sprang in die Grube.

Irgendwo hinter ihm brüllte der Fahrer *»Scheiße!«*, und dann hörte er nichts anderes mehr.

Der Beton war wie heißer Steinhaferbrei. Er reichte ihm bis zu den Knien, und für jeden Schritt, den er machte, brauchte er ein ganzes Leben lang. Die graue Masse klammerte und drückte, und er konnte ihre katalytische Hitze durch seinen Overall hindurch spüren. Er hatte nicht damit gerechnet, dass der Beton heiß sein würde! Er musste die Panik niederkämpfen und weiter auf die Matratze zuwaten.

So langsam ...

James heftete den Blick fest auf die Matratze, während er seine heißen, schweren Beine drehte und hob.

Noch zwei qualvolle Schritte.

Zu früh streckte er die Arme aus und stolperte …

Vor Schreck fing James sich wieder und richtete sich auf; sein Herz hämmerte bei diesem knappen Davonkommen. Wenn er da reinfiel, war er tot. Er brachte seinen Atem zur Ruhe und zwang sich, noch einen vorsichtigeren Schritt zu machen.

Dann packte er die Matratze und zerrte sie zur Seite. Sie wabbelte unhandlich, war ihm halb im Weg; jetzt musste er um sie herumwaten, um den Knopf des Riegels zu packen.

Er schob ihn zurück und zog, doch die steigende Betonflut hielt die Tür zu.

James hatte nur den Riegel, an dem er ziehen konnte; er mühte sich ab, die Tür auch nur ein paar Zentimeter weit zu öffnen, und als ihm das gelang, glitt der Beton in einem widerlichen, zähflüssigen Rinnsal durch den Türspalt. Versuchte, zuerst da zu sein, ihm den Preis abzujagen – was immer das auch sein mochte. Quetschte sich an ihm vorbei, suchte nach dem, was von Rechts wegen ihm gehörte.

»Nein!«, brüllte er. »Nein, nein, *nein*!«

Er bekam die Finger in den Spalt und zerrte mit aller Kraft.

Fünf Zentimeter mehr.

Das reichte nicht! Er machte es der gierigen grauen Pampe nur leichter.

Das Zeug würde ihn nicht besiegen. Es *durfte* ihn nicht besiegen! Anna hatte gesagt, er müsse die Tür aufmachen, und das würde er tun oder bei dem Versuch draufgehen.

James packte die Tür mit beiden Händen, stemmte den rechten Fuß gegen die Wand und lehnte sich gefährlich weit nach hinten.

Langsam, langsam öffnete sich die Tür, bis James in die Werkzeugkammer sehen konnte.

Das Kind saß im Schneidersitz auf dem Bett. Es hatte einen Helm mit getöntem Visier auf, als warte es darauf, ins Weltall geschossen zu werden.

»Daddy!«, schrie der Kleine und streckte die Arme aus.

48

»Daddy!«

Ang Nu blickte auf und sah Daniel Buck mit einem Blatt Papier in der Hand über den Beton rennen.

»Daddy, schau mal!«

»Hey!« Ang streckte die Hand aus und packte den Jungen am Arm, er riss ihn von den Füßen, in die Luft hinauf. »James!«, schrie er. »James!«

»Aua!«, sagte Daniel, aber Ang hielt ihn fest.

Ang schaute nach unten und gab ein ersticktes Geräusch von sich, halb Wut, halb Kummer. In dem Beton waren fünf kleine Fußabdrücke. Mr Pigeon würde wütend sein. Auf *ihn.*

»Du böse!« Er schüttelte Daniel heftig – und das Bild des Jungen riss entzwei.

Zwei Goldfische in einem blauen Teich.

Mit großen Augen schaute Daniel darauf hinab. »Meine Fische!«, stieß er hervor.

»Schsch«, machte Ang. »Still.«

Aber Daniel war nicht still. Daniel fing an zu weinen.

»Schsch!«, machte Ang.

»Daddy!«, heulte Daniel. »Ang ist böse!«

»Schsch!«, zischte Ang. *»Du* böse! Dein Daddy sauer! Schsch!«

Draußen auf der Straße übertönte der Lärm des Zementlasters Daniels Geheul, in der Werkstatt jedoch hallte es von den Wänden wider. In panischer Hast schleppte Ang ihn durch den Raum.

Hielt seine Arme zu fest umklammert, das wusste er. Tat ihm weh, aus Angst. Er rief nicht noch einmal nach James. Er wollte nicht, dass James kam. Nicht jetzt. Nicht solange Daniel weinte.

Es war doch nicht seine Schuld. Es war Daniels Schuld. Aber all dieses Geheul und Gestrampel ließen das Ganze *aussehen,* als sei es seine Schuld.

»Schsch-schsch-schsch!«

»Daddy!«, heulte Daniel. »Daddy!«

Aber James kam nicht. James sah es nicht. Niemand sah es.

Ang ließ Daniel in die Grube hinuntergleiten.

Nur bis er aufhörte zu weinen.

»Schsch!«

Er sprang ihm nach. Er zog die Matratze zur Seite. Er verriegelte die Tür.

Das Weinen hört sich jetzt an wie das Miauen eines kleinen Kätzchens.

Ang drückte die feuchte Stirn gegen den kalten Stahl.

»Still sein«, schluchzte er gegen die Tür.

»Still sein. Brav sein. Nach Hause.«

Nach Hause,
nach Hause,
nach Hause.
Der Beton war ruiniert,
und man würde ihm die Schuld daran geben.
Er hatte Daniel zu fest gehalten,
und er würde blaue Flecken haben.
Er hatte sein Bild zerrissen,
und er hatte angefangen zu weinen.
Ang ist böse! Ang ist böse!
Wenn Daniel aufhörte zu weinen,
würde er ihn herauslassen.

Gleich.

In einer Stunde.

Einem Tag, einer Woche, einem Monat.

Nach Hause,

nach Hause,

nach Hause.

Jedes Mal meinte er es ernst. Jedes Mal log er.

Daniel konnte nie wieder nach Hause.

Wegen der Schande.

Er würde ihnen von dem Zimmer in der Grube erzählen, und sie würden alles wissen …

Zu schwer.

Zu grauenvoll.

Ang konnte nie wieder nach Hause.

Nach Hause,

nach Hause.

Und als die von der Einwanderungsbehörde schließlich kamen, um ihn zu holen, gab es nur eine Möglichkeit, seine Schande zu verbergen.

Für immer.

Blue Circle.

Ang schlug einen letzten Salto und landete auf den Eisenspitzen.

Die Autopsie würde ergeben, dass der Tod augenblicklich eingetreten war.

Doch dieses Glück war nur seinem Körper zuteilgeworden.

Denn als er auf den Eisenspitzen erschauerte, wusste Ang Nu – der kein erwachsener Mann war und niemals einer werden würde –, dass vor den wartenden Vorfahren nichts verborgen werden konnte.

Und dass die größte Schande von allen erst noch kommen würde.

49

Langsam watete James mit seinem Sohn auf dem Arm aus der dunklen kleinen Kammer. Sein Blick suchte Anna, die am Rand der Grube kniete.

Ich hab ihn gefunden!, sagte er in seinem Kopf. *Wir haben ihn gefunden!* Doch seine Kehle war zu eng vor Anstrengung und Emotionen, um die Worte zu formen.

Stattdessen hob er seinen Sohn in die Höhe und gab ihn seiner Mutter zurück, die so leise und so ohne jede Überraschung *»Daniel«* sagte, als wäre er nur fünf Minuten weg gewesen, nicht ein ganzes Leben lang. Sie schob den Helm nach hinten und starrte in stummem Staunen das neue Gesicht ihres Sohnes an.

Während er dort stand, knietief in brennendem Beton, die Arme noch immer erhoben und so steinern wie eine Statue, hörte James Buck, wie die Tür in seinem Kopf mit leisem Klicken hinter ihnen allen zufiel.

50

Marvel kam an, als der Krankenwagen gerade losfuhr.

Auf dem Vorplatz stand ein Zementlaster, und eine dicke Röhre führte davon weg durch die Werkstattür. Ein Mann in Watstiefeln rollte gerade einen Schlauch auf, und Anna Buck stand klatschnass daneben und hatte ein Kind auf dem Arm, das wirklich zu groß war, um getragen zu werden.

Marvel platschte durch die grauen Wasserströme, die über den Platz flossen.

»Wo ist sie?«, brüllte er Anna an. »Ist sie da drin?«

Er wartete gar nicht erst auf eine Antwort, sondern rannte an allen vorbei in die Werkstatt.

In der Grube stand der Beton etwa einen Meter hoch.

Die Tür der Werkstattkammer stand einen Spalt offen – von dem reglosen grauen Meer offen gehalten.

Marvel schickte sich an, die Leiter hinunterzuklettern.

»Hey!« Der Mann in den Watstiefeln kam auf ihn zu marschiert. »Wenn Sie da reinsteigen, rufe ich die Polizei.«

»Ich *bin* die Polizei«, blaffte Marvel zurück. »Was ist hier passiert?«

»Keinen blassen Dunst«, erwiderte der Mann. »*Ich* weiß nur, ich mach hier meinen Job, so wie man's mir gesagt hat, und dieser Typ springt in die Grube und macht die Tür auf und findet ein verdammtes *Kind* da drin!«

»Edie? Ein Mädchen?«

»Nö, ’nen Jungen. Ist da draußen.«

»Scheiße!«, entfuhr es Marvel. »Ich muss den Raum da durchsuchen.«

»Oh nein, kommt überhaupt nicht in Frage«, wehrte der Mann ab. »Einen haben wir schon mit Alkaliverätzungen im Krankenhaus, und die vom Gesundheitsschutz werden mir den Arsch aufreißen.«

»In dem Raum da ist noch jemand«, beharrte Marvel. »Geben Sie mir Ihre Stiefel.«

Der Beton trocknete schnell, doch Marvel hinterließ trotzdem eine Reihe Fußabdrücke, die auf die offene Tür zuführten.

Ein paar Mal stieß er auf eine weiche Stelle und sackte bis zum Schienbein ein, doch die Watstiefel waren glatt, und sie herauszuziehen war nicht allzu schwer.

Er musste sich zur Seite drehen und den Kopf einziehen, um durch die schmale Türöffnung zu kommen, und als er sich wieder dem Raum zuwandte, spürte er, wie sich jedes einzelne Haar auf seinem Körper aufstellte.

»Mein Gott«, stieß er hervor. *»Mein Gott!«*

Der Beton hatte die Decke so niedrig werden lassen, dass sein Kopf sie fast berührte, und hatte alles bedeckt, was vielleicht auf dem Boden gewesen war. Nur die Leuchtröhre an der Decke war noch übrig und die Wände, die von oben bis unten blau-schwarz waren.

Bis auf eine Stelle, wo sich ein Fenster zu einer anderen Welt öffnete.

Selbst durch einen Schleier aus ungleichmäßig aufgemaltem Schwarz hindurch konnte Marvel die Krümmung der Rasenkante erkennen, die bunt ausgemalten Blumen, die Bäume am hinteren Rand des Gartens.

Der Blick aus Edie Evans’ Zimmerfenster.

Und dort auf dem Fensterbrett die Fahrradklingel, irgendwie offenbart.

Marvel hielt den Atem an und berührte die Klingel. Sie fühlte sich ein wenig schmierig an.

Genau so, wie er es mit den Bildern gemacht hatte, die er in dem Müllcontainern gefunden hatte, streckte Marvel die Hand aus, kratzte an dem schwarzen Wachs neben dem Fenster und sah, wie die Farben wie durch Zauberhand unter seinen Nägeln zum Vorschein kamen.

Er war wieder ein Kind; hier, in diesem Moment überlappten sich seine Vergangenheit und seine Zukunft.

Es waren *wirklich* alles Kreise.

Marvel zog die Watstiefel aus, verließ die Werkstatt und trat auf die Northborough Road hinaus.

Wie betäubt.

Ein verlorener Junge gefunden. Eine dramatische Rettungsaktion. Hier draußen hätte der Teufel los sein sollen. Feuerwehrautos, Krankenwagen und Polizeiautos hätten von hier bis zur Brücke parken müssen. Fernsehteams und flatterndes Absperrband hätten überall sein müssen, und hochrangige Polizeibeamte hätten eintrudeln sollen, um den Ruhm für all das zu ernten, was sie nicht getan hatten.

Marvel hätte sie alle herbeizitiert, nur wusste er nicht, was er ihnen sagen sollte.

Er wusste nicht, was er sich selbst sagen sollte.

Anna Buck war verschwunden. Das Einzige also, was von dem Drama geblieben war, war der Lastwagenfahrer, der beklommen eine Zigarette nach der anderen paffte.

Blue Circle.

Marvel starrte das Logo an, zu benommen, um darüber nachzudenken, ob er nun an Zufälle glaubte oder nicht.

Er war zu benommen, um überhaupt über irgendetwas nachzudenken; er stand einfach nur da, auf dem Vorplatz, während die Pendler rechts und links an ihm vorbeikamen. Die Leute schritten eilig dahin, die Köpfe gesenkt, die Ohren mit weißen Kabeln verstopft. Eine Frau in türkisgrünem Spandex joggte behäbig vorüber, ein Mann führte zwei Dackel aus, und Kinder wanden sich auf Fahrrädern zwischen den Fußgängern hindurch, die Wangen rosig und das Haar vom scharfen Wind zerzaust.

Marvel wusste nicht, was er tun und wohin er gehen sollte. Etwas war zu Ende gegangen, doch es war, als wäre er der Einzige gewesen, der es mitbekommen hatte.

»Sie stehen auf den Füßen.«

»Hm?«

Ein kleines Mädchen mit braunen Zöpfen funkelte ihn durch dicke Brillengläser böse an.

»Sie stehen auf den Füßen.« Sie zeigte zu Boden, und Marvel schaute nach unten und sah, dass er auf einem der fünf kleinen, in den Beton gedrückten Fußabdrücke stand. Er trat zur Seite und sagte »'tschuldigung«, und die Kleine antwortete: »Ist schon okay«, und ging davon.

Er sah, dass ihre Zopfspangen die Form von kleinen Sternen hatten.

51

Als Anna Buck die Tür öffnete, hatte Marvel seine Schuhe bereits in der Hand.

»Sie ist nicht da«, sagte er und brach in Tränen aus.

Sie brachte ihn nach oben und machte ihm Tee.

Marvel wusste nicht, wann er das letzte Mal geweint hatte. Vor anderen Leuten hatte er nicht mehr geheult, seit er mit sechs mal von einer Schaukel gefallen war. Jetzt flennte er wie ein Kind, während ein kleiner Junge mit strubbeligem blondem Haar ihm gegenüber am Küchentisch buttertriefende Toastscheiben futterte.

Anna nippte an ihrem Tee und berührte immer wieder den Kopf des Kleinen, beugte sich herab, um an ihm zu schnuppern, ihn zu küssen, ihn zu drücken.

»Das ist Daniel«, sagte sie heiser, als Marvel schließlich aufhörte zu weinen.

Marvel hatte so viele Fragen, dass er nicht wusste, was er sagen sollte, also beschränkte er sich auf »Hallo«, doch der Junge sah ihn nur mit unbeirrten blauen Augen an.

Die drei saßen da und machten kleine Geräusche. Daniel kaute. Anna nippte. Marvel schniefte hin und wieder.

»Haben Sie DCI Lloyd angerufen?«, erkundigte er sich schließlich.

»Noch nicht«, antwortete Anna.

»Sie müssen ihn anrufen«, sagte er.

»Mach ich auch noch«, sagte sie. »Das hat ja Zeit.«

Marvel wusste, dass für Anna wirklich noch viel Zeit war.

Ganz viel Zeit.

Eine große Ruhe schien über sie gekommen zu sein.

Es hatte keine Eile. Jetzt nicht mehr. Keine Eile, die Polizei zu verständigen, keine Eile herauszufinden, was geschehen war. Keine Eile, irgendetwas anderes zu tun, als ihren Sohn zu berühren und ihm eine Ladung warmen Buttertoast nach der anderen vorzusetzen.

Allmählich kam das Marvel alles sehr vernünftig vor.

Alles sehr klar.

An diese Klarheit klammerte er sich, sie war mal eine nette Abwechslung.

Er fragte sich, ob die blauen Kreise wohl noch an der Kinderzimmerwand prangten, und dabei musste er an den Tag denken, als Anna Buck ihm gesagt hatte, sie würde Daniel manchmal weinen hören.

Das erschien ihm jetzt auch logisch. Alles ließ sich wegerklären, wenn man nur logisch dachte.

»Sie haben ihn bestimmt durch die Wand weinen hören«, sagte er zu Anna.

»Vielleicht«, antwortete sie.

»Vielleicht war Ihnen ja unterbewusst die ganze Zeit klar, dass er da war.«

»Vielleicht.«

Das sagte sie nur ihm zuliebe. Sie glaubte nicht eine Sekunde lang daran, und er auch nicht. Alles ließ sich erklären, doch das hieß nicht, dass es einen Sinn ergab.

Anna nippte an ihrem Tee und streichelte ihren Sohn.

Er zögerte, dann sagte er: »Das Fenster war an der Wand, genau so, wie Sie's gesehen haben.«

Sie nickte, und Marvel betrachtete Daniels butterverschmierte Hände. Er konnte sehen, dass der Dreck unter jedem einzelnen abgebrochenen Fingernagel aus blauschwarzem Wachs bestand, so wie jetzt auch bei seinen eigenen Nägeln.

Monate des Kratzens an den dunklen Wänden.

Er starrte in seinen Becher. »Aber der Beton hat alles andere zugedeckt. Wenn sie da drin war …« Er verstummte und zuckte die Achseln.

»War da ein Mädchen bei dir in dem kleinen Zimmer, Daniel?«, fragte Anna sanft.

Der Junge schüttelte den Kopf und kaute weiter.

»Nie?«, fragte Marvel.

Wieder schüttelte Daniel den Kopf.

»Was ich nicht verstehe …«, setzte Marvel an und hielt dann inne, weil es *so vieles* gab, was er nicht verstand, dass er wirklich versuchen sollte, das alles irgendwie zu ordnen.

»Wenn sie Ihnen das alles gezeigt hat, Anna. Wenn sie all diese Hinweise hinterlassen hat, damit Sie sie finden können …«

Anna nickte.

»Wo *ist* sie dann?«, fragte er.

Anna strich Daniel übers Haar. »Ich weiß es nicht«, seufzte sie. »Wir haben Daniel gefunden. Das ist das Einzige, was ich ganz sicher weiß. Daniel ist wieder zu Hause.«

Dann drückte sie Daniel so fest, dass er zappelte.

Marvel rief per Handy ein Taxi.

»Wir müssen auch los«, sagte Anna. »Wir müssen dich doch mal anschauen lassen und Daddy im Krankenhaus besuchen, nicht wahr?«

Daniel nickte ernst.

»Ist James okay?«, erkundigte sich Marvel.

»Er hat Verätzungen an den Beinen, aber der Fahrer hat schnell jede Menge Wasser drübergekippt, und anscheinend ist Wasser sehr wichtig …« Sie hielt inne und zuckte dann mit den Schultern.

»Ja«, sagte Marvel. »Ja.«

Obgleich es nicht auf seinem Weg lag, wies Marvel den Taxifahrer an, die beiden am Krankenhaus abzusetzen.

Anna hielt Daniels Hand fest umfasst, als sie ausstieg, dann drehte sie sich um und bedankte sich bei ihm.

Und obwohl er suspendiert worden war, erbot sich Marvel, DCI Lloyd zu sagen, dass Daniel gefunden worden war.

»Ich mach das schon«, versicherte Anna. »Ich versprech's, aber …« Sie sah Daniel an und fuhr dann fort: »Ich möchte nur erst ein paar Tage Zeit haben. Eine Familie sein. Normal sein.«

Marvel zögerte, dann nickte er. »Ein paar Tage kann das wohl warten«, meinte er. »Das Wichtigste ist, dass Sie Ihren Sohn wiederhaben.«

»Ich weiß.« Sie lächelte. »Danke.«

Dann beugte sie sich ins Taxi und küsste ihn auf die Wange.

52

Es war ein heißer Spätsommertag, und Superintendent Clyde hatte törichterweise das Fenster aufgemacht. Fettige Lammfleischdünste wallten von dem Kebab-Imbiss herauf und drehten Marvel den Magen um.

»Sie machen sich dann also auf den Weg«, stellte Clyde fest.

»Ja«, antwortete Marvel. Er hielt seinen Karton auf dem Schoß. Viel war da nicht drin – sein Lungen-Aschenbecher, sein *Reservoir-Dogs*-Filmplakat und das Foto von Edie Evans.

Mit ihrem Weltallgesicht.

»Taunton, wie?«, meinte Clyde und klatschte in die Hände wie ein Pfarrer. »Ganz neu anfangen. Ist wunderschön da. Wir waren da oft wandern. Quantox. Das Exmoor. Sehr schön.«

Marvel schwieg. Er war mal auf der Autobahn an einem Schild vorbeigekommen, auf dem Taunton gestanden hatte. Der Arsch der verdammten Welt. Kilometerweit nur Gras und Kuhscheiße, bevölkert von Landeiern, die Cider schlabberten und auf Schweinen zum Markt ritten.

Bizarrerweise war die DCI-Stelle in Taunton die einzige im ganzen Land gewesen, die er hatte kriegen können. Er hätte sich zum Detective Inspector herabstufen und irgendwo anders bei der Londoner Polizei anfangen können, aber lieber wäre er gestorben. Und in Lewisham hatte er jetzt keine Zukunft mehr. Er brauchte keinen Hellseher, um das zu wissen.

Auf den Versetzungslisten hatten mehrere DCI-Stellen in London und anderen Großstädten gestanden, doch als er sich dort gemeldet hatte, waren die alle weggewesen. Intern vergeben, hieß es wieder und wieder.

Und wieder.

Nach dem vierten Mal hatte er in der Personalabteilung der Polizei der West Midlands angerufen und gefragt, was zum Teufel hier abginge. Mit einem Akzent, der die Abfuhr erträglicher machte, hatte der Beamte bestätigt, dass die Stelle intern neu besetzt worden sei. Und dann, am Ende ihres kurzen Gesprächs, hatte er Marvel gebeten, Superintendent Clyde von ihm zu grüßen.

Da war Marvel klar geworden, dass Druckmittel in beide Richtungen wirkten und dass Clyde Gefallen einforderte und Strippen zog, um ihn aus der Stadt und in die Pampa hinauszutreiben wie ein Schaf.

Endlich hatte Marvel seinem Chef gegenüber widerwilligen Respekt empfunden.

Zu spät, natürlich.

»Brady hat den Hundefall abgeschlossen«, berichtete Clyde.

»Ja?« Marvel war nicht mehr geneigt, ihn *Sir* zu nennen.

»Ja«, antwortete Clyde, dem dieses Versäumnis anscheinend nichts ausmachte. »Er hat Latham und Denise Granger verwarnt und mit den Eltern von dem Jungen gesprochen. Mehr hat er eigentlich nicht für nötig gehalten.«

Er ließ Bradys mutmaßliche Ansicht in der Luft hängen, forderte beinahe zu Widerspruch auf, doch Marvel widersprach durch Schweigen.

»Er will Inspector werden«, sagte Clyde.

Marvel grübelte: »Alle kommen voran.«

»Das stimmt«, pflichtete Clyde ihm bei. »Alle kommen voran.«

»Vielleicht sollten Sie Aguda mal 'ne Chance geben«, bemerkte Marvel. »Für den Empfang ist sie zu gut.«

Clayde machte ein *Vielleicht*-Gesicht. Er kritzelte eine kurze Notiz mit einem langen Bleistift, und Marvel wünschte sich, er hätte früher etwas gesagt, als seine Meinung vielleicht noch etwas gegolten hätte.

»Brady kriegt das bestimmt prima hin«, meinte er übertrieben großzügig.

»Vielleicht«, antwortete Clyde. »Wenn er sich nicht zu sehr ablenken lässt.«

»Wovon denn?«

»Von dem Baby«, antwortete Clyde. »Seine Frau ist schwanger, wissen Sie das nicht?«

Marvels Magen knäulte sich vor Erinnerungen zusammen.

Ihre Frau ist schwanger.

Und Sie verbrennen in Eis und Schnee.

»Nein«, brachte er schwach heraus. »Das wusste ich nicht.«

Clyde stand auf und ging um ihn herum zur Tür, und nach einem langen gelähmten Moment der Regungslosigkeit erhob sich Marvel langsam und ging benommen hinaus.

Durchs Großraumbüro. Mit dem Aufzug nach unten. Mit seinem Karton durch die Eingangshalle.

Falls noch jemand Auf Wiedersehen zu ihm sagte, so hörte er es nicht.

Die Bickley Spiritualist Church war eingerüstet.

Marvel parkte seinen Mietwagen und ging zu der schäbigen kleinen Kirchenhalle neben dem King's Arms zurück.

Einige Minuten lang stand er da, starrte zu dem neuen Dach empor und überlegte, wie viele Prozent davon wohl der Londoner Polizei gehörten.

Drinnen brannte gelbes Licht, doch es schien blass und wässrig durch die schmutzigen Fenster, und ein aufgeweichtes Pappschild war an das gesprungene, abblätternde Schwarze Brett gepinnt: DIE TOTEN WARTEN DARAUF, ZU IHNEN ZU SPRECHEN.

So ein Schwachsinn, dachte Marvel, als er die Tür aufzog.

Das Innere der Halle war abgenutzt und schmuddelig, und an der Decke war ein feuchter Fleck, der aussah wie Afrika.

Marvel legte einen Zehn-Pfund-Schein in die hölzerne Schale, die von zwei gebrechlichen alten Frauen gehütet wurde, die daraufhin in Panik gerieten, bis hinter ihm jemand hereinkam, und sie wechseln konnten.

Er erblickte Richard Latham. Der Mann war von einem Gefolge aus Sonderlingen und alten Leuten umgeben, die alle wie gebannt in sein Gesicht starrten oder wie Spielzeuge nickten und hingerissen der Geschichte lauschten, die er gerade zum Besten gab.

Marvel betrachtete ihn eingehend. Das Medium trug einen braunen Pullover, dessen Etikett im Nacken hervorragte, eine beigefarbene Hosen und abgestoßene schwarze Schuhe.

Wenn es *wirklich* nur ums Geld ging, wusste Latham das gut zu verbergen.

Der Mann kam zum Höhepunkt seiner Geschichte, und seine Stimme wurde gerade laut genug, dass Marvel daran teilhaben konnte.

»Also hab ich gesagt ›*Kommen Sie, Marilyn! Sie sind tot!*‹« Latham streckte eine helfende Hand aus, und die Schar seiner Anhänger teilte sich rasch, als hätten sie unwissentlich auf Marilyn gestanden. »Und dann …«

Richard Latham erstarrte, als er über das betagte Publikum hinweg Marvels Blick auffing. Er verstummte, ließ den Arm sinken und entschuldigte sich. Dann schob er seine Brille auf der Nase hoch und ließ das Häuflein Gemeindemitglieder mitten im Kampf Jenseits-gegen-Tod stehen.

»Ich hätte nie damit gerechnet, Sie hier zu sehen, Mr Marvel.«

Die Stirn des Mannes glänzte von nervösem Schweiß, doch er zog – wie immer – eine gute Show ab.

Fast hätte Marvel etwas Ätzendes erwidert, von wegen Hunden und Geld, doch noch während er den Mund aufmachte, ging ihm auf, dass es sinnlos war.

Er hatte verloren, und Latham hatte gewonnen, und beides war zu unbedeutend, um sich darüber zu streiten.

Also zuckte er nur die Achseln und antwortete: »Ich hab nie damit gerechnet hierherzukommen.«

Erleichterung dämmerte in Lathams Miene, und zu seiner Verblüffung tat es Marvel nicht mal leid, das ausgelöst zu haben.

»Ich sehe, Sie haben Ihr neues Dach«, bemerkte er.

»Ja«, bestätigte Latham. Dann fügte er nach einer unbehaglichen Pause hinzu: »Wollen Sie vielleicht einen Eimer kaufen?«

Marvel schnaubte. Er ließ den Blick über den abgetretenen Teppich wandern, über die Plastikblumen und das staubige Kruzifix. »Dachte bloß, ich komm mal vorbei und schau mir an, worum hier so ein Aufstand gemacht wird.«

»Das ist nett«, sagte Latham aufrichtig. »Sie sind herzlich willkommen, Mr Marvel.«

Marvel nickte bedächtig. »Na ja«, meinte er. »Jetzt hab ich's ja gesehen.«

»Sie bleiben nicht zum offenen Zirkel?«

»Nein«, wehrte Marvel ab. »Geister sind nicht so mein Ding.« Mit einer vagen Geste deutete er Richtung Afrika.

»Nicht Ihr Ding?«, wiederholte Latham sanft. »Nach allem, was passiert ist?«

Marvel lachte und schüttelte den Kopf. »*Besonders* nach alledem!« Die Antwort war reiner Reflex. Hätte Marvel darüber nachgedacht, hätte er vielleicht etwas anderes gesagt. Etwas … Bedachteres. Obgleich er keine Ahnung hatte, was das hätte sein können. Ob es dabei um alles gegangen wäre, das passiert war.

Oder um alles, das *vielleicht* noch …

»Ich weiß nicht mal, warum ich überhaupt reingekommen bin«, sagte er ein wenig verärgert und kam sich vor seinem Feind blöd vor.

Doch Latham öffnete großzügig die Hände. »Jeder geht irgendwann überallhin. Tut irgendwann alles. Wir bewegen uns alle in Kreisen, Mr Marvel. Vielleicht kommen Sie ja noch mal wieder.«

Marvel bedachte ihn mit einem schiefen Blick. »Vielleicht war ich ja schon mal da.«

»Ha!«, erwiderte Latham. »Sehr gut!«

Marvel wandte sich zur Tür.

»Vergessen Sie nicht, Chief Inspector …«

Marvel drehte sich um.

»Ein Kreis endet nie«, sagte Richard Latham. »Nicht einmal Ihrer.«

Marvel trat aus der Kirche und stand auf dem backsteingepflasterten Gehsteig, gegenüber der Brüstung der Bickley Bridge.

Die Sonne war untergegangen, doch die Tage waren noch immer lang, und die Abendwolken hatten spektakuläre Feuer- und Rauchbänke vor dem verblassenden Blau gebildet.

Marvel konnte sich nicht erinnern, wann er das letzte Mal den Himmel betrachtet hatte.

Jetzt tat er es, und es ging ihm besser dabei.

Vielleicht war Taunton ja gar nicht so schlimm. Er würde ein großer Hecht in einem kleinen Teich sein. Den Landeiern mal zeigen, was Sache war. Und vielleicht gab's da ja gute Morde. Etwas, woran er sich festbeißen konnte. Vielleicht konnte er ja der Mistgabel- und Gülle-Kriminaltechnik dort auf die Sprünge helfen.

Er schnaubte und wandte sich der zweiten Kirche dieses Abends zu, wo bereits Licht brannte, um den Gläubigen den Weg nach Hause zu weisen.

Dabei fiel sein Blick auf eine Familie, die auf ihn zukam. Es waren Anna und James Buck mit Daniel.

Anna hielt Daniels Hand, während James den Babybuggy schob.

Marvel sah zu, wie sie näher kamen. Er hätte nichts gesagt, doch Anna sah ihn und winkte, also überquerte er die Straße.

Sie trafen sich an der Stelle, wo er und Anna sich vor sechs Monaten zum ersten Mal begegnet waren, an jenem kalten Abend – beide Valentinstag-Betrüger, die mit Alkohol und Tod flirteten.

Anna küsste ihn abermals auf die Wange, und James schüttelte ihm die Hand, und Daniel versteckte sich hinter Anna und sah von dort aus zu.

Marvel ignorierte den Buggy. Das war einfach zu abgedreht.

Er erkundigte sich nach James' Beinen. Sie verheilten gut. Er würde Narben behalten, aber dafür hatte der liebe Gott ja Hosen erfunden. Dann fragte er, wie Daniel zurechtkäme, und Anna hatte es ihm bestimmt geschildert, doch er konnte sich überhaupt nicht mehr daran erinnern, weil sie so *anders* war. Alles an ihr war so voller Leben und Freude; er konnte kaum glauben, dass dieser Mensch die ganze Zeit über in ihr gesteckt hatte, nur eben von Schmerz und Verlust verborgen.

Er dachte daran, wie das orangegelbe Licht an jenem frostigen Februarabend auf ihre bloßen, von Gänsehaut bedeckten Arme gefallen war – genau hier, auf dieser Brücke –, und fragte sich, ob sie wohl ebenfalls daran dachte.

Sie sah nicht aus, als ob sie das jemals täte, und das machte Marvel seltsam froh.

Anna Buck war wunderschön – jeder konnte das sehen.

Sie redete noch immer, und er hörte noch immer nicht richtig, was sie sagte, als sie sich über den Buggy beugte und das Verdeck zurückklappte.

Mit einem unheilvollen Gefühl schaute Marvel auf einen Zementsack hinunter.

»Wir haben Blue Circle genommen«, meinte James. »Um der alten Zeiten willen.«

Daraufhin lachten sie alle, und Marvel begriff, dass sie unterwegs waren, um die fünf Fußabdrücke zu beseitigen.

»Das erledigt Danny, nicht wahr, Dan? Er hat sie gemacht, er kann das auch wieder in Ordnung bringen.«

Daniel streckte den Kopf gerade lange genug hinter Anna hervor, um seinem Vater fröhlich zuzunicken. In der einen Hand hielt er ein Spielzeugauto – aus Draht.

»Na, dann mal los, bevor's dunkel wird«, meinte Marvel.

Sie verabschiedeten sich, und die kleine Familie ging weiter die Northborough Road hinunter. Marvel schickte sich an, die Straße zu überqueren, zum King's Arms.

»Edie ist im Weltall!«

Marvels Herz pumpte einen Stoß pure Elektrizität. Er wandte sich um und sah Daniel an.

Der Kleine hielt noch immer Annas Hand, doch er war eine Armeslänge von ihr entfernt stehen geblieben und starrte ihn mit seinen unergründlichen blauen Augen an.

»Was?«, würgte Marvel hervor, obwohl sie es alle gehört hatten. *»Was?«*

Daniel duckte sich lediglich scheu hinter Annas Bein und verbarg das Gesicht.

»Daniel …?«, setzte Anna an, doch Marvel hob die Hand, um sie zum Schweigen zu bringen.

Mehr wollte er ganz bestimmt nicht hören.

Mit einer anderen Wahrheit könnte er nicht leben.

Edie war im Weltall.

Das war alles, was er wissen wollte.

Danksagung

Die Figur Richard Latham ist nach dem *echten* Richard Latham benannt, der dieses zweifelhafte Recht bei einer Auktion erworben hat, bei der Geld für Clic Sargent gesammelt wurde – eine Wohltätigkeitsorganisation, die sich um junge Menschen mit Krebserkrankungen und ihre Familien kümmert. Jegliche Ähnlichkeit zwischen Richard und meiner Figur endet mit dem Gebrauch seines Namens.

Totenkind wurde von humanearth.net inspiriert – einer Kampagne, die auf Menschenhandel zwischen Vietnam und China aufmerksam machen will.

Vielen Dank an Vang Neng Thao für seine Hilfe bei der Hmong-Sprache.

Belinda Bauer

wuchs in England und Südafrika auf. Sie arbeitete als Journalistin und Drehbuchautorin und wurde mit dem renommierten »Bafta Award for Young British Screenwriters« ausgezeichnet. Ihr Romandebüt legte sie mit dem von Kritik wie Lesern gefeierten Werk »Das Grab im Moor« vor, das als bester Spannungsroman des Jahres mit dem Gold Dagger ausgezeichnet wurde. Auch mit ihren weiteren Romanen wurde Belinda Bauer ihrem Ruf als Ausnahmetalent immer wieder aufs Neue gerecht. Die Autorin lebt in Wales.
Näheres zu Belinda Bauer und ihren Romanen finden Sie unter www.belindabauer.co.uk

GOLDMANN
Lesen erleben